기억
과
기록
사이

기억과 기록 사이

어느 북 디자이너가 읽은 책과 만든 책

이창재 글
노순택·안옥현 사진

2020년 1월 28일 초판 1쇄 발행

펴낸이 한철희 | 펴낸곳 (주)돌베개 | 등록 1979년 8월 25일 제406-2003-000018호
주소 (10881) 경기도 파주시 회동길 77-20 (문발동)
전화 (031) 955-5020 | 팩스 (031) 955-5050
홈페이지 www.dolbegae.co.kr | 전자우편 book@dolbegae.co.kr
블로그 imdol79.blog.me | 트위터 @Dolbegae79

주간 김수한
편집 김서연
디자인 민진기디자인
마케팅 심찬식·고운성·한광재 | 제작·관리 윤국중·이수민·한누리
인쇄·제본 한영문화사

ISBN 978-89-7199-992-9 03810

이 도서의 국립중앙도서관 출판예정도서목록(CIP)은 서지정보유통지원시스템 홈페이지(http://seoji.
nl.go.kr)와 국가자료종합목록시스템(http://kolis-net.nl.go.kr)에서 이용하실 수 있습니다.(CIP제어번호:
CIP2019053185)

기억과 기록 사이

어느

북 디자이너가

읽은 책과

만든 책

이창재 글

노순택 · 안옥현 사진

돌베개

차례

머리말

                    말이 씨가 되고, 씨는 글이 되고, 그렇게 쓰인 글이 모여 책이 되었다. 머리말을 쓰자니 왜 이런 책을 썼는지를 잘 설명할 수 있을지 모르겠고, 부끄러워지기부터 한다. 내가 읽고 만든 책에 대한 글을 쓰고자 했건만, 굳이 드러내지 않아도 상관없을 사적인 내용이 너무 많이 담긴 것은 아닌지도 이제 와서 사뭇 걱정된다. 글을 구상하고, 원고를 마치기까지 30개월이 걸렸고, 개고 작업에 12개월이 더 걸렸다. 책이 제작에 들어가기도 전에 이미 42개월이 지났다. 그러니까 그 어떤 것도 되돌리기에는 너무 늦었다.

    내 어머니의 기억에 의하면, 내가 처음 글을 깨우치거나 한 듯 혼자 책을 읽는 척한 것은 네 살 때였다. 나의 가치관과 세계관은 상당 부분 책 읽기를 통해 형성되었고, 그렇다 보니 책은 내 삶의 전부는 아닐지라도 매우 중요한 일부다. 어쩌다 보니 햇수로 24년째 줄곧 책 만드는 일로 생계를 꾸려가고 있다. 정확히 말하면, 책을 디자인하는 일이다. 바깥세상과 관계를 맺거나 교류하지 않고도 할 수 있는 일인 데다가 내게는 함께 사는 가족마저 없는 터라, 일과 쉼으로 나뉜 일과는 의식적으로 노력하지 않는 한 극단적으로 단조롭다. 물론 전혀 예측하지 못한 상태에서 삶으로 끼어드는 사건이 없지는 않았다. 고작 나와 책의 사생활에 대해서 쓸 수밖에 없는 이유라면 이유다.

2015년 5월 끝자락에 서울에서 조촐한 도서 전시를 진행했다. 오랫동안 뉴욕에서 열고자 준비해온, 고서가 포함된 한국 도서 전시가 아니라, 내가 책을 만든 지 햇수로 20년이 되는 해를 자축하는 의미에서 연 컬럼비아대학출판사 북 디자인 전시였다. 그때 만난 사람 다수가 전시 기획자와 편집자였는데, 편집자 몇이 내게 글을 써서 책으로 내보지 않겠냐고 말했다. 그중 한 명은 나와 나이가 거의 같고 나처럼 살짝 엇나간 삶을 산 이였다. 어쩌면 별 의미 없이 던진 빈말이었을지도 모르지만, 빈말과 진심으로 하는 말을 잘 구분하지 못하는 나는 그때도 언제나 그렇듯 필요 이상으로 진지하게 대답했다. 글을 써서 책을 펴내는 게 오래전부터 가지고 있던 꿈이긴 하지만 한참 나중에야 이루어질 거라고 말이다. 하지만 바로 이듬해에 기획에만 수년간 공을 들인 한국 고서가 포함된 도서 전시를 단념하게 되었다. 이 전시를 하지 못하게 된 대신 연애를 하고 싶었으나 그건 혼자 할 수 있는 일이 아니었기에, 막연하게 먼 훗날 시작할 거라 생각한 글을 쓰게 되었다. 이 책은 전시나 연애 대신 글에 다년간 몰두한 결과물이다.

글에서 다룰 책을 선정하며 내 삶에 영향을 준 책을 위주로 고르려 했는데, 목록이 감당할 수 없이 길어졌다. 내가 초판을 가지고 있는 책으로 제한했고, 그에 더해 책 자체의 물성과 유의미함 역시 고려했다. 그렇게 해서 최종 선정된 책의 가짓수를 줄일 수 있었지만, 한편으로는 내가 사랑하는 수많은 작가의 책이 포함되지 못했다. 기억과 기록 사이를 맴도는 글이다 보니, 무슨 책을 언제 어디서 어떻게 읽었는지 밝히는 서술이 유독 많다. 햇수는 주로 만으로 셈했고, 2017년부터 2018년 사이에 쓴 글이지만 개고를 마친 2019년 10월을 기준으로 삼았다. 차례와 각 글의 첫 장에 적힌 기호 중 'R'은 읽은read 책을, 'M'은 만든made 책을 의미한다.

생활하며 주로 사용하지 않는 언어로 글을 쓰는 것도 쉽지 않았지만, 쓴 글을 고치고 줄여 다듬는 것은 예상한 것보다 훨씬 더 지난하고 지루한 일이었다. 이제 오래 그래왔던 것처럼 책을 읽고 만드는 단조로운 일상으로 돌아간다. 한동안 사용하지 않았던 오븐을 켜 저녁을 직접 만들어 먹고, 설거지를 마치고 잠들기 전까지 책을 읽는 일상으로. 주말에는 다시 서점을 기웃거리며 시간을 보낼 테고, 어쩌면 영화와 전시를 좀 더 챙겨볼 수 있을지도 모르겠다. 만약 누군가가 이 책을 읽고 자신의 삶 속에 들어왔던 책의 기억을 떠올리고 그 순간들을 기록해보려 한다면 책을 읽고 만들다가 쓰게 된 이로서 무척 반가울 것 같다.

2019년 12월
뉴욕에서

일러두기

- 단행본 출간물과 전집은 겹낫표(『 』), 시·소설·희곡 등 개별 작품은 홑낫표(「 」), 잡지·신문 등 정기 간행물은 겹화살괄호(《 》), 영화·공연·전시·방송 프로그램 등은 홑화살괄호(〈 〉)를 사용해 표기했다.
- 원서명은 지은이가 뜻한 판본을 기준으로 표기했다. 예를 들어, 원전이 프랑스어로 쓰였더라도 지은이가 읽은 영문판본을 지칭하는 경우에는 원서명을 영문으로 병기했다.
- 가족 호칭 등의 경우, 일반적인 규범을 따르지 않고 지은이의 의도대로 표기했다. 예를 들어, '이모'는 '어머니의 여동생'이라고 표현했다.
- 지은이의 뜻에 따라 '초등학교'는 '국민학교'로 표기했다.
- 한국어 번역본 출처를 밝히지 않은 인용구는 모두 지은이가 직접 번역한 내용이다.
- 본문에 언급하는 나이는 만 나이를 뜻한다.

기억과
기록 사이

R1　　　　　　　　　　파랑새,
　　　　　　　　　　　　파랑새를
　　　　　　　　　　　　찾아서

『파랑새』,
모리스 마테를링크 지음

　　　　　　　　　　　　　파란 리넨 겉장이 손때로 꼬질꼬질한
이 책은 지금으로부터 101년 전인 1918년 뉴욕의 '도드, 미드 앤드 컴퍼니'
에서 펴낸 책이다. 1908년 출간된 벨기에 작가 모리스 마테를링크의 '여섯
장으로 된 요정극'이라는 부제가 달린 희곡 『파랑새』The Blue Bird: A Fairy Play
in Six Acts의 영문 번역서로, 알렉산더 테세이라 드 매토스°가 1910년 번역해
뉴욕에서 출간한 책을 1918년에 다시 특별 한정판으로 제작한 책이다. 이 책
에는 프랑스에서 태어난 영화감독 모리스 투르뇌르가 파라마운트 영화사의
전신이 된 페이머스 플레이어스-래스키 코퍼레이션에서 1918년에 제작한
동명의 무성 영화 스틸 컷이 실려 있다. 사진극이라 명명한 스물네 점의 세피
아 톤 사진 도판으로 책에 담겼으니 일종의 그림(이 실린)책이기는 하지만,
내가 말하고자 하는 책은 아니다. 내가 정작 보여주고자 하는 책은 내게 없다.
　　내가 생애 처음으로 읽었던 그 책은 이제 제목을 정확하게 기억할 수 없
는, '파랑새'이거나 '파랑새를 찾아서'란 이름의 유아용 그림책이었다. 그럼에

도 불구하고, 아주 오래전에 읽었던, 하지만 이미 오래전부터 내게 없는 책에 관해, 아니 그 책의 기억에 관해서 쓸 수밖에 없다. 어머니가 내게 읽어준 첫 번째 책이자, 내가 글을 깨우쳐 읽을 수 있을 때까지 수년간 손에서 놓지 않은 책이어서다. 그 책을 떠올리기 위해 나는 거의 반세기 전의 것이라 내게 남아 있지 않은, 전해 들었을 뿐인 기억을 헤집는다. 기록되지 않은 기억은 책장에서 오랫동안 꺼내 읽지 않던 책을 집어 들면 부유하는 미세한 먼지와도 같다. 기억 위에 켜켜이 쌓여 있는 시간에서 기인하는 가림이나 굴절로 인해, 굳이 적어두지 않는다면 그 책에 얽혀 있을 본연의 맥락 따위는 제대로 보이지 않을 테니까.

2019년 12월 여든한 살이 된 내 어머니 기억 속의 나는 영원히 갓난아이거나 시시때때로 떼를 쓰는 어린아이다. 어머니는 원래도 오래된 기억을 종종 되새기는 편이었지만, 언제부터인가 어머니에게 남은 것은 점점 더 희미해져 가는 기억밖에 없는 것처럼 유독 나나 자신의 어린 시절을 회상하며 새삼 처음으로 말하듯 내게 반복해서 들려준다. 마치 어머니가 그 기억들을 잊는다면 어머니의 존재는 물론이고 내 존재까지 함께 사라져버리기라도 할 것처럼 말이다. 어쩌면 그럴지도 모를 일이라고 생각할 때가 있다. 그래서 민망하다 못해 질릴 때가 있더라도 더는 듣지 못할 날이 종내 오고야 말 거라는 생각에 참으며, 그 기억을 적어둔다.

너를 출산한 도립 병원의 간호사는 네가 태어난 달에 병원에서 네 앞으로 여아만 무려 열일곱 명이 주르륵 태어났다 했는데, 보름째 되던 날 새벽에 네가 태어났지. 그러니까 도립 병원 열여덟 번째 신생아였던 네가 첫 사내아이였던 거야. 넌 태어나면서부터 조막만 한 얼굴이 뽀얗고 눈은 또 얼마나 초롱초롱하던지, 내가 낳아놓고서도 그렇게 예쁠 수가 없더구나. 참, 첫돌 지나고 나서였나, 예방접종을 하러 병원에 다시 갔을 때는 신문사에서 나와 있던 사진 기자가 널 안고 있는 엄마랑 네 사진을 찍어 갔단다. 그 사진이 신문에 실렸는지, 또 내가 그걸 보았는지는 전혀 기억에 없구나.

여전히 어머니 기억 속의 나는 신생아거나 이제 고작 두어 살배기, 그러다 다섯 살배기 어린아이다. 백일을 지나 첫돌을 맞을 무렵까지 태열을 심하게 앓았다는데, 내가 첫 아이다 보니 어머니는 내가 죽을 줄 알았다고 했다. 심하게 앓다가 낫고 나서부터는 말문이 트였다. 까르르 잘도 웃고, 또래 아이들보다 일찍부터 아장아장 걷고, 끈이나 종이쪽지 같은 걸 손에 쥐여주면 조잘조잘 종알거리며 혼자서도 잘 놀던, 그런 아이였다고 했다. 내가 만으로 두 살이 되기 직전, 어머니가 내 동생을 임신한 지 5개월째 되던 이른 여름날이었다. 고된 시집살이하느라 나를 내쳐두고 정신없이 집안일을 하고 있는데, 집 앞 골목에 혼자 나가 놀던 내가 누가 사준 건지 모를 '아이스케키'를 입에 물고는 대문 안으로 배시시 웃으며 들어오더란다. 내 기억에는 남아 있지 않지만, 어머니는 내가 물고 있던 아이스크림을 빼앗아 마당에 내던지고 내가 보는 앞에서 지끈 발로 밟아버렸다.

그 기억만 떠오르면 아직도 네게 너무 미안해진단다. (⋯.)
내가 아무것도 모르는 어린 너한테 너무 잘못한 것 같아. (뭐, 기억도 전혀 나지 않는걸⋯.)
밤에 문득 깨기만 하면 그 기억이 떠올라 밤새 뒤척이게 돼. (어휴. 그런 기억, 이제 잊으세요.)
입에 물고 있던 아이스케키를 채서 내가 땅바닥에 던지고 발로 밟아버렸는데도 넌 전혀 울지도 않았거든. (아마 너무 놀라서 그랬겠지⋯.)
그 어린 게 너무 놀라서 그랬던 거지. (그러니까. 그러게, 왜?)
길에서 파는 아이스케키 같은 거나 남이 주는 건 절대 입에 대지 말라고 일렀거든. (아니 두 살짜리가 뭘 안다고.)

네가 말귀 하나는 참 잘 알아들었거든. 뭐 하지 마, 하면 응응, 하고 대답도 잘하고. (혼자 집 앞에 나가 놀았다니. 아니 그게 내가 두 살 때인 건 확실해?)

그럼. 집안일 하느라 같이 못 놀아주었어도, 넌 약아서 절대 집 앞 골목을 벗어난 적이 없었어. 정확히 기억하지. 그래도 그때 생각만 하면 지금이라도 너한테 용서를 구해야 할 것 같아서…. (기억도 나지 않고, 다 지난 일인걸. 그 얘긴 이제 그만하자.)

넌 병나서 앓을 때만 빼면, 어릴 적에 정말 예쁜 아이였는데. (어릴 적에만? 근데 아플 때 예쁜 애가 어딨어.)

네 동생이 태어나기 전에 네 아버지네 집에서 나오지 않았다면 네 동생을 분명 유산했을 거고, 난 신경 쇠약으로 미치거나 죽거나 했겠지. 살아온 게 그저 기적만 같구나. (….)

내 생애 첫 책은 마테를링크의 희곡 「파랑새」를 원작으로 하는, 마분지처럼 빳빳한 종이 위에 천연색 삽화가 그려진, '파랑새' 아니면 '파랑새를 찾아서'란 제목의 그림책이다. 어린 사내아이와 그 아이 여동생이 파랑새를 찾아 나선다는 줄거리를 요약한, 대략 스무 장 안팎의 책이었다. 두어 문장의 짧은 단락이 그림 위에 놓인 책이었을 텐데, 그림도 거기 쓰인 내용도 실은 기억에 없다. 크면서 내 동생이 여동생이었으면 하고 바란 적이 가끔 있었다, 그랬으면 우리 가족은 행복했을까 하는, 뭐 그런 생뚱맞은 생각을 한 적도 있었지만, 그게 꼭 그 그림책 때문이었는지는 모르겠다.

동생이 세상에 나오기 바로 전에, 어머니의 표현을 그대로 옮기자면, 가슴에 불이 이글이글 타고 있었다고 했다. 마치 배 속의 생명이 그 불에 타들어 가 사그라질 것만 같았다고 했다. 결국 어머니는 시집살이하던 인천에서 나 하나만 둘러업고 친정집이 있는 서울로 무작정 떠났다. 아버지는 6개월이

넘도록 집에 들어오지 않던 상태였다. 친정에서 동생을 낳은 후, 어머니는 다시 시집으로 돌아가는 대신 '남가좌동'이란 지명의, 지금도 은하수 언저리에 나 있을 듯 이 세상 바깥처럼 느껴지는, 낯선 곳에 방을 얻어 우리 세 모자가 한동안 살 둥지를 틀었다. 내가 유년기의 수년을 보낸 곳이지만, 기억은 눈곱만큼도 남아 있지 않다. 마치 지우고 싶은 유배지의 기억이라도 되는 것처럼, 그 시절의 빈약한 기억을 떠올리려다 보면 먼 밤하늘의 북십자성을 찾으려는 때만큼이나 막연해진다. 어둑어둑해질 무렵이면 미약한 공황장애가 나를 덮치곤 하는데, 그럴 때면 그건 순전히 내 세포 속에 새겨졌을 듯싶은 남가좌동 하늘의 불가해하고 막막한 좌표 때문이라는 생각이 든다.

아버지와 별거를 시작한 갓 서른을 넘긴 젊은 어머니는 눈만 뜨면 『파랑새』 혹은 『파랑새를 찾아서』를 읽어달라고 조르던 세 살배기 내게 매일 아침 저녁으로 그 그림책을 읽어주며 무슨 생각을 했을까. 우리 가족은 하루아침에 극한의 가난으로 내몰렸고, 갑자기 가장의 역할까지 해야 하는 어머니는 어린 보모를 구해 세 살배기 나와 첫돌도 지나지 않은 내 동생을 맡기고 보따리 장사부터 시작해 시장에서 보세 옷가게를 열었다. 나와 동생보다 훨씬 더 어려운 환경에서 태어난 보모는 일찍 학업을 중단하고 머나먼 시골에서 서울로 올라와 생면부지의 집을 전전하던 10대였다. 가난도 결핍도 상대적인 것이라는 사실은 한참 나중에야 알았다.

그러던 어느 날, 어머니가 여느 때처럼 가게 문을 닫고 늦게야 집에 돌아왔는데 보모는 동생을 안은 채 자고 있고 내가 어둑한 방 한구석에서 그림책을 보며 혼자 웅얼거리고 있었다고 한다. 가까이 다가가서 보니까 그림책을 한 장씩 넘기며 거기 쓰인 글을 읽고 있더랬다. 어머니는 어차피 늦은 저녁밥은 뒤로한 채 내게 책을 처음부터 다시 읽어보라 했고, 나는 그림책을 처음부터 끝까지 혼자 다 읽어냈다. 다음 날 아침에도 어머니는 책을 또 혼자 읽게 시켰고, 나는 전날 밤처럼 다 읽었다. 내가 영민하게 스스로 글을 깨우쳤다고 확신한 어머니는 며칠 후에 자신의 여동생을 불러 그 앞에서 내게 그림책을 읽도록 얼렀다.

이 역시 물론 내게는 없는, 어머니의 기억일 뿐이지만, 이날 나는 세상에 나와 어머니에게 첫 번째 실망을 안겨주었다. 어머니의 여동생이 '네깐 게 어디 보자' 하는 표정을 짓고 있었을 리야 없지만, 내가 어느 순간부터 책장을 넘기기도 전에 다음 페이지에 나오는 문장을 중얼거리고 있더라는 것이다. 그러니까 나는 어머니가 희망한 대로 글을 깨우친 게 아니라 어머니가 읽어준 내용을 토씨 하나 다르지 않게 그대로 기억했다가 책장을 넘기며 단순히 재생한, 좀 희비극적인 상황이 연출되었다. "언니도 참, 걔가 무슨 책을 읽는다는 거야" 하고 어머니 여동생이 빈정댔는지는 알 수 없지만, 왠지 꼭 그랬을 것만 같은 생각이 든다.

아무튼 그 이후로도 오랫동안 내가 그 그림책을 끼고 살았다는데, 네 살이 한참 지나서야 글을 깨우쳤다. 그때까지 난 그 그림책을 도대체 몇 번이나 읽었을까. 수백 번, 아니 수천 번이었을까? 아무튼 글을 깨우친 무렵의 나는 도무지 겁이란 것도 몰랐다고 한다. 한번은 혼자서 세발자전거를 타고 매우 가파른 언덕 아래로 내리닫다 담벼락에 부딪혀 이마가 찢어지는 사고가 났다. 병원에 가서 눈두덩 바로 위를 꿰매고 난 후에도 두려움을 잘 몰랐다지만, 가위눌려 자다 말고 손사래 치거나 잘 때가 되면 울기 시작한 게 그 무렵부터 같다. 다섯 살 되던 해에는 갑자기 간이 딱딱하게 굳어 연세대학교 세브란스병원 중환자실에 입원했는데, 내가 기를 쓰고 피 검사도 받지 않고 링거도 맞지 않으려 해서 어머니는 어떻게든 나를 살리려고 살아 있는 것과 죽는 것의 의미를 깨우쳐주고자 안간힘을 썼다고 했다. 그러니까 이런 식으로 어르고 달래서 말이다.

너 의사 선생님이 시키는 대로 하지 않고, 검사 안 받고 링거 안 맞으면 죽거든.

(……)

죽으면 엄마도 못 보고 네가 세상서 제일 좋아하는 동생도 영영 못 봐. 살래, 죽을 래. (살래.)

그럼 검사받고 링거 맞아야지. 링거 안 맞으면 네 옆에 누워 있다 죽은 애기처럼 너도 죽거든. 죽으면 다시 못 보는 거야. 애기 죽어서 애기 엄마가 얼마나 슬피 우 는지 보았지. (응.)

죽으면 그 애기처럼 너도 저기 창문 너머 산에다 묻어. 묻고 엄마만 내려올 거야. (그럼 나도 엄마 따라 내려오면 되지.)

못 따라 내려와. 죽으면 땅을 이만큼 깊게 파고 그 안에 묻어, 그 위에 흙을 잔뜩 덮거든. (부르지. 그러지 말라고, 엄마 부르면 되지.)

죽으면 엄마 못 불러. 네가 엄마 불러도 죽은 다음엔 엄마한테 들리지도 않아. (응? 왜, 안 들려?)

너 좋아하는 생선조림 있지. 엄마가 눈 뜨고 살아 있는 물고기를 시장에서 사다 가 칼로 썩썩 썰어서 냄비에 넣고 푹푹 조리면 그 물고기 살았니, 죽었니? (응? 죽었어?)

네가 먹고 나면, 네 배 속에 들어간 그 물고기 살았어 죽었어, 있어 없어? (……)

　　다섯 살이었을 때 죽다 살아난 선물로 사주었는지는 모르겠지만, 어머니 는 내가 국민학교에 입학하기 바로 전해에 계몽사판 『소년소녀 세계문학전 집』을 사주었다. 어쩌면 결국 이혼하면서 받은, 양육비라고 부르기에 같잖을 정도로 얼마 되지도 않았다는 위자료로 그 전집을 사준 건 아닌지 의심이 들 어 어머니에게 물어본 적이 있다. 아무리 살림이 어려워도 내가 읽을 책 사줄 돈은 있었다는 짧은 답을 들었다. 그런데 입학할 무렵부터 내가 극심한 정서 불안 증세를 보이기 시작해, 이번에는 입원까지 하지는 않았지만, 서울대학교 병원에서 한동안 소아신경과 특진을 받아야 했고 뇌파 검사도 여러 차례 받으러 다니며 내가 태어난 이후 우리 집에 있어본 적도 없는 가산이란 걸 탕진했다.

　나도 언뜻언뜻 뇌파 검사를 받던 기억이 나지만, 이것 역시 온전한 내 기억은 아닌 듯싶다. 덕분에 어머니의 형제자매에게 나는 일찍 글을 깨우치고 책을 읽기 시작한 영특한 아이가 아니라 그저 세상 둘도 없는 떼쟁이에, 재앙 그 자체로 지칭되었다. 내가 애지중지하던 나의 『파랑새』 혹은 『파랑새를 찾아서』는 내가 『소년소녀 세계문학전집』을 읽기 시작했을 무렵에야 뒤늦게 내 동생 차지가 되었다. 내 동생 뒤로는 어머니의 막내 남동생이 낳은 사내아이와 그 사내아이의 남동생, 그리고 여동생이 차례로 물려받았다는데, 그 이후의 행방은 전혀 알 수가 없다.

　내게 없는 그 그림책 때문인지는 모르겠지만, 나는 책 만드는 일을 하며 산다. 컬럼비아대학출판사에서 4년 동안 동료로 함께 일하다 18년 전 뉴욕 건너편의 뉴저지주 프린스턴에 있는 작은 독립 출판사로 이직한 오래된 친구가 하나 있는데, 그녀는 거기서 10여 년간 일하다가 결혼해서는 더 먼 미네소타주로 이주했다. 성과 이름이 모두 A 자로 시작하는 친구다. 그녀에게서 마르그리트 뒤라스의 소설 『연인』에 나오는 화자의 독백인 "너무 일찍 나는 이미 글렀다"라는 문장을 자신이 100번도 더 읽었다는 고백을 들은 건 재작년 일이었다.

　물론 나는 A가 그동안 습작을 하고 있는 줄도 몰랐다. 독립 출판사 편집 일을 그만두고 나서 프리랜서 서평가로 일하며 글을 써왔는데, 1년에 두 차례 발행하는 문학지 《다섯째 수요일》Fifth Wednesday Journal에 투고해 발표한 그녀의 첫 번째 단편 소설이 펜 아메리카PEN America에서 신진 작가에게 시상하는 제1회 로버트 J. 다우 단편 소설상Inaugural Robert J. Dow Short Fiction Award을 수상했다. 그 일로 2017년 봄에 시상식 참석차 자신의 남편과 네 살배기 딸과 함께 뉴욕에 잠깐 다녀갔다.

A를 마지막으로 만났던 건 그녀가 이직하며 프린스턴으로 이사하고 1년쯤인가 지나서였다. 프린스턴에 단풍이 예쁘게 물들었는데 살았는지 죽었는지 얼굴이나 좀 보게 놀러 오라는 초대였다. 주말 오후에 기차를 타고 가 이른 저녁을 먹고 차를 마시며 주로 내 불행을 주제로 수다를 떨었다. 그때 나는 이혼을 요구하며 집을 나간 아내와의 합의 이혼을 위해, 뉴욕주 법에 따라 일종의 숙려 기간이라고 할 수 있는 법적 별거 생활을 2년째 하고 있었다. 그러고 나서 해가 기울 무렵 기분 전환을 시켜주겠다는 그녀와 프린스턴대학교 캠퍼스 인근의 작은 영화관에서 그 가을 막 개봉한 영화를 보았다. 함께 본 영화는 한국에서는 '사랑도 통역이 되나요?'라는 엉뚱한 제목으로 번안된 〈로스트 인 트랜스레이션〉Lost in Translation이었다. 늦은 밤, 뉴욕으로 돌아가는 기차를 프린스턴역에서 함께 기다려주던 A는 자기 마음대로 내 어깨에 머리를 얹더니 뜬금없이 내게 "다 괜찮아지겠지?" 하고 물었고, 나는 얼떨결에 "다 괜찮아지겠지"라고 대답했다. 그 질문은 내가 해야 했을 텐데, 의아스럽게도 그녀가 내게 대신 물었다. 다 괜찮아질 거라 답한 '내가' 괜찮아진 건지, '다' 괜찮아진 것인지는 솔직히 아직도 잘 모르겠다.

A가 2017년 뉴욕에 다녀간 뒤 내게 보내준, 2016년 가을에 발행된 《다섯째 수요일》 19호에 실린 그녀의 단편 소설은 우크라이나 태생인 자기 어머니를 느슨하게 모델로 삼은 소설이었다. 그녀의 어머니는 구소련으로 유학 온 나이지리아인 아버지와 만나 결혼한 뒤 나이지리아로 이주해 A의 언니와 A를 낳았다. 그러나 소설 속 주인공은 네 차례 유산을 해 자녀가 없다. 단지 '그의 비밀을 알게 된 후 모든 게 끝났다'라고만 암시한 그 어떤 '화해될 수 없는 이견'을 이유로 그녀는 갑작스레 남편을 두고 나이지리아를 떠나 혼자 우크라이나로 돌아와 한 소도시의 학교에서 교편을 잡고 정착한다. 소도시에서 멀지 않은 곳에는 방사능 위험으로 출입이 제한된 작은 마을이 있다. 원자로가 완전히 융해된 핵 발전소에서 얼마 떨어지지 않아, 참사 이후 8년이 지났

어도 여전히 출입 제한 지구exclusion zone로 통제되고 있다. 마을에는 주인공의 어머니가 살고 있다. 일찍 죽은 자신의 남편을 체리나무 아래에 묻은 뒤 외동딸이 성장해 키예프의 대학으로 떠날 때도 마을을 떠나지 않았고, 여전히 남편의 무덤 곁을 지키며 살고 있다. 소설은 주인공과 어머니의 몇 차례 만남을 중심으로 전개된다. 소설 첫머리에서, 주인공의 어머니는 10년 만에 돌아온 딸에게 '넌 한 마리 새 같았단다'라고 말을 건넨다. 그리고 이야기는 주인공이 그녀의 어머니가 죽은 채 발견되었다는 소식을 전해 듣는 지점에서 끝난다. 잘 직조된 단편이 으레 그렇듯이, 이어지는 의문과 여운을 남겨둔 채로.

그러고 보니 오래전 두 개의 언어 사이에서 갈팡질팡하다 결국은 포기한 나의 시와, 대학원 논문을 작성하던 당시 틈틈이 한국어로 쓴 원고지 1,000매에 달하는 긴 소설 한 편과 그 소설을 쪼개어 내가 직접 영어로 번역한 단편들은 3.5인치 디스켓에 저장되어 이제 파일을 불러올 수조차 없다. 글쓰기에만 국한해 말해도 나야말로 너무 일찍 이미 글렀다고 고백해야만 할 것 같다. 당연히 돌이킬 수 없이 글러 먹은 것이 글쓰기뿐만이 아니겠지만 말이다.

한 부모 가정의 삶 한가운데로 갑자기 내쳐진 데다가 나의 잦은 병치레까지 더해져서, 어머니는 아마 하루하루 살아내는 게 고통이었을 거란 사실은 듣지 않아도 안다. 희망이 보이지 않는 삶을 비관한 어머니가 죽음의 의미도 제대로 모르는 내게 "우리 다 같이 죽어버릴까" 하고 물은 적이 몇 번이나 있었다고 한다. 나는 기억하지 못하지만, 그때 어머니가 극단적인 결정을 하지 않은 이유는, 내가 불치병에는 걸리지 않아서가 아니라, 어이없게도 내가 별 의미 없이 읊조린 "내 동생 불쌍해 어떡해"라는 말 때문이었다고 한다. 그 사실은 나를 아득해지게 한다.

그때 어머니가 어떤 극단적 선택을 했다면 나는 이런 터무니없는 글은 쓰지 못했을 테고, 태어난 지 39개월 때부터 그림책을 읽기 시작했다는, 내 동생의 아이도 당연히 태어나지 못했을 거라는 데까지 생각이 미친다. 그러면 이미 글렀더라도, 행복 따위가 없더라도, 삶은 꾸역꾸역 살아낼 그 어떤 가치가 있는 것이라고 주장하고 싶어진다. 물론 희망조차 황망히 사라진 듯 보이지 않을 때마저도 자신에게 소중한 것을 단 하나라도 환기해낼 수 있다면 말이다. 왜 다른 삶은 전혀 고려하지 않았는지, 어떤 희망조차 상상하기 어려운 그 시절, 삶을 정말로 놓아버리는 데까지는 나아가지 않았는지 어머니에게 캐물은 적이 있다. 너희 둘이 있었으니까 견뎌내야 했고, 버텨낼 수 있었던 거지. 너희 둘이 내 보물인걸. 이건 그러니까 나의 『파랑새』뿐 아니라 어머니의 『파랑새』에 관한 글이다. 어쩌면 파랑새를 '찾아 나서는' 그런 글이 될 수 있을지도 모르겠다.

• 알렉산더 테세이라 드 매토스는 포르투갈에서 있었던 종교 박해를 피해 네덜란드에 정착한 유대계 자손으로 네덜란드 개신교도인 아버지와 영국인 어머니 사이에서 1865년 태어났다. 아홉 살 때 가족과 함께 영국으로 이주해 교육받고, 가톨릭으로 개종했다. 제1차 세계 대전 중에 영국으로 귀화했다. 저널리스트이자 문학 비평가로, 『파랑새』를 포함해 1911년 노벨문학상을 수상한 모리스 마테를링크의 희곡 작품 대부분을 번역해 영어권에 처음 소개한 번역가이자 출판인이기도 하다. 그는 자신의 최대 업적으로 프랑스 곤충학자이자 박물학자인 장 앙리 파브르의 저서 전체를 11년 동안 번역해 펴낸 것을 꼽았다고 알려져 있다. 1922년 1월 15일 자 《뉴욕 타임스》The New York Times '책과 저자' 섹션은 테세이라의 부고 소식을 전하며 그가 당대 가장 뛰어난 외국 문학 번역자였다고 평했다.

R2 　　　　　　　　시 쓰며 일하던
　　　　　　　　아이들은
　　　　　　　　어디로 갔을까

『일하는 아이들』,
이오덕 엮음

　　　　　　　　　　　단 하루거나 이틀일 뿐인 새해 1월 첫
연휴 뒤 주말에는 예전에 읽었던 책을 책장에서 꺼내 슬렁슬렁 다시 읽는다.
이럴 땐 그냥 아무 곳이나 펼쳐 읽어도 상관없는 책이어야 한다. 어머니가 어
릴 적 내게 사준 첫 번째 시집도 그런 책이다. 이오덕 선생이 엮고 청년사에서
펴낸 『일하는 아이들』*(지금은 양철북 출판사에서 발행하고 있다)인데, 내가
가지고 있는 책은 1978년 2월 15일 초판 1쇄가 발행되고 같은 해 4월 22일
찍은 3쇄다. 한 아동 문학 출판사에서 주관한 글짓기상을 탄 직후에 어머니
는 동네 책방에서 이걸 사다 주었다.
　　어머니는 하필이면 왜 이런 시집을 내게 사준 걸까, 하고 생각하다 보면
당시 내게 글짓기란 뜻을 잘 알지도 못하면서 주워들은 단어들로 (이오덕 선
생이 책에 쓴 것처럼) "상 타고 이름을 내기 위해 하는 거짓스러운 말재주 놀
이"였던 것 같아 부끄러워진다. 이오덕 선생은 같은 글에서 "자신을 귀하게
여기고" 그러한 "자기들의 느낌과 생각을 정직하게" 쓰라고도 말했다. 어릴

적에는 내가 서울에 살고 일을 하지 않아도 되어서 다행이라고 생각하면서도, 시를 잘 쓰는 아이들이 죄다 시골에 사나 보다 하고 얼토당토않은 짐작도 했다. 나 역시 늦은 밤이 되어서야 들어오는 어머니를 기다리다 끼니를 거르고 자는 때가 없지 않았지만, 나로서는 떠올릴 수 없는 시구詩句를 그 아이들이 만들어내는 이유가 시골에 살며 일을 해야만 해서가 아닐까 하고 상상했다. 그것이 정말이지 한심한 생각이었다는 사실을 깨달은 때는 영구히 지속될 것만 같던 유소년기가 끝날 무렵이었다.

처음 『일하는 아이들』을 읽었던 때로부터 4년이 지나, 나는 시애틀이란 낯설고 한적한 도시에서 불쑥 열여섯 살이 되었다. 열일곱이 되던 해에는 학교에서 익숙지 않은 언어로 공부하고 배우는 일 말고도 내 일과를 분명히 구성하는, 또래 아이들이 용돈을 벌려고 통과의례처럼 하는 아르바이트를 시작했다. 그렇다고 해서 누군가의 마음을 움직일 만한 시가 쉬이 써진 것은 아니었다. 그런 시는 정직하게 쓰지 않으면 가능하지 않다는 사실을 조금씩 깨달아가고 있었지만, 나는 솔직할 자신이 없어서 본심은 숨긴 채로 글을 쓰는 데 더 익숙했다. 시를 쓴다고 끄적거렸으나 정직하게 쓰는 일이 내게 가능하지 않았던 건 『일하는 아이들』을 읽기 전이나 후나 똑같았다.

지금 쓰는 이 글이 시가 될 리야 없지만, 여기선 가능한 한 정직하게 써보려고 한다. 그러려면 내가 닥치는 대로, 잡히는 대로 해온 일에 관해 먼저 밝혀야 할 것 같다. 시는 더 이상 쓰지 않게 되었지만, 살면서 하지 않을 수 없는 일과 그래도 회피하고 싶은 일이 어떤 것인지 알게 해주었고, 한편으로는 어떤 일이든 일(과 일하는 이)에 대한 일정하고도 확연한 태도를 갖게 했으니까.

처음으로 일한 곳은 한 패스트푸드점 주방이었다. 10학년이던 고등학교 1학년 때였다. 냉동되어 있는 고기 패티를 구워 햄버거를 만들어야 했는데, 4개월을 채우지 못하고 그만두었다. 나는 또래의 다른 직원들이 원하지 않는, 고기 굽는 그릴을 닦고 매장 청소까지 하는 저녁 시간대에만 일을 해야 했는데,

꼬집어 말하기 어려운 일종의 차별을 받고 있다는 피해 의식이 들어서였다. 그다음에 한 일은 잔디깎이 일이었다. 내가 다니던 고등학교의 유일한 한국계 미국인 선생님 댁의 잔디를 모터가 달리지 않은 잔디깎이 기계로 졸업할 때까지 매년 여러 차례 다듬었다. 고등학교에서 그분 수업을 수강하지는 않았어도 내가 반값 급식을 받도록 도와주고 또 대학에 진학할 수 있도록 각종 조언을 아끼지 않은 고마운 은사였지만, 나와 상관없는 각종 잔소리도 귀가 닳도록 들어야 했다. 그 일은 고등학교를 다닌 3년을 채웠다.

고등학교 2학년 가을 학기에는 4개월 정도 《시애틀 인텔리젠서》Seattle Intelligencer라는 조간신문을 가가호호 돌리는 배달 일도 했다. 혼자가 아니라 나와 두 살 터울인, 당시 9학년인 중학교 2학년 동생과 같이했다. 신문을 구독하는 이들이 사는 구역이 꽤 넓었지만, 어찌 됐든 오전 7시 전까지 신문 배달을 마쳐야 했다. 등교 시간은 7시 45분. 새벽 4시 45분에 일어나 차로 5시까지 지역 배급소에 도착해서, 아직 잠이 덜 깬 눈을 비비며 15분 이내에 각종 무가지와 광고 전단을 신문에 끼워 넣는 작업을 하고 차에 우리가 배달할 신문 200여 부를 실었다. 비상등을 켜고 골목에 차를 세울 때마다 동생과 내가 함께 밖으로 뛰쳐나가 각자 오른쪽 집과 왼쪽 집에 신문을 넣었다. 대략 열 부 정도를 더 가지고 출발했는데, 어이없게 신문이 모자란 날도 있었고 가끔은 남는 날도 있었다. 이른 겨울 진눈깨비가 내린 날 새벽 경사진 길 위에 세워둔 차가 미끄러지며 신문을 배달하던 한 집의 주차장 벽을 살짝 들이받는 사고를 일으킨 직후에 적지 않은 액수의 피해보상금을 물고 그만두었다.

다음 일은 11학년을 마치고 고등학교 졸업반을 시작하기 전 여름 방학에 했다. 태평양을 건너 퓨젓 사운드 항만으로 들어온 선박의 컨테이너를 하역해 철도와 트럭에 옮겨 싣는 물류 하역장 코앞에 있던 대형 마켓의 야간 캐셔cashier 보조였다. 저녁 10시에 일을 시작해 다음 날 아침 6시까지 두 명의 야간 캐셔를 돕는 일이었다. 내가 열일곱이라 담배나 술을 판매할 수 있는 나이가 아니어서, 두 캐셔가 계산하는 동안 구매품을 봉투에 담는 일이 명목상의 주 업무였다. 그러나 실제로 마트에서 가장 긴 시간 동안 한 일은 물건 쟁이는 일과 청소였다. 마트에 도착하면 제일 먼저 매장 한편을 메운 냉장 코너로 가서 식스six 팩과 더즌dozen 팩, 각기 다른 용량의 낱 병 등 가짓수만 100여 종이 넘는 맥주와 각종 음료의 캔과 병을 고객이 냉장실 문을 열고 꺼내기 수월하게 재진열했다. 매장에 입고된 상품에 일일이 가격표를 부착하는 일은 며칠 건너 한 차례씩 했다. 새벽 2시를 기해 주류 판매가 끝나면, 냉장고 안으로 들어가 보관 중인 상자에서 음료를 꺼내 유리문 안쪽 팔 하나 깊이의 매대에 다시 진열하고 상자를 정리해 쟁이는 일을 두 시간 가까이 했다. 냉장고에서 나오면 한여름인데도 이가 탁탁 부딪힐 정도로 추웠다. 매니저가 야식으로 샌드위치를 만들어주었고, 뜨거운 커피도 내려주었다. 시급에 포함되지 않는 휴식 시간 15분 동안 샌드위치와 커피를 허겁지겁 먹고 나서는, 마트 뒤편으로 가서 앞선 작업에서 나온 빈 상자를 분해해 분리수거함에 넣었다. 폐지 상자가 많은 날은 수거함 위로 올라가 트램펄린 하듯 뛰어 상자를 납작하게 만들었다.

동이 트기 바로 전에는 전날 종일 햄과 파스트라미 등 소금에 절인 고기와 치즈를 썬 두 대의 커터를 분해해 세척하는 일을 했다. 당연히 고등학교 실내 운동장만 한 매장 청소도 내 담당이었다. 미트 커터에 손을 베여 피가 철철 흘렀을 때 매니저가 청소를 대신해주어서, 그가 주로 하던 족히 80여 종은 되는 담배 재진열과 동전 세기 따위의 손쉬운 일을 내가 대신한 적이 몇 번 있었다. 3개월 가까이 되는 여름 방학 중에 주 5일 여덟 시간 야간 근무를 풀타임으로 채웠고, 가을 학기로 접어든 후에는 2개월가량 금요일과 토요일 밤에만 일하다가 종내 그만두었다. 그 여름 모은 돈으로 읽고 싶던 헌책도 여럿 사고, '스프리'란 이름의 흰색 모페드moped도 한 대 샀다.

마트에서 캐셔 보조로 일한 그 여름 내내 한 다른 일이 하나 더 있었다.

나와 동생처럼 두 살 터울인 초등학교 입학 전 사내아이와 그 동생을 서너 달 간 맡아 우리 집에서 종일 돌보는 '베이비시터'babysitter 일이었는데, 이 일은 다시 동생과 내가 함께했다. 내가 밤일을 하고 집에 돌아와 자고 있을 때 어머니는 동생과 두 아이에게 아침을 차려주고 10시쯤 일을 나갔다. 내 동생은 아이들을 자기들끼리 놀게 두고 서너 시간 동안 바이올린 연습을 했다. 1시쯤에 내가 일어나면 점심을 차려 두 어린아이와 함께 먹었다. 동생은 오후에 한 시간 큰아이에게 바이올린 레슨을 했고, 나는 작은아이가 그림을 그리며 놀게 하고 가끔 아이가 울거나 짜증을 내면 동화책을 읽어주기도 했다. 유치원에서 알파벳을 배운 큰아이에게는 그림 동화책을 혼자 읽는 법을 가르쳤다. 그 여름 내가 읽고 또 읽은 책은, 아이들을 우리 집에 맡기고 한국에 나가 있던 그 아이들의 젊은 엄마가 빌려준, 소설가 조세희의 『난장이가 쏘아올린 작은 공』이었다.

이듬해 여름, 고등학교를 마치고 대학에 입학하기 바로 전에는 '너싱 홈' nursing home에서도 일했다. 그러니까, 노인 요양 병원의 주방 보조였다. 나를 그 너싱 홈에 소개해준 친구는 고등학교 문예부에서 만난, 시를 쓰던 베트남계 미국인 친구였는데, 그곳에서 벌써 1년 넘게 방과 후 일을 한 고참이었다. 내 선임자이자 동료인 그와 함께 오후 2시부터 저녁 9시까지 주 4일을 같은 시간대에 일했다. 하루 네 차례의 식사를 준비하는 병원 주방이다 보니 식기 소독과 위생 관리가 가장 큰 업무였지만, 필수 보조 업무가 더 있었다. 그건 각 병동에 입소해 있던, 예외 없이 모두 지병을 지닌, 고령 환자들의 식사를 배달하는 일이었다. 조리사들이 특이 식단에 맞추어 만든 메뉴를 각각의 용기에 담으면, 색깔과 알파벳과 숫자가 병기된 차트를 들여다보며 트레이 위로 옮겨 담았다. 이후 조리장의 검수가 끝나면, 한 단에 트레이를 두 개씩 넣을 수 있는, 내 키만큼 높은 열 단짜리 바퀴 달린 대형 트레이 트럭을 각 병동으로 배달했다.

주방 보조가 해야 하는 업무 중에는 방송도 있었다. 출발 전에는 마이크로폰 시스템에 '점심 식사 A 병동 1층으로 출발합니다, B 병동 2층으로 이동합니다' 하는 식으로 공지를 해야 했는데, ㅁ 자 병동의 스피커를 통해 울리는 내 목소리를 듣는 것은 하루 전까지만 해도 누군가 누워 있던 빈 침상을 보는 것만큼이나 피하고 싶은 일이었다. 식사 배달을 마친 뒤에는 다시 첫 병동에서부터 식사가 끝난 트레이를 빈 트럭에 담아 돌아왔다. 식기가 모두 회수되면, 접시와 작은 용기와 트레이를 세척하고 열과 스팀으로 소독해 물기하나 없이 말린 후 다음 식사 때 쓸 수 있도록 정리하는 작업을 했다. 한 끼식사를 위해 처음부터 끝까지 세 시간 정도 걸리는 작업을 끝내면, 15분 동안빵과 우유로 간단한 요기를 하고 15분쯤 휴식을 취한 다음에 저녁 식사를 위해 같은 일을 그대로 반복했다.

대학에 들어가고 나서 한 일은 이전과는 전혀 다른 일이었다. 대학 캠퍼스에 있는, 서북미 지역을 대표하는 문화 예술 공연장인 미니 홀에서 한 '어서'usher라 불리는 일이었다. 열 명 남짓 한 조를 이뤄 일했는데, 1,200석 공연장에 공연 시작 한 시간 전에 미리 도착해 프로그램을 각자의 위치에 배분하고, 공연장 조명을 켜고, 입장하는 관객에게 프로그램을 나눠주고, 늦게 도착하는 관객은 불 꺼진 공연장의 좌석까지 조용히 안내하고, 짧은 인터미션 이후에는 공연을 시작하기 전까지 관객을 전부 관람석에 착석시키고, 공연이끝나면 모두 퇴장했는지 확인하고, 모든 조명을 끄고 공연장의 문을 걸어 잠그는 것까지가 어서의 업무였다. 당시 최저임금 시급보다 1달러 정도를 더받았고, 무엇보다, 근무하면 따라오는 특혜가 있어 현임의 주선이 없이는 잡기 어려운 일이었다. 두어 학기 정도 잠시 쉰 적은 있었지만 대학을 졸업할때까지 그만두지 않았다.

이 자리는 대학교 1학년 때, 영문학과 학생들이 주축이 되어 1년에 한두차례 발행하는 《브리콜라주》Bricolage라는 이름의 문예지 편집부 활동을 하다가 만난 이탈리아 성을 가진 유대계 미국인 영문학과 친구의 추천으로 얻었다. 시를 쓰는 이 친구와 그녀의 언니, 두 사람이 내 선임이자 동료였다. 그녀의 언니는 역사학과 학생이었는데, 역시 《브리콜라주》 편집부원이었고 소설을 습작하고 있었다. 학기 중에는 한 달에 서너 차례 정도 음악과 무용 공연이 있었는데, 네 번 근무할 때마다 한 장씩, 여덟 번 일하면 매진되지 않은 공연의 무료 티켓을 두 장까지 신청해 받을 수 있었다. 공연이 매진되었을 때라면, 객석 안내를 마친 후 불 꺼진 공연장에 들어가 어두운 벽에 기대서서 공연을 볼 수도 있었다. 음대생이던 동생과 뉴욕서 자취하던 시절을 빼면, 이때가 내 일생 최대의 문화 향유기다. 1980년대 중반부터 1990년대 초까지 음악계와 무용계에서 독보적이던 세계적인 음악가들의 연주를 듣고 안무가들의 공연을 보았다. 클라우디오 아라우, 알프레트 브렌델, 벨라 다비도비치, 머리 퍼라이아, 이보 포고렐리치, 마우리치오 폴리니, 안드라스 시프, 장 이브 티보데, 크리스티안 지메르만, 과르네리 스트링 쿼텟, 보로딘 스트링 쿼텟, 보자르 트리오, 에머슨 스트링 쿼텟, 줄리아드 스트링 쿼텟, 마크 모리스 댄스 그룹, 머스 커닝햄 댄스 컴퍼니, 부토 산카이 주쿠….

6년이나 다닌 대학 시절 중 두 번의 여름 방학 동안에는 편의점에서 캐셔로 일했다. 대학을 졸업하고 대학원에 진학하기 전, 갑자기 내 인생에서 비워야 한 1년간은 친구의 작은 아버지가 운영하는, 주문 제작 스피커를 한국에서 수입해 파는 오퍼상에서 약 4개월 정도 잡무를 보다, 정유소가 붙어 있는 규모 있는 편의점 세 곳을 2개월 단위로 돌며 캐셔로 아침부터 저녁까지 하루 여덟 시간씩 6개월가량 일했다. 거의 모든 편의점이 '이지 리스닝'Easy Listening이라 부르는 음악이 나오는 라디오를 종일 틀어놓고 있었는데, 두 곳에서는 채널을 돌려놓았다가 두 점주에게 지청구까지 들었다. 듣고 싶은 음악을 틀고 싶거든 내 편의점을 열라나. 나는 아직도 이지 리스닝 음악만 들으면 속이 메슥거린다. 뉴욕의 대학원에 진학해서 구한 첫 아르바이트도 내가

오 빠

오빠가 돈 때문에 울었다.
기성회비 때문에 울었다.
기만이네 집에 가서 돈 천원을
꿔서 줘도 적다고 운다.
집에 있던 돈 오백원하고 주니
뼁 군경거리며 울고 갔다.

안동 대곡분교 3년 김두남 / '69. 9. 30.

「뼁 군경거리며」어린이 중얼거리며.

누 나

누나는 형님 따라
서울로 식모살이 갔다.
내 마음은 언제나
울고 싶은 마음
교실에서 산을 바라보면
내 눈에는 서울이 보인다.
그러면 눈물이 나올라 한다.

상주 일리 6년 김진복 / '64. 4. 20

1학년 1반
(어머니) 반 경

동생과 자취하던 아파트에서 두 블록 떨어진 곳에 있는, 24시간 여는 마트의 주말 야간 캐셔 일이었다. 거의 1년 가까이 거기서 일한 것 같다. 내가 캐셔 보조로 일한 대형 마트까지 포함해 캐셔로 일한 마트나 편의점의 수를 꼽아 보니 모두 일곱 곳이나 된다.

4년을 다닌 대학원 시절에는 내가 다니던 대학의 브루클린 캠퍼스 미대 학장 사무실에서 주 3일, 하루 일곱 시간씩 미대 교수인 학장의 조교로 2년을 일했다. 아마 내 일생에서 제록스 복사를 가장 많이 한 때일 것이다. 학장실에는 학장과 건축과 교수인 부학장 외에도 행정 업무를 보는 정직원이 두 명이나 있었지만, 부학장의 개인적 요청으로 맨해튼 고급 식당 저녁 예약이나 뉴욕시 연고 야구단의 하나인 '메츠' 좌석 예약을 해주어야 할 때도 있었다. 모든 디자인 수업은 저녁 6시부터 맨해튼 캠퍼스에서 있어서, 오후 5시에 일을 마치고 바로 지하철로 이동해 수업을 듣는 날도 있었다.

한국 유학생인 한 동급생은 졸업장만 받고 한국에 돌아가면 서울 다음으로 큰 도시의 대학에 자기 아버지가 마련해놓은 전임 자리가 준비되어 있다며, 졸업 논문을 대신 써달라는 요청을 했다. 꺼림칙해 맡지 않았고, 그와는 절교했다. 다른 동급생 하나는 자신이 진행하는 졸업 논문 프로젝트에서 주제를 다듬고 가설을 세우고 자료를 조사해 텍스트 쓰는 작업을 도와달라며 개인 지도를 부탁했다. 한 학기 동안 당시 최저임금 시급의 2.5배를 받고 했다. 그즈음 뉴욕주와 뉴저지주의 한인 업소 주소록을 만드는 일도 잠깐 했는데, 아침부터 열 시간 동안 쉬지 않고 일하고 작업 속도가 느리다는 힐난을 받고는 그날 저녁에 바로 그만두어야 했다. 학점을 못 채워 졸업하지 못한 채 뉴욕의 한 디자인/광고 회사에 취직해 다니고 있다는, 얼굴 한 번 본 적이 없던 학과 선배라는 이가 졸업장을 받을 수 있도록 도와달라고 해서, 그를 대신해서 전시를 보고 페이퍼를 두엇 대필하는 일도 했다. 미주 한인 청년 단체의 뉴욕 지부에 소속되어 있을 때 알던 선배가 운영하는 미주 불교 월간지의 컴퓨터 조판 일은 4개월 정도 했다.

그러니까 거의 닥치는 대로, 대략 열서너 가지 일을 해봤다. 몸을 쓰든 머리를 쓰든 별다른 바 없는 비정규 임시직을 전전하며 지낸 12년 넘는 세월을 떠올리면 아직도 먹먹해지는 탓에, 한 번 정규직이 되자 다시는 불안정한 그 시절로 돌아가고 싶지 않았다. 그래서 동료 북 디자이너들이 더 나은 대우와 보수를 찾아 대형 상업 출판사로 이직하거나 말거나 나는 가능하기만 하면 그대로 남아 첫 직장에서 은퇴하겠다는 다짐을 한 것 같다. 내가 근속하고 있는 대학 출판사에서 일하기로 결정한 실질적 요인 중에 제일 중요한 것이 설립된 지 242년 된 대학과 연계된, 창립된 지 103년이 된 출판사의 안정성이었다. 다음이 상대적으로 자유로운 출근 시간이었고, 다른 하나는 출판사에서 펴낸 책 중에 마르그리트 뒤라스의 『초록 눈』이 있다는 점이었다.

이 책에는 뒤라스가 (시인이자 소설가이며 갈리마르 출판사의 플레이아드 백과사전 디렉터였던) 레몽 크노와 1960년에 진행했지만 그 어디에도 발표되지 않은 대담이 실려 있다. 대담에서 크노는 자신이 일고여덟 살 때부터 시를 썼다고 했다. 글은 언제부터 썼느냐는 뒤라스의 이어진 질문에, 자신은 글을 쓰지 않았던 때의 기억은 없다고 대답했다. 이 대담을 읽으며 이상한 기시감에 오래전 읽은 기사가 어렴풋이 떠올라 검색해보니, 아니나 다를까 크노와 인터뷰를 진행한 뒤라스 역시 1991년 10월 20일 자 《뉴욕 타임스》 일요판에 실린 인터뷰에서 자신이 어릴 적부터 시를 썼고, 시로 글쓰기를 처음 시작했다고 고백한 적이 있었다. 인터뷰에서 뒤라스는 자신이 열 살 무렵부터 "아주 형편없는 시를 쓰기 시작했다"라고도 했다. 그러면서 많은 아이가 '시'라는 가장 어려운 형식으로 글쓰기를 시작한다고도 말했다.

자신의 지각·감각을 통해 세계를 발견할 즈음 시작하는 글쓰기라면, 나는 형편없더라도 시보다 더 적절한 형식은 없을 거라는 생각이 든다. 그러고는 오래전에 시를 쓰며 일하던 아이들은 어떻게 살고 있을지 궁금해진다. '꾸정물' 속에 담긴 별이 반짝이는 걸 보면서 어머니를 도와 새벽밥을 지어야 한 아이도, 까만 새를 보면서 남의 집 양식을 '후배' 먹고 배가 부르면 밤하늘에 올라가 춤을 춘다고 한 아이도, '쬐꼼'하게 맺힌 이슬방울을 보면서 이슬이 되고 싶다고 생각하다가 서로 자리를 바꾸자는 남들은 못 듣는 이슬의 속말을 듣던 아이도, 필통 속 연필을 보면서 일을 하다 엄마 품에 안겨 쉬는 모습을 상상하던 아이도, 이제 모두 아이가 아니다. 예순아홉에서부터 쉰셋이란 적지 않은 나이의 어른이 된 그들은 아직도 시를 쓸까, 혹여 시 쓰던 시절을 가끔 아련하게라도 기억할까. 내게는 단 한 번도 찾아오지 않은, 각자만의 시상詩想을 가지고 있던 그들은, 시를 쓰며 일하던 아이들은 모두 어찌 되었을까. 더는 시를 쓰지 않고, (누군가는 해야만 하는) 남들 책 만드는 일을 하는 나는, 그것이 알고 싶다.

별

권이남, 공검 2학년

새벽에
어머니하고
밥하러 나가니
꾸정물 속에
별이
반짝반짝한다.
엄마, 저거 봐, 하니
별이 자꾸 반짝거린다.
(1958. 12. 18.)

까만 새

정부교, 대곡분교 3학년

까만 새가

낮에는

돌다물에 들어가 있다가

밤이 되면

아무도 모르게

남의 집 양식을

후배 먹고

배가 둥둥 하면

저 먼 산에 올라가

하늘을 구경한다.

그러다가

하늘로 올라가서

달과 별과 춤을 춘다.

(1968. 12. 11.)

이슬

김을자, 대곡분교 2학년

이슬이

쬐꼼한 게

나와 있다.

내가 이슬이라면 좋겠다 하니

이슬이 나보고

그면 니가 내고

내가 니고.

한다.

(1970. 6. 18.)

필통

김순규, 길산 4학년

연필이 일을 하다가

따뜻한 엄마 품에

가만히 누워 있다.

(1976. 11.)

-『일하는 아이들』, 이오덕 엮음, 양철북

* 표지 삽화는 오윤의 목판화이지만, 책에는 당시 출간된 많은 책이 그렇듯 표지 장정과 관련해 아무런 표기도 되어 있지 않다.

R 3   오래된 교과서와
                                 '오감도'

『대학작문』, 서울대학교출판부 지음
『이상』, 김용직 엮음

        처음 김수영의 시와 이상의 소설을 본
것은 외사촌 형의 『대학작문』이란 책에서였다. 서울대학교출판부가 1975년
2월 발행한 교과서다. 아마도 책이 발행된 해에 이과생으로 대학에 입학한
둘째 외사촌 형의 교양 수업 교과서였지 싶다. 명절날 어머니 큰오빠 집에 찾
아온 친인척과 손님을 피해서 들어간 외사촌 형들의 방 책장에서 이 책을 보
았다. 내가 외사촌 형들의 방에 처음 숨어들어 간 것은 또래 외사촌들이 자기
부친과 함께 응접실과 안방에서 바둑 두는 어른들 틈에 끼어 다과를 오물거
리고 있을 때, 나는 어머니 주위를 얼쩡거리다가 어른 중 하나가 주방에서 일
하고 있던 어머니에게 "혹을 둘씩이나 달고 사느라 네가 친정 와서까지 애쓰
는구나"라는 인사말을 아무렇지도 않게 하는 걸 듣고 나서다. 정서 장애를 앓
던 선병질적인 아이에서 순식간에 '혹'이 되어버린 나는 열 살이었다.
    그런 날 하필이면 나이까지 어린 한 외사촌과 다투어 소란을 피웠다. 나
를 2층으로 올라가는 계단 뒤편으로 데려가서, 있어도 없는 것처럼, 내 동생

처럼 제발 눈에 띄지 말고 가만히 좀 있으라며 꾸지람하던 어머니는 끝내 억울해하던 나를 어르다 계단 모서리에 얼굴을 부딪혀 피를 쏟고 지금까지 콧등에 흉터가 남아 있는 상처를 입었다. 그날 이후로 몇 해를 더 2층에 있던 외사촌 형들 방에 숨어들어 가 책장에 꽂혀 있는 『대학작문』을 내 멋대로 꺼내 읽었다.

김수영의 시 「푸른 하늘을」과 이상의 단편 소설 「날개」를 읽으면서, 내용을 온전히 이해하지 못한 채로도 이 책이 얼마나 탐나던지… 푸른 하늘을 날아오르는 '노고지리'란 새의 어여쁜 이름 때문이었을까, 아니면 그날 이후 내 뇌리에 선연해져 버린 '피의 냄새' 같은 묘사 때문이었을까. 그게 아니었다면 도무지 알아들을 수 없는 말들을 죽 늘어놓다가, 날개가 있던 자리여서 겨드랑이가 가려운 거라며 '날자'라고 외치고 싶어 하는 좀체 종잡을 수 없는 남자의 독백 때문이었을까. 김金 자나 이李 자 같은 성씨를 제외하면 한자를 거의 모르던 때였으니, 이 시가 김수영의 것인지 이 소설이 이상의 것인지도 당연히 모르는 채였다.

내가 머리를 밀고 중학교에 입학할 무렵 마침 군대에 입대하는 외사촌 형을 졸라 책을 빌려 왔다. 그러고는 내 책상 위의 작은 책장에 꽂아놓고 내킬 때마다 꺼내 들고 보았다. 가끔이었지만 어머니한테 이건 무슨 글자냐고 물어보기도 했다. 그러면 어머니는 손바닥만 한 옥편을 꺼내 한참을 들여다보고 나서 그건 무슨 뜻의 글자인 것 같다며 그다지 확신이 가지 않는 어조로 알려주었다. 당시만 해도 나는 중학교에 가기만 하면 이 시와 소설 속 모든 어휘와 의미를 알 수 있으리라 믿어 의심치 않았다. 믿기지 않을지 모르지만, 내가 탐낸 것은 맹세코 이 책에 실린 「푸른 하늘을」과 「날개」의 세계를 이해하는 거였으니까.

『대학작문』은 모두 3부로 구성되어 있는데, 제1부에는 28페이지에 걸쳐 '국어의 문장○○', '국어의 어○', '국어 정서법'이, 제2부에는 144페이지에 걸쳐서 '작문의 절차', '작문의 기술', '작문의 ○습', '논문 작성법'이, 그리고 372페이지에 달하는 제3부에는 시 31편과 단편 소설 22편, 희곡 1편이 실려 있다. 그러나 내가 앞서 기술한 차례에서 볼 수 있듯이, 특히나 한자가 빼곡한 제1부와 제2부는 아직도 무한한 열패감을 준다. 한국에서 보낸 마지막 학창 시절인 중학교 때 내가 특별히 한자 수업을 게을리한 것도 아닌데, 그나마 알고 있던 얼마 되지 않는 한자들은 확연히 바뀐 새 환경으로 인하여 계속해서 교습하거나 일상에서 마주칠 일이 없어지면서 이제 거의 다 잊어버렸기 때문이다.

아무튼 이 교과서가 목적하는 작문법은 전혀 익히지 못했더라도 주요섭의 「사랑손님과 어머니」, 최서해의 「탈출기」, 채만식의 「치숙」, 최정희의 「흉가」 같은 한국문학 초기 소설들을 이 책으로 처음 접했다는 사실만은 변하지 않는다. 물론 대학교에 진학해 동아시아 도서관의 서가를 발견한 이후, 그보다 훨씬 많은 작품을 만났지만 말이다. 그러다 시애틀 어머니 집에 있는 책장 맨 아래 칸 한구석에 처박힌 채로 30년도 넘게 홀대받은 이 책을 다시 펼쳐 들고 나서야 내가 한 가지 사실을 오랫동안 오해했다는 걸 깨달았다. 이상의 시 「오감도」를 이 책에서 처음 보았다고 생각했는데, 이 책에는 소설 「날개」만 실려 있었다. 그렇다면 내가 이상의 「오감도」를 읽은 것은 어느 책을 통해서였을까? 그게 책이기는 했던 걸까?

만약 책이라면 문학과지성사에서 1977년 발행한 김용직의 『이상』(작가론총서 10)일 수도 있겠지만, 안타깝게도 이 책 초판은 1982년 2월 마지막 주의 어느 날 종로서적에서 구했으니까 이 책일 리는 없다. 편집적으로 이 의문에 집착하는 이유는 나 자신은 기억하지 못하는 디테일 하나 때문이다. 한 중학교 동창이 내가 중학생이었을 때 이상의 「오감도」 '시 제1호'에 나오는 "제1의아해가", "제2의아해도" 어쩌고저쩌고하는 구절을 입에 달고 다녔다고 기억하고 있었다. 나는 그 시 제목이 '조감도'인 줄 알고 있었다.

나를 잊지 않고 기억해온 이 중학교 동창과 서울서 다시 만난 건 내가 한국을 떠난 지 꼭 4년 4개월이 지난 1986년이었다. 그해 4월에 돌아가신 외할머니의 49재 연미사에 참석하러 서울로 귀국하는 어머니를 따라간 바로 그 초여름이었다. 당시 대학 신입생이던 나는 조기 유학생으로 시애틀에 와 있던 한 조숙한 여고생과 풋내기 연애를 하고 있었는데, 나한테 『이상』이 있다는 얘길 듣고 눈이 반짝하는 걸 보고 얼결에 그녀에게 책을 빌려주었다가 책을 돌려받으려고 자꾸 연락하다 보니 사귀는 사이가 되었다. 고등학교 졸업과 함께 여름 방학을 맞아 서울에 돌아가 있던 그녀를 만나 그녀가 부속 유치원을 시작으로 국민학교를 거쳐 중학교 과정 일부를 다녔다는 홍익대학교 앞을 구경했고 신촌 일대 카페를 전전했으며, 대학로까지 진출해 연극 공연을 보기도 했다. 함께 서너 편은 본 것 같은데, 기억에 남아 있는 건 '극단 76' 창단 10주년 기념 공연이었던 페터 한트케의 〈관객모독〉이다. 에드워드 올비의 연극도 보았던 것 같은데, 그게 연극이 끝날 때까지 버지니아 울프가 나오지 않는 〈누가 버지니아 울프를 두려워하랴〉인지는 확실치 않다.

　　1986년 여름에 우연히 만났다 연락이 끊어진 이후, 꼭 사반세기 만에 우여곡절로 다시 연락이 닿은 중학교 동창에 따르면, 그 여름 그를 서울서 만난 곳은 내가 기억한 것처럼 〈관객모독〉을 공연하던 '공간' 사옥 내 지하 소극장이 아니라 내가 본 것조차 까맣게 잊고 있던 존 파울즈의 〈컬렉터〉를 공연한 대학로 '샘터' 건물에 있던 파랑새극장이라고 했다. 극장 뒤편에 앉아 있다가 나를 본 것 같아 연극이 끝나고 관객이 일제히 퇴장할 때 내 이름을 불렀다는데, 내가 듣지 못하고 단발머리를 한 여자아이와 그냥 극장을 나가더라고 했다. 그런 줄 전혀 몰랐던 나는 거리로 나와서 걷다가, 내가 이상의 시와 소설을 좋아하니까 '오감도'라는 카페에 가자는 그녀 말대로 그리로 따라갔다. 자리에 앉자마자 누군가 우리 테이블로 건너오더니 내게 "이창재 씨 아니신가요?"라고 실실 웃음을 흘리며 물었다. "네, 그런데요"라고 대답하며 나를 "씨"

라고 부른 이의 얼굴을 보자마자 낯설지 않은 옛 얼굴이 바로 포개져 떠올랐다. "앗, 넌! 너 ○○이지!"

　우리가 중학생이던 때는 두발 자율화 이전이어서 둘 다 빡빡머리였지만, 이제 둘 다 앞가르마를 탄 제법 긴 머리를 하고 있는데도 신통하게 이내 서로를 알아보았다. 그는 고고미술사학을 전공하고 있고 학과 후배와 연극을 보러 대학로에 나왔다고 했다. 혹시라도 어두컴컴한 극장에서 본 게 내가 맞는다면 '오감도'란 이름의 카페에 들르지 않을까 해서 나를 기다리고 있었다고 했다. 우리는 잠깐 같이 합석해 인사를 나누고 연락처를 교환하고 헤어졌다.

　공교롭게도 그로부터 얼마 지나지 않아 나는 그녀에게서 이제 그만 만나자는 일방적인 이별 통보를 받았다. 내 생애의 첫 실연이었다. 마침 시애틀에서 가장 가까이 지낸 덴마크계 미국인 대학 친구가 2개월가량의 중국 여행을 마치고 서울에 도착했다. '모범생'이라고 나를 놀렸던 그는 이제 내가 담배를 태우고 술까지 마시는 걸 보고는 내가 실연을 당했거나 말거나 기쁜 내색을 감추지 못했다. 실연을 치료하려면 여행이 제일이라는 이 친구의 조언에 따라, 나는 그와 함께 서울을 떠나 뚜렷한 일정 없이 실연자의 순례에 나섰다. 강원도를 통과해 동해안을 따라 내려가다 제주도로 건너갔다가 서해안을 따라서 다시 서울로 돌아오겠다는 계획으로 지도 한 장을 챙겨 훌쩍 떠난 여행이었다. 그런데 가는 곳마다 민박집과 여인숙에 짐을 풀고 미적거린 탓에 제주도를 고작 반 바퀴 돌았을 무렵에 내 가벼운 여행 경비가 떨어졌다. 혼자라도 나머지 여행을 하겠다고 우기는 친구를 남겨두고 먼저 서울로 돌아왔다.

　서울에 돌아와서 중학교 동창과는 한두 번 더 만났는데, 그중 유일하게 기억에 남아 있는 건 '브람스'란 이름의 클래식 음악 카페다. 종로서적과 내부 인테리어 공사를 하고 있던 교보문고 한편에 책을 쌓아놓은 구간 도서 매대를 뒤지며 남은 서울 체류 일정을 혼자서 보냈다. 나와 여행을 같이한 대학 친구 역시 서울로 돌아와서 혼자서 대학로를 얼쩡거리다가 만난 여고생과 사귀느라 서울서 나랑 다시 만난 것 단 한 차례뿐이었다. 이 친구를 그의 여고생 여자 친구와 함께 만난 날은 마침 『대학작문』 교과서의 원주인인 둘째 외사촌 형이 내게 사랑니를 뽑고 나서는 술을 마시면 절대 안 된다고 주의를 준 날 저녁이었다. 진앤토닉을 몇 잔이나 마셨지만, 난 아직 살아 있다. 중학교 동창과는 내가 미국으로 돌아온 후 편지를 한두 번 교환했고, 그러고 나서 연락이 끊어지고 말았다.

그럭저럭 살다 보니 사반세기가 훌쩍 지나버렸다. 어찌하다 보니 나는 영문학을 그만두게 되었고, 상상조차 하지 않았던 미술사학과 회화로 복수 전공을 했다. 시애틀에서 대학을 마친 후에는 디자인 공부를 하려고 뉴욕으로 향했다. 그리고 뉴욕에서 대학원을 마치자마자 바로 컬럼비아대학출판사에 입사해 책 만드는 일을 시작했다. 물론 그사이 내 삶에 크고 작은 변화나 시련이 없었던 것은 아니지만, 삶의 계획이나 사건과는 상관없이 책은 언제나 일정에 맞춰 나와야 했다. 그렇게 내가 책 만드는 일만은 아무 아랑곳없이 꾸역꾸역해온 지 16년째 들어서던 2011년 이른 봄이었다.

그해 봄 카탈로그 시즌은 내게 유독 어두운 주제의 책 표지 작업이 여럿 몰려 있던 때이기도 했다. 한 저자는 동일본 대지진(과 쓰나미와 후쿠시마 다이이치 원자력 발전소의 핵융해 등 일련의) 재난 사진 중 하나를 자신의 책 표지에 쓰길 원했고, 나는 AP와 AFP 등의 웹 사이트에 올라온 참사 보도 사진을 몇 주에 걸쳐 매일 반나절씩 들여다보아야 했다. 세기의 재난이 일어난 지 대략 4주가량 지난 4월 6일, 가는 비가 추적추적 내리던 퇴근길에 도로가 혼잡하기로 유명한 콜럼버스 서클Columbus Circle 앞에서 교통사고를 당했다. 충돌로 몸이 허공에 붕 들렸는데, 그 아주 짧은 순간에도 '잘 떨어져야 하는데…'라고 생각했다. 이어서 '중력'이란 단어가 머릿속에 떠오르자마자 나를 엄청난 힘으로 잡아끄는 바닥 쪽으로 패대기쳐졌다. 잘 떨어지기는커녕 한 뼘 정도 차도보다 높게 솟아 있는 보도의 모서리에 뒤통수를 부딪혔고, 의식을 잃었다. 얼마나 시간이 흐른 건지 알 수 없었지만, 정신이 돌아왔을 때 주위로 모여든 행인 중 누군가가 내가 뇌진탕인 것 같아서 의식을 잃고 있던 사이 911에 신고했으니 움직이지 말고 가만히 있으라고 했다. 넋 놓고 앉아 있을 때, 내 주위의 여러 행인이 저만치 널브러져 있던 가방과 부러진 안경을 주워다 주었다. 주섬주섬 내 소지품을 챙기고 있을 때에야 소방서의 구급차가 왔다. 구급차에 누워 응급 진찰을 받고 나니, 뒤이어 병원 응급차도 왔다.

당연하지만, 그날 저녁 응급차에 실려 인근 종합 병원 응급실로 가는 진기한 경험까지 했다. 시멘트 위에 쇠를 덧씌운 커브curb에 머리를 부딪힌 걸 감안하면 다행히 깨진 데나 부러진 데는 없었다. MRI 검사를 해보겠냐고 물어왔지만, 피멍이 들고 욱신거리는 팔목의 엑스레이만 찍었다. 간호사와 의사가 번갈아 여러 차례 누군가에게 연락을 취해주겠다고 했는데, 내가 사고를 당했다고 연락할 그 누구도 전혀 생각나지 않았다. 머리에 이상이 생겨서가 아니라, 실은 그 상황에서 마땅히 연락할 사람이 아무도 없어서였다. 사고가 난 지 네 시간가량이 지나서야 퇴원 수속까지 마치고 여느 퇴근길처럼 전철을 타고 집으로 돌아왔다.

그 사고가 나기 얼마 전부터 이미, 그러니까 10여 년 가까이 집과 출판사만을 오가는 일종의 은둔 생활을 이제 그만 접어야 하지 않나, 사람(과 가까워지는 것)이 두렵더라도 세상 밖으로 나가야 하지 않나, 그런 생각을 하긴 했다. 적어도 생각만은 수년간을. 하지만 사고를 당한 이후에는 언제든 어떻게든 눈 깜짝할 사이에 생을 마감하게 될지도 모른다는 생각이 머리를 맴돌았다. 내 책은 어떡하나 하는 그런 한심한 생각도 했다. 어쨌든 언제 죽을지도 모르는데 내가 하고 싶었던 일 하나나 둘 정도는 해놓고 나서 죽어야 조금은 덜 억울할 것 같았다. 내가 정말 하고 싶었던 일 하나만이라도.

2011년 4월의 마지막 날이었던 토요일 오전, 게을러지는 주말에 늦잠의 유혹을 물리치고 맨해튼의 아시아 소사이어티에서 진행되고 있던 펜 아메리카 주관의 아시아권 번역 문학 세션 중 하나인 한국문학 작가와 한국계 미국인 작가, 그리고 번역자 간의 대담 행사에 참석하러 외출했다. 그날의 대담자는 컬럼비아대학교에 교환 작가로 와 있던 한국인 작가 김영하와 한국계 미국인 작가 수전 최, 그리고 브리티시컬럼비아대학교UBC 교수이자 한국문학 번역자인 브루스 풀턴 교수였는데, 대담을 끝내며 풀턴 교수는 대담자들의 저서 사인회가 준비되어 있다며 자신이 번역하고 컬럼비아대학출판사에서 출간한 황순원 단편 소설 선집인『잃어버린 사람들』Lost Souls: Stories을 소개하다가 말고 갑자기 맨 뒷줄에 조용히 앉아 있던 나를 지목했다. 그러고는 자기 책을 항상 만들어주는 북 디자이너인데『잃어버린 사람들』표지로 미국대학출판협회에서 디자인상을 받았다는 몇 년 묵은 소식까지 덧붙였다.

풀턴 교수에게 인사하려고 기다리고 있을 때, 그의 번역 파트너이자 아내인 주찬 풀턴 번역가가 다가와 풀턴 교수의 옛 제자와 점심 약속이 있으니 함께 가자고 제안했다. 책 사인회가 끝나기를 마냥 기다리고 있는데, 그 자리에서 구입한『잃어버린 사람들』에 사인해줄 수 있겠냐고 누군가가 내게 물어왔다. 국립현대미술관 학예사라고 자신을 소개했다. 문학과 책에 애정이 있고 또(라고 했지만 실은 다른 무엇보다) 김영하의 팬이기도 해서 세션에 참석했다며, 자신은 그해 연초부터 6개월간 진행되는 뉴욕 연수 중이라고도 했다. 나는 내 사인보다는 이 책의 주인인 번역자분들의 사인을 받으라고 풀턴 교수 부부와 인사를 나누게 해주었다.

나와도 서로 명함을 교환했다. 나는 이전 해부터 뉴욕에서 한국 사진 전시를 기획해보려 하고 있었는데, 무엇을 어디서부터 어찌 시작해야 할지 몰라 기획안 몇 단락을 써놓은 채 수개월을 고민하고 있던 참이었다. 내가 구상 중이던 전시에 관해 조언을 구해보고 싶었다. 그래서 학예사에게 받은 명함에 적힌 이메일 주소로 메일을 보냈다. 불과 몇 주 전에 사고를 당하지 않았다면 나로선 상상조차 하지 않았을 일련의 행동이었다.

내 사무실에서 다시 만난 학예사는 마침 대학에서 고고미술사학과 영문학을 복수 전공을 했다고 했다. 내가 구상하는 전시에 관해서 이야기를 꺼내자 "재밌을 것 같아요, 해보세요"라는 긍정적인 반응을 보여주었다. 시간 가는 줄 모르고 대화를 나누다 보니 저녁 시간이어서 식당으로 자리를 옮겼다. 식사를 하면서 내게 서울에 오면 자신이 일하는 미술관을 안내해주겠다고 초대하길래 빈말이라도 초대는 고맙다고 말했다. 그러자 빈말이 아니라 약속이라면서 내게 서울에는 얼마나 자주 가는지, 언제쯤 나갈 계획인지 물어왔다. 서울에 동생이 살고 있기는 하지만 딱히 만날 친구도 없어 자주 나가지 않으며, 내가 조언을 구한 전시 진행에 필요한 경우 외에는 당분간 나갈 계획이 없다는 시큰둥한 대답을 듣더니 어떻게 한국에 서로 연락하는 친구가 하나도 없을 수 있는지 의아해했다.

　　식사 중이었지만, 내가 이상한 건가 생각해보려고 양해를 구하고 담배를 태우러 밖에 나갔다 돌아왔다. 그러고는 10여 년 전에 서울에 나갔을 때 한 외사촌 조카의 도움으로 내가 이름을 기억하는 오래전 동창 둘을 (인터넷판) 전화번호부를 검색해 찾아보려 했다가 실패한 경험을 말해주었다. 그러면서 그때 내가 찾아보려 했던, 꼭 25년 전에 서울서 우연히 다시 만난, 희성에 외자 이름을 가진, 당시 대학서 고고미술사학을 전공하고 있던 중학교 동창을 거명하게 되었다. 내가 동창의 이름을 언급하자마자 이 학예사는 의자 등받이에 등이 딱 달라붙은 조각상처럼 굳어버렸다.

　　"○○ 선생님?!" 그녀는 간신히 한마디를 토해내고 나서 한참을 뜸 들이다 띄엄띄엄 다음 말을 이었다. "그럼 ○○ 선생님과, 친구, 세요?! 아, 정말…. 제가요, 대학원생일 때, 대학 박물관에서 ○○ 선생님 조교로 일했었거든요. 대학 박물관 소장 식민지 시기 유리건판 사진 전시 준비하실 때는 제가 도록에 실릴 사진 스캔을 일일이 떴지요. ○○ 선생님도, 당시 담배를 엄청나게 태우셨고…. 아마 아직도, 그대로 대학 박물관에 학예사로 재직하고 계실 거예

요. 그래도 그게 벌써 7~8년 전이니…. 혹시 이직하셨더라도 제가 대학교 동
창회 주소록으로 연락처를 찾을 수 있을 거예요. 아, 정말이지, 소설 같아요.
신기한 일이 실제로도 일어나는군요."

　　내 중학교 동창과 한때 동창의 조교였다던 그 학예사도 신입생일 때 내
외사촌 형처럼 『대학작문』 수업을 들었을까? 물론 같은 교양 수업을 들었다
해도 각기 대략 10년 단위로 시기가 다르니, 분명히 내가 외사촌 형에게 오
래전 빌려 아직도 돌려주지 않은 『대학작문』 교과서와는 다른 책으로 배웠겠
지만 말이다. 나의 『대학작문』은 박제되어버린 유물처럼 종이테이프를 책등
에 덕지덕지 붙인 채 뉴욕의 내 책장 맨 위 칸에 뽀얀 먼지를 둘러쓰고 누워
있다.

R4 자신 앞에
남은 생

『자기 앞의 생』,
에밀 아자르 지음

그 누가 자신 앞에 남은 생애를 예측할
수 있을까. 내게 있는 로맹 가리의 1975년 공쿠르상 수상작인『자기 앞의 생』
La vie devant soi은 문학사상사가 1976년 3월 15일 출간한 초판본이다. 엷은
쑥색 바탕 표지에 일부러 아무렇게나 쓴 듯이 보이는 손 글씨의 검은색 한국
어 제목이 있고, 옆에 프랑스어로도 제목이 쓰여 있다. 그 아래는 삽화인데,
두 발 달린 상자가 위쪽이 열린 채로 내달리는 모습이다. 열려 있는 상자는
두 팔을 활짝 벌린 것처럼 보인다. 연분홍색으로 덧칠한 꽃 한 송이가 상자
안에서 솟아나 있다. 더 아래쪽으로는 출간 당시까지만 해도 유고슬라비아계
저자로만 알려진 젊은 남자 얼굴 윗부분이 크로키 필치로 그려져 있다.*

　표지 하단에 흰색 서체로 '전채린 역'이라고 쓰여 있고 바로 위에 역시
같은 색과 같은 서체로 '에밀 아자르 작'이라고 인쇄되어 있다. 이 책의 저자
가 에밀 아자르가 아니듯, 이 책도 실은 내 책이 아니라 어머니의 책이다. 어
머니가 이 책을 읽던 때 내 나이는, 하루 전까지만 해도 열 살이다가 어느 날

갑자기 열네 살이 된 이 소설 화자인 '모모'란 애칭으로 불린 모하메드처럼, 열 살 무렵이었다. 어머니는 서른여덟 살이었고, '자기 앞의 생'이 어떻게 전개될지 짐작조차 할 수 없었다.

그러니까, 어머니가 서른일곱이었을 때, 10여 년에 조금 못 미치는 기간 동안 고군분투하며 모은 돈으로 작은 양옥집을 사서 화곡동으로 이사한 게 바로 이 책이 나온 해인 1976년 여름의 끝자락이었다. 우리 집은 차와 버스가 다니는 대로(라고 해봤자 2차선이었지만)에서 언덕 위로 한참 걸어 올라가야만 하는 곳에 있었다. 숨이 차도록 가파른 언덕을 오르고 나면 판판하고 너른 흙길이었고, 그 양옆으로 늘어선 나름 규모가 큰 단층이나 2층으로 된 주택 사이에 우리 가족이 살 집이 끼어 있었다. 납작하고 작은 단층 건물이 대문 밖에서는 보이지도 않는, 일명 '사도집'이라 부르는 구조를 한 집이었다.

작은 철제 대문 안으로 들어서면 2미터 너비에 못 미칠 정도의 좁은 입구가 나 있고, 양쪽 벽 앞에는 맨드라미 따위가 우격다짐 식으로 심겨 있어 화단이라 부르기도 애매한 풍경을 하고 있었다. 그 사이로 마름모꼴의 시멘트 벽돌이 흙바닥 위에 띄엄띄엄 놓여 있어 대문에서 7~8여 미터를 걸어 들어가면 안쪽에 들어앉은 집이 보였다. 집 너머로는, 그러니까 집의 한쪽 벽면과 거의 맞닿은 담 넘어 아래는 낭떠러지같이 높이 쌓아 올린 축대였는데, 그 축대 위에 위태롭게 자리 잡은 집이었다. 방 셋 중에 둘을 세주었지만, 그래도 제일 큰 방이 우리 가족 차지였던, 어쨌거나 첫 번째 우리 집이었다.

그 집을 사는 데 그간 모은 돈을 탈탈 털어 넣은 어머니는 내가 국민학교에 들어갔을 때부터 계속해온 보험 외판에 더해 도서 외판 일까지 시작했다. 남향집이긴 했어도 바로 앞 이층 양옥집 때문에 항상 그늘에 잠긴 그 어두컴컴한 사도집으로 이사한 후로, 어머니가 귀가하는 때는 거의 언제나 땅거미가 내려앉고도 한참 더 지나서였다. 우리 세 식구가 함께 저녁을 먹은 기억조차 별로 남아 있지 않을 정도로 어머니는 항상 저녁 늦게서야 집에 돌아왔다.

아침에 동생과 내가 학교에 가고 나면 어머니는 미리 저녁상을 차려 놓고 외출했지만, 나와 동생은 그 저녁을 챙겨 먹지 않고 그냥 잠들었다가 어머니가 돌아와 우리를 깨우면 부스스 일어나 어머니가 영업 마감 직전의 빵집에서 사 온 식빵이나 앙꼬를 넣은 빵 따위로 저녁을 때우곤 했다. 언덕 아래에는 '독일제과'나 '프랑스제과점' 같은 상호의 동네 빵집뿐 아니라, 단 몇 차례뿐이었지만 『자기 앞의 생』처럼 어머니가 볼 책과 『일하는 아이들』처럼 내가 읽을 책을 사 오던 동네 책방도 있었다.

국민학교 4학년 2학기부터 6학년 1학기를 시작할 무렵까지 그 사도집에서 살았다. 나는 벌써 네 번째인 새 학교생활에 그럭저럭 적응했고, 책을 종종 빌려 보는 사이인 새 친구도 몇 사귀었다. 어머니에게 불의의 사고가 일어난 것은 그 집으로 이사한 지 1년이 조금 더 지난 뒤인 늦은 가을이었다. 11월 말경의 어느 날, 때 이른 진눈깨비가 흩날리던 날이었다고 어머니는 기억하는데, 나는 영 모르겠다. 그날 저녁 어머니가 집에 돌아오지 않았다. 걱정을 하다 하다 화가 났지만, 잠이 들었다. 이른 아침, 잰걸음으로 15분 남짓 되는 거리에 살던 어머니의 여동생이 불쑥 찾아왔다. 그러고는 나와 동생이 학교에 다녀오면 당분간 외할머니가 와 있을 거라고 했다. 놀라지 말라며 어머니가 병원에 있다고 했다. 겁에 질려 당장 어머니를 보러 가겠다는 말조차 꺼내지 못하고 울먹거리던 나와 동생에게 "나중에 병원에 데리고 가줄게"라고 했다. 영문을 몰랐기에 '나중에'라는 말은 마치 어머니가 지금은 우리를 보고 싶어 하지 않는다는 말처럼 들렸다.

진눈깨비가 내렸다던 전날 이른 오후, 어머니는 평소처럼 보험료 수금을 하러 나가며 언덕 아래에 있던 큰길을 건너다가, 빨간불에 차를 제때 멈추지 못해 건널목의 보행로 위를 넘어 돌진한 후 급정거한 트럭에 치인 거였다. 공중에 냅다 내던져진 헝겊 인형처럼 어머니는 한껏 내동댕이쳐져 쓰러졌고, 인근의 작은 가톨릭계 병원으로 옮겨져 엄지손가락만큼 금이 간 두개골 안에 고인 피를 빼내고 찢어진 머리를 꿰매는 응급 치료를 받았다. 다음 날 오전이 되어 아무래도 큰 병원으로 옮겨야 할 것 같다는 동네 병원의 의료진이 부른 앰뷸런스에 실려 서울대학교병원으로 옮겨졌는데, 어머니는 그때까지 의식을 잃은 상태였다.

얼마나 지난 후에서야 어머니를 보러 병원에 갈 수 있었는지, 기억이 없다. 학교에 갔다 왔다 한 기억도 전혀 남아 있지 않다. 기억에 남아 있는 것이라고는 나와 동생을 돌봐주려고 와 있던 외할머니를 보러 들른 어머니 언니와 동생들의 쑥덕거림과 외할머니의 나무람뿐. 얘네 불쌍해서 어떻게 하나. 불쌍한 건 언지, 쟤들이 뭘. 걔가 쟤들 데리고 어떻게든 살아보겠다고 하다가 이 사달이 난 거 아냐. 애들이야, 아버지가 엄연히 살아 있는데 아버지한테 가면 될 거 아냐. 쟤들 아버지가 아버지니? 병원서 나오면 사람 구실은 제대로 할 수 있을까? 그걸 말이라고 하는 거니. 애들 듣는데, 누가 어떻게 된다고.

드디어 어머니를 보러 병원에 갔을 때, 붕대를 칭칭 머리에 둘러매고 병상에 누워 있던 어머니는 우리를 알아보았고, 말도 떠듬거리면서나마 할 수 있었다. 어머니가 병원에 입원해 있을 때 열한 살이던 나는 그해 이른 겨울에 볼거리를 심하게 앓았고, 지금은 어떤 책인지 기억도 나지 않는 책을 읽고 난 후에 어머니가 사다 주었던 원고지에 역시 뭐라 썼는지 기억에 하나도 남아 있지 않은 독후감을 썼다. 그해가 지나기 전에 어머니는, 계속 머리에 붕대를 감은 채로 무척 수척해진 모습이기는 했지만, 퇴원해 집으로 돌아왔다. 나와 동생은 다행히도 (고아 아닌) 고아가 되지 않을 수 있었고, 무엇보다도 어머니는 자신 앞에 남은 생을 마저 살 수 있게 되었다.

에밀 아자르라는 가명으로 로맹 가리가 쓴 『자기 앞의 생』은 내 어머니가 눈 깜짝할 사이 자신의 생명을 잃을 뻔한 그 사고가 나기 바로 전, 서른여덟일 때 읽기 시작한 책이다. 입원 중에 서른아홉 살이 되고, 퇴원한 후에도 교통사고 후유증의 하나인 어지럼증 때문에 고작 몇 줄씩 읽다 말다 한 책이지만, 여태껏 책을 산 기억과 함께, 자신이 책을 읽었던 기억조차 남아 있지 않은 책이기도 하다. 어머니는 살아 돌아온 뒤로 한동안 한 말을 또 하거나, 이미 얘기해준 내용을 처음 듣는 것처럼 시치미 떼거나, 곧잘 어지럽다며 자리에 누웠다. 내가 어머니 말을 잘 듣게 하려고, 어쩌면 우리에게 겁을 주려고, 일부러 그러는 건가 의심까지 들었다. 어머니는 자주 과민해져 느닷없이 짜증을 냈고, 짜증 섞인 어머니 목소리는 너무도 낯설었다. 어머니가 어디론가 사라져버리고 다른 이가 어머니 외형만 쓰고 돌아온 것만 같았다.

그 겨울이 끝날 때까지 어머니는 집 안에서 요양하며 지냈고, 나는 어머니를 부축해 화장실에 데려다주는 등 어머니 주위를 떠나지 않고 잔심부름을 하며 조신하게 겨울 방학을 보냈다. 그러던 중에 하루는 친구네 집에 책도 빌릴 겸 해서 모처럼 반나절 넘게 나갔다 돌아왔더니, 어머니가 내 책상 위 작은 책장에 꽂힌 교과서 틈에 끼워 넣어둔 독후감을 읽어보았다며 "참 잘 썼네"라고 칭찬해주었다. 예전의 나였다면 왜 맘대로 읽었느냐며 신경질부터 냈겠지만, 그러지 않았다. 대신 지금은 이름도 기억나지 않는 친구의 집에서 본, 역시 이름을 기억할 수 없는 잡지에 실린 한 아동 도서 출판사에서 주관하는 독후감 공모에 처음으로 내가 쓴 글을 보냈다.

새 학기가 시작할 무렵, 내가 투고한 독후감이 가작이었는지 우수작이었는지 아무튼 당선되었다는 연락을 담임 선생님으로부터 받았다. 그리고 전교생이 학교 운동장에 모인 자리에서 처음으로 불려 나가 학교에서 급조해낸 듯한 '독서상'인가 하는 그런 상장을 출판사에서 주는 상장과 함께 받았다. 공모에 독후감을 제출만 하면 아무나 받을 수 있는 상이었는지는 지금까지도 알 수 없는 일이지만, 어찌 되었든 그건 내가 글을 써서 받은 첫 번째 상이었다.

다행히 어머니 어지럼증의 주기는 시간이 지날수록 뜸해졌고 차츰 내가 아는 상냥한 어머니로 돌아왔다. 어머니는 거동을 할 수 있게 되자 바로 부동산 중개소에 가서 우리가 살던 '살이 낀' 사도집을 매물로 내놓았고, 채 2년도

살지 않은 그 집을 팔았다. 그러고는 우리가 살던 곳에서 그다지 멀리 떨어지지 않은 곳에 있는, 지어진 지 얼마 안 된 새집으로 이사했다. 이사한 집은 똑같은 구조와 생김새를 한 단독 주택이 언덕 아래에서 위까지 여러 줄로 차곡차곡 쌓인 모양새의 지역에 있었는데, 어머니는 그 집을 '집장사'가 지은 '날림집'이라 불렀다. 방이 세 개인 그 집에서도 역시 방 두 칸을 세주었다. (지금은 상상하기조차 어렵고 이해하기도 힘들게) 보험료를 직접 수금하러 다녀야 하는 보험 일을 그만둔 어머니가 책 외판 일만 하게 되면서, 빵 같은 부식거리는 구경할 수도 없게 예전보다 훨씬 더 심한 긴축 생활을 해야 했다.

몇 번인가를 한밤중에 깨어 신음하는 어머니를 본 적이 있다. 그즈음부터 나는 어느 순간 나와 동생이 정말 고아가 되는 것은 아닐까 하는 재수 없는 상상까지 하기 시작했다. 어머니에게 간헐적으로 찾아오던 어지럼 증세 때문이 아니더라도, 어머니는 불면증으로도 자주 잠에서 깼다. 이상한 공기에 잠에서 깨면, 팔을 괸 채 우리를 묵묵히 내려다보는 어머니 얼굴의 어렴풋한 윤곽이 보였다. 그럴 때마다 나는 잠들어 있는 척했다. 어머니는 어둠 속에서 알아들을 수 없는 혼잣말도 했다. 두렵고 무서웠지만, 아침은 언제나 그대로였다. 내가 기분 나쁜 몽정을 처음 한 것도 그 날림집에서였다. 그 역시 두렵고 뭔지 모르게 찝찝했지만, 나는 그대로였고 아침 역시 언제나 그대로였다.

날림집에서는 1년 가까이 살았는데, 내가 중학교에 진학하던 무렵에 우리 가족은 또 이사를 했다. 행정 구역상 화곡본동이라 불리는 곳이었으니 여전히 화곡동이었고, 우리가 살 집은 다른 언덕 꼭대기에 있었다. 4~5층짜리 아파트 건물이 빼곡히 들어선 커다란 아파트 단지 안이었는데, 그 작은 아파트 안에 어떻게 또 작은 방이 세 개씩이나 있을 수 있는지 모를 그런 크기였다. 우리 집은 1층이었는데 아파트로 이사한 후 내게 처음으로 방이 생겼다. 맞은편 동에는 6학년 때 그리 가깝게 지내지는 않았던 한 학급 친구 가족이 우리 집보다 몇 배나 넓은 아파트에 살고 있었다. 바로 건너편의 주공 아파트 단지에는 학창 시절을 통틀어 내가 이름을 기억하는 두 명의 친구 중 한 명의 가족도 살고 있었다.

아파트로 이사하던 해, 어머니는 집을 옮기며 생긴 차액으로 어머니 생애에 벌써 몇 번째인지 모를 모험을 강행했다. 사고 이후 방향 감각을 곧잘 잃던 어머니는 항상 이동해야 하는 일 대신에 고가구점이 늘어서 있던 동교동에 작은 가게를 얻어 화랑을 시작했다. 내가 『자기 앞의 생』을 읽은 것은 내게 방이 생긴 이후였으니까, 열셋이나 열네 살이었을 때. 금지된 책이라도 읽은 것처럼 내가 유난을 떨어서였는지 모르지만, 맞은편 동에 살던 중학교 학급 친구의 두 살 터울 누나가 자신도 그 책을 읽고 싶다고 해서 몇 차례의 거절 끝에 어머니 책이니까 아무 흔적이 남지 않게 보아야 한다는 단서를 달고 빌려준 적이 있다. 책을 내게 돌려주겠다며 학교로 가져온 친구는 그 책이 호기심 많고 불량한 동급생들이 수업 시간에 몰래 돌려 보던 《선데이 서울》 같이 시시껄렁한 잡지나 되는 양 내게 돌려주기 전에 자기 옆자리의 친구에게 보여주었고, 수업 중에 그 책을 넘겨보던 녀석은 선생님에게 적발되었다.

책을 압수한 선생님을 교무실로 찾아가 어머니 책인데 친구(누나)에게 빌려주었던 것이니 돌려달라고 애걸하는 일은 내 몫이었다. '이런 책'은 다시는 학교에 가지고 오면 안 된다는 훈계와 함께, 그는 책으로 내 머리를 한 차례 가격한 후에야 돌려주었다. 집에 돌아와 책을 펼쳤더니 책의 첫 장 둘째 페이지 윗부분에 아무런 의미도 없는 줄이 파란색 볼펜으로 6센티가량 죽 그어져 있었다. 그 줄을 친구 누나가 그었든, 내 친구가 수업 시간에 책을 꺼내 보여준 친구 옆자리의 녀석이 그었든, 혹은 책을 압수한 선생님이 그었든 간에 나는 그 친구와 절교했다.

그 책에 묘사된, 내가 미처 모르던 관습과 문화, 정치한 배경을 내가 얼마나 이해했는지는 도무지 가늠조차 안 된다. 하지만 자신이 십수 년간이나 유기한 아들을 죽기 전에 꼭 안아보겠다며 찾아온 아버지가 자기 아들이 뒤바

꾀었다는 설명을 전해 듣고 심장발작을 일으켜 죽을 때는, 그렇게 느껴도 되는지 염려할 틈도 없이 고소하다 못해 방바닥에 누워 책을 보다가 벌떡 일어나 팔짝팔짝 뛰고 싶을 정도로 뿌듯해지기까지 했다. 이내 그런 내가 조금은 우스꽝스러워지기는 했지만. 그건 내가 열 살 무렵에 내 아버지를 만나고 싶다고 어머니를 들들 볶아 결국은 어머니 승낙을 받아낸 적이 있어서였다.

어머니는 아버지가 사는 도시 옆 부천의 한 전문대학교에서 일하던 어머니 막내 여동생의 교원실에 나를 데려다 놓고 그녀에게 내 소원이라니 아버지 직장으로 연락해 한 번 만날 수 있게 해주라고 부탁했다. 하지만 어머니 여동생이 마지못해 건 전화를 받은 내 아버지는 나와 만나지 않겠다고 딱 잘라 거절했다. 그뿐 아니라 그녀가 나한테 전화를 바꾸겠다고 했는데도, 내가 수화기를 받아 들기도 전에 전화를 끊어버려 정작 나는 그에게 말 한마디 건네지 못했다. 내 아버지는 그때 두 번째로 죽었고, 그 이후로도 죽고 또 죽고, 셀 수 없이 죽었다. 내가 우연히 『가면의 생』Pseudo을 다시 펼치기 전까지는, 10년 가까이, 나와는 무관한 타인이었다.

한국을 떠난 후 첫 번째로 서울에 돌아와 여름 한 철을 보낸 1986년, 내가 머물던 어머니 여동생의 집에서 『자기 앞의 생』처럼 문학사상사에서 펴낸 에밀 아자르의 『가면의 생』이 책장에 꽂혀 있는 걸 보고 꺼내 읽다 만 기억이 흐릿하게나마 남아 있다. 그 여름 만난 어머니의 막내 여동생은 오래전에 내가 아버지를 만나겠다고 그녀가 일하던 대학에 다녀갔던 기억을 내게 상기시키며, 이제 대학생이 되었으니 한 번쯤은 만나보아야 하지 않겠냐고 했다.

말이 씨가 된다고, 아버지에게 불쑥 연락해 만난 적이 있다. 읽다 만 『가면의 생』 내용이 뒤죽박죽인 것처럼, 내가 무슨 생각으로 그랬는지 도무지 모르겠다. 생각하면 할수록, 살짝 돌아버린 셈 치자는 마음가짐이었던 것 같다. 그는 자신이 언제 나(와 우리 가족 모두)를 유기했냐는 듯이 그의 직장 사무실로 건 내 전화를 용케 바로 받았고, 한국에 여행 온 미국인 대학교 친구와 함께 여행할 거라니까 나와 친구를 월미도로 오라 해 밥을 사고 선뜻 자신의 카메라를 빌려주기까지 했다. 아버지 집이 있는데 왜 어머니 동생의 집을 전전하느냐며 다음에 서울에 나오면 자신의 집에서 머무르라고도 했다.

2년 뒤인 1988년에 다시 한국에 갔을 때도 용돈이나 받을 요량으로 그에게 다시 연락했고, 서울 체류 말미에는 그의 집에 짧게 머무르기까지 했다. 서울로 외출했다 다음 날 돌아오니, 아버지가 내 짐 가방을 뒤져 그 여름 사모은 책 서너 권인가를 불온하다며 찢는 것도 모자라 아예 태워버렸다고 그의 새 아내가 말했다. 아버지를 마지막으로 만난 지 30여 년이 지난 지금까지 그가 살아 있거나 이미 죽었거나 상관없이, 내 책을 소각해버린 그 순간부터, 그를 완전히 지워버렸다.

에밀 아자르가 아닌 로맹 가리의 이름으로 발표한 소설을 내가 처음 읽은 것은 내 생애에 있어서 되돌릴 수 없는 변곡점의 정점에 다다른 2002년 봄이었다. 2001년 여름, 시애틀에서 연주학 박사 과정을 마친 동생이 막연한 가능성을 찾아 한국으로 돌아간 뒤로 1년이 채 못 되었을 때였는데, 나는 잠시라도 뉴욕을 벗어나고 싶었고, 내 삶의 전환점을 어디에서, 어떻게 찾아야 할지 몰라 막막해하고 있을 때였다. 동생이 어떻게 살고 있는지 보겠다는 건 순전히 서울에 가기 위한 핑계였다.

하지만 뉴욕과 마찬가지로 서울서도 딱히 만날 사람은 없어서, 서점에서 산 책을 동생의 원룸에서 뒹굴며 읽었다. 한번은 동생과는 뉴욕 대학원 시절 동창으로, 동생이 서울서 우연히 다시 만나 막 사귀고 있던 여자 친구가 오케스트라 연습 스케줄 때문에 시간이 안 되는 동생을 대신해서 나와 함께 조조 영화를 봐주겠다고 했다. 백화점 건물 지하에 있는 영화관으로 만나러 나갔다가 너무 일찍 도착한 터라 영풍문고를 둘러보다 책을 몇 권 더 샀다. 동생이 한때 짝사랑한 적이 있던, 그런 내력이 있는 동생 여자 친구와 함께 본 영화는 내용도 제목도 전혀 기억에 남아 있지 않다. 더더군다나 동생의 여자 친구는 그 이듬해인가, 동생이 서울시립교향악단 단원을 뽑는 오디션 최종심에서 탈락하자마자 미래가 안 보인다며 동생과 헤어졌다. 그때 내가 산 로맹 가리의 소설집은 『새들은 페루에 가서 죽다』Les oiseaux vont mourir au Pérou였는데, 문학동네에서 김남주 번역으로 2001년 11월 10일에 발행된 초판본이다.

로맹 가리의 첫 공쿠르상 수상작으로 1956년에 출간된 『하늘의 뿌리』Les racines du ciel는 2015년이 되어서야 읽었다. 문학과지성사에서 백선희 번역으로 2007년 12월 28일 초판이 발행된 책의 2쇄였는데 오타가 몇 군데 눈에 띄었다. 뉴욕에서 사진사 박사 논문을 쓰고 있던 한 젊은 지인에게서 그해 여름에 빌려 읽고 돌려주었다. 어떤 연유에서였는지 까맣게 잊었지만, 서로 아무런 연관도 없어 보이는 다음 두 문장을 노트북에 옮겨 적어놓았다.

> "그가 진실의 낌새를 알아챘다 하더라도, 그것이 사진 찍을 수 없는 것이기에 그에게는 그다지 중요하지 않았다."
> "미래를 뒤에 남겨두고 떠나면서 미래의 계획을 짠다는 건 어려운 일이었다."
> —『하늘의 뿌리』, 로맹 가리 지음, 백선희 옮김, 문학과지성사

'포스트스크립트'postscript라 부르기에는 짧은, 일종의 후기를 덧붙이자면, 『자기 앞의 생』을 서른여덟에서 서른아홉 살 사이에 읽던 내 어머니는 그만큼의 세월을 훌쩍 넘겼다. 어머니는 오랫동안 잊고 있던 기억을 문득 되살려내기도 하는데, 자신이 『자기 앞의 생』을 읽던 때만은 아직 기억해내지 못한다. 책을 다시 읽고 나서조차 40여 년 전에 책을 읽었던 것은 자신이 아니었던 것만 같다고 말이다.

● 이 표지는 문학과지성사에서 펴낸 '문학과지성 시인선' 표지의 시인 초상 삽화를 그린 시인이자 화가 김영태가 장정했다.

R5　　　　　　　　　　손찌검이
　　　　　　　　　　　　가져다 준
　　　　　　　　　　　　선물

『한국가곡 161』,
세광출판사 편집부 지음

　　　　　　　　　　　　　　　　　　내 생애 첫 해외여행지는 도쿄와 교토
였다. 일본에 여드레 머무는 여행 계획을 세웠는데, 잠정적인 여행 일정을
SNS에 올렸더니 서울에도 들어오는 거면 이번엔 꼭 보자며 사춘기 시절 몇
년간 같은 선생님에게서 바이올린 레슨을 받은, 베를린국립예술대학교로 유
학 다녀와 지금까지도 계속 음악을 하는 친구 하나가 메시지를 전해 왔다. 당
시 강습소를 같이 다닌 친구들과 다 함께 만나자고 했다. 그 시절 기억이 가
물가물한 데다 그녀를 제외하곤 이름조차 떠올릴 수 없어 하나같이 친구라고
부르기에 민망한 이들이라, 그러마 하고 답할 수가 없었다. 레슨을 받던 시절
을 떠올리면 아직도 난 어디로든지 우선 숨어버리고 싶은 충동부터 치미는
데, 그 말만은 차마 하지 못했다. 3년 전의 그 여행길에서 그들 아무와도 만나
지 않았다.
　　어머니는 아주 어릴 적부터 노래하기를 좋아한 동생에게만은 다른 외사
촌들처럼 악기 하나쯤은 다룰 수 있게 해주고 싶어 했지만, 어머니의 분명 과

장되었을 표현에 따르자면 집 한두 채는 거뜬히 삼켜버린 내 유난스러운 잦은 병치레로 그건 그저 희망 사항이었을 뿐이다. 조를 줄도 모르던 순하디순한 동생의 악기 수강은 그렇게 계속 수년째 미뤄지고만 있었다. 그러니까 누구도 예상하지 못한 사건이 있기까지는.

함호영이 작사하고 홍난파가 작곡한 〈사공의 노래〉를 음악 시간에 차례로 선생님 풍금 반주에 맞추어 불러야 한 적이 있다. 나도 교실 앞에 나가서 선생님의 전주가 끝나는 시점에 이 불가해한 엇박자 노래를 불러야 했는데, 제때 못 들어가고 연거푸 전주가 끝나기 전에 노래를 시작하거나 몇 박자나 늦게 노래를 시작했다. (더욱이 변성기였던 터라) 음정도 제대로 맞추지 못했다. 죄수처럼 머리를 박박 민 짓궂은 반 친구들 모두 내 악의 없는 실수에 전염성 웃음보가 터지고 말았다. 학기 초인 탓에 내가 지독한 박치에 음치일 뿐, 성적이 아주 뛰어나진 않아도 반듯한 학생이란 걸 모르던 젊은 선생님은 내가 부러 장난치는 걸로 오해하고 몇 차례였는지 셀 수조차 없게 연신 내 뺨따귀를 때렸다. 손자국이 시뻘겋게 내 뺨에 그려지고 입안에는 피멍울이 질 때까지.

아무튼 이 사건이 있고 나서야 동생은 우리가 살던 아파트 단지에서 멀지 않은 곳에 있는, 음악가 선생님 부부 두 분이 바이올린과 피아노를 각각 가르치는 강습소로 바이올린을 배우러 다니게 되었다. 악보라도 제대로 볼 수 있도록 나도 동생에 묻어 같이 강습소에 갔다. 그 어떤 음악적 소양도 재질도 없는 데다가 연습에 임하는 끈기도 없던 나는 불과 몇 년 후 포지션 스케일을 배우던 무렵 레슨 받길 포기하고 말았다. 그러나 동생은 자신이 가장 좋아하고 또 제일 잘하는 것을 처음으로 발견했고 연주학으로 박사 학위까지 받은 바이올린 연주자가 되었으니, 뺨은 오지게 내가 맞았더라도 음악 선생님이 내게 행사한 생애 처음이자 아직까지는 마지막인 손찌검에 동생은 감사해야 할지도 모르겠다. 내가 뺨을 맞고 집에 돌아오지 않았더라면 동생은 악기란 걸 영영 손에 잡지 못했을 수도 있으니 말이다.

　대략 1910년대 후반, 아마도 '보통학교' 시절 음악 수업 시간에 익혔을 풍금을 70여 년 가까이 지난 어느 날 친지가 모인 자리에서 당신의 손녀가 어릴 적 쓰던 피아노로 악보 없이 기억으로만 즉흥 연주를 해서 모두를 놀라게 한 적이 있던 외할아버지를 제외하면 외가에 음악적 재질이 있는 사람이 전혀 없다. 서른 명을 훌쩍 넘기는, 외할아버지의 수많은 딸, 아들, 손녀, 손자 중 동생이 거의 유일하게 외할아버지를 빼어 닮은 것 같다.

　어쩌면 아버지에게는 음악적 소양이 조금 있었는지도 모르겠다. 어머니에게 전해 들은 바에 따르면 아버지가 10대 초반이었을 때 아코디언 레슨을 시켜달라며 머리를 벽에 대고 이틀인가 서 있다가 결국은 당신이 원한 바를 관철했다니까. 그건 해방 직전의 일이었는데, 아버지가 대책 없이 떼를 썼건 말았건 식민지 시기 일본인이 운영한 양조장에서 공장장으로 일한 친할아버지 덕택에 윤택한 환경에서 자라서 가능한 일이었다. 해방과 더불어 이어진 한국전쟁으로 가운이 기울자, 아버지는 직업 군인이 된 자신의 두어 살 터울 형을 따라 전쟁이 한창이던 열일곱 나이에 통신병으로 자원입대했다. 나중에는 사진에 심취한 걸 보면, 10대 때 아코디언을 배운 것은 그저 고급스러운 취미를 섭렵하려고 그랬을 가능성이 더 크긴 하다.

　이런저런 생각이 꼬리를 물면 나는 책장을 뒤적거린다. 지금부터 36년 전 한국을 떠나기 직전에 국민학교 동창에게서 선물 받은 책을 꺼내 보기 위해서다. 이렇게 찾은 책은 세광출판사에서 1978년 10월 20일 출간한 『한국 가곡 161』 초판본이다. 주황색 바탕 위에 한옥 처마와 서까래가 흰색 아웃라인으로 운치 있게 그려진 슬립 케이스 안에 16절지 크기의 악보집이 들어 있다. 슬립 케이스 오른쪽 상단에 조그맣게 검은색 활자로 '韓國歌曲 161'이라고 적혀 있고 그 밑에 흰색 영문 활자로 'BEST 161 Korean Lyric Songs'라고도 표기되어 있다.

내게 책을 선물해준 동창은 차례 마지막 페이지의 161번째 가곡 〈희망의 나라로〉 제목 바로 아래 있는 반 뼘 정도의 빈 공간에, 대나무 두 그루 앞 풀밭에 나란히 손잡고 앉아 있는 자신과 나를 색연필로 그려놓고는 '너와 헤어지는 것을 섭섭히 생각하며, 너의 벗 ○○이가, 1982, 2, 20'이라고 써놓기까지 했다. 세심하기 그지없던 동창은 맨 뒤 페이지의 판권 부분 정가 표시 위에는 '2 20. 1982'라고 새긴 파란색 셀룰로이드 필름도 붙여놓았다. 밋밋한 연분홍색 벽지 문양의 포장지 위로 얇은 비닐까지 씌워서, 이 악보집의 표지는 최근에서야 처음 보았다. 유려한 슬립 케이스보다 한층 더 화려했다. 슬립 케이스에는 아웃라인으로만 그려진 한옥 사진이 책 표지에는 컬러로 인쇄되어 있고, 상단의 주황색 바탕 위에 한자와 영어로 쓴 제목이 슬립 케이스와는 색을 반대로 배치하여 큼지막하게 표기되어 있었다.

　　한국을 떠나온 지 얼마 안 되었을 때까지만 해도 동생을 졸라 동생에게 내 값싼 초보자용 악기의 현을 조율 받아 (우리 고향은 남쪽 바다가 아니었지만) 〈가고파〉와 (보리밭을 그때까지 한 번도 직접 본 적 없었지만) 〈보리밭〉을 동생한테 구박받으면서도 함께 빽빽 켜대었다. 샤프나 플랫이 여럿인 곡은 동생 혼자서 연주시키고 나는 듣기만 해야 했지만. 정말이지 오래전 일이다.

　　무려 네 차례나 전학을 다녔기에 국민학교 시절 친구 이름은 단 하나밖에 기억하지 못하는데, 하고 쓰고 보니 변명의 여지없이 중학교 시절 친구 이름도 기억하는 건 단 하나뿐이다. 8년 전, 내가 유일하게 이름을 기억하는 중학교 동창과 사반세기 만에 다시 연락이 닿고 난 직후, 내게 책을 선물해준, 내가 이름을 기억하는 단 하나뿐인 국민학교 동창을 찾으려고 내친김에 '링크드인'에 등록하고 '구글링'으로 검색도 해서 어렵게 친구를 찾아냈다. 그리고는 무작정 이메일로 연락해보았다. 전화번호를 물어 전화도 걸었는데, 대학과 대학원에서 건축을 공부하고 D 이니셜로 시작하는 대기업의 부장인지 차장인지 하는 녀석은 통화가 끝날 때까지 단 한 차례도 한국에 가끔이라도 다녀가는지 묻지 않았고 한번 보자는 빈말조차 건네지 않았다. 나는 그저 내가 만들려 하던 전시 도록이 이듬해에 나오면 오래전 받았던 책 선물에 대한 늦은 답례를 하고 싶었을 뿐이었는데, 그 말은 꺼내지도 못하고 어색하게 전화를 끊었다.

군이 덧붙이자면, 불과 몇 명 되지는 않지만 난 건축을 공부한 이들과는 오랫동안 친분을 유지한 적이 없다. 그때 조금 서운하지 않았다면 거짓말이겠지만, 좀 지나고 나서 내 감정을 다시 복기해보니 그건 외려 고마운 일일 수도 있겠다는 생각이 들었다. 나는 지키지 않을 약속이나 허투루 던지는 빈말만큼은 절대 못 견뎌서다. (장황하게 주절거리고 말았지만) 정작 내가 하고 싶은 말은 이런 것이 아닐까, 악보를 아무리 뚫어져라 바라보아도 악기를 연주할 수 있기는커녕 선율조차 읊조리지 못하게 되기도 하고, 한때의 애틋한 우정도 아마득해져 버린 시공간 사이에서 일그러지기도 하지만, 그러나 책만은 책장에 꽂아놓기만 해도 그대로 곁에 남아 있어 준다는 사실을.

R 6   전집 시대의
              종말

『세계의 문학 대전집』,
동화출판공사 엮음

　　　　　　　　전집의 시대가 있었다. '있었다'까지
겨우 아홉 자를 쓰고 나서 내가 쓰는 글이 전혀 학구적 성격이 아님에도 인터
넷 검색부터 한다. 그리 쓰려면 적어도 전집이 풍미한 시대에 관한 논문을 하
나쯤은 찾아 읽어보아야만 할 것만 같아서다. 내가 찾던 논문은 아니지만 아
르코에서 발행한《문화예술》이란 정기 간행물 2004년 7월 호에 실린 조우석
의 「변화된 시대, 변화를 요구받는 문학 전집 출판」이라는 제목의 글이, 푸른
역사에서 박숙자가 2012년 12월 펴낸『속물 교양의 탄생: 명작이라는 식민
의 유령』이란 책에 관한 신문 기사와 함께 검색된다.『속물 교양의 탄생』은
아직 구하지도 읽지도 못한 책인데,《한겨레》의 책 소개 기사에 따르면 "이른
바 명작으로 불리는 세계 문학 전집에 대한 계보학적 보고서"라고 했다. 그러
면서 호화 양장본과 이들이 소장된 유럽풍의 서재는 상류층의 계급적 기호로
떠올라 과시용으로 소비되는 시대가 일제강점기에 이미 열렸고, 속물 교양의
시대는 여전히 진행형이라고도 했다.

문고판을 논외로 하면 1970년대에 만들어진 거의 모든 전집은 기본 사양으로 두꺼운 재질의 종이나 경우에 따라서는 종이와 천으로 된 양장으로 제본되어 있는데, 각 권의 책은 예외 없이 슬립 케이스가 씌워져 있다. 슬립 케이스에서 책을 꺼내면 투명 비닐로 된 씌우개가 책을 한 번 더 덮고 있으며 모든 책에는 색실로 짠 북마크용 리본도 책등 안쪽에 달려 있다. 책등에는 고풍스럽게 금박이나 은박으로 형압한 활자가 새겨져 있다. 이런 고급스럽고 값나가는 전집이 활발히 출판되던 시기가 있었기에 우리 가족의 생존이 가능했다고 말한다 해도 큰 무리가 없을 것 같다. '전집의 시대' 절정기였을지도 모를 1970년대를 지나며 내 어머니는 단순히 전집을 판매만 한 것이 아니라, 도서 외판 일을 그만두고 나서도 각종 전집류를 그 '전집의 시대'가 저물기 직전까지 구입했다. 그렇다고 우리 집에 유럽풍의 서재가 있었을 리야 없다. 서재는커녕 짝이 안 맞는 책장이 두엇 있을 뿐이었다. (다른 집의 경우는 모르고 또 내가 알 바도 아니지만) 나는 그 책들을 읽으며 내 협소한 현실 너머를 상상할 수 있었고, 어머니 역시 그 책들을 틈날 때마다 탐독했다.

　　무엇이든지 허투루 하더라도 분류를 해야만 직성이 풀리는 내 방식대로 집에 있던 전집류를 기술하자면 다음과 같다. 제일 먼저 아동 도서 전집과 일반 전집으로 분류할 수 있다. 가로쓰기로 조판한 전집과 세로쓰기로 조판한 전집으로 분류하거나, 오른쪽에서 왼쪽으로 책장을 넘기도록 조판한 전집과 왼쪽부터 오른쪽으로 책장을 넘기게 조판한 전집으로 분류하는 것 역시 가능하다. 1단으로 조판했는지 2단으로 조판했는지에 따라 분류하는 것 또한 가능하다. 종이의 질은 전집마다 차이가 있는데, 글자를 만지면 촉각으로 활판 인쇄된 걸 짐작할 수 있는 책과 사진 식자 방식으로 인쇄된 것으로 보이는 책으로도 구분할 수 있다. 하지만 이렇게 형태를 비교한 후 유형별로 나누는 분류 방식 말고도 전집이 누구를 위한 것이었는지 또는 아직 책장에 남아 있는지 등 무형적으로 가늠하는 것 역시 가능하다.

셀 수도 없이 잦은 이사와 미국으로의 이주에 더해, (서울서의 이사 횟수만큼이나 빈번했던) 시애틀에 정착한 뒤의 이사에도 꿋꿋이 남아 아직 책장을 채우고 있는 전집과 그렇지 않은 전집으로 분류할 수도 있겠다. 어떤 전집은 어머니가 책 읽기를 각별히 좋아한 나를 위해 구입한 것이 명백하지만, 어떤 전집은 그 목적이 나를 위한 것이었는지 혹은 어머니 자신을 위한 것이었는지 구분 짓기가 상당히 모호하다. 그러고 보니 내가 읽은 전집과 (거의 또는 전혀) 읽지 않은 전집으로도 구분이 가능하다. 이런 분류를 해보려는 이유는 곤궁한 우리 집에 있던 전집의 권수가 한때 200여 권에 달했기 때문이다. 아직 기억하고 확실히 꼽을 수 있는 수치만 어림잡아도 180여 권에 달한다. 어머니는 책이 많으니 밥은 안 먹어도 배부르지, 하고 내게 농을 치기도 했다. 세상에 책만 한 친구는 없다고 말한 적도 있다. 집에 들여놓은 전집에서 교양을 갈구한 어머니는 그렇다면 좀 '유별난' 속물이었던 걸까?

내가 국민학교에 들어가기 직전에 어머니가 사준 나의 첫 전집이자 우리 집에 들어온 첫 전집은 총 50권으로 된 계몽사판 『소년소녀 세계문학전집』이었다. 그다음으로 어머니가 사준 전집은 내가 그 전집을 몇 번씩이나 읽고 또 읽고 난 후, 4학년이 되었을 때 사준 계몽사판 『소년소녀 세계위인전집』인데 총 몇 권으로 이뤄진 전집이었는지 기억나지 않는다. 5학년 가을에 어머니가 사준 마지막 아동 도서 전집은 13권이 한 질로 된 역시 계몽사판 『학생대백과사전』이었다.

이들은 모두 이제는 책장에 단 한 권도 남아 있지 않은 전집이기도 하다. 첫 두 종은 미국으로 이주할 때 어머니 남동생에게 주었다. 어머니 남동생은 자녀가 세 명이었는데, 막내만 제외하고 모두 국민학교 저학년생이었다. 아마 외사촌들이 자라 대학에 진학하기 전에 이미 폐기 처분했을 듯하다. 내가 고집을 부린 끝에 『학생대백과사전』만은 굳이 미국까지 가지고 왔다. 하지만 매번 이사할 때마다 벽장에 방치해두었다가 동생이 어머니에게 불필요한 짐을 미리 정리하자며 상자 그대로 어머니가 사는 아파트 지하의 재활용 분리수거함에 넣어버렸다. 매사에 실용주의적이고 현실적인 동생은 너무 오래전에 편집·출판한 백과사전이라 어느 도서관에 기증하려 해도 받아주지 않을 거라며 나를 설득하려 들었는데 그때를 떠올리면 아직도 속이 쓰리다.

정확히 언제 집에 들인 건지 기억나지 않지만, 어머니 자신을 위해 구입한 것이 분명한 전집도 있다. 그건 1979년 12월 10일 삼성출판사에서 출간한 1·2·3부 총 9권으로 이뤄진 박경리의 대하소설 『토지』 초판본이다. 이후에 4·5부가 집필되어 출판되었으니 엄격한 의미에서의 전집은 아닐지도 모르겠다. 더구나 『토지』를 어떤 계기로 어머니가 읽고자 했는지에 대해선 아는 게 전혀 없다. 『토지』보다 조금 먼저 들어온 전집이 있는데, 한 질이 총 20권으로 이뤄진, 범조사에서 1975년 초판이 나온 전집으로 1979년 4월 15일 발행된 『한국수필문학대전집』이다.

어머니는 바로 전해에, 그러니까 서른아홉 살이 되기 불과 몇 주 전에 교통사고로 비명횡사할 뻔했다. 사고 뒤 1년여에 걸쳐 그동안 해온 일을 하나씩 정리했다. 사고를 당한 직후 그만둘 수밖에 없었던 도서 외판 일에 이어, 그나마 간간이 하던 보험 외판 일도 아주 그만두었다. 마지막 수금을 끝내고 나서 어머니는 의상실에 가서 12년 만에 처음으로 옷을 맞춰 입었다. 각기 다른 패턴의 회색 모직 천으로 되어 있어 여름 한 철을 제외하고 언제나 입을 수 있는 정장도 두 벌이나 한꺼번에 맞추었다는데, 나는 당시 막 사춘기에 접어들어 (지금 생각해보면 또래 다른 사내아이와 비교해 그리 특이할 것 하나 없는) 나 자신의 변화에만 몰두한 터라 어머니의 옷에 관한 기억은 남아 있지 않다. 하지만 그 무렵부터 정성스레 화장하는 어머니에게 내가 알 수 없는 어떤 변화가 찾아온 것인지 몰라 적잖이 불안해한 기억은 여전히 남아 있다.

어머니는 나와 동생이 학교에 가고 나면 외출했다가 늦은 저녁에 돌아왔다. 저녁에 화장을 지우고 나서 '콜드크림'이란 것까지 얼굴에 발랐다. 어머니가 이전까지 안 하던 화장을 하고 새 옷을 차려입고 거의 매일같이 찾아간 곳은 인사동이었다. 미술 교육을 받은 적이 없는 어머니는 당시만 해도 인사동을 가득 메우고 있던 화랑들을 한 달 넘게 둘러보았다. 그러다 어머니를 눈여겨본 한 화랑 대표에게 차를 얻어 마시며 대화를 텄다고 했다. 어머니가 미대를 나와 결혼해 아이를 낳고 그림을 그만둔 젊은 처자 정도일 거라 짐작한 그는 어머니에게 어느 대학에서 누구랑 공부했냐고 물었다. 어머니는 그림을 공부한 적도 없고 전시를 보러 다닐 여유도 없이 살았지만, 자신에게 아름다운 것을 볼 줄 아는 안목이 조금은 있는 듯하다고 솔직하게 대답했다. 작은 화랑을 차려보고 싶어 조언을 구한다는 이야기를 들은 그 화랑 대표는 당시 어머니 또래쯤이었을 국전 입선 작가들을 소개해주었다. 어머니는 이후 한동안 국전 추천 작가나 심사위원의 전시까지 쫓아다녔다.

어머니는 도예 공방과 가마터가 몰려 있는 경기도 이천에도 수차례 다녀왔는데, 그런 날이면 또 무슨 사고라도 난 건 아닌지 나와 동생은 늦도록 잠도 못 자고 걱정해야 했다. 잠이 전혀 올 것 같지 않았어도 언제나 잠이 들었고, 아침에 깨나 보면 어머니는 늘 집에 돌아와 있었다. 내가 중학교에 입학하던 무렵 어머니는 화랑이라고 부르기 모호한 정말 작은 화랑을 시작했다. 상호는 '종각'이었지만, 동교동 삼거리에 약간 못 미친 곳에 있었다. 당시는 신촌 일대에 지하철 공사가 시작되기 바로 전이었다. 어머니의 화랑은 (20여 년 후에 대통령이 되지만 당시만 해도 가택 연금 상태였던) 재야인사 사택으로 들어가는 골목이 시작되는 한 모퉁이에 있었다.

화랑 가장 안쪽 벽 앞에는 오래된 한옥에서 옮겨다 놓은 것 같은 문지방이 생뚱맞게 있었고, 그 앞에 작은 탁자가 하나 놓여 있었다. 탁자 맞은편에는 나무 의자도 몇 있는데, 어머니를 보러 화랑에 가면 어머니는 항상 그 문지방에 앉아 있었다. 화랑의 두 코너에는 당시 내 키 높이만 한 네 칸짜리와 동생 키 높이만 한 세 칸짜리 사방탁자가 각각 자리 잡고 있었고, 칸마다 백자호와 청자 매병 같은 도자기가 올려 있었다. 한쪽 벽면에는 100호가량 되는 장방형 산수화와 40호 정도 크기인 정방형 산수화가 나란히 걸려 있었는데, 그 앞으로 낮은 궤가 있었고 궤 위로 철화 접시와 도자기 몇 점이 놓여 있었다. 그 맞은편, 3분지 1이 통유리인 나머지 벽에는 서예 족자가 두어 점 정도 걸려 있었다. 안쪽 벽면의 문지방 위 어머니가 앉은 자리 뒤로는 여섯 폭짜리 작은 병풍도 세워져 있었다. 어머니가 지하철 1호선 지하도에서 사서 표구를 해놓은 민화도 있었다. 그건 어머니의 화랑에서 가장 높은 마진율로 판매했다는 무명씨가 그린 작품이었다.

『토지』는 화랑을 지키던 어머니가 문지방 위에 걸터앉은 채로『한국수필문학대전집』과 번갈아 가며 읽던 책이다. 어머니가 시작한 화랑은 처음 얼마간 순조로이 운영되었던 것 같다. 어머니와 세 살 터울인 여동생은 대학까지 마쳤고 남편은 작은 공장을 운영해서 재정적으로도 부족함이 전혀 없었는데, 자신에 비해 어느 면에서든 격이 달라야 할 어머니가 화랑을 운영한다니까 샘이 났던 모양이다. 달리 설명할 방도가 없는 것이, 어머니의 여동생은 자신도 화랑을 운영해보겠다며 어머니 화랑이 있던 동교동 일대의 가게를 물색하고 다녔기 때문이다. 어머니의 화랑에 자주 다녀간지라 어머니 여동생을 기억하고 있던 고가구점 주인이 어머니를 자주 찾아오던 이가 누구길래 새로 난 화랑 인근에다가 또 화랑을 차리겠다며 자리를 물색하고 다니는 거냐며 언질을 주었다. 그게 사실이냐 묻는 어머니에게 어머니 여동생은 언니만 여기서 화랑을 해야 한다는 법이라도 있느냐고 반문했다.

정작 문제는 다른 데서 생겼다. 인사동에서 거액의 고미술품을 주로 거래하는 화랑을 운영하던 젊은 부부와 운전기사가 실종되는 사건이 일어난 건 어머니가 화랑을 시작한 지 반년도 채 안 돼서였고, 어머니의 작은 화랑에 위기가 찾아온 것은 그 사건이 미제로 남아 있을 때였다. 어머니 화랑에 절도범이 들어와, 운반이 용이하지 않은 도예품과 표구되어 벽에 걸려 있던 큰 작품만 남기고 화랑 내실에 있던 표구하지 않은 작품들을 훔쳐 갔다. 그즈음 화랑에 들어와 잠시 둘러보다 뛰쳐나간 교복을 입고 있던 한 고등학생은 어머니가 보고 있던 책까지 좀도둑질해 갔다. 어머니는 그런 까닭으로 『토지』를 2부가 시작되는 4권에서 읽다 멈추었지만, 나는 대하소설이란 장르에 관심이 전혀 없었기에 1권을 조금 보다가 일찍이 읽기를 단념했다. 『토지』는 4권이 없는 상태로 아직도 어머니 집 책장의 맨 위 칸에 꽂혀 있다.

이 두 전집을 구입하기 바로 전에 어머니가 집에 들여놓은 전집이 하나 더 있다. 내가 중학교에 입학하던 해의 늦은 겨울날 좁다란 아파트로 이사할 때 함께 들어온 전집이다. 어머니가 나를 위해 사준 첫 일반 문학 전집일 뿐만 아니라, 나나 어머니에게 그 후 40여 년의 세월 동안 변함없는 벗 역할을 해준 전집이다. 1970년 11월 15일 초판이 발행되고 1976년 5월 15일에 중판을 찍은, 동화출판공사에서 나온 『세계의 문학 대전집』이다. 한 질이 34권으로 이루어져 있는데, 마지막 권은 『세계명시선집』이다.

이 전집의 책을 하나씩 집어 들고 야금야금 읽는 재미에 흠쩍 빠져 있던 시기는 내가 태어날 때부터 이미 대통령이었고 사후에서야 독재자라 불리게 된 이가 자신의 오른팔인 중앙정보부장에게 사살당했을 즈음이었다. (세상이 분명 어수선했지만) 나는 수업을 마치고 집에 돌아오면 아랑곳없이 문학 전집을 읽었다. 그렇게 세상의 시간이 모두 내 것인 듯 느지막한 속도로 책을 읽고 있던 시기는 '서울의 봄'이라고도 불리는 때였다. 1980년 이른 봄, 신촌 일대의 대학에서 거리로 나온 대학생 시위대는 어머니의 화랑이 있던 거리를 가득 메웠다가 언제 그랬냐는 듯이 뿔뿔이 해산했다. 같은 해 늦은 봄에는 남쪽의 소도시인 광주 전체가 소위 '불순분자들에 의한 소요'에 휩쓸렸고, 군경 사상자까지 났다고 신문과 TV 뉴스가 전했다. 어머니의 화랑에 절도범이 다시 한번 들었고, 이번에는 화랑 안의 모든 걸 탈탈 털어 갔다. 어머니는 이듬해에 결국 화랑을 정리했다. 어머니가 "이 지긋지긋한 곳에서 영영 떠나고 싶다"라는 말을 처음 입에 담은 게 정확히 언제였는지는 기억해낼 수가 없다.

　어머니가 내게 사준 마지막 전집은 미국으로 떠날 수속과 채비를 마치고 모든 짐을 배편으로 부치고 난 후 구입한 책이다. 미국으로 떠나기 불과 며칠 전이었던 2월 마지막 주의 어느 날, 미국에 이주하면 정착금에 보태 쓰라며 어머니의 남동생이 건네준 돈 봉투를 받은 어머니는 나를 데리고 종로서적에 갔다. 그날 어머니가 사준 전집은 수년간 내 숙원이었던, 휘문출판사에서 1972년에 발행된 『세계의 대사상』이었다. 어머니가 도서 외판 일을 시작하기 전부터 이미 어머니의 거의 모든 형제자매 집 책장에 『세계의 문학 대전집』과 함께 꽂혀 있어 내가 오랫동안 눈독을 들인 책이었는데, 어머니는 그 책을 빠짐없이 모두 읽겠다는 나의 다짐을 한 번 더 받은 뒤 사주었다. 서점 직원이 32권 한 질을 예닐곱 권씩 나누어 노끈으로 묶는 동안 단행본 두 권을 더 후다닥 챙겼다. 문학과지성사에서 나온 작가론총서의 9권과 10권인 『카프카』와 『이상』이었다. '구정가 도서'라는 직인이 판권에 찍혀 있는 초판들이다. 어머니 책장에 가지런히 꽂혀 있는 『세계의 대사상』은 1981년 12월 15일 발행된 재쇄본이다.

　하지만 나는 그 전집을 고작 4분지 1도 다 읽지 못했다. 어머니가 그 전집의 동양 철학서를 모두 읽었다니까 오히려 나만큼을 읽은 셈이다. 십수 년 전에는 내게 뜬금없이 『묵자』를 읽었느냐고 다그치더니, 그 책을 안 읽었다니까 내게 묵자의 사상이 얼마나 훌륭한 것인지 설파하기도 했다. 그래서 『묵자』만이라도 읽고자 책을 펼쳤다가, 어머니가 손 글씨로 적은 문장들이 담긴 종이쪽지가 수두룩하게 끼워져 있는 것을 발견했다. 어머니가 적어놓은 쪽지를 읽느라 정작 『묵자』는 다 읽지 못했다.

　어머니가 써놓은 쪽지를 4년 전에 다른 전집에서도 발견했다. 루쉰의 소설 「고향」故乡을 다시 읽던 중이었다. 『세계의 문학 대전집』 제7권에는 루쉰의 단편 소설들이 린위탕의 「생활의 발견」The Importance of Living(이 작품이 전집에는 '생활의 지혜'라는 제목으로 실려 있다)과 함께 실려 있는데, 책갈피에서 은행 예금전표 한 장이 툭 하고 빠져나왔다. 그 여백에 어머니가 적어놓은 구절은 루쉰의 「고향」 말미에 나오는, 서경식 작가가 자신의 글에서 종종 인용하는, 길을 은유로 한 희망에 대한 것이 아니라, 린위탕의 「생활의 발견」에 나오는 다음과 같은 구절이었다. "벗과의 하룻밤 청담은 10년 동안 책을 읽는 것보다 나으리라. 이는 중국 고대의 어떤 학자가 벗과 청담을 즐긴 후에 말한 감회다." 책만 한 친구가 없다고 했으면서도 어머니는 벗과의 청담을 갈구했던 것 같다.

이제 내가 직접 산, 한 선집에 관해서 말할 차례인 것 같다. '오늘의 세대가 읽고 다음 세대에게 전해줘야 할 우리 문화유산의 보고'라는 카피로 소개한 『문학과지성사 한국문학선집 1900~2000』 광고를 신문에서 본 것은 2007년 초겨울 서울에 잠깐 체류하고 있을 때였다. 고전적인 전집의 외양을 했으나 단출하게 네 권으로 분권한 책으로 2007년 11월 26일 펴낸 책이다. 어머니가 내게 마지막 전집을 사준 종로서적은 이미 폐업한 후여서 교보문고로 달려갔다. 누군가가 네 권으로 이뤄진 이 선집 중 마지막 권인 '북한문학' 편만 사 갔는지 나머지 세 권만 매대에 진열되어 있었다. 매장 창고에 다른 한 질이 있는지 문의하니, 기록에는 한 질이 더 입고되었다고 나오는데 당장 책을 찾지 못하겠다고 했다. 바로 지하철을 잡아타고 고속터미널역 건물 지하에 있는 영풍문고로 갔다. 시인 166인의 시 679편을 실은 한 권의 시 선집과 89인의 소설가의 소설 98편을 두 권에 나누어 실은 소설 선집에 더해, 시인 70인의 시 150편과 소설가 26명의 소설 30편을 실은 북한문학 선집 한 권으로 구성되었다. ('시' 편이 1,556쪽, '소설 1' 편이 1,256쪽, '소설 2' 편이 1,352쪽, '북한문학' 편이 1,620쪽으로) 네 권의 총 페이지 수는 무려 5,784쪽에 달한다. 당연히 아직 다 읽지 못했다. 왠지 모르게, 은퇴하고 나면 내 노년기의 동반자가 될 듯싶다.

R7   '아무도 아닌'이라 쓰인
                            글자를 보고 읽는
                            열세 가지 방법

『월리스 스티븐스 시 선집』,
월리스 스티븐스 지음

I

　　　　　　　　　　주말 오전에는 시애틀의 어머니와 통
화를 한다. 그런데 전혀 예상치 못한 주제의 대화 탓에 전화를 끊고 나서
34~35년 전 늦은 가을 시애틀의 어느 헌책방에서 산 시집을 찾아 책장을 뒤
졌다. 함께 산 다른 두 권은 시애틀에 있다. 대신 사다 놓고 몇 주 넘게 방치한
『월리스 스티븐스 시 선집: 수정본』The Collected Poems: The Corrected Edition *을
펴보았다. 『월리스 스티븐스 시 선집』The Collected Poems of Wallace Stevens **초
판이 1954년에 출간된 지로부터 어언 60년이 지난 2015년 8월에 대폭 수정
해 재출간한 수정본 2쇄다. 시애틀 어머니 집 책장 어딘가에 꽂혀 있을 내
『월리스 스티븐스 시 선집』은 초판의 몇 번째 재쇄본인지 모르겠다. 이 두 책
은 무엇이 어디서부터 어디까지 어떻게 다른 건지 궁금해진다. 『월리스 스티
븐스 시 선집』을 마지막으로 읽은 것이 언제였는지 모르겠다.

II

죽어 있는 듯했던 땅이 말이지, 갖은 꽃을 피워내는 4월은 가장 잔인한 달이 맞아, 라일락이 피는 4월만 되면 왜 이리 우울해지는 건지 모르겠구나. 어머니는 느닷없이 우리가 회피해온 시절에 관해 말을 꺼냈다. 야심 차게 미국으로 떠나왔지만 원래 의지대로 정착하는 데 실패해 서울에서 살던 집 한 채를 팔아 마련한 이주 정착금이 야금야금 동나던 시절. 이후 우리 가족 모두 그 시기만은 약속이나 한 듯이 절대 입에 담지 않았고, 그러면 기억상실증에라도 걸린 것처럼 그 기억이 머릿속에서 지워질 거라 생각한 것 같다. 그때의 기억을 굳이 끄집어낸 탓일까? 시집을 뒤적이다 말고, 책이 나오자마자 구해 한달음에 읽고 책장에 꽂아둔, 문학동네에서 출간한 황정은의 소설집 『아무도 아닌』을 찾아 펼쳤다. "아무도 아닌, 을 사람들은 자꾸 아무것도 아닌, 으로 읽는다"라는 문장을 확인하기 위해.

III

그때까지 살면서 가장 긴 시간을 보낸 서울의 학교에서, 나는 '아무도 아닌', 아니 '아무것도 아닌' 존재였다. 그저 부품처럼 일련번호를 달고 훈육되던 절대 다수의 '아무도 아닌' 학생 중의 하나였던 나는 '아무것도 아닌' 양 취급받으며 그러려니 했다. 소리가 소거되면 괴기스럽기보다는 외려 키득거리게 되는, 그런 진부한 잔혹극의 엑스트라였으니까.

IV

아침 7시 45분에 시작한 50분짜리 6교시 수업을 2시 30분에 마치고 나면, '알바'를 하지 않는 날에는 시내 한복판에 있는 시애틀 공립 도서관에서 이른 오후부터 저녁녘까지 네댓 시간을 때웠다. 특별히 어떤 책을 찾으려 했던 것이 아니라 그냥 서가와 서가 사이를 돌며 학교가 일찍 파한 뒤 뭘 해야 할지 몰라 초조하고 불안한 시간을 죽이기 위해서였다. 때로는 다운타운 위쪽으로 가파른 큰 언덕 위에 자리한 캐피톨 힐이란 동네의 헌책방을 헤집고 다녔다. 밤에는 동생과 함께 자는 방에서 나와 주방의 식탁에 앉아 작은 등을 켜고 밤늦도록 영한사전을 뒤적이며 읽었다. 아무리 읽어도 모르는 게 전혀 줄어들지 않던 기이한 책. 갑작스럽게 주어진 자유가 오히려 견디기 어렵던 1982년 가을, 나는 10학년생이었다.

V

그때 나는 한국이었다면 머리를 싸매고 공부하고 있거나 미리부터 미래를 아주 포기했을지도 모를 고등학교 1학년생이었는데, 영어가 모어가 아닌 학생을 대상으로 하는 ESL 수업과 함께 10학년 영어 수업을 들었다. 10학년 오전 수업에 들어가기만 하면 자폐아였다가, 오후 ESL 수업에서는 반향언어증echolalia 증세를 보이는 자폐성 지진아가 되어버렸다. '미스터 어드만'이 나를 자폐증에서 꺼내줄 때까지는. 톰 어드만은 내가 다닌 공립 고등학교의 다른 여느 교사와는 달리 꽤 독특한 규율과 주문이 많은, 까다롭고 까칠하기까지 한 교사였다. 학생은 교사 대부분을 이름으로 불렀는데, 그에게는 '미스터 어드만'이라고 깍듯이 호칭해야 했다. 여러 세대를 지났어도 북구계 이민자 출신의 미국인답게 나름 거구였고, 대학 시절에는 미식축구팀 선수였다고도 했다. 수비수였거나 공격수였거나, 시를 읽고 쓰는 풀백이라니.

VI

학기를 시작한 지 2개월쯤 지나서였나, 안개와 비의 계절에 막 접어들기 시작할 무렵이었다. 그 수업에서 '블루 노트'라 불리는 16쪽짜리 스테이플러 철심으로 제본한 작은 공책(이 수업의 모든 과제물은 이 공책에 써서 제출해야만 했는데 이게 대학에서 필기시험 때 쓰는 노트란 걸 몇 년 뒤에야 알았다)에 쓴 작문 과제물을 돌려받았는데, 빨간 펜으로 빽빽이 교정을 보고는 자신의 의견과 질문을 여백에 촘촘히 적어놓은 내 노트의 마지막 페이지에는 그날 수업을 마친 후 자신과 얘기를 좀 할 수 있겠느냐고 적혀 있었다. '캔 유 플리즈 씨 미 에프터 스쿨?'Can you please see me after school? '플리즈'란 단어가 생소했다. 그 과제가 무엇이었는지, 또 그 과제물에 내가 되지도 않는 작문 실력으로 뭐라 끄적거려놓은 건지 기억에 남아 있지 않다. 혹시 내 영어 수준에 문제가 있어 상담하자는 건 아닌지 불안해하며 모든 수업이 끝나길 기다려야 했다. 내리 짐작만으로도 두근거리는 마음을 달래며, 한편으론 무슨 일이 있어도 이 수업을 꼭 들어야 한다는 말을 몇 번씩이나 연습하며 빈 10학년 영어 교실로 갔다.

VII
　예의 빨간 펜을 두툼한 손가락으로 빙빙 돌리며 자신이 내 이름을 맞게 부르고 있는지, 또 자신의 수업이 흥미로운지 물었다. (수업이 흥미롭냐니, 학점 채우려고 수업을 듣지 누가 흥미로 듣나, 내심 생각했지만) "당연히요" 하고 공손히 대답했다. 그런데 왜 수업에서 말 한마디 안 하고 토론 때 전혀 참여하지 않느냐는 질문이 이어졌다. 내 발음도 부정확하고(영어를 공부한 지 고작 4년밖에 안 되어서) 다른 학생들 앞에서 내 생각을 말하는 것도 불편하고 (이런 토론하는 방식의 수업을 받아본 적이 없어서) 그냥 듣는 게 좋다고 대답했다. 그랬더니 그는 내 과제물을 보니 '고작' 4년을 공부했다는 게 믿어지지 않고, 또 내 의사를 표현하는 데도 큰 문제는 없는 것 같으니 앞으로는 적극적으로 수업에 참여해주었으면 한다고 했다. 그러고는 내게 책 읽는 걸 좋아하느냐고 글을 쓰지는 않느냐고 물었다. 그래서 그렇다고, 책 읽는 걸 좋아하고 (시라고 부를 수 있는지는 모르겠지만) 짧은 문장 정도는 쓴다고 했다. 그러자 이번에는 좋아하는 시인이 누구냐고 물어왔다. 집에 있는 『세계의 문학

대전집』의『세계명시선집』에 실려 있던 잉게보르크 바하만이나 파울 첼란 등등의 이름을 머리에 떠오르는 대로 말했더니 "누구?" 하고 되물었다. 몇 번을 번복해가며 발음하다 결국은 블루 노트에 철자가 맞건 틀리건 이름을 적었다. 그는 그제야, 정말이냐고 하더니, 미국 시인 중에는 좋아하는 사람이 없느냐고 물었다. 역시 그 책에 고작 몇 개 실린 시를 읽은 게 전부였지만 월리스 스티븐스를 좋아한다고 대답했다. 「검정 새를 보는 열세 가지 방법」을 좋아한다고도.

VIII

불량한 태도로 수업을 방해하는 학생을 교실에서 내쫓고, 시험 중에 부정행위를 하면 학생에게 0점 처리할 시험지를 반납하고 교실 밖으로 나가라고 쏘아붙이던 그가 나를 자폐증에서 *끄집어낼* 줄은 미처 몰랐다. 물론 그렇게 쫓겨난 학생들은 다음 수업 시간이면 아무렇지도 않게 교실로 돌아와 자기 자리에 앉았다. '아무도 아닌' 학생에게 더 심하게 체벌이 가해지고, 봉투를 들고 학교를 찾는 학부모의 자녀들에게는 갈잖은 완장을 채워주고 매사에 더없이 관대하던 이전의 세계와는 비교할 수 없는 진기한 상황이었다. 나는 안다, 학생의 가정환경이나 성적, 학부모의 사회적 지위나 재력의 유무를 가지고 누구도 무시하거나 차별하지 않는 교육 방식과 제도가 가져올 수밖에 없는 차이를. 나는 이제 안다, 학교 밖의 현실은 그렇지 않더라도 학생의 주거 형태나 부모의 소득 분위 따위가 공립 학교에서 학생을 가르치는 데 무슨 상관이 있냐는 듯이 모든 학생을 평등한 인격체로 대하는 교사의 교육이나 태도가 가져올 수밖에 없는 그 어떤 차이를.

IX

자신이 지도 교사로 있는 문예반에 들어오지 않겠느냐고 물었지만, 이

변명 저 변명으로 거절했다. 그랬더니 그는 그럼 내가 쓴 시를 자신에게 보여줄 수 있겠느냐고 했다. 며칠인가 밤을 꼬박 새워가며 에센스 영한사전과 포켓 한영사전을 나란히 놓고서 짧은 문장들을 영문으로 번역했다. 한국을 떠나기 전 문구점에서 사 와, 쓰지 않은 채 간직하고 있던 푸른색 표지의 노트에 글자 하나하나를 또박또박 옮겨 적었다.

X

그에게 노트를 건넨 뒤 일주일이나 지나도록 가타부타 아무 말이 없었고 노트를 내게 돌려주지도 않았다. 내 글이나 내 영어 실력이 그럼 그렇지 하며 빈약한 자존감이 자유 낙하해 원래 자리이던 바닥을 쳤다. 한참 의기소침해져 있을 때, '미스터 어드만'이 수업을 마치고 나가는 나를 부르더니 점심을 살 테니까 점심시간에 얘기 좀 할 수 있겠냐고 했다. 여드레나 아흐레가 지나서였다. 난 항상 할인 급식권으로 교내 구내식당에서 점심을 먹고 있어서, 네온과 크롬으로 장식한 학교 정문 앞의 식당에는 단 한 번도 가본 적이 없었다. 에드워드 호퍼의 〈나이트호크스〉Nighthawks란 그림에 나오는 것처럼 생긴 '다이너'diner였는데, 자신에게 내 '시'를 읽게 해준 답례라며 루벤 샌드위치에 루트 비어를 곁들인 점심을 사주었다. 다른 의도가 있는 건가 의심스러웠지만, 방과 후 문예반에 꼭 들러보라는 말 빼고 다른 건 없었다.

XI

그의 교탁 뒤에는 B4 용지에 타자기로 쳐서 붙인 시구가 있었는데 누구의 시였는지 기억나지 않는다. 이듬해 들었던 11학년 영어 수업의 교사 팻 윅스트롬이 교실 칠판 옆에 걸어둔 파스텔 색상 포스터 위의 시구는 오히려 생생히 기억난다. '난 아무도 아니랍니다, 당신은 누구인가요? 당신도, 아무도 아닌, 가요?'I am Nobody, Who are you, Are you –Nobody- too? 나긋이 말 거는 듯한 에밀리 디킨슨. 그럼 '미스터 어드만'이 붙여놓은 시구는 혹시 T. S. 엘리엇의 것이 아니었을까? 예를 들어, 『네 개의 사중주』Four Quartets의 네 번째 시 「리틀 기딩」Little Gidding의 다음과 같은 구절이 아니었을까?

> 우리는 탐구하기를 멈추지 않을 것이다.
> 그리고 모든 탐구의 끝머리에서야 우리가 시작한 곳에 다다르겠지.
> 그렇게 그곳을 처음으로 알게 되겠지.
> We shall not cease from exploration.
> And the end of all our exploring will be to arrive where we started.
> And know the place for the first time.

XII

문예반에는 들어가지 않았고, 영어로 쓰기 시작한 시를 보여주려고 방과 후 가끔 그의 교실에나 들락거렸다고만 생각했는데, 그게 아니었다. 새까맣게 잊고 있었을 뿐 아니라 기억에도 전혀 남아 있지 않은데, 나는 학교 마스코트인 설치류의 '꼬리'tail와 동음이의어인 '이야기'tale에서 착안해 만든 제목의 문예지 편집부원이었다. 내 졸업 앨범에 《비버 테일즈》Beaver Tails 지도 교사로 소개된 자기 사진 위에다 내가 편집자 역할을 훌륭하게 수행했고, 무얼 하든지 성공할 거라고 써놓은 걸 보면. '네게 행복이 함께하기를', 톰 어드만.

XIII

1984년 봄 학기 초, 11학년 수업 시간 중에 교내 인터콤에서 '미스터 어드만'이 나를 급히 찾는다고 해서 수업 중 교내 복도를 종횡할 수 있는 패스를 받아 들고 그의 교실로 갔다. 수업을 받던 학생들에게 양해를 구하고 복도로 나온 그는 문 앞에서 내게 웬 커다란 마닐라 봉투와 그 안에 든 십수 장의 서류를 전해주었다. 그러면서 미리 말하면 내가 싫다고 할까 봐 내게 묻지 않고 자신에게 보여주었던 시 가운데 몇을 골라 직접 타이핑해서 원고를 만들고 추천서를 작성해서 '센트럼'이라는 비영리 예술 교육 재단에서 시행하는 프로그램에 내 지원서를 냈다고 했다. 1976년부터 매년 문예·무용·미술·음악 등 네 개 부문으로 나눠 워싱턴주 고등학생을 대상으로 실시하는 1주일간의 워크숍인데 여러 학군에서 60여 명 정도를 뽑는 문예 부분에 내가 선정되었다고도 했다. 들으면서도 도무지 무슨 일이 생긴 건지 잘 몰라 얼떨떨해하는 내게 참가비는 전액 장학금으로 지급되니 다른 건 생각하지 말고 부활절 봄 방학 기간 중 차편과 배편으로 대략 세 시간 정도 걸리는 거리에 위치한 포트 타운센드의 포트 월든 주립 공원에서 열리는 이 프로그램 참가할 수 있도록 부모님 허락만 받아 오라고 했다. 그렇게, '아무것도 아닌' 나를 그냥 책 읽고 글 쓰는 걸 좋아하는 '아무도 아닌' 나로 처음 받아들일 수 있게 될 참이었다.

• 수정본의 표지 디자이너는 조앤 웡으로 레오 리오니의 『월리스 스티븐스 시 선집』 표지를 참조해 만든 디자인이라 표기되어 있다.

•• 초판 표지는 저명한 그림책 저자이자 삽화가였으며 올리베티의 디자인 디렉터였던 레오 리오니가 작업했다. 레오 리오니는 뉴욕현대미술관에서 열린 사진전 〈인간가족〉The Family of Man의 도록을 디자인하기도 했다.

R 8 현실 직시,
어쩌면
비행접시 기다리기

『난장이가 쏘아올린 작은 공』,
조세희 지음

　　　　　　　　　　굉음을 내며 비행기가 이륙했을 때 나
는 창가 좌석에 앉아 한 뼘 폭의 창 너머를 넋 나가라 보고 있었다. 레고 블록
모형만큼이나 작아져, 계속해서 뒤로 밀려나는 전경에서 좀처럼 눈을 떼기
어려웠다. 바로 옆자리에 앉아 있던 어머니는 내 팔을 한 차례 꽉 쥐었다 놓
았다. 너도 알지, 우린 지금 새 세상으로 가고 있는 거야. 하지만 눈을 깜박일
때마다 시야에서 사라져버리는 이제껏 알던 세상을 향한 약간의 미련과 열두
시간쯤 뒤에 우리 앞에 나타날 상상하기조차 어려운 새로운 세계에 대한 두
려움으로, 실은 어머니의 목소리도 갈라져서 살짝 떨리고 있었다. 눈을 돌려
보니 어머니의 눈시울도 붉게 충혈되어 있었다. 전체 여정에 비하면 찰나에
가까울 만큼 짧은 시간이 지난 후 비행기는 구름 위 성층권에 도달해 수평으
로 날기 시작했고, 기내가 부산스러워졌다.

　　그 순간까지도 나는 우리 가족이 떠나는 한국이라는 나라에 관해서도,
어머니가 그토록 한국이라는 나라를 떠나려 한 이유에 대해서도 잘 모르고

있었다. 우리가 탄 비행기가 어머니에게는 차라리 비행접시에 가까웠다는 사실을 안 것은 그로부터 아주 오랜 세월이 지나고 나서였다. 하지만 우리가 탑승한 비행기가 비행접시가 아니었듯이, 미국으로 이주했다고 아름다운 세상이 우리를 반길 리는 없었다. 이주 2년 차에 접어들 무렵까지 무려 여섯 번이나 이사했고, 모든 게 어머니 계획과는 달리 난관의 연속이었다. 어머니 남동생과 한때 학교를 함께 다녔다는 동향 분이 도움을 주었지만 역부족이었다. 그래도 어머니는 자포자기하는 대신 예의 낙관적인 사고방식대로 우리가 맞닥뜨린 터전에 정착할 수 있다고 믿고 있었다.

우리 가족이 한국을 떠난 지 얼마 안 되어 어머니의 막내 여동생은 남편이 정부 지원으로 펜실베이니아주 피츠버그대학교 대학원에서 연수 과정을 밟게 되자 자신도 공부를 하겠다며 어린 세 자녀와 함께 미국으로 건너왔다. 우리가 정착한 서북부와 그들이 체류한 동북부 사이에 무려 세 시간에 달하는 시차가 있듯이, 1년 남짓한 그들의 미국 생활이 당연히 우리 가족의 경험과는 완연하게 달랐음은 새삼 말할 필요도 없다. 1년여 뒤, 어머니 여동생은 그녀의 남편에게 한국으로 귀국하기 전에 우리 어머니를 보고 떠나자고 했다. 어머니 여동생 가족은 모든 짐을 미리 서울로 부치고 자신들의 차로 북미 대륙 횡단 여행을 해 시애틀로 오기로 했다. 그러나 계획한 대로 도착하지는 못했다. 요세미티 국립 공원을 지나다가 차가 전복되는 사고를 당했기 때문에 차를 폐차시키고, 거기서부터는 그레이하운드 고속버스를 타고 왔다. 다행스럽게도, 아무도 찰과상 이상의 상처를 입지 않은 채 왔다. 아니, 그때 벌써 도수 높은 안경을 쓰고 있던 여섯 살짜리 외사촌은 한쪽 팔에 깁스를 하고 있었나.

그 여름, 우리 가족은 간호사로 야간에만 근무하던 30대 중반의 한국계 미국인 여성의 아파트에 잠시 세 들어 있었다. 임시방편으로 이사한 상태라 짐도 풀지 않고 있었는데, 나는 책을 넣어둔 상자 하나에서 별다른 이유 없이,

단지 손에 잡혔기 때문에, 앙드레 말로의『인간의 조건』La Condition humaine을 꺼내 읽고 있었다. 우리 가족의 임시 거처에 도착해 상황을 목도한 어머니 막내 여동생의 남편은 이른 저녁 식사를 마치자마자 내게 밖으로 나가서 함께 좀 걷자고 했다. 우리가 사는 곳은 다운타운 동남쪽에 위치한 비컨 힐이란 동네였다. 이사한 지 얼마 안 되어서 내게도 계속 낯설기만 한, 낙후한 주택이 늘어선 거리를 그와 함께 앞서거니 뒤서거니 하며 걸었다. 걷다 마주친 막내 외사촌 나이 정도 되었을 백인 아이 하나가 우리를 보고 자신의 눈을 가로로 잡아 찢는 시늉을 했다. 풀벌레 소리로 뒤덮인 동네가 어둑해질 무렵, 언덕 아래 산업 단지 너머 시애틀 항만이 훤히 내려다보이는 아파트 건물로 돌아왔을 때에서야 그는 담배에 불을 붙이더니 내게 첫 말문을 열었다.

너, 현실이란 말의 뜻 알지. 이게 너희 가족이 처한 현실이다. 네가 곧 만으로 열일곱 살이 된다면서? 그 나이는 더는 어린 나이가 아니야. 그러니까 네 나이에 걸맞게 집안의 만이로 현실을 바라봐야만 해. 넌 직시한다는 게 무슨 뜻인지 아니? 직시한다는 건, 피하지 않고 있는 그대로를 보는 거야. 그는 '현실'과 '직시'라는 단어를 그날 저녁 내 머릿속에 주입시켜야만 한다는 강박에라도 사로잡힌 것처럼 강조해 말했다. 그의 말에 머리를 단 한 번도 주억거리지 않고 멀리서 깜박이는 크레인의 불빛만 쳐다보는 내게 그는 말을 이었다. 보기 안쓰러워서 하는 말이다. 너희 가족이 처한 상황을 제대로 보고 네가 거기에 맞는 행동을 해야만 하지 않겠니. 내가 너한테 말하려는 건 지금 네가 한가하게 책이나 보며 허황된 꿈이나 꿀 형편이 아니란 말이다. 현실에 대해 무겁게 고민하고, 현실에 맞는 너의 행동이 무엇인지를 생각해야 할 때라는 말이야.

언제 그런 숨 막히게 무거운 대화가 오갔냐는 듯이 다음 날 아침 일찍 시내로 관광을 나갔다. 제일 먼저 간 곳은 1962년 세계 박람회를 개최하려고 만든 시애틀 센터였다. 당시만 해도 시애틀에서 가장 높은 구조물이었고, 지금도 도시를 대표하는 명소인 스페이스 니들에 올라가기 위해서였다. 높다란 기둥 꼭대기에 납작한 비행접시를 얹어놓은 듯한 모양인 전망대에서 사진을 몇 장 찍고 내려왔다. 다운타운에도 잠깐 들러 기념사진을 몇 장 더 남겼다. 짧은 시애틀 여정을 마치고 그다음 날인가 다다음 날 어머니 막내 여동생 부부는 자녀들에게 디즈니랜드를 보여주기로 약속하기도 했고 그들의 오래된 대학 동기와도 만날 거라며 남가주로 떠났다. 미국에 체류하면서 쓰고 남은 돈을 담은 흰 봉투를 어머니 손에 억지로 들려 주고서였다. 아마 어머니의 여동생은 내게 공부 열심히 하라고, 또 어머니에게는 언니만 힘내면 다 잘될 거라고 말했겠지만, 어떤 연유에서인지 내 기억에는 전혀 남아 있지 않다. 그 여름 이후, 내 사고를 지배한 것은 '현실'과 '직시'였다.

어머니 막내 여동생의 가족이 머무르는 동안은 애써 명랑함을 유지했지만, 어쩌면 그게 맹랑함으로 보였을 수도 있겠지만, 그들이 떠나고 나서 일주일 넘게 의기소침해져 내가 아무 말도 하지 않자 어머니는 결국 내 복잡한 심사를 눈치채고 말았다. 밖에 나갔다가 해가 저물고 나서야 돌아온 날 저녁에 무슨 말을 들은 거냐고 내게 캐물었다. '현실'과 '직시'의 뜻을 아냐고 물었어. 현실을 직시해야 하고, 허황된 꿈일랑 꾸지 말고, 내 나이에 걸맞게 생각하고 행동하랬어. 어머니 막내 여동생의 남편이 내게 해준 조언을 그렇게 짤막하게 요약하자 어머니는 휴우, 하고 한숨부터 토해내었다. 그러고는 단호한 목소리로 말했다. 뭐, 현실? 직시? 그런 같잖은 말 따윈 다 잊어도 돼.

그 여름이 끝나갈 무렵 나는 운전면허 시험에 합격해 임시 면허증을 반납하고 정식 운전면허증을 발급받았다. 가을 학기가 시작되기 직전에는 내가 다니던 고등학교와 같은 이름의, 제대로 발음하려면 혀를 꼬아야 하는, '밸러드'Ballard 언저리에 있던 3층짜리 낡은 아파트 1층에 있는 집을 계약해 이사했다. 인근의 패스트푸드 가게에서 첫 아르바이트도 구했다. 하지만 거기서도 채 6개월을 못 살았다. 동생이 바이올린 연습만 할라치면, 위층에 살며 집 밖으로 나오는 걸 단 한 번도 본 적 없고 밤낮없이 그르렁그르렁 기침 소리만 내던 남자 입주자와 바로 옆집의 나이 든 여자 입주자가 약속이나 한 듯이 발을 구르고 벽을 두들겨댔기 때문이다. 악기에 약음기를 끼우고 아무리 조심스레 연습해도 소용없었다.

이듬해 초봄에 밸러드 북서쪽에 위치한 로열 하이츠에 우리 가족이 살 임대 주택을 구했다. 회색 페인트가 잦은 비와 빛에 퇴색되어 후줄근해 보이는 집이었는데, 관리하지 않아 잡풀이 무릎 높이까지 자라 있던 작은 뒤뜰에는 모과나무와 배나무에, 사과나무까지 있었다. 막 피기 시작한 하얀 배꽃을 본 어머니는 내가 대학에 진학할 때까지 앞으로 적어도 1년 6개월간은 다달이 월세로 내야 할 돈이 은행에 잔고로 남아 있으니 다른 집을 더 볼 필요도 없다며 임대 계약서에 서명했다. 성냥갑처럼 생긴 집이었지만 동생이 처음으로 마음 놓고 바이올린 연습을 할 수 있었다. 아래층에는 거실과 부엌, 그리고 작은 침실이 하나 있었고, 지붕 바로 밑 2층에는 낮은 천장의 다락방 두 개가 마주 보고 있어서 나와 동생에게 생애 처음으로 각자만의 방이 생겼다.

그 집으로 이사한 뒤 어머니는 넉 달가량을 시내 고층 빌딩에 있던 사무실로 옷 수선 일을 하러 다녔다. 신문 구인란을 보고 찾아간 곳이었는데, 문 옆에 겨우 명함 두 장 크기로 '키쿠네'라는 사인을 새겨놓은 가게였다. 거기서 슈트와 드레스를 수선하는 '키쿠'라는 이름의 일본계 미국인 할머니에게 곁눈질로 재봉 일을 배우며 보조로 일했다. 집에 중고 재봉틀을 들여다 놓고 일을 마치고 돌아와서도 매일 저녁 늦게까지, 또 일을 나가지 않는 일요일에도 삯바느질을 했다. 색색이 염색된 천에 솜을 넣고, 재봉질로 누벼 조화를 만드는 일이었다. 키쿠 할머니에게 매주 일을 맡기러 오는, 5번가에서 버치 블룸인가 하는 고급 양복점을 운영하는 이탈리아 성씨를 가진 유대계 미국인이 어머니가 재단과 수선 일을 다 배우고 나면 스카우트하고 싶다는 제안을 해왔다. 어머니가 한동안 고민하다가 야간 학교에 다녀볼까 하는데 출퇴근 시간을 조정해줄 수 있는지 어렵게 말을 꺼내자마자 그녀는 어머니에게 학교에 맘 편히 다니라며 더 나오지 않아도 된다고 했다.

하루아침에 해고되어 갑작스레 일을 찾던 어머니는 알음알음 소개로 이번엔 인터내셔널 디스트릭트 옆에 있던 한국 식당에 주방 보조로 들어갔다. 나와 동생이 여름 방학을 맞을 무렵에는, 그 식당 주인의 어린 미취학 자녀들을 집에서 돌봐주는 일까지 갑자기 맡게 되었다. 두 사내아이를 우리 집에 데려오기 전, 그 아이들 부모의 저택으로 아이들과 아이들 엄마를 만나러 갔다. 그들 엄마는 한국에서 여대를 졸업하고 결혼해 미국에 왔다는 30대 초중반의 젊은 여성이었는데, 뜬금없이 어머니에게 자신도 아이들을 반듯하게 키울 수 있을지 물었다. 그녀는 바람피운 남편과 잠시 별거 중이었는데, 여름 동안 아이들을 우리 집에 맡기고 한국에 나가 앞으로 어떤 결정을 내려야 할지 친지와 함께 고민해보겠다는 거였다.

어머니 옆에서 소다나 주스를 홀짝거리던 나는 못 보던 책이 눈에 띄기만 하면 살펴보는 버릇을 참지 못해 널찍한 원목 테이블 한 귀퉁이에 놓인 책을 집어 들었다. 표지 한가운데의 큼지막한 글자 아래에 어린아이를 안은 한 여성의 형상이 그려져 있는데, 안긴 아이보다 조금 더 큰 아이가 자신의 두 손을 얌전히 포개어 맞잡고 약간 떨어져서 서 있었다. 왼편에 쏠려 있는 '난장이가'라는 글자 위에는 연하늘색으로 우물처럼 생긴 원형의 하늘이 그려져 있고 그 안에 작은 새가 하나 있었다. 그날 빌려 온 책에는 표지와는 전혀 다른, 소름 끼치도록 충격적인 세계가 그려져 있었다. 눈에 보이는 것이 현실의 전부가 아니라면, 눈에 보이지 않는 현실은 어찌 직시해야 할까.

내가 열여덟 살이 되던 해 여름 읽은 책은『난장이가 쏘아올린 작은 공』* 이었다. 책을 읽기 시작할 무렵 나는 어머니 허락을 받아 시애틀 항만의 물류 하적장(과 조선소) 들목에 있던 대형 마트에서 내 생애 두 번째 아르바이트이자 첫 번째로 밤새워 하는 일을 하고 있었다. 마트의 한 벽면을 꽉 채운 냉장고의 각종 음료와 주류를 늦은 밤과 이른 새벽에 두 차례 정리하고 쟁이는 일을 했다. 집에 돌아와서도 한동안 몸의 냉기가 가시지 않았다. 낮은 지붕 바로 아래에 있던 내 다락방은 밤이 되어도 더위가 전혀 식을 줄 몰랐는데, 잠이 들 때까지 이상야릇한 글을 한 편씩 읽고 또 읽었다. 어머니는 난장이가 아니었지만, 우리 가족이 떠나온 한국이라는 나라에서 어머니는 난장이었고, 우리 역시 어쩔 수 없이 난장이 가족이었다는 생각을 그때 처음으로 했다.

그 여름이 끝나자 그 아이들은 엄마 곁으로 돌아갔다. 내가 여름 내내 빌려 읽은 책과 함께였다. 어머니는 조만간 야간 학교에 가기로 결심을 굳히고 식당 일을 그만두었다. 어머니가 새로 옮긴 곳은 어머니 또래의 한국계 미국인 부부가 다운타운의 직장인을 상대로 아침과 점심에만 영업하는 샌드위치 숍이었는데, 최저 시급에다, 이번에는 모멸감까지 한 세트로 어머니를 기다리고 있었다. 거기서 일한 지 얼마 안 되어 어머니는 그 숍으로 시의 보건사회국에서 진행하는 설문조사를 하러 찾아온, 대학원을 다니고 있거나 아니면 졸업한 지 얼마 지나지 않은, 한 젊은 한국계 미국인 사회복지사를 우연히 만났다. 그리고 그녀의 도움으로 연방 정부가 이민자를 대상으로 하는 재정 지원을 받아 지역 전문대인 센트럴 커뮤니티 칼리지의 평생교육원에서 야간에 영어 수업뿐 아니라 재단과 재봉 수업을 수강할 수 있게 되었다.

누나라 부르며 따른 그 젊은 사회복지사는 나와는 나이 차이가 예닐곱 정도였는데, 직업적 사명감만으로는 설명할 수 없는 이유로 우리 가족을 챙겨주었다. 그녀는 내 동생에게 부러 바이올린 레슨까지 받았다. 내 동생이 비싼 레슨비를 마련할 수 있게 해주려는 배려였다. 그녀는 내가 끄적거린 글을 보여달라고 장난치듯 졸랐고, 내가 무슨 책을 읽고 있는지에도 관심을 보였다. 내가 대학에 가서도 계속 좋은 성적을 받아 어머니가 원하는 대로 의과대학에 진학하더라도 글을 계속 쓰기 바란다는 격려도 아끼지 않았다.

내 현실에서 그런 게 가능할까요? 그건 좀 꿈같은 얘기 같지 않나요? 그녀에게 그런 어리숙한 질문을 어리광부리듯 한 적이 있다. 네 현실은 뭐고, 꿈 같은 얘기는 또 뭐니. 현실에 대해 생각하며 사는 건 분명 필요한 일이지만, 네 나이에 꿈을 좇지 않는다면 나중에 분명 후회할 거야. 어머니가 너희를 위해서 열심히 일하고 계시니까, 너희도 열심히 공부하면 가능하지 않은 일이 뭐가 있겠니. 성적이 우수하면 장학금도 받을 수 있고, 또 연방 정부에서 지원하는 학자금 대출을 받아서도 공부할 수 있으니까, 다른 걱정일랑 미리부터 하지 말고 지금은 이제껏 네가 하던 대로만 하면 다 잘될 거야.

『난장이가 쏘아올린 작은 공』은 조세희 작가가 1975년 12월《문학사상》에 발표한 단편「칼날」을 시작으로《문학과 지성》1976년 겨울 호에 실은「난장이가 쏘아올린 작은 공」과《창작과 비평》1978년 여름 호에 실은 단편「내 그물로 오는 가시고기」까지, 2년 6개월 정도에 걸쳐 쓴 열두 편의 연작 단편소설을 묶어 문학과지성사에서 1978년 6월 5일 출간한 책이다. 39쇄를 찍은 초판이 마지막으로 발행된 것은 1986년 1월 25일이었다니 내가 빌려 읽은 책은 아마도 초판 30쇄 즈음의 책이었을 거라 짐작한다. 1986년 4월 1일에는 재판이 출간되었고, 이 재판본도 총 47쇄를 찍었다고 한다. 내가 한국에 두 번째로 나간 1988년 여름에 1985년 첫 쇄를 찍은 조세희의 다른 책『침묵의 뿌리』와 함께 산『난장이가 쏘아올린 작은 공』은 재판본 10쇄 이전의 책이었을 텐데 불온한 책이라는 오명을 뒤집어쓰고 다른 몇 권의 책과 함께 시청의 말단 공무원이던 아버지 손에 찢긴 후 소각되어버렸다. 이 재판본의 마지막 쇄는 1993년 6월 10일에 발행되었고, 같은 해 8월 5일에는 3판이 발행되었는데, 이 3판도 25쇄까지 찍었다고 한다.

1997년 5월 30일에는 4판이 발행되었는데, 내가 가지고 있는 책은 문학과지성사 소설 명작선의 다섯 번째 책으로 1999년 11월 2일에 찍은 4판 21쇄다. 초판부터 계산하면 132쇄인 셈이다. 2000년 여름에 뉴욕의 고려서적에서 이 책을 다시 샀다. 언제부터인가 '난쏘공'으로 불리는 이 책은 2000년부터 이성과힘 출판사로 옮겨서 재출간되었다. 2005년에는 두 판본을 합해서 200쇄가 발행되었으며, 2017년 4월 10일을 기해 300쇄에 다다랐다고 한다. 단행본이 출간된 지 40년이 더 지났지만, 삶의 터전을 갈아엎는 도시 재개발도 열악한 노동 환경도 그대로다. 변한 것보다 근본적으로 변하지 않은 것이 셀 수 없이 더 많게.

소설 속 난장이가 삶의 터전을 잃은 후 작은 쇠공을 들고 공장 굴뚝에 오른 것처럼, 현실의 난장이들은 쇠공 대신 너트와 볼트를 들고 공장 지붕에, 철거를 앞둔 건물 옥상에 오른다. 단지 마지막 희망을 놓지 않으려고, 아직도 굴뚝과 골리앗 크레인 위로 오른다. 난장이 가족의 자녀들은 열여덟, 열아홉 살 나이에 벌써 혹독한 현실을 직시하고 허황되어 보이는 꿈은 아예 꾸기조차 포기한다. 그렇게 꿈을 좇는 대신 선택한 현실 안에서 그들은 빈번히 상처 입고, 실명하고, 심지어 산재에 무방비로 노출되기도 한다. 불치의 병이 들어 시름시름 앓다가 죽기도 하고, 아니면 불의의 사고로 갑작스럽게 짧디짧은 생을 마감하기까지도 한다. 생이 이어지더라도, 변하기는커녕 견고하고 뿌리 깊기까지 한 노동을 경시하는 구조 속에서 아무리 헤쳐나오려 해도 그들의 미래는 어제와 다르지 않다.

만약 『난장이가 쏘아올린 작은 공』의 세계를 떠나지 못하고 내가 여태껏 그 세계에 남아 있었더라면, 내 삶은, 내 현실은 어땠을지 상상하기란 그리 어렵지 않다. 도무지 남에게 벌어진 일 같지 않은 뉴스를 접할 때마다 나는 《르 피가로》Le Figaro의 편집장이었던 19세기 프랑스 언론인이자 소설가 장-밥티스트 알퐁스 카가 《레 그엡》Les Guêpes이란 자신이 창간한 월간지에 썼다는 이 재수 없게 유명한 경구, '세상이 아무리 변해도, 세상은 그냥 그대로다'Plus ça change, plus c'est la même chose를 떠올리고야 만다. 그건 고등학교 프랑스어 선생님이 수업을 시작하면서 읊조리던 경구여서만이 아니라, 이런 이유 때문이다. 내 뇌리에 '현실'과 '직시'란 단어를 각인시켜준 어머니 막내 여동생의

남편은 군사 정권 초기에 6·3 한일 협정 반대 운동이 벌어졌을 때 연판장에 서명하고 가두시위에도 나섰다는데, 졸업 후에는 행정고시를 패스해 공무원이 되었다. 이어진 군사 정권 때는 국비 지원을 받아 떠난 연수 기간에 미국 대공황 시기의 뉴딜 정책에 관해 연구했고, 문민정부 시절에는 청와대 고위 관료로 재임했다. '국민의 정부'가 들어서고 나서는 공단 이사장도 했다. 현실을 직시하라던 그의 조언은 선의에서 비롯된 것임에 의문의 여지가 없다. 그는 자신의 진의를 내가 곡해했다고 혹시라도 서운해할지 모르겠지만, 내가 현실에서 눈을 떼거나 회피하지 않고 있는 그대로를 바라볼 수 있었던 것은 다름 아닌 그 조언 때문이라는 사실만은 변하지 않는다.

18년 전 한국으로 귀국한 동생은 한 독지가가 아무런 조건 없이 도움을 준 덕분에 자립해 한국에 재정착할 수 있었는데, 은인과도 같은 이 독지가의 후원으로 서울에서 독주회까지 열게 되었다. 동생 연주회에 참석하려고 어머니와 함께 한국에 방문했을 때, 어머니 언니 집에 어머니 여동생들이 다 모였다. 거실의 대형 벽면 TV에서는 〈동물의 왕국: 포식자의 세계〉란 프로그램이 마침 방영되고 있었는데, 어머니의 막내 여동생이 자신은 이 교양 프로를 제일 좋아한다고 아무도 궁금해하지도 않고 묻지도 않은 말을 했다. 하필이면 무리에서 뒤처져 결국 사자에게 목이 물린 어린 가젤 한 마리가 파르르 마지막 숨을 내쉬는 영상이 화면에 나올 때였다.

"그건 죽기 살기로 달아나지 않으면 먹잇감이 될 수밖에 없다는 생각을 전혀 하지 않아도 되니 그러시겠지요"라는 가시 돋친 말이 나도 모르게 툭 튀어나왔다. "아, 그런 거니?" 그녀는 '풋', 하고 소리 내어 웃더니, "너, 그렇게 매사를 부정적으로만 바라보면 네 인생이 부정적이 될 수도 있다"라는 뼈 있는 말을 했다. "그러게요"라며 나도 헛헛이 따라 웃고 말았다. 그늘진 현실을 오래 직시하다 보니 그렇게 되었다는 말은 하지 않았다. 내가 『난장이가 쏘아올린 작은 공』을 읽던 시절, 현실이 어떠하거나 말거나, 허황된 것이든 아니든 꿈을 좇지 않으면 나중에 후회할 거라 말해준 사회복지사 누나를 만나지 않았더라면 나는 지금쯤 어떤 현실을 직시하고 있을까. 냉소의 극지에 다다른 염세가가 되어, 누구의 눈에도 띄지 않는 비행접시가 나를 태우러 오기만을 기다리고 있을는지도 모를 일이다.

* 『난장이가 쏘아올린 작은 공』 표지화로 쓰인 그림은 화가 백영수의 작품으로, 1978년 작이다. 장정가 책에 표기되어 있지 않은데, 시인 오규원의 작업이라고 일각에서 회자되고 있다.

R 9

기억의
고고학

『〈30주기 특별 기획 이중섭전〉 도록』, 호암갤러리 지음
『이중섭 평전』, 최열 지음

　　　　　　　　　　　잊고 있던 기억 한 조각을 머릿속에서
끄집어내는 일은 마치 묻혀버린 시간이 켜켜이 쌓인 땅속을 헤집는 것과 같
다. 얼마나 깊이 파 내려가야 할지, 기억이 어떤 형태로 그 모습을 드러낼지
모르는 채로. 홍차에 적신 과자 한 점이 불러온 감각으로부터 갑작스레 파생
되기도 하는 과거의 기억은 무의식적이든 아니든 어디까지나 이를 파헤쳐내
는 이만의 것이라서 전적으로 사적이고 파편적일 수밖에 없을 터, 내 기억의
편린 역시 그렇겠지 싶다.

　　고고학적 관점에서 보자면 비록 얼마 되지 않았다 해도, 고작 반세기를 조
금 더 산 나로서는 어느새 30년도 넘게 지났으니 내 삶의 연대기로 치자면 '꽤
오래전'이라고 말할 수 있는 전시회의 기억이 하나 있다. 이제는 존재하지 않
는 호암갤러리*에서 1986년 6월 16일부터 7월 24일까지 열린 〈30주기 특별
기획 이중섭전〉. 그리고 그 전시를 위하여 중앙일보사에서 1986년 6월 30일
간행한, 전시와 같은 제목의 도록도 있는데, 이 도록이야말로 내게 홍차에 적

신 마들렌이다. 이 도록을 펼치면 그해 여름의 아득한 기억이 나를 엄습하니 말이다.

1986년 4월의 어느 날, 여든둘을 일기로 외할머니가 돌아가셨다. 시애틀에 있던 어머니는 임종을 지키지 못했다. 어느 사이 가톨릭으로 개종한 외할머니를 위해 치르는, 49재를 겸한 (혹은 이를 대신하는) 연미사에 참석하려고 어머니가 그해 6월 서울로 나갈 때 나도 함께 서울로 향했다. 태어나서 제일 먼저 한 말은 '엄마'였지만, 어릴 적부터 울 때면 "할미" 하며 꼭 할머니를 찾던 동생은 여행 경비를 아끼려고 시애틀에 홀로 남겨두고 떠났다. 우리 가족이 미국으로 떠난 지 대략 4년 4개월 만이었다.

나와 어머니는 하얀 국화꽃 더미 속에 외할머니 영정을 모셔둔 빈방에서 엄청 눈물을 쏟았지만, 연미사에 참석한 기억이 내게도 어머니에게도 없다. 그 여름 내게 '위악'이란 단어를 알려주고 내 입에 담배를 물려 주었던 동갑내기 외사촌은 눈물일랑은 단 한 방울도 흘리지 않는데, 그렇다면 내가 흘린 눈물은 악어의 눈물 같은 것이었을까. 어머니는 외할머니를 모신 장지에도 두 번 다녀왔다고 기억하는데, 나는 한 번 다녀온 기억만 있고 그마저도 가물가물하다. 외할머니가 돌아가셨을 무렵 나는 열아홉 살이었고 나보다 한 살 어린 조기 유학생 여자아이와 한창 연애질까지 하고 있었으니까, 하고 자조해볼 뿐….

외할머니의 49재를 지내고 보름을 조금 넘긴 서울 일정을 서둘러 마친 어머니는 동생 혼자 집을 지키던 시애틀로 먼저 떠났다. 나는 어머니가 떠나기 전에 함께 이 전시를 보았다고 오랫동안 기억해왔다. 이 전시 도록을 사준 것도 어머니라고 생각했는데, 도록 출간 날짜를 확인해보니 그건 아니었다. 하지만 이 사실을 제외하면 내 기억은 아마, 거의, 맞을 것이다. 그런데 어머니에게는 놀랍게도 나와 전시회에 간 기억이 전혀 남아 잊지 않았다. "전시는 네 여자 친구, 정래랑 갔겠지"라니! 아니, 내가 여자 친구와 함께 전시를 보러

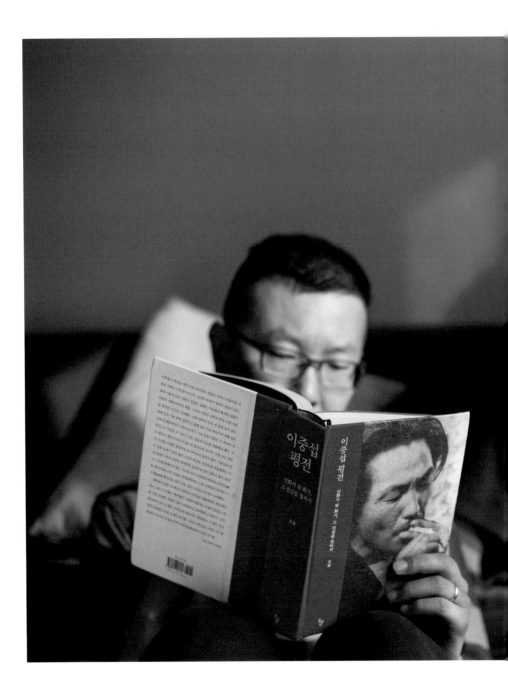

갔다면 그렇게 기억하지 않을 이유가 무엇일까. 내가 이 전시 도록을 구하기 위해 시내를 잘 아는 내 여자 친구와 전시장에 다시 간 건 맞는 것 같다. 6월 30일에야 간행된 도록이 전시장에 비치된 것은 어머니가 서울을 떠난 뒤로부터 수 주가 지난 7월에 들어서였을 테니 말이다.

하지만 기억이란 그 자체가 이렇게 부정확하고 불완전한 것이라고 할 수밖에 없다. 그에 더해 이토록 선별적인 기억이라니, 내게는 둘도 없이 유일하고 소중한 기억이지만 어머니 입장에서는 그렇지 않았다. 어머니는 그때 자신의 어머니를 영원히 떠나보낸 상태였으니 그럴 수밖에. 나라면 어땠을지 사실은 상상조차 할 수 없다. 그러니 아무리 직접 보고 싶어 한 작가의 전시라도 기억하지 못하는 게 이상한 일만은 아니라고 이해할 수밖에.

어머니가 시애틀로 돌아가고 난 후, 시애틀에서 불과 몇 주 전에 고등학교를 졸업하고 대학에 진학하기 직전 여름 한 철을 한국서 보내기 위해 서울에 이미 도착해 있던 여자아이와 하루가 멀다 하고 만났다. 사실 여러 면에서 아직 더 어린애였던 나는 그 여자아이에게서 생애 처음으로 술을 주문해 마시는 법을 익혔고, 그 짧디짧은 첫 연애가 끝난 직후부터 아직까지 끊지 못한 담배를 태우기 시작했다.

전시를 본 지 8년이 지났을 무렵 읽게 된 『행복한 책읽기』에서 김현은 1986년 7월 19일 자 일기에 놀랍게도 "고2 때던가, 고3 때던가, 소공동의 중앙공보관에서 열린 이중섭전을 본 뒤, 원작을 보기는 25, 6년 만이다. 그때 감각적으로 제일 선명한 인상을 주었던 〈달과 까마귀〉를 다시 봤을 때의 느낌은 덤덤한 편이었다. 색채도 바랬고(특히 까마귀의 노란 눈은 그 힘을 거의 잃고 있었다) 화폭도 구질구질하였다. 그때 나왔던 그림들 외에 은박지·편지·삽화 등이 대거 명작들처럼 걸려 있었다. (…) 위대한 천재 화가란 칭호가 고인에겐 차라리 비례가 아닐까"라고 썼다. 이 구절을 읽다가 어머니가 전시를 보며 내게 했던 말이 문득 기억났다. 이 전시 좀 시시하지 않니? 그 말을 들었을 때 나도 모르게 눈살을 찌푸렸던 것만 같다.

그러면서도 어머니 기억의 부재에 배신감이 전혀 들지 않는 건 아니다. 적어도 내 기억 속에서는 어머니가 신문에 난 전시 소개 기사를 보고 "여기 같이 갈까"라고 제안했으니까. 어머니와는 정반대로 나는 전시를 보고 가슴에 이유를 알 수 없는 묵직한 통증을 느꼈다. "예술은 진실의 힘이 비바람을 이긴 기록이다"라고 했다는 이중섭 표현 그대로. 전시장에서 나와 어머니를 따라 숨이 차게 한참을 걸은 기억이 난다. 명동 쪽으로 건너가 '명동칼국수'라는 분식집 같은 음식점에서 어머니는 콩국수, 나는 비빔국수를 시켜 나눠 먹었던 기억까지 남아 있다. 열다섯 살에 서울을 떠난 내가 현 중앙일보사 근처(의 1985년 지어졌다는 옛 사옥 내)에 있던 호암갤러리나 명동의 '명동칼국수'를 알 리가 없으니 어머니의 인도로 따라간 게 분명하다. 그나마 어머니 기억에 남아 있는 건 느지막이 점심을 먹고 나서 벌어진 일이다. 명동 일대에 최루탄이 터지고 큰길로 나가는 골목골목이 모두 봉쇄되었을 때.

김현은 1986년 3월 19일 자 일기에 "최루탄이 계속 나를 미치게 만든다. 따끔거리며 둔통이 계속되는 목, 흐르는 콧물, 막혔다 터졌다 하는 코, 따갑고 뜨거운 눈, 부풀어오르거나 터지는 피부… 지옥이 있다면 여기가 지옥이다"라고 했다. 하지만 1986년의 서울 역시 (이후 여느 해의 서울과 마찬가지로) 내게는 뉴욕의 삶과 다르지 않게 그저 연옥처럼 느껴졌을 뿐….『행복한 책읽기』에 김현이 기록한 그의 일상은 나의 파편적인 기억의 조각들에 신빙성을 더해주는 레퍼런스reference, 그러니까 일종의 참조 문헌인 셈이다.

내 머릿속 어느 구석에 숨죽인 듯 숨어 있다가 이 도록을 펼치면 그날 오후의 희뿌연 기록 사진 같은 장면이 꾸물꾸물 떠오른다. 어머니가 한 손에 든 손수건으로 자신의 입과 코를 틀어막고 다른 손으론 내 손을 꽉 움켜쥔 채로 이 골목 저 골목으로 나를 이끌며 명동을 벗어나려 하다, 마침내 열을 받아 거의 내 또래의 앳된 얼굴에 잔뜩 긴장한 눈을 하고 있던 전경들에게 지휘관이 누구냐고, 대낮에 시내 한복판에서 최루탄을 터뜨리고 사람을 토끼몰이 하듯 하는 이런 법이 어디 있냐고 소리를 지르던 낯선 모습. 그 말고는 내 기억에는 없는데, 어머니는 이미 연행되어 닭장차 안에 실려 있던 여학생들이 창을 두드리며 구호를 내지르던 장면까지 기억한다. 전시를 나와 함께 본 기억은 떠올리지 못하면서.

2015년은 내가 봄과 가을에 두 차례나 서울을 방문한 해였다. 급조하다시피 급작스레 기획한 컬럼비아대학출판사의 북 디자인을 소개하는 도서 전시를 치르기 위해서였다. 봄에 열었던 전시에서 만나 사귄 친구에게 〈30주기 특별 기획 이중섭전〉과 함께 이 전시 도록에 얽힌 이야기를 들려주었는데, 그게 봄이었는지 가을이었는지 확실하지 않다. 전시 오픈을 이틀 앞두고 중앙일보사가 있는 J 빌딩에서 문화 담당 기자와 만나 인터뷰를 마치고 나와 걷던 중에 그 길이 29년 전 여름, 어머니와 이중섭 전시를 보고 걸었던 길이라는 사실을 기억해낸 걸 보면 이 이야기를 들려준 것은 그 봄인 듯도 하다. 그해 여름에 두 번째 순회 일정으로 서울도서관에서 내 부재중에 치른 전시를 나를 대신해 코디네이터로 일하며 다른 일곱 명의 지인들과 함께 설치와 철수까지 완벽하게 진행해준 고마운 친구였다.

전시의 세 번째 순회 일정을 위해 가을에 서울로 나갔을 때 이 친구의 초대로 국립현대미술관이 기획한 〈거장 이쾌대: 해방의 서사〉 전시를 덕수궁미술관에서 전시 마지막 날(이나 하루 전날)의 인산인해를 뚫고 함께 보았다. 이 친구는 미술관의 기프트 숍에서 마지막 한 부가 남아 있던, 바로 전해에 출간된 최열의 『이중섭 평전: 신화가 된 화가, 그 진실을 찾아서』**를 추천하며 선물하고 싶다고 계산대에서 나와 실랑이를 벌인 후에 내게 안겨주었다. 이쾌대 전시 도록은 단 한 부도 남아 있지 않아 구입하지 못했는데, 며칠 뒤 내가 서울을 떠나는 날까지도 책을 구하지 못했다. 숙소에서 체크아웃 하기 전 이른 아침, 이 친구에게서 문자를 받았다. 내가 머무르는 숙소에서 걸어서 다녀올 수 있는 교보문고 광화문점에 '바로드림'으로 이 책을 선주문 해놓았으니 꼭 찾아가 읽으라는 메시지였다. 하지만 게으른 나는 이 두 책을 선물받은 지 무려 4년이나 지났는데 아직 한 권도 다 읽지 못했다.

• 호암갤러리는 1984년 9월 서울시 중구 순화동에서 문을 열 당시 이름은 중앙갤러리였고, 2003년 9월부터 이듬해 2월 마지막 날까지 전시한 〈아트 스펙트럼 2003전〉을 끝으로 2004년에 폐관했다.

•• 표지 사진은 허종배가 1954년 5월 촬영한 이중섭 모습이다. 표지는 민진기의 작업이며, 본문은 이은정·이연경이 디자인했다.

R10   책장이
       무너지거나
       바닥이
       내려앉거나

『거대한 뿌리』,
김수영 지음

　　　　　　　　　　　김수영의 시 「푸른 하늘을」은 지금으
로부터 45년 전에 발행된 외사촌 형의 교과서인 『대학작문』에서 처음 읽었
다. 그 시를 소리 내어 읽고 또 읽던 시절 나는 고작 열한 살이나 열두 살 무
렵이었다. 「푸른 하늘을」에 촘촘히 박힌 '제압', '수정', '비상', '혁명'처럼 어렴
풋이 짐작만 할 뿐 뜻 모를 어휘들 탓에 이 시가 상징하는 의미를 당시에 얼
마나 이해했는지 지금도 의문을 가질 수밖에 없다. 그래서 이 시를 내 멋대로
'상상해 읽었다'라고밖에는 달리 설명할 수 없을 것 같다.
　　　내가 민음사에서 발행한 '오늘의 시인 총서' 제1권인 김수영 시집 『거대
한 뿌리』*를 발견한 것은 대학교 동아시아 도서관의 서가에서였고, 열아홉이
나 스무 살 즈음이었으니 처음 「푸른 하늘을」을 읽은 때로부터는 10년을 얼
추 지나서였다. 그리고 그 시집에서 나를 사로잡은 시는 이번엔 단연코 「거대
한 뿌리」였다. '전통', '관습', '역사', '반동', '심오' 같은 뜻깊은 어휘들과 '씹',
'개좆', '좆대강', '무식쟁이', '좀벌레' 같은 비속어의 조합에 어지간히 충격받

왔던 것 같다. 내가 이 시를 처음 읽은 후로부터 꼬박 사반세기가 지난 2012년에는 한국 사진 전시 〈삶의 궤적: 한국의 시선으로 바라보다, 1945~1992〉Tracses of Life: Seen Through Korean Eyes, 1945~1992를 기획해 뉴욕 코리아 소사이어티The Korea Society에서 전시하며 눈빛 출판사에서 전시 도록을 국문과 영문을 함께 실은 바이링구얼 에디션으로 만들었을 때, 수전 손택의 『사진에 관하여』On Photography에서 인용한 짧은 문장과 함께 「거대한 뿌리」의 다음 단락을 내 전시 기획 글의 제사題詞 중 하나로 썼다.

전통은 아무리 더러운 전통이라도 좋다 나는 광화문
네거리에서 시구문의 진창을 연상하고 인환네
처갓집 옆의 지금은 매립한 개울에서 아낙네들이
양잿물 솥에 불을 지피며 빨래하던 시절을 생각하고
이 우울한 시대를 파라다이스처럼 생각한다.
버드 비숍 여사를 안 뒤부터는 썩어빠진 대한민국이
괴롭지 않다 오히려 황송하다 역사는 아무리
더러운 역사라도 좋다
진창은 아무리 더러운 진창이라도 좋다
나에게 놋주발보다도 더 쨍쨍 울리는 추억이
있는 한 인간은 영원하고 사랑도 그렇다

-『거대한 뿌리』, 김수영 지음, 민음사

동아시아 도서관 서가에서 내가 읽은 『거대한 뿌리』는 1974년 활자 조판으로 초판이 처음 발행된 이후 1980년대 초에 인쇄한 재쇄본이었음에도 낯선 한자들이 여전히 섞여 있었다. 하지만 당시만 하더라도 내가 동아시아 도서관 서가에서 다시 꼬박꼬박 챙겨보기 시작한 한국의 신문들 역시 한자

병기로 기사가 작성되어 있었기에, 약간은 괴롭고 또 한참은 따분한 일이어도 문맥을 따라 읽고 다시 읽으며 모르는 한자의 뜻을 어림짐작으로 헤아려 내는 걸 나름 숙명처럼 여겼다.

대학에 다니던 1980년대 중후반에 두 차례 한국에 다녀왔는데, 한국의 서점에서 찾아본 『거대한 뿌리』는 판형만 달라졌지 동아시아 도서관에서 읽은 활판 인쇄된 한자 혼용본 그대로였다. 한글판을 기다리다 결국은 뉴욕으로 건너온 지 이태 만에 여전히 한자 혼용으로 조판된 1993년판 19쇄를 뉴욕 맨해튼의 한국 서점인 고려서적에서 손에 넣고야 말았다.

영문 번역본을 발견한 것은 대략 10여 년이 더 지난 후였다. 김수영 시집 단행본은 아니었지만, 서강대학교 영문학과 교수 안선재와 서울대학교 영문학과 교수 김영무의 번역으로 2001년 코넬대학교 동아시아학 시리즈 영한 대역본으로 출간한 『사랑의 변주곡: 김수영, 신경림, 이시영』Variations: Three Korean Poets, Kim Su-Young, Shin Kyong-Nim, Lee Si-Young 초판본에서였다. 여기에 실린 시 「거대한 뿌리」의 번역은 아쉬운 부분도 없지 않았다. 일례로 '인환네 처갓집'In-hwan's in-law's place이 '인환의 오두막'In-hwan's hut으로 번역되어 있었으니까. 내가 쓴 시를 스스로 번역하던 고등학생 시절로 돌아가 직접 「거대한 뿌리」를 번역하기까지 했다. 도대체 왜 나는 이런 작은 디테일에만 유독 집착하는지 모르겠다.

2009년 10월 마지막 주, 컬럼비아대학교에서 한국문학번역원과 컬럼비아대학교 한국학 연구소, 동아시아 언어문화학과의 공동 주최로 '한국문학 뉴욕 포럼'이 열렸다. 나는 그날 아침에 출판사로 도착한 황순원 단편 소설 선집 『잃어버린 사람들』을 포럼에 참석 중이던 이 책의 번역자 브루스 풀턴 브리티시컬럼비아대학교 교수에게 직접 전하려고 금요일 오후 일찌감치 조퇴했다. 그러고는 지하철을 잡아타고 콘퍼런스가 열리는 컬럼비아대학교 캠퍼스로 갔다.

도착했을 때는 조경란 작가가 2004년 아이오와대학교에서 진행한 국제 작가 레지던시 프로그램International Writing Program에 참여한 경험을 영어로 발표하고 있었다. 포럼이 열린 그해 여름, 조경란 작가의 최신작 영문판이 미국 블룸즈버리 출판사에서 나왔다. 이어진 짧은 휴식 시간에 풀턴 교수에게 책을 전하고, 그와 담소를 나누던 조경란 작가와 편혜영 작가와도 인사를 나누었다. 조경란 작가에게 영문 번역서 출간을 축하드린다고 말했더니, 내가 북 디자이너이기 때문이었는지, 자신은 『혀』Tongue 영문 번역서 표지가 너무 관능적이어서 마음에 들지 않는다는 의외의 발언을 했다.

관능적인 내용이 담긴 소설로만 알고 있었는데 관능적인 표지가 마음에 들지 않는다는 말을 듣고 의아해진 나는, 그 관능적인 표지를 만든 건 '그레이318'Gray318로 알려진 조너선 그레이란 영미권 출판계에서 이름난 영국 디자이너라고 묻지도 않은 말을 주저리주저리 늘어놓고 말았다. 거기에 그치지 않고, 그 책을 아직 읽지는 않았지만 멋진 표지라고 생각한다는, 굳이 말할 필요가 없는 내 주관적 평가까지 덧붙이고 말았다. 내 말을 끝으로 잠시 어색해진 분위기를 뒤집어보려는 듯, 컬럼비아대학교 한국학 연구소의 테드 휴스 한국문학과 교수가 편혜영 작가에게 "『아오이 가든』에 실린 작품들 읽었는데, 하나같이 다 무서웠어요"라고 한국어로 말했다. 편혜영 작가는 빙그레 웃으면서 "무서운 걸 굳이 왜 다 읽으셨어요"라고 응수했다. 나는 괜스레 분위기를 냉랭하게 한 데 대한 무안함을 수습하지 못한 채로 밖으로 나가 담배를 피우고 돌아왔다.

그날 오후에 나는 '경계를 넘어서-미국에서의 한국문학 번역과 출판'이라는 주제로 진행한 콘퍼런스 세션을 들었다. 컬럼비아대학출판사의 편집장을 비롯해 미국 출판계 여러 관계자와 한국문학번역원 관계자 간의 좌담회, 그러니까 공개 토론회였는데 어찌 된 영문인지 그 내용이 기억나지 않는다. 공식 행사가 끝나고 있을 저녁 식사에 꼭 함께 가자는 풀턴 교수의 초대를 받고 행사를 마친 토론회장 주위에서 머뭇거리다가 '진달래꽃'이란 제호의 한 국문학/문화지인《어제일리어》Azalea: Journal of Korean Literature and Culture[**] 이 영준 편집장과 만나 인사를 나누었다.

지금까지도 생생하게 기억하는 건 그 공개 토론회 내내 도대체 누구이길 래 맨 앞자리에 앉아 꾸벅꾸벅 조는 것인지 의아했던 한 젊은 남자의 모습이 다. 맨해튼 야경이 동서남북으로 다 보이는 '테라스 인 더 스카이'란 이름의 고급 레스토랑으로 자리를 옮겼을 때, 어쩌다 보니 그가 바로 내 앞자리에 앉 아 있었다. 그는 대학명과 영문학과장이란 직함이 새겨진 명함을 건넸다. 그 러고는 자신이 언제 잠깐이라도 졸았냐는 듯이 잠시도 멈추지 않고 자신의 양옆 자리와 내 옆에 앉아 있던 여자 대학원생 참석자들의 신원 조회를 했다. 형식적이나마 내게도 호구 조사를 하긴 했다. 결혼은 했는지, 자녀가 있는지, 어디에 사는지, 대학출판사에서 받는 내 연봉은 얼마나 되는지 따위의, 전형 적인 한국인과의 만남이 아니라면 초면에 받을 리 없는 그런 질문들로.

그리고 하나 더, 아직까지 인상 깊게 기억하는 것은 윤지관(코넬대학교 동아시아학 시리즈 번역서 『사랑의 변주곡』에 머리글을 쓴 바로 그이였다) 한 국문학번역원 원장의 축배였다. 그가 일어서서 한국문학 약자인 'KL'을 선창 하면 식사 자리에 배석한 모두가 번역원 약자인 'TI'를 후렴으로 제창해야 했 다. 한 번도 아니고 여러 번을.

아무튼 나는 2001년부터 다시 한국으로 돌아가 거주하는 동생에게 부탁 해 수년에 한 번씩이라도 나름 주기적으로, 뉴욕에서 구할 수 없거나 가끔 서 울에 갔을 때 사 오지 못한 책을 주문해 전해 받았다. 동생에게 책 부탁을 할 때 동생 기분과 상황에 따라 그 반응은 "음, 알았어"부터 "또, 책이야" 혹은 "끙, 책장이 무너지든지, 아파트 바닥이 내려앉겠네"까지였다. 하지만 뉴욕에 서 독신으로 거주하던 한 수집 중독자가 자신의 책장이 무너져 깔려 죽(고 한 동안 연락이 되지 않는 형을 찾아온 동생 또한 죽은 형을 깔고 있는 책장을 움직이다 또 다른 책장이 무너지며 역시 깔려 죽)었다는, 어디까지 믿어야 할지 모를 내용의 기사가 도시 괴담urban legend처럼 그 무렵 한참 회자되기도 했기에 동생의 우려를 전혀 이해 못 할 바는 아니었다. 그래도 원하는 책은 어떻게든 구해야 하는 법.

민음사에서 이영준《어제일리어》편집장의 편집으로 『김수영 육필시고 전집』이 2009년 늦봄에 출간되었다는 기사를 본 게 언제인지 기억이 없다. 어쩌면 인사를 나눈 그날 누군가가 이영준 편집장에게 그 책의 출간을 축하한다고 인사하는 것을 들은 것도 같은데 이마저도 정확하지는 않다. 이듬해인 2010년 봄 동생이 꽤 늦은 결혼을 할 때 서울에 다녀왔으면서도 이 책을 구해 오지는 못한 걸 보면 그때가 아니었는지도 모르겠다. 한동안 내가 동생에게 호시탐탐 책을 부탁할 기회를 노렸음에도, 그 기억도 희한하게 전혀 남아 있지 않다. 아마 가격도 가격이지만 벽돌 여러 장에 달하리라 짐작되는 이 책의 무게와 부피 때문에 동생에게 사서 보내달라고 부탁하는 것을 미리 체념하지 않았나 싶다. 그 책을 아직도 갖고 싶냐고 묻던 동생의 질문이나 여타 정황을 고려해 짐작하건대, 차마 부탁까지 하진 않았더라도 아무튼 동생에게 갖고 싶은 책이라고 말을 꺼내기는 한 것 같다.

2011년 4월, 내가 교통사고를 당해 응급실에 갔다 왔다는 소식을 시애틀에 있는 어머니로부터 전해 들었다며 서울의 동생에게서 전화가 왔다. 내 안위를 묻는 이 전화 통화 중에, 뜬금없이 동생이 먼저 내게 갖고 싶은 책이 있으면 보내주겠다고 했다. 마침 베르톨트 브레히트의 『전쟁교본』Kriegsfibel이 배수아 작가의 번역으로 워크룸프레스에서 나왔다는 기사를 본 지 얼마 안 되었을 때의 일이었다. 당연히 『김수영 육필시고 전집』이 내가 갖고 싶은, 꼭 가져야만 하는 책 1순위였던 것은 변함없었지만. 이 책부터 시작해 머리에 떠오르는 대로 책 제목을 쭉 읊었더니, 내가 여러 번 주문처럼 외운 그 책에 대해서는 이미 알아보았다 했다. 자신의 아내가 갖고 있는 인터넷 서점 멤

버십 포인트로 구입하면 할인가에 살 수 있을 거라며, 다른 책들과 함께 배편으로 보낼 테니 원하는 책 목록을 작성해 메일로 보내라는 거였다. 기회를 놓칠세라 바로 목록을 보냈다. 운이 나빴으면 죽을 수도 있었는데 죽지 않고 살아나서 한 것이 책 주문이라니, 이 정도면 나도 간서치의 반열에 오를 수 있을 것 같다.

거의 2개월 가까이 걸려 도착한 『김수영 육필시고 전집』은 예상한 대로 벽돌 여섯 장에서 여덟 장 정도를 늘어놓았음 직한 무게와 부피였다. 출간된 지 2년가량이 지났지만 무려 초판 1쇄였다. 354편에 다다르는 김수영의 모든 시 육필 원고가 스캔되어 실려 있을 뿐 아니라 각 페이지 아래 전부 한글로도 표기되어 있다는 점에 가장 감동했다. 다만 아파트 바닥이 내려앉을지도 모른다는 동생의 경고가 마음에 걸려 내가 일하는 사무실 책장에 놔두었다. 일하다 왕왕 짜증이 목까지 차오르는 순간이 오거나 아름답게 만들어진 책을 보며 경외감을 새삼 느낄 필요가 있을 때, 경건한 마음으로 슬립 케이스에서 꺼내 이 육중한 책을 펴보곤 한다.

『김수영 육필시고 전집』을 품에 넣고 나서 대략 2년이 지난 후에는 「거대한 뿌리」에서 김수영이 '나는 이사벨 버드 비숍 여사와 연애하고 있다 (…) 버드 비숍 여사를 안 뒤부터는 썩어빠진 대한민국이 괴롭지 않다 오히려 황송하다'라고 읊은 그 이사벨 버드 비숍의 벌써 오래전에 절판된 책 『조선과 그 이웃 나라들』Korea and Her Neighbors도 어렵사리 헌책방에서 구해 손에 넣었다. 플레밍 H. 레벨 컴퍼니에서 1897년 초판 1쇄를 발행한 뒤 바로 이듬해인 1898년에 찍은 2쇄본이다. 하지만 도서 대출 대장에 찍혀 있는 유일한 대출과 반납 일자가 1973년 7월인 걸 보면, 안타깝게도 매사추세츠주 셰필드 타운의 공립 도서관 서가에 오랫동안 비치되어 있다가 헌책방으로 옮겨져 최소한 사반세기가량 더 방치되었다고 보인다. 이 오래된 책을 펼치기만 하면 내 양팔 손목에서부터 시작해 온몸으로 빨갛게 알레르기 증상이 생겨나는 통에 제대로 읽지도 못했고, 당연히 이 책을 구하고 나서 수년이 지나도록 나는 이사벨라 비숍 여사와의 연애는 꿈꾸지도 못했다.

　수년 전 시애틀 어머니 집에 다니러 갔을 때 내가 뉴욕으로 옮겨다 놓을 책을 정리하다가 큰 책장 맨 아래 칸에서 재발견한 『대학작문』을 실로 오랜만에 꺼내 들고 어찌할지 고민하고 있을 때였다. 그건 무슨 책이냐 묻는 어머니에게 다짜고짜 거기에 실린 「푸른 하늘을」을 읽어준 적이 있다. 내가 낭송을 마치자마자 어머니는 생뚱맞게도 내게 "그럼 넌 노고지리가 무얼 보고 노래하는지 아니?"라고 물었다. 질문에 당황한 나는 "푸른 하늘을?"이라고 얼떨결에 대답했다. 내 대답을 들은 어머니는 어처구니없다는 듯이 "푸하하하" 하고 웃었다. 그 웃음은 마치 '넌 자유를 위해 비상해본 적이 없나 보구나'라고 말하는 듯했지만, 그냥 나도 따라 웃었다. 고백하자면, 나는 자유를 위해 비상해보기는커녕 단 한 차례 피를 토해본 적도 없다. 다만 대책 없이 책을 모으고, 점점 더 침침해지는 눈으로 책을 보고, 1,000년 전의 수사들이 구도하는 자라목 자세로 만든 채색사본 기도서를 읽던 이들의 수보다도 훨씬 적은 수의 독자들이 보는 그런 책을 주로 만든다.

• 이 판본의 표지는 한국의 대표적인 1세대 북 디자이너 정병규가 작업했다.

•• 《어제일리어》는 2007년 제1호가, 2008년 제2호가 나온 후, 2009년 한 해를 거른 뒤 2010년 제3호부터는 지금까지 빠짐없이 매년 한 차례씩 발행되고 있다. 창간호부터 2019년 발행된 제12호까지 모두 하버드대학교 한국학 연구소에서 발행해왔고, 하와이대학출판부는 처음부터 지금까지 책 보급·판매를 맡아서 해오고 있다. 앤드루 W. 멜런 파운데이션과 국립인문학재단NEH의 지원으로 1993년 시작되어, 존스홉킨스대학출판부가 도서관과 250여 출판사 간의 비영리 협업을 통해 운용하는, 동료 심사된peer reviewed 인문학·사회과학 분야의 저널과 학술서 온라인 데이터베이스인 '프로젝트 뮤즈'에서 《어제일리어》의 온라인판 다운로드가 지난해에만 4,000여 건을 기록한 바 있다.

R11 　　　　　　　　　　다른 방식으로 보기,
　　　　　　　　　　　반문하기

『다른 방식으로 보기』,
존 버거 지음

　　　　　　　　　　　　　　　내가 미술사를 공부하기로 마음먹은
것이 존 버거의『다른 방식으로 보기』Ways of Seeing 때문이었다고 말한다면
좀 더 극적일지 모르겠지만, 그건 사실과는 꽤 다르다. 실은 이랬으니까. 별다
른 고민 없이, 아니 아무런 의심조차 없이 의예과 지망생Pre-Med으로 영문학
과에 적을 두고 있던 때, 대학교 2학년에 올라가던 해 가을 학기에 수강한 교
양 수업 하나가 마침 미술사 개론이었다. 내가 수업 첫날 안 사실은 무려 수
백여 명의 학생이 초대형 강의실에서 함께 강의를 듣는 인기 교양 수업이라
는 것이었다.
　　이 수업의 주 교재는 벽돌 서넛 정도는 족히 될 만한 무게와 부피의 책이
었는데, 미술 전문 출판사인 에이브럼스에서 출간한 H. W. 잰슨의『서양미술
사』History of Art였다. 이 책은 1962년 초판 1쇄가 나온 후 1969년 개정판이
나왔고, 1977년에 두 번째 개정판이, 그리고 1986년에 A. F. 잰슨의 편집으
로 세 번째 개정증보판이 나왔다. 나는 대학 교재를 취급하는 대학 서점에서

바로 전 학기에 누군가가 쓰고 내다 판 이 세 번째 개정증보판을 새 책 정가 82달러 90센트의 3분의 1 가격인 24달러 70센트에 사서 첫 수업에 가져갔다. 좀 비싸더라도 상태가 더 나은 책을 사지 않은 걸 후회까지는 아니더라도 그와 비슷한 감정의 응어리로 마음 한편에 담아둔 채로였다. 그 수업 첫날 여섯 명은 되는 조교 중 하나로부터 건네받은 강의 계획서syllabus에 내가 앞으로 읽어야 할 보충 도서 목록이 네댓 페이지에 걸쳐 빼곡히 적혀 있었다. 그리고 그 목록 안에 바로 존 버거의 이 책이 들어 있던 거였다.

교양 수업이었던 터라 주 교과서를 제외하고 따로 구입해야 하는 것은 학교 앞 복사 업체 킨코스에서 양면으로 복사해 철한 벽돌 대여섯 장을 뉘어 놓은 크기만 한 자료집뿐이었다. 첫 수업을 마치고 킨코스에 가서 구입한 자료집 안에 『다른 방식으로 보기』 두어 챕터가 들어 있었다. 내 첫 번째 미술사 개론 수업은 무척 재미있었고, 당시 읽은 다른 자료도 모두 흥미진진했다. 중간고사와 기말고사에서는 슬라이드를 보며 짤막한 몇 문단의 답안을 써서 제출해야 했는데, 이런 글쓰기 시험까지도 즐거웠으니 무언가에 홀려버렸던 게 분명하다.

겨울 학기에는 미술사 개론에 이어 근현대 미술사 수업을 들었다. 이때도 수업에 사용한 교재는 잰슨의 『서양미술사』였는데, 그에 더해 E. H. 곰브리치의 『서양미술사』The Story of Art도 교재로 사용했다. 곰브리치의 『서양미술사』는 파이돈 출판사에서 1950년 초판이 나온 후 거의 해마다 재판을 거듭한 책이다. 내 책은 1984년 발간한 열네 번째 수정판으로, 1985년 프렌티스 홀 출판사가 북미권에서 판매하고자 출간한 책이었다.

대학교 2학년의 세 번째 학기인 봄 학기(내가 다닌 대학은 다른 대학처럼 가을과 봄 두 학기가 아니라 가을, 겨울, 봄 각 12주씩 세 번의 수강 필수 학기에 수강 선택 학기인 여름 학기를 더해 총 네 학기로 이루어진, 일명 '쿼터 시스템'이라고 부르는 학제였다)에는 중세 미술사 수업을 들었다. 학기 끝자락에는 연례적으로 아카데믹 카운슬러와 만나 그 학년도에 수강한 과목들을 함께 점검하고 이후의 학점 이수 계획을 의논하는 자리를 가져야 했다. 그때 카운슬러는 지난 1년간 학기마다 미술사 수업을 수강한 것을 보고 미술사가 그리 흥미롭냐고, 내가 굳이 의식하지 않으려 한 질문을 던졌다.

그녀의 질문이 내 왼쪽 귀로 들어갔다 바로 오른쪽 귀로 빠져나간 듯이 3학년에 올라가서도 르네상스 미술사 수업을 하나 더 수강했다. 그런데 이 수업은 미술사 전공자에게 수강 기회가 먼저 주어지는 전공 수업이어서 수강 신청을 하려면 미리 미술사학과 사무실에 찾아가 허락을 받아야 했다. 이때 처음 만난 미술사학과 카운슬러는 내게 미술사 복수 전공을 제안했고, 나는 얼떨결이었지만 마치 기다리고 있었다는 듯이 그 제안을 덥석 받아들였다. 정신을 차리고 이수해야 할 과목을 따져보니 미술사 전공으로 학위를 받으려면 스튜디오 실기 수업을 들어야 했다. 4학년이 되어서는, 전공을 바꾸지 않았더라면 졸업을 앞두고 있어야 했겠지만, 영문학 학위에 필요한 단 다섯 학점을 남겨둔 채 미술사뿐 아니라 회화 전공생이 되어 있었다.

1986년 9월 나의 '첫' 미술사 개론 수업 시간에 받은 강의 계획서의 보충 도서 목록에 나와 있던 존 버거의 『다른 방식으로 보기』는 보충 자료집에 복사된 두어 챕터를 먼저 읽었고, 나머지 챕터는 미대 도서관 서가에 있는 책으로 마저 읽었다. 그러고 나서 얼마 지나지 않아 헌책방에서 이 책을 보고 바로 구입했는데, 살 때부터 제본 상태가 좋지 않아서 자주 들춰 보다 보니 이내 몇 페이지가 떨어져 나가버렸다. 결국 몇 년 뒤에 아예 새 책으로 한 권 다시 구입했고, 지금이라면 절대 그럴 수 없겠지만, 헌책방에서 산 책은 폐기 처분했다. 내가 지금까지 갖고 있는 책은 두 번째 산 책으로 24쇄본이다. 당시에는 전혀 예상도, 아니 짐작조차도 하지 못했지만, 지나고 나서 돌아보니 이 책은 내가 알아차리지 못한 사이 내 삶의 방향을 바꿔놓은 책 가운데 하나라고 우겨도 될 것 같다.

내가 여전히 가지고 있는 대학 노트 하나가 그 사실을 증명해줄 수 있을지도 모르겠다. 노트는 가로세로로 한 뼘 너비의 정사각형 꼴에 원편이 코일로 되어 있고 누런 마분지 표지에는 '빛이 있으라'라는 뜻의 라틴어 'LUX SIT'가 쓰여 있다. 1861년 세운 대학의 창립 이념을 상징하는 문구인데, 적포도주색보다 짙은 보라색으로 인쇄되어 있다. 마분지 안쪽 면에다 아래 두 문장을 영어 원문으로 필사하고 그 밑에는 한국어로 번역까지 해놓았다.

말보다 보는 행위가 먼저 온다. 어린아이는 말을 할 줄 알기 전에, 보는 것부터 시작하고 자신이 본 것이 무엇인지를 안다.(!!)

과거의 예술은 과거의 것처럼[은] 더 이상 존재하지 않는다. 그것의 권위는 사라져버렸다. 그 자리에 있는 것은 이미지의 언어다.(??)

왜 이 두 문장을 적고, 또 어설픈 번역까지 해놓았는지 그 이유를 이제는 모르겠다. 더구나 괄호 안에 두 개의 느낌표와 두 개의 물음표를 써넣은 것은 또 어떤 연유였을까. 말, 보는 행위, 인지, 예술, 존재, 과거, 권위, 이미지, 언어. 나는 적어도 이런 단어들에 당시 현혹되어 있었던 것 같다. 어쩌면 그때 벌써 무의식 속에 이 책을 직접 번역해보고 싶은 욕구가 있었는지도 모를 일이다. 사실 이 책을 보면서 제일 흥미로웠던 것은 이 책에서 인용한, 피에르 부르디외와 알랭 다르벨이 펴낸 『예술에 대한 사랑』L'Amour de l'Art의 1969년 개정판 부록에 포함되어 있다는 도표였지만. 미술사와 회화를 전공하며 한편으로는 읽고, 쓰고, 거기에 더해 그리는 작업을 하면서 희열을 느끼기도 했지만, 그와 동시에 이전의 계획에서 벗어난 공부를 하면 할수록 점점 더 늪에 빠져들고 있다는 생각이 들었다. 불확실성으로만 가득 찬 미지의 세계에 덜컥 들어서 버린 느낌이랄까. 그러다 보니 미대 건물 3층에 있던 졸업학년 학부생용 작업 공간에 숨어서 붓질은커녕 아무것도 그리지 못하고 밤늦게까지 멍하게 있기가 일쑤였다. 헌책만 골라서 산다 해도 값비싼 미술사 전공 서적이 쌓여가면서 점점 내가 무엇을 하고 있는 건지, 앞으로 무얼 하려는 건지, 그런 고민이 내 머리 구석구석을 비집고 들어왔다. 당시까지만 해도 막연하게 미술사학으로 대학원에 진학해 석사 과정만 마치더라도 한국으로 돌아갈 수 있지 않을까 기대했다. 누군가를 가르칠 자신까지는 없었지만 내가 읽은 미술사 원서를 번역하는 정도의 일을 하며 글을 쓰고, 운 좋게 기회가 주어진다면 전시도 기획하면서 살 수 있지 않을까 하는 어이없는 생각도 했다. 그러나 얼마 지나지 않아 나의 어리숙한 몽상은 산산이 깨져버렸다.

대학에 입학한 지 햇수로 다섯 번째가 되던 무렵부터, 처음에는 막연하기만 했던 미래에 대한 두려움이 확실해졌고 시시때때로 나를 엄습해왔다. 그 두려움의 실체를 맞닥뜨리고 나서는, 대학원에 진학한다 해도 미술사는 계속 공부하지 않기로 마음의 결정을 내렸다. 회화를 공부한 것은 내 안에 있는 줄조차 몰랐던 욕구 하나를 해소하는, 단지 소중한 경험일 뿐이라 생각하고 있던 터라 미련조차 없었다. 혹여 미술사 공부에 대한 미련이 한동안 조금은 남아 있었더라도, 나의 현실을 직시한 후 스스로 포기한 것이었다.

결국은 구직에 실질적으로 도움이 되는 실용적인 디자인 공부를 하기 위해서 학교를 2년만 더 다니겠다고 어머니에게 말씀드렸다. 동생이 대학을 마치고 나서 계속 뉴욕에 남아 대학원에 진학하기로 했기에, 나도 뉴욕에서 함께 자취하며 대학원 생활을 같이하기로 한 거였다. 디자인을 전공하지 않았어도 대학원 과정에 진학할 수 있다는 프랫 인스티튜트의 디자인 대학원 앞으로 입학 문의 편지를 보냈다. 프랫 인스티튜트는 진학 정보와 학교 소개 자료가 담긴 두둑한 우편물에 내가 학교에 방문할 수 있다면 직접 만나 이야기 나누고 싶다는 답장을 함께 넣어 보냈다. 대학원 디자인학과장과 면담 일정을 잡았고, 여섯 번째 가을 학기 기말고사가 끝나자마자 드로잉과 회화 작업이 주었던 포트폴리오를 챙겨 들고 뉴욕 브루클린에 있는 프랫 인스티튜트 캠퍼스를 방문했다. 면담에서 별다른 이야기는 없었다. 9개월 후인 이듬해 가을 학기에 다시 만나자는 인사를 나누고 헤어졌다.

　돌아와서 미술사 교수 두 분에게 추천서를 부탁했다. 내가 미술사도 아니고 회화도 아닌 디자인학과에 진학하려 한다고 하자, 두 분의 미술사학과 교수는 냉정하게도 추천서를 써줄 수 없다고 했다. 이번엔 회화과 교수 두 분에게 추천서를 부탁드렸다. 그중 한 분은 전과하려는 내 의지가 확고한지 수차례나 확인한 후에야 자신이 수십 년 동안 가르친 여러 학생 중 가능성이 가장 열려 있는 학생이라는 두루뭉술하면서도 긍정적인 내용으로 추천의 글을 써주었다. 입학 원서를 접수하고 나서 졸업을 단 한 학기 앞두고 있던 이른 봄에 프랫 인스티튜트로부터 입학 허가를 받았다. 그러나 삶이란 자신이 어떤 계획을 세우거나 말거나 자신의 의지와는 전혀 별개의 상태에서 벌어지는 그런 예외적인 일의 연속이다. 입학 허락 서류를 받자마자 나는 1년 후로 진학을 유예해야만 했다.

　대학 졸업 후 1년이 지나서야 디자인학과로 이적했고, 대학원에 진학해서는 사실 새로운 공부만으로도 벅찼다. 그럴 때면 틈틈이 존 버거의 『본다는 것의 의미』About Looking 나 『예술과 혁명』Art and Revolution 같은 책을 유유자적하는 마음으로 들여다보았다. 대학원에 진학한 후 두 번째 해에는 졸업 논문을 준비했다. 전형적인 논문 형식의 글을 제출하지 않아도 되는데, 굳이 글로 논문을 작성해서 직접 책으로 만들겠다는 생각에 자료만 잔뜩 쌓아놓고 있던 때였다. 결국 대학원 과정을 2년 안에 마치지 못하고 다음 여름을 맞았다. 당시에 동생은 음대 대학원을 다니고 있었는데, 학기 중은 물론 긴 여름 방학 동안에도 학생이 할 수 있는 갖은 아르바이트를 했다. 푼돈을 모으는 대신 그가 속한 대학 오케스트라 구성원들과 프랑스·스위스로 연주 여행을 떠나라고 내가 동생을 부추겼다.

동생은 결국 연주 여행을 떠났고, 그로부터 얼마 지나지 않아 내 친구가 까칠한 내 동생이 없는 틈을 타 우리 집에 왔다. 뉴욕대학교 미대 대학원을 다니는 한국인 유학생이었다. 그녀는 17년산 발렌타인 위스키 한 병을 들고 내가 동생과 자취하는 아파트에 처음으로 놀러 왔다. 그녀는 내가 책꽂이도 없이 벽 한쪽에 몇 줄이나 쌓아놓은 책탑冊塔을 들여다보더니 존 버거의 책이 여럿 있는 걸 보고는 그의 소설을 읽은 적이 있는지 물었다. 존 버거가 쓴 소설은 단 한 권도 읽지 않았지만(지금까지도 읽은 적이 없다!), 『다른 방식으로 보기』가 한국어로 번역되었는지는 궁금해 이 친구에게 물었다. 그녀는 나오지 않은 것으로 알고 있다면서 내게 직접 번역해볼 생각이 있느냐고 되물었다. 누군가 이미 번역해놓고 출판사를 찾고 있지 않겠느냐고, 설령 번역한다고 해도 누가 내 번역서를 출판해주겠느냐고, 냉소적으로 들릴지 몰라도 나로서는 지극히 현실적으로 대답한 기억이 남아 있다. 그녀는 내게 긴 글을 써보라고 했다. 긴 글이 장편 소설을 의미한 것은 아니었을지 몰라도, 나는 2년에 걸쳐 졸업 논문을 쓰면서 원고지 1,000매를 채운 긴 글도 함께 마쳤다. 큰 상금이 걸린 문예지에 투고해보았지만, 한글 키보드를 익힌 것이 그나마 유일한 성과였다.

책을 만드는 북 디자인 일을 시작하고 나서 십수 년이 더 지난 어느 날, 책장의 책들을 정리하다가 『다른 방식으로 보기』를 보고 그제야 표지(뿐만 아니라 본문) 디자인이 독특하다는 것을 깨달았다. 리처드 홀리스가 디자인했다는 이 책의 본문 활자는 텍스트보다는 주로 헤드라인에 사용하는 '산 세리프'라고 부르는 굵은 고딕 서체이고, 각 단락은 단락을 표시하고자 들여쓰기를 하는 대신 아예 한 줄을 건너뛰는 식으로 조판되어 있었는데, 무엇보다도 첫 장에 있는 이미지가 그대로 책 표지에 놓여서 표지 일부가 되어 있었다. 책이 담고 있는 내용뿐만 아니라 책의 만듦새 역시 기존과는 아주 다른 방식으로, 어쩌면 책을 만드는 데 있어서도 하나의 방식을 따르지 않고 그와 다른 여러 방식으로 만들 수 있다는 것을 보여주는 일종의 예시처럼 제작되었다.

그전까지 텍스트 자체를 이해하는 데만 골몰했던 나는 그 갑작스러운 발견으로 하나의 의문을 떠올렸다. 예술이, 책이 그러하다면 (예술과 책을 만들어내는) 삶 역시 모두가 동의한 단 하나의 방식으로 보고 읽는 것을, 단 하나의 방식으로 사고하고 사는 것을 고수한다면 얼마나 진부할까. 매사에 느려터진 나는 단지 이 단순한 의문에 도달하기까지 멀고 먼 길을 돌고 돌아야만 했다. 답을 찾기까지는 물론 얼마나 더 오랜 시간이 걸릴지 도무지 감조차 잡히지 않는다.

이 책의 한국어판은 오랫동안 미술사 전문 서적을 번역해온 미술 평론가 최민이 옮겼고, 존 버거 책을 한국에 계속 소개해온 열화당에서 나왔다. 영국에서 원서 초판이 1972년 출간되었고 한국어판은 2012년에야 나왔으니, 무려 40년 만이었다. 내 한국어판 책은 2012년 8월 1일 초판 1쇄를 찍고 2년 뒤인 2014년에 찍은 4쇄본이다. 존 버거는 「한국의 독자들에게」라는 짧은 저자 서문에서 "계속해서, 반문하기를 멈추지 말 것"을 권유했다. 번역가 최민은 이 문장을 계속해서 싸워 나가라는 의미로 번역했다. 한국 사회에서 멈추지 않고 이의를 제기하거나 반문하는 게 실제로는 싸우는 행위와 같아서였을까. 존 버거는 2세기 전에 일본 시인 고바야시 잇사가 쓴 하이쿠로 한국어판 번역서의 서문을 맺었다.

부자들을 위해
새[로 내린] 눈에 대해 너절한 글을 쓰는 것은
예술이 아니다.

R12　　　　　　　　　　나의
　　　　　　　　　　　　정원으로

『캉디드 혹은 낙관주의』,
볼테르 지음

　　　　　　　　　　언제 처음 읽었는지 아무리 머리를 쥐
어짜도 기억해낼 수 없는 책이 있다. 볼테르의『캉디드 혹은 낙관주의』Candide
ou l'optimisme가 그런 책이다. 스무 살이 되기 전에 읽은 것 같지만, 그게 언제,
어디서인지 기억해낼 재간이 없다. 아마 10대 후반에 집에서 보낸 시간만큼
이나 많은 시간을 보낸, 내 일상 반경에 있던 서너 도서관 중 하나의 서가 같
은데 기억에 없으니. 밸러드 고등학교 도서관이나 시애틀 중앙 도서관, 그 둘
이 아니라면 대학에 진학한 후 하루에도 몇 번씩 들락날락한 오데가드 학부
도서관이지 싶지만, 한편으로는 도서관에서 읽었다고 해서 그 책이 꼭 도서
관 책이었다는 보장도 없다. 다만 당시에 읽었다면 깨알같이 작은 활자로 빽
빽하게 조판된 영문 문고판이었을 테다. 막연하게나마 내가 스무 살이 되기
전에 읽었을 거라고 생각하는 이유가 있기는 하다.
　　영문학으로 석사 학위를 받으려면 이수해야 하는 학점 중 마지막 다섯
학점을 남겨두었을 때, 그중 두 학점을 채우려고 영문학 학점으로 인정해주

는 비교문학과의 프랑스어 원어 강독 수업을 신청했다. 고등학교에서 2년간 배우고(이 사실도 잊고 있다가 다른 이유로 들춰본 고등학교 졸업 앨범에 서로 말을 나눈 기억이 전혀 남아 있지 않은 한 여학생이 우리가 2년 동안 함께 프랑스어 수업을 들었다는 졸업 인사를 적어놓은 것을 보고서야 알았지만), 대학교에서 고작 20여 주에 해당하는 두 학기의 프랑스어 수업을 들었으면서, 한 학기 동안 진행되는 그 수업을 영-프 사전과 프-영 사전만으로도 소화할 수 있다는 천진무구하고 허무맹랑한 자신감으로. 성적이 4.0 이하 소수점으로 나뉘는 알파벳 플러스마이너스 학점이 아니라 '통과'와 '낙제'로 단순히 구분하는 '패스'pass와 '페일'fail 수업이라 두려워할 이유가 없다고 막연하게 생각했다. 더구나 강독 수업에서 읽어야 하는 책은 생텍쥐페리의 『어린 왕자』Le Petit Prince와 카뮈의 『이방인』Estranger과 볼테르의 『캉디드 혹은 낙관주의』 세 권이었다.

　수강 신청을 하며 이건 식은 죽 먹기라고, 지금 돌이켜보면 어이없는 생각을 한 기억은 또렷이 남아 있다. 『어린 왕자』와 『이방인』은 한국어와 영어로 여러 차례 읽었고, 『캉디드 혹은 낙관주의』도 영문으로 한 번은 읽었으니 내용을 다 아는데 프랑스어 원서로 다시 읽는 게 무슨 대수일까, 하고 자신만만하게 생각한 거다. 강독 수업은 일주일에 두 번 있었는데, 두 번째인가 세 번째 수업에서 『어린 왕자』를 마칠 때까지만 해도 수업을 끝까지 수강하는 게 불가능하지는 않아 보였다. 하지만 수업이 중반에 다다를 무렵, 『이방인』의 거의 마지막 장에 다다라서야 내가 무슨 일을 벌인 것인지 그 황당하기 그지없는 상황의 실체를 파악할 수 있었다. 그리고 수업에서 낙제하지 않는다는 보장 따위는 전혀 없음을 뒤늦게 깨달았다.

　스무 명 정도 되는 수강생 가운데 절반 가까이가 포기하고 나가, 나와 강사까지 포함해 열두어 명밖에 남지 않은 작디작은 수업이라 남 뒤로 숨는 것조차 가능하지 않았고, 숨죽이고 수업이 끝나기만 기다리며 그 시간을 모면

하는 데에만 급급했다. 의자를 ㅁ 자로 배치하고, 앉은 순서대로 돌아가면서 한 단락 정도씩 각기 소리 내어 책을 읽어야 했는데, 언제나 같은 자리에서 시작하지 않았기에 앉는 위치는 아무런 도움이 되지 않았다. 간혹 내 앞이나 앞의 앞에서 수업 종료를 알리는 벨 소리와 함께 강독이 끝난 적이 있었지만, 그런 요행의 확률은 그다지 높지 않았다. 내 차례가 와서 울며 겨자 먹듯이 혀를 굴려 웅얼거려야 할 때는, 식은땀이 목덜미를 타고 줄줄 흐르는 소리가 내 혀 꼬인 발음보다 더 크게 들리는 건 아닌지 의심스럽기까지 했다.

하지만 아무리 그렇다 해도 내가 그즈음 정신을 살짝 놓고 있었던 것은 적어도 이 강독 수업이나 3학점짜리 영문학과 소설 창작 수업 때문이 아니었다. 당시에 나는 학교 수업과는 전혀 상관이 없는 책들을 닥치는 대로 마구 읽고 있었고, 수업을 별다른 이유 없이 뜨문뜨문 빼먹으면서 동아시아 도서관 서가에 깊숙이 틀어박혀 시간 가는 줄 모르고 지냈다. 방황하고 있었다. 일곱 동의 인문학과 건물이 벗나무 군락을 마주하고 서 있는 '쿼드'quad 앞에 위치한 '가원'이라는 이름의 지하 1층, 지상 3층 건물(각 층 사이에 낮게 끼어 있는 세 개의 '메자닌'Mezzanine을 포함하면 서가는 총 7층이다) 안에 동아시아 도서관이 있었다. 3층에 자리 잡은 동아시아 도서관 입구에 들어서면 먼저 중앙 열람실 서가에 비치된, 한국에서 발행되고 나서 일주일가량 후에 들어오는 신문을 훑어보았다. 그러고 나서 도서관 사서 사무실이 있는 좁다란 복도를 지나 엘리베이터를 타고 내려가 메자닌 서가 구석에 있는 도서 열람용 1인 탁자에 앉아, 한국에서 출간된 책들을 꺼내 읽었다.

아직 우기를 벗어나지 못한 4월 말경의 어느 날이었다. 시시각각으로 변하는 날씨 탓에 잠깐이라도 날이 화창해지면 수많은 학생이 붉은 광장의 나지막한 계단에 나앉아 해바라기를 했다. 나도 한 모퉁이에 자리 잡고 앉아서 광장 남동쪽 끝 분수대 너머로 보이는 눈이 반쯤 덮인 눈산을 멍하니 바라보았다. 모르는 여학생 하나가 내게 짤막한 그림자를 드리우더니, 나를 나무라기로 작정이라도 한 듯이 양손을 자신의 허리에 걸친 자세로 "오늘도 수업 빼먹었네" 하고 영어로 말을 걸어왔다. "무슨 수업을" 하고 물었더니 어이없다는 표정으로 다다음 날 생물학과 수업 중간고사가 있는데 시험은 볼 생각이냐고 물었다. 자기는 늦은 점심을 하러 '라스트 엑시트' 카페로 갈 건데, 자신을 따라오면 수업 노트를 보여주겠다고 했다. 그녀가 점심을 먹고 커피를 마시는 동안 빼먹은 수업 시간 강의 노트를 냅다 옮겨 적으면서도 엄청난 사건이 내게 닥쳐오리라는 암운은 전혀 느끼지 못했다. 그리고 이틀 뒤, 의예과 지망생이라면 이수해야만 하는 생물학 수업의 중간고사를 보았다. 그 학기의 마지막 시험이었다.

그나마 수업을 거의 빼먹지 않은 비교문학과의 강독 수업은 따로 중간고사를 치르지 않았다. 강사는 세 번째로 강독할 책은 계몽주의 시대에 쓰였고, 무려 229년이 된 텍스트를 읽으며 수강생 모두 '계몽될' 마음의 준비를 해야 할 거라고 자못 의미심장하게 『캉디드 혹은 낙관주의』를 소개했다. 한 수업당 대략 세 장씩 진행할 거니까 충분히 예습해와야만 수업을 따라올 수 있을 거라고도 했다. 내게 마지막 수업이 된 그 시간에 첫 장을 천천히 함께 읽었다. 그 책 첫 장에서처럼 내 미래를 헝클어뜨린 기습적인 사건은 모처럼 영문학과의 단편 창작 수업에 들어갔을 때 벌어졌다.

길고 긴 이야기를 요약하자면, 나를 낙제시킬 수밖에 없다는 영문학과의 젊디젊은 강사 때문에 네 과목을 수강한 그 한 학기를 통째로 날리는 휴학을 신청할 수밖에 없었다. 휴학 사유 칸에 정확히 뭐라고 썼는지는 이제 기억에 남아 있지 않다. 이를테면 '일신상의 사유'보다는 좀 더 구체적으로 기술해야 했을 테니까 심리학 수업에서 주워들은 공황장애 같은 심각한 심리적 문제라고 에둘러 썼던 것 같다. 그 사건이 몰고 온 파장 가운데 한 학기(와 학비)를 날린 것보다 더 중요한 사실은 내가 영문학 학위를 받아 대학을 졸업하고 의과대학 진학 시험 'MCAT' The Medical College Admission Test를 보아 의대에 지원하겠다는 원대하고도 한편으로는 허무맹랑한 계획을 결국은 깔끔하게 포기하게 된 데 있다.

나는 당시만 해도 캉디드는 저리 가랄 만큼 무궁무진하게 순진하고 백지처럼 천진난만한 낙관주의의 영향력 아래에 있었던 것 같다. 내가 다닌 고등학교의 선생님들이 하나같이 내 실제 능력을 간과한 채 무엇이든 할 수 있다고 용기를 끊임없이 북돋운 덕택에 기대 이상의 우수한 성적을 받았다. 고등학교 전체 졸업생 중 스무 명 남짓에게 시상하는 교육부 장관과 대통령 서명이 나란히 들어 있는 상장을 덥석 받게 된 탓에 간은 부을 대로 부어 있었다. 현존하는 세계 중 이 최선의 세계에서는 모든 일이 최선으로 연동되어 있게 마련이라고 생각했는지도 모르겠지만, 세상을 호락호락하게 본 결과는 비참했다.

대학을 2년 더 다녀야 했다. 고등학교를 졸업하고 대학에 입학하며 받은 4학기분의 장학금이 무의미하게, 18학기를 채워 6년 만에야 대학을 졸업했다. 틈틈이 잡일을 했지만 그렇게 해서 번 돈은 4년 학비를 감당하기에는 턱도 없이 모자라 학자금 대출을 받았다. 전공을 한 번 더 바꿔 사립 예술대학 대학원에 진학해서는 주립 대학보다 몇 배나 더 높은 학비에 더해 뉴욕의 비싼 기본 주거비까지 대출을 받아 학업을 지속했다. 학교에 풀타임으로 등록한 동안에는 이자가 유예되었지만, 결국 대학원을 마치자마자 매달 내야 하는 고지서가 날아왔다. 다달이 갚아나가야 하는 금액은 원금은커녕 거기에 붙은 8퍼센트대 이자만으로도 솔직히 부담스러운 액수였다. 나는 대책 없는 낙관론자였다.

다행히 캉디드의 세계에서처럼 더없이 운 좋게 학업을 마치자마자 바로 취업할 수 있었고, 매년 한 차례씩 미연방 정부 산하 학자금대출관리공단에서 보내오는 대출금 상환 고지서 다발에 들어 있는 쿠폰처럼 생긴 납입 고지서를 한 장씩 떼어 갚아나갈 수 있었다. 이 학자금대출관리공단은 어떤 이유에서인지 찰스 디킨스의 소설에서나 나올 것만 같은, 한 번 만난 적조차 없는 먼 친척뻘의 부유한 이모나 고모라도 되는 양 '샐리 매'란 이름으로 불렸을 뿐만 아니라 고지서에도 그렇게 인쇄되어 있었다. 이혼한 아내의 아버지가 내가 4년 차 북 디자이너로 받던 연봉이 연봉이라 부르기에 민망하지 않으냐 했고, 어머니 동생들은 그걸 받아 생활할 수 있냐고 묻기까지 했지만, 내가 선택한 일이었기에 그런 무시나 빈정거림은 상관없었다. 내가 노동한 대가로 빚을 성실하게 갚아나가는 수밖에 다른 방도는 없었으니까. 그건 세속적인 욕구나 물질에 대한 욕망을 다스리며 근면하고 검소하게 수도사처럼만 생활하면 충분히 가능한 일이기도 했다. 물론 다 갚을 때까지 아등바등해야 하기는 했다. 대출금을 관리·징수하던, 1972년 만들어진 미연방 정부 소속 학자금대출관리공단은 기관이 설립된 지 반세기가 지난 1997년에 민영화 법인이 되었다. 내가 대출금 분할 납입을 시작해 전혀 자유롭지 않게 살던 무렵인 언제부턴가 법인 주식이 나스닥과 스탠다드 앤드 푸어 같은 주식 시장에서 거래되기 시작했다. 신자유주의가 만들어낸 이토록 위대한 성과물이라니.

볼테르가 두 차례나 수감된 바스티유 감옥 정도는 아니었을지라도, 아니면 『철학편지』Lettres philosophique sur les Anglais 필화 사건 뒤 10여 년 동안의 자진 은둔처럼은 아니었을지라도, 나 역시 학자금 대출 상환에 묶여서 꼬박 15년을 수감자처럼 어쩌면 은둔자처럼 옴짝달싹 못 했다. 그때는 정말 책만이 유일하게 세상 밖의 세계를 볼 수 있게 해주었다. 미술사를 계속 공부하는 것은 일찌감치 포기했지만, 스스로 다독이며 나 자신에게 약속한 유럽의 미술관은 단 한 곳도 아직 가보지 못했다. 캉디드가 여행한 그 어디도 가보지 못한 것 또한 너무 당연한 사실.

학자금 대출금을 조금씩 갚아나간 15년 동안, 나의 모험 같지 않은 모험은 대륙을 가로지르거나 대양을 건너는 대신 1년은 7번과 1번 노선의 뉴욕 전철을 갈아타고 열 개의 지상 역과 열여덟 개의 지하역을 거쳐, 나머지 14년은 N과 W 지하철을 타고 세 개의 지상 역과 세 개의 지하역을 거쳐 통근하면서 읽은 책 속에서 이루어졌다. 혹은 하루치 노동을 마치고 돌아와 밤늦게까지 읽은 책 속에서. 나의 모험은 내가 주로 만드는 전문 학술서의 디자인 마감과, 북 디자이너로서의 원칙과 이상을 고수하기 위해 사투를 벌여야 한 작업 과정에서도 일어났다. 바깥세상에서는 대지진이 일어났고, 테러 사건도 일어났다. 인종 청소가 자행된 전쟁과 미국 본토에서 발생한 테러에 대한 보복 전쟁이 다른 대륙에서 발발했지만, 내가 할 수 있는 거라고는 무력하기만 한 의무감으로 반전 시위에 나갔다 오는 것뿐이었다. 세상은 그대로인 동시에 계속 변하기도 했고, 아무리 변해도 결국은 그대로이기도 했다. 내가 만들던 책이 생존을 가능하게 해주었지만, 짬을 내어 읽은 책이 아니라면 내 세계는 아무것도 자라지 못하는 불모지보다도 더 황량했을 테다. 마른 열매들을 내가 읽고 만든 책 더미 사이에 놓아둔 출판사 사무실과 비좁은 아파트의 한쪽 벽을 메운 책장만이 나의 정원이었다.

오래전 그 비교문학과 원서 강독 시간에 사용한 책들은 아직도 책장에 가지런히 꽂혀 있다. 『어린 왕자』는 하코트 브레이스 조바노비치 출판사판으로 2달러 95센트를 주고 산 새 책이다. 내가 유일하게 행간에 번역 노트를 적어놓은 책이기도 하다. 그리고 『이방인』은 갈리마르 출판사의 폴리오 문고판인데, 아마도 나보다 먼저 이 강독 수업을 들은 듯한 시일라 베빈스라는 학생의 책이다. 그녀와 내가 시차를 두고 쓴 번역 노트가 빼곡히 행간을 채우고 있는 책으로 4달러 45센트를 주었다. 1장을 제외하고는 끝내 읽지 못한 『캉디드 혹은 낙관주의』 역시 손바닥만 한 크기의 문고판이다. 포아티에대학교 교수였고 볼테르 학회장을 역임한 18세기 프랑스문학자이자 비평가인 앙드레 마냥이 엮은 보르다 출판사 에디션으로 누군가 끄적거린 흔적 하나 없이 깨끗한 책이다. 1969년 초판 1쇄가 발행된 책으로 1984년 개정판이 나왔고, 내가 가진 책은 1986년 개정판 재쇄로 5달러 95센트를 준 새 책이다.

약간은 우습다가 슬며시 서글퍼지게도, 내가 학자금 대출금을 모두 갚은 해에 나 자신에게 선물한 것은 그때뿐 아니라 지금까지도 엄두를 내지 못하는 유럽 미술관 여행이 아니라 유럽으로 여행을 떠나고픈 만큼이나 오랫동안 내가 가지고 싶어 한 헌책 몇 권이었고, 『캉디드 혹은 낙관주의』는 그중 하나였다. 내가 가진 볼테르의 『캉디드 혹은 낙관주의』는 1927년 1월 뉴욕에 설립된 미국의 유수한 출판사 랜덤하우스가 출간한 책이다. 랜덤하우스가 당시 저명한 삽화가이자 화가인 록웰 켄트에게 의뢰해 만든 삽화가 실려 있는 스페셜 에디션은 창립 1주년을 기념해 1928년에 나왔다. 단 1,928권만 만든 책이다. 내 책은 이 스페셜 에디션을 1929년에 재제작한 랜덤하우스의 첫 번째 재판본이다. 이 첫 재판본은 창립 2주년이 되던 해인 1929년에 만들어졌고, 초판본에 실린 록웰 켄트의 모든 삽화가 실렸으며 핀슨 프린터스라는 인쇄·제본 회사가 가라몬드 서체를 손으로 조판해 이 책을 위해 특수 제작된 제지에 인쇄·제본한 책이다. 형용하기 어려울 정도로 아름답기 그지없는 이 재판본도 내 책을 제외하면 이 세상에 1,928부만이 존재한다. 모두 남아 있다 해도 단 1,928부뿐인, 그 어디서도 구할 수 없는 스페셜 에디션 초판본처럼.

R13

어떤 미래는
오래
지속된다

『죽음을 넘어 시대의 어둠을 넘어』,
전남사회운동협의회 엮음

어떤 책은 삶의 방향을 스스로 눈치채지 못할 정도의 미세한 각도로 틀어놓기도 한다. 그래서 읽을 때는, 아니 읽고 나서도 한참을 알아채지 못하고 있다가, 오랜 세월이 지나고 나서 지금 서 있는 자리가 자신이 도달하고자 한 목적지에서 어지간히 벗어나 있다는 것을 알아차렸을 때, 어떻게 그런 일이 벌어진 것인지 궁구하게 한다. 30여 년 시간의 축적을 나타내는 밑변을 길게 긋고 그 위로 단 1도 정도의 각도로 빗변을 그어 삼각함수 그래프를 그려나가면, 처음에는 거의 붙어 있던 밑변과 빗변 간격이 점차 벌어지는 것처럼. 그렇게 그은 밑변과 빗변의 양축을 따라 되돌아가며 곰곰이 따져보다가, 그제야 언젠가 읽은 책이 자신을 전혀 예상치 못한 위치에 다다르게 한 요인이라는 사실을 깨닫는다.

'넘어 넘어'로 불리기도 하는, 황석영 작가가 기록하고 전남사회운동협의회가 엮어 풀빛에서 1985년 출간된 『죽음을 넘어 시대의 어둠을 넘어』는 내게 그런 책이다. 내가 '넘어 넘어'를 처음 만난 것은 대학교 2학년 세 번째 학

기를 마칠 즈음이던 1987년 초여름이었다. 다음 학년도의 한인 학생회 회장으로 출마했다가 낙선한, 동갑이지만 나보다 생일이 3개월 빠르고 한 학년 선배인 친구가 민주화 운동 청년 단체의 시애틀 지부가 운영하던 서가에서 빌려 읽고 반납하지 않은 채 내게 다시 빌려준 책이다. 그때 나는 이미 현재와 미래의 중압감만으로도 충분히 납작해져 있었고, 내 주위에 담을 쌓아 올리던 무렵이었다. 전해 가을 학기부터 수강한 미술사 수업들과 봄 학기에 시작한 미술 실기 수업을 제외한 다른 수업들은 곧잘 결석했으니, 내 삶의 방향을 빗나가게 할 요소가 전부 준비되었을 때였다.

기말고사 기간이 끝나가던 6월 초입의 어느 날, 그날도 나는 동아시아 도서관 서가에 처박혀 한국에서 발행된 신문과 잡지와 책을 닥치는 대로 읽다가 밖으로 나와 동아시아 도서관 앞쪽 바닥에 깔린 빨간 벽돌을 햇살이 달구어 따끈따끈하게 데워진 레드 스퀘어, 그러니까 붉은 광장이라 불리는, 수잘로 대학원 도서관과 오데가드 학부 도서관 사이의 대학 광장 내 야트막한 계단 한구석에 쭈그리고 앉아 넋을 놓고 있었다. 얼마 전 학생회 입후보 전단을 돌리며 자신에게 투표하라 한, 사귄 지 얼마 되지 않은 친구가 이번엔 다른 전단을 건네며 말을 걸어왔다. 주말 저녁 학생회관의 세미나실에서 열리는 한국미술을 주제로 한 강연의 홍보 전단이었다.

그 전단에는 그날 처음 존재를 알게 된 단체가 초청한, 역시 그날 처음 본 강연자의 이름이 적혀 있었다. 강연 제목은 이제 기억에 없지만, 미주 일곱 개 도시 순회강연이라는 배너 아래에 한국미술의 어제와 오늘, 현실, 현장 따위의 문구가 있었던 것 같다. 'YKU'라 쓰(고 부르)는 미주한국청년연합이란 단체의 초청으로 미국을 방문한 유홍준 미술 평론가(당시에는 숙명여자대학교 강사였고, 민족미술인협회 소속 재야학자였다)가 초대 연사였다. 그땐 몰랐지만, 당시 전자공학과 3학년생이던 이 친구는 단체의 회원은 아니었으나 시애틀 YKU가 주관하는 행사를 위해 대학 내 공간을 빌려야 할 때마다 도움을 주는 일종의 조력자였다.

호기심에 찾아간 그 강연은 무수한 개수의 슬라이드를 보여주며 세 시간 넘게 진행되었는데, 두 개의 서로 괴리된 내용과 주제가 골자였다. 특히 강연 1부에서 소개한 조선 시대 춘화는 뜻밖의 내용이어서 아직도 기억한다. 강연이 꼭 흥미롭지 않았던 건 아니지만, 중간 휴식 시간이 되기도 전부터 몇 번을 그냥 나가버릴까 생각했다. 그런데 휴식 시간에 그 친구가 복도로 나를 따라 나와 같이 담배를 피우며 2부까지 마저 듣고 나서 자기 집에 가서 술을 마시자고 꼬드겨서 결국 끝까지 들었다.

잠깐의 휴식이 끝나고 다시 시작된 강연 2부에서야 내가 그 자리에 찾아간 이유인 한국의 미술 현장이 소개되었다. 또 그해 초부터 6개월 가까이 끓어오른, 내가 동아시아 도서관의 한국 신문 지면을 통해 대략 일주일 뒤늦게나마 접하던 한국의 사회·정치 상황을 요약한 동영상 상영도 있었다. 그때를 떠올리다 보면, 내가 만약 강연 2부가 시작하기 전에 그 자리를 떠났더라면 아마도 지금과는 조금은 다른 삶을 살고 있을지도 모른다는 부질없는 생각이 부지불식간에 든다. 강연이 끝나고 유홍준 평론가와 함께하는 뒤풀이에 초대받았는데, 내가 낯을 가리는 탓에 그 청년 단체의 '청년'이라기엔 조금씩은 나이 들어 보이는 이들에게 깍듯이 인사만 하고 빠져나왔다.

친구의 부모님 집은 시애틀을 한참 벗어난 교외에 있었다. 그날 밤, 친구 방에서 맥주를 마시며 밤을 꼬박 새웠다. 잘 알지도 못하고 그때까지 누군가와 생각을 나눠본 적도 없던 여러 주제에 관해 쉬지 않고 목이 쉬도록 떠들어 대다 보니 동틀 무렵이었다. 잠깐 눈을 붙였다 일어나 정오를 넘겨 떠날 때, 연한 미색의 밋밋한 표지를 한 '넘어 넘어'가 내 손에 들려 있었다. 그때 님 웨일즈와 김산의 『아리랑』 영문판을 함께 빌린 것 같은데, 그 기억은 그리 확실치 않다.

단숨에 읽어 내려갈 수밖에 없었던 '넘어 넘어'를 보고 나서, '이 책을 읽기 이전의 나로 다시는 돌아갈 수 없다'라고 생각했다. 과거와 기록이 나를 현재와 미래의 중압감에서 벗어나게 한 셈이었다. 물론 이 책 때문만이라고 말하기는 어려울지도 모르겠다. 어쩌면 꼭 그런 것만은 아니지 않을까 싶다. 이 책을 내게 빌려준 친구와 나는 내가 대학 3학년 과정에 들어간 해 9월, 새 학기 시작과 함께 한국역사 공부 모임을 만들었다. 그러고는 『들어라 역사의 외침을』 부류의 책을 다른 친구들과 함께 읽기 시작했다. 1년 후엔 YKU에 가입했다. 한참을 지나서야 내게 실토한 YKU 선배들의 말에 의하면, 미술 실기 작업실에 있다가 강연장에 간 나를 겉모습만으로 판단해 날라리에다 뺀 질이인 줄 알았다고 했다. 내게 '넘어 넘어'를 소개한 친구는 내가 회원이 되 고 나서 2년이 더 지나서야 내 종용에 못 이겨 YKU에 합류했다.

서서히 내가 의대로 진학하는 걸 단념하면서, 3년 넘게 적을 두고 있던 영문학에서 미술사학으로 전공을 바꾸고 의대 진학을 위해 이수가 필수인 이 과 과목을 수강 목록에서 제외해나가던 무렵, 내게 '넘어 넘어'를 소개한 친구 도 전자공학에서 정치학으로 전공을 바꾸었다. 뒤늦은 전과로 우리 둘 다 졸 업은 2년씩 늦어졌고, 그렇게 1987년 가을 학기에 시작한 첫 한국역사 공부 모임은 학습을 지도해주는 선배를 두 차례 물갈이하면서 우리가 졸업한 해까 지 이어졌다.

물론 한참 나중 일이긴 하지만, 1기 역사 학습 지도 선배 둘 중 한 명은 박사 학위를 받은 후 UCLA를 거쳐 뉴욕대학교의 한국 현대사 교수가 되었 다고 하고, 다른 한 명은 박사 과정을 수료만 한 채로 한국으로 돌아가 '태암' 이라는 이름의 출판사를 차렸다가(자신이 편집하여 태암에서 출간한 『소비에 트 한인 백년사』란 첫 책을 나와 내 친구에게 보내주었다) 이를 접고 나서는 펀 드 매니저가 되었다고 전해 들었다. 2기 역사 학습 지도 선배 둘 가운데 한 명 은 박사 학위를 받은 뒤 한국으로 돌아가 성공회대학교 한국 현대사 교수가 되었는데, 정작 궁금한 당시 철학과 박사 과정에 있던 다른 한 명은 어찌 되었는지 도무지 알 수가 없다.

6년 만에 대학을 졸업한 나는 계획대로라면 가을 학기에 뉴욕의 대학원에 입학할 예정이었는데, 선배들이 떠날 때 떠나더라도 조직에 새로운 젊은 피를 수혈해놓고 떠나라 했다. 물론 최종적인 선택은 내가 했지만, 대학원 진학을 1년 뒤로 미루고 프레카리아트precariat로 지냈다. 4개월 정도는 한 친구의 작은아버지가 운영하던 작은 오퍼상 사무실에서, 나머지 6개월은 두 곳의 편의점에서 일했다. 그사이에, 한국에서 대학을 다니다 가족과 함께 시애틀로 이주한 지 몇 년 안 된 20대 초반의 젊은 친구 하나를 엄청 공들여 YKU에 가입시켰다. 그런 뒤, 나는 직업을 구할 수 있는 기술을 익히고자 시애틀을 떠나 뉴욕의 대학원으로 진학했고, 내게 '넘어 넘어'를 소개했던 친구는 같은 대학의 법대에 진학했다. 28년 전의 일이다.

시애틀을 떠날 때, 30대 중후반이나 40대 초반이던 YKU 선배 몇은 대학원에 진학해서 비상금으로 쓰라며 내가 만든 조악한 석판화를 한 점씩 사주었다. 또 내게 글을 계속 쓰라면서 돈을 모아 몽블랑 만년필을 선물해주었는데, 짧은 글 하나 쓰지 못하고 바로 잃어버렸다. 시애틀에서 4년, 뉴욕에서 3년, 단체(라 쓰지만 조직이라 불렀다)에 대단히 도움이 된 적도 없지만 그래도 7년이라는 짧지 않은 기간 동안 참여한 조직 생활도 결국은 접었다. 그리고 마주한 것은, 아무 일도 없었다는 듯, 누구나 다 겪는, 그저 일하고, 사는, 일상. (그런) 미래는 오래 지속된다.

1980년대 말, 내가 LA의 한 서점에서 구입한 『죽음을 넘어 시대의 어둠을 넘어』는 내가 빌려 처음 읽었던 미색 겉장의 책과는 다르게 시퍼렇게 처연한 짙은 초록 바탕의 책이다. 시애틀 어머니 집 책장에 자리가 없어서, YKU에 속해 있을 때 사 모으고 읽은 수십 권의 책 대부분은 따로 정리해 두엇의 상자에 담아 벽장 안에 넣어두었다. 최근에 상자를 열어 판권 페이지를 확인해보니, 그럴 리가 없다고 생각했는데, 1985년 5월 15일에 인쇄하고 20일에 출간한 초판이라고 적혀 있다. 2년 전 창비에서 이 책을 세상에 처음 선보인 지 32년 만에 전면 개정판으로 재출간했다는 기사를 보았다. 새로 나온 책을 다시 사게 될지는 아직 모르겠다.

* 책이 출간된 지 29년이 지난 2014년에서야 초고 집필자들의 실명과 출간 과정의 전말이 밝혀졌으며, 이들이 위험을 무릅쓰고 극비리로 기록한 원고를 토대로 황석영 작가가 최종 감수·편집해 출간한 것으로 소명되었다. 영문 번역서는 UCLA의 아시안 퍼시픽 모노그래프 시리즈로 1999년 『광주 일지: 죽음을 넘어 시대의 어둠을 넘어』Kwangju Diaries: Beyond Death, Beyond the Darkness of the Age로 출간되었다.

R14

내 책장의
새빨간 책들

『아리랑』,
님 웨일즈 · 김산 지음

　　　　　　　　　　지난 2017년은 1867년에 마르크스의
『자본론』제1권이 발간된 후 150년 되는 해였다. 100주년을 기념해 1967년
출간된『자본론』제1권Capital Vol. 1: A Critical Analysis of Capitalist Production °의
1974년 6쇄본을 어머니 집 책장 한쪽에 꽂아놓고서 내가 책을 가지고 있다는
사실조차 까마득히 잊고 있었다. 당연히 다 읽지 못했다. 하지만 1980년대를
지나온 적지 않은 다른 이가 그렇듯, 내가 사들인 '빨간' 책은 이『자본론』말고
도 여럿 있다. 책을 사서 읽기만 해도 세상이 변혁되기라도 할 듯이.

　　뉴욕의 출판사인 더블 데이 앤드 컴퍼니 임프린트였던 앵커 북스에서
1959년 출간한 문고판형의 카를 마르크스와 프리드리히 엥겔스의『정치와
철학에 관한 주요 글들』Basic Writings on Politics and Philosophy 초판이 있고, 역
시 뉴욕 소재 출판사인 W. W. 노턴이 프린스턴대학교 정치학 교수인 로버트
C. 터커의 편집으로 1978년 출간한『마르크스 엥겔스 리더』(수정판)The Marx-
Engels Reader(Revised Edition) 5쇄도 있다. 한편 영국 옥스퍼드의 '저자와 독자를

위한 출판 협동조합'에서 삽화를 잔뜩 실어 1982년 출간한『초짜를 위한 마르크스의 자본론』Marx's Kapital for Beginners의 1983년 재쇄본까지 있다.

더 체계적으로, 총체적으로 세계를 이해하길 원했던 때가 있었고, 이런 책을 사 모으기 시작한 해는 1987년이었다. 사실 바로 전해까지만 해도 나는 '공산당 선언'이 아니라 '초현실주의 선언'을 읽고 있었다. 하지만 남들이 다 말하는 일반적이고 진부한 클리셰 말고 좀 더 구체적이고 나만의 직접적인 다른 이유를 찾자면 이런 것이 아니었을까. 먼저, 마르크스의『자본론』원전과 엥겔스의『가족, 사유재산, 국가의 기원』The Origin of the Family, Private Property, and the State, 마르크스와 엥겔스의『독일 이데올로기』The German Ideology를 읽고 있던 친구 때문에. 아니, 실은 무엇보다도 1987년이었기 때문이었다는 생각을 떨칠 수가 없다. 지구 반대쪽에서 내 또래 두 대학생이, 한 명은 고문실에서 다른 한 명은 거리에서 죽임을 당한 해였으니. 내가 할 수 있는 것이라고는 도서관에서 일주일 늦은 신문을 뒤적거리는 것뿐이라는 사실이 내심 부끄러웠다. 나 몰라라 하고, 내 앞가림이나 제대로 할 수도 있었을 텐데, 부채감을 주체하기 어려웠다.

내가 제일 먼저 산 책은 담고 있는 내용뿐 아니라 표지까지 시뻘건 책이다. 미국 공산당이 결성된 지 5년 후인 1924년 설립되어 지금까지 미국 뉴욕 미드타운에서 운영되고 있는 인터내셔널 퍼블리셔스가 간행한 책들로 각각『역사적 유물론』Historical Materialism과『변증법적 유물론』Dialectical Materialism의 1987년도 개정판 초판본이다. 내 조악한 의식 수준과 독해 능력의 한계를 고려해 선택한 책으로, 이 영문으로 된 유물론 해설서를 연필로 밑줄까지 치며(그건 다른 책을 읽을 때는 절대 하지 않는 일이었다) 읽었다. 시애틀 캐피톨힐에 있던 한 작은 책방에서 1987년 가을에 샀는데, 그 지역이 재개발되면서 사라진 무수한 서점 중에서 오랫동안 '코업'co-op 형식으로 운영되었던, 무정부주의나 사회주의 그리고 세계 곳곳의 신식민지 나라와 중남미 민족해방전선, 남아프리카공화국의 '안티-아파르트헤이트'anti-apartheid 등에 관련된 진보적 성향의 서적을 주로 취급한 레드 앤드 블랙 북스가 아니었을까 싶지만, 안타깝게도 1999년에 서점이 문을 닫고 그 일대에 콘도미니엄이 들어서서 이제는 확인할 길이 없다.

　이 두 책을 살 때 서점을 지키고 있던, 1930년대나 1940년대부터 사회주의자였음 직해 보이던, 더는 쪼그라들 수 없을 만큼 아주 작고 마른 할머니 두 분과 짧은 대화를 나눈 기억이 어렴풋하게나마 남아 있다. 대화라 표현했지만, 두 분이 교대로 내게 이것저것 묻고 나는 쭈뼛쭈뼛 대답만 했을 뿐이지만. 물론 그때 나눈 질의응답 형식의 대화 내용이 무엇이었는지는 모두 잊었다. 그날을 기억해보려 하면, 뜬금없이 두 할머니 중 은회색 머리를 단정히 묶은 분이 입은, 낡아서 흐늘흐늘해진 1950년대 스타일의 연회색 드레스 위에 걸친, 드레스보다는 짙은 회색 카디건 스웨터가 떠오를 뿐이다. 양팔에 끼고 있던 자주색 토시도 기억난다. 이 할머니는 내가 책값을 계산할 때 팔을 툭 치며 "또 봐요" 하고 살갑게 인사했다. 그 책방에 몇 차례인가 더 갔지만 두 할머니를 다시 보지 못했다.

　두 책 중 『변증법적 유물론』을 펼치면 서점명이 찍힌 책갈피 대신에 내가 대학교 내 공연장에서 안내원으로 일할 때 반으로 접어 넣어둔 걸로 보이는 종이가 한 장 끼워져 있다. 프로그램 팸플릿이 아니라 유에스 레터US Letter 용지 앞뒷면에 연주곡 해설을 빼곡히 담은 낱장 노트였다. 하단에 적힌 이 글의 작성자 이름 바로 옆에 작성 연도가 1988년이라고 표기돼 있는데, 누구의 연주였는지도 모를 그 연주곡 해설 노트에는 곡명조차 쓰여 있지 않아서 글을 다 읽고 나서야 연주된 곡을 알 수 있었다. 드뷔시의 24개의 짧은 프렐류드, 쇼팽의 '장송곡'으로도 알려진 피아노 소나타 2번, 그리고 라흐마니노프의 까다롭기로 유명하다는 피아노 소나타 2번. 그 무렵 나는 공연장 안내원 일을 하면서 이 책을 읽고 있었던 것 같다.

내게는 1988년 한국에서 그러모은, 표지가 빨갛지 않은 빨간 책도 여럿 더 있다. 기획출판 거름에서 1988년 1월 20일 김재기 편역으로 출간한 『마르크스·엥겔스 저작선』, 같은 해 7월 25일 최경 편역으로 출간한 『마르크스 레닌주의 고전입문 II』, 그리고 도서출판 세계에서 윤영만이 엮어 각각 1985년 10월 15일과 1986년 2월 15일 출간한 『강좌철학』 1권과 2권 등등. 논장에서 1988년 12월 20일 출간한, 소연방과학아카데미가 짓고 편집부가 옮긴 『미학의 기초 1·2』가 뉴욕 집 책장에 있는데, YKU 시애틀 지부 소속으로 파견되어 전국연합회의에 참석하러 LA에 갔을 때 구했다(내가 1988년부터 1992년까지 몸담은 시애틀 지부에서 하던 업무 중 하나가 도서 관리와 수집이었는데, 『미학의 기초 1·2』는 내가 보려고 따로 구해놓은 것이다). 『미학의 기초 3』까지 세 권이 한 세트라는데, 3권은 내게 없다. 이 책들은 모두 시애틀의 어머니 집에 다녀갈 때마다 한두 권씩 뉴욕으로 가지고 왔다. 시애틀 어머니 집에 남겨 두고 온 빨간 책이 더 있을 텐데 기억만으로는 어떤 책인지 알 수가 없다.**

굳이 빨간 책으로 분류하는 게 타당한 일인지 잘 모르겠지만, 빨간 책을 사 모으는 기벽의 시발점이 된 책은 1987년 여름에 읽은 김산의 『아리랑』이었다. 그런데도 내가 처음 읽은 책이 영문 원서였는지 한국어 번역서였는지는 아무리 기억을 더듬어도 모르겠다. 내가 가지고 있는 한국어 번역서는 동녘 출판사가 1984년 8월 30일 출간하고 1988년 1월 15일 찍은 3쇄본이고, 영문 원서는 님 웨일즈Nym Wales와 김산의 공저로 표기된 『아리랑: 중국 혁명기의 한국 공산주의자』Song of Ariran: A Korean Communist in the Chinese Revolution 다. 이 영문 원서는 샌프란시스코에 소재한 신좌파 계열 잡지 《램파츠》Ramparts 발행인 에드워드 M. 키팅이 대표로 있던 램파츠 출판사에서 1972년에 재출간한 수정본이다. 램파츠에서 출간했으나 전국 유통망을 갖춘 좌파 계열의 먼슬리 리뷰 프레스를 통해 판매되었다. 영문 원서의 초판은 뉴욕의 존 데이 컴퍼니에서 1941년 출간되었는데 구하지 못했다.

램파츠에서 수정본으로 재출간한 문고판형 책도 이미 오래전부터 절판된 상태다. 책 표지 위에 선명히 찍혀 있듯이 한때 이 책은 고작 2달러 95센트였지만, 지금은 인터넷 중고 서점에서 295달러에 팔고 있다. 검은색 바탕 위에 부제와 깃발의 별에만 적색을 포인트로 쓴 표지는 A. M. 톰슨이 디자인했다. 표지에 사용된 흑백 삽화는 1949년 무명의 작가가 중국 전통 종이 오리기 기법을 활용해 〈동방홍〉东方红***이라는 노래를 시각적으로 묘사한 스물네 점의 작품 중 하나다. 강이 보이지 않지만 작품 제목은 '양쯔강을 건너는 혁명군'이다. 검은색으로 형상화된 붉은 기를 앞세운 혁명군 대오가 그려져 있다.

4년 전이었나, 컬럼비아대학출판사에서 19년간 동료이자 친구로 지낸 편집자가 내게 넌지시 이 책을 읽었느냐고 물었다. 정치학과 현대사 및 국제 교류학 도서를 담당하고 있던 편집자였다. 그녀에게 "물론이지" 하고 대답했다. 대학생 때 원문으로도, 한국어 번역서로도 읽었다고 했다. 그러자 그녀는 지난 며칠 동안 『아리랑』을 감명 깊게 읽었다며, 근 40여 년 가까이 절판된 이 책을 컬럼비아대학출판사에서 재출간해보려 하니까 행운을 빌어달라고 했다. 그러면서 재출간하게 되면 책과 표지 디자인은 당연히 내게 맡기겠다고 약속했다. 하지만 안타깝게도 그녀의 재출간 계획은 이뤄지지 못했다. 2017년 1월부터 뉴욕에 있는 수학 박물관에서 일하기로 했다면서(뉴욕에 수학 박물관이 있다는 것도, 또 미드타운 매디슨 스퀘어 파크 바로 위쪽에 이 박물관이 소재한다는 것도 이때 처음 알았다) 2016년 말에 갑작스레 퇴사했다.

그러고 보니 역시 출간이 이루어지지 못했지만, 대략 10여 년 전에도 그녀는 크리스 마커가 쇠이유 출판사에서 1959년 출간한 사진집이자 트레블로그travelogue이기도 한 『조선 여인들』Les Coréennes 영문판을 출간하려고 시도한 적이 있다. 사진가이자 시나리오 작가에 필름 메이커인 크리스 마커가 한국전쟁 직후 북한에 가서 찍은 사진과 그 사진에 관한 여행기이자 에세이가 실린 책이다. 눈빛 출판사에서 김무경 번역으로 두 차례에 걸쳐 출간한 이

사진집의 한국어 제목은 『북녘 사람들』인데, 내가 가진 책은 눈빛이 1989년 2월 출판사의 첫 책으로 펴낸 『북녘 사람들』이 아니라 2008년 5월 9일에 오리지널 프랑스어판 형태로 제작해 출간한 개정판 1쇄 『북녘 사람들』이다. 그녀가 꼭 출간하고 싶었던 책들이 학자 리뷰어reviewer의 반대로 여러 차례 어그러진 것이 이직의 사유였는지 그녀에게 묻지 않았다. 그럴 수도 있고, 그렇다 해도 그렇다고 대답하지 않을 수도 있을 테니. 송별회에서 그녀는 자신의 열정이 언제나 수학을 향했다고 했지만, 지금은 다른 대학출판사에서 편집자로 일하고 있다.

내가 가진 동녘 출판사의 『아리랑』 역자 후기를 보면, 1941년 출간된 초판 『Song of Ariran: The Life Story of A Korean Rebel』을 번역했다고 되어 있다. 1972년에 이미 수정본이 출간된 사실을 고려하면 의문이 생긴다. 예를 들어, 수정본의 부제에 나와 있는 '중국 혁명기'나 '한국 공산주의자' 따위의 수식어가 1984년의 한국에서 문제 될 수 있어 '한국인 혁명가의 삶 이야기'라는 순화된 어감의 부제를 가진 초판을 번역에 사용한 것은 아닌가 하는 그런 의문 말이다. 물론 동녘의 책에선 이 부제조차 사용하지 않았다. 필명인 님 웨일즈와 가명인 김산이 공저자로 표기되어 있고, (확인이 필요하지만) 왠지 번역가로 표기된 조우화도 본명이 아닐 거라고 의심된다.

한국어 번역서 도입부에는 미국에서 수정판이 재출간 될 당시에 와세다 대학교 국제교류학 연구원으로 있던 조지 O. 토튼 남가주대학교 정치학과 교수가 쓴 「서문」과 님 웨일즈(본명인 '헬렌 포스터 스노우'로 표기되어 있다)의 「수정본을 위한 서문」도 실리지 않았다. 무엇보다도 종결부에서 김산(님 웨일즈와 마찬가지로 본명인 '장지락'으로 표기했다)이 직접 쓴 「톨스토이에 대한 헌사」To Tolstoy: An Acknowledgment와 「조선 민족해방전선 연합」Union for the Korean National Front이란 원고가 둘이나, 그리고 토튼 교수가 역사적 사실관계를 재정리한 「역사적 노트」Historical Notes와 색인도 없다. 나름의 이유가 있었으리라 어렴풋이 짐작만 할 뿐, 그다지 의미 있는 의문은 아니다.

그보다, 서른둘이 되기도 전에 어디서 그랬는지도 모르는 사이에 자신의 청춘을 잃어버렸다는 김산의 신산했을 짧은 삶을 떠올리면 마음이 무거워진다. 기록되지 않았다면 누구도 알 수 없었을 그의 자기희생적 삶을 생각하다 보면 마지막 장에 있는 다음 문장이 떠오른다. 하지만 이상이 아니라 현실에는 전제가 하나 있다는 것을 이제는 안다. 모두가 기억하기 위해서는 먼저 기록되어야만 한다는 사실을.

한 사람의 이름이나 짧은 꿈은 그 사람의 뼈와 함께 묻힐지도 모른다. 그러나 운동의 마지막 저울질 속에서 그가 이루었거나 실패한 것, 그 어느 한 가지도 없어지지 않을 것이다.

• 『자본론』은 인터내셔널 퍼블리셔스에서 전 3권을 한 세트로 출간한 책으로 1887년 런던의 '스완 소넨하임, 라우리 앤드 컴퍼니'에서 펴낸 영문판을 기본으로 하고, 모스코바의 프로그레스 출판사의 1965년 개정판을 참조해 만들어졌다.

•• 어머니 집 책장에 두고 온 빨간 책은 『자본론』과 『가족, 사유재산, 국가의 기원』, 마르크스와 엥겔스의 『독일 이데올로기』, 그리고 레닌의 『무엇을 할 것인가?』What Is To Be Done?로, 네 권 모두 인터내셔널 퍼블리셔스에서 발행된 책이다. 『독일 이데올로기』책갈피에서 '사유와 물질'이라는 문구가 적혀 있는 레프트 뱅크 북스 명함을 발견했다. 레프트 뱅크 북스는 시애틀 다운타운의 파이크 플레이스 마켓 안에 있다. 진보적 서적을 주로 취급하던 레드 앤드 블랙 북스가 1973년에 두 개로 쪼개졌을 때, 하나는 레드 앤드 블랙 북스 이름을 그대로 가지고 캐피톨 힐로 이전했고 다른 하나는 레프트 뱅크 북스라는 이름으로 현 위치에 자리를 잡았다. 레프트 뱅크 북스는 코업 형태로 지금까지 운영되고 있다.

••• 혁명기인 1920년대 말부터 적군 사이에서 애창된 노래 〈동방홍〉은 1963년 중화인민공화국 공표 15주년을 기념해 동명의 가무극으로 만들어졌다.

잃어버린 책의
몽타주

『카프대표소설선 I · II』,
김성수 외 엮음

　　　　　　　　　컬럼비아대학출판사 역시 뉴욕의 여
타 출판사와 일부 기관·기업처럼 주 5일 표준 근무 시간인 35시간을 주중에
모두 채우면 5월 마지막 주 메모리얼 데이부터 9월 첫 주 노동절까지의 비공
식 여름 절기에는 낮 1시에 퇴근할 수 있게 해주는 여름 근무 시간제를 시작
한다. 물론 제작부 디자이너가 주 5일 표준 근무 시간을 언제나 평온하게 유
지하는 건 불가능하더라도, 여름 시즌의 시작을 알리는 금요일만큼은 왠지
모르게 일찍 퇴근하지 않으면 안 될 것만 같다. 하지만 일찌감치 사무실을 나
서봐야 갈 만한 곳은 고작 센트럴 파크의 나무 그늘에 있는 벤치나 시내 서점
의 서가뿐이라 오후 늦게까지 사무실을 지키다 습관처럼 집으로 향하는 전철
을 탄다.
　　그리고 5월의 마지막 주말에는 긴 연휴(라고 해봤자 반나절 이른 퇴근 시
점부터 월요일까지, 30여 시간이 기존 주말에 더해질 뿐이지만)가 닥치면, 예
외 없이, 갑자기 공황장애가 찾아온다. 악몽을 꾸고 있기라도 한 듯 좀체 헤어

나올 수 없는 무기력에 빠져, 일상 속에서 해야만 하는 일 따위는 나 몰라라 한 채 아무것도 하지 않고 그 아까운 시간을 모두 허송해버린다. 물론 연휴가 지나면 언제 공황장애가 왔냐는 듯이 아무렇지도 않게 일어나 일하러 간다. 퇴근길에 장을 보고, 밀린 빨래를 하고, 다시 책을 보기 시작한다.

6월 첫 주말에는 읽던 책을 밤늦게까지 다 읽었다. 6월 첫날, 퇴근길에 읽기 시작한 책이었다. 내가 기억과 기록에 관한, 분류하기 까다로울 정체불명의 글을 쓰고 있다고 하니 서울에서 1인 출판사를 시작한 지 얼마 안 된 편집자 지인이 자신이 출판사에 다닐 때 만든 책이라며 읽어보라고 선물해준 『기억의 몽타주』였다. '서울 1988년 여름, 말한 것과 말하지 않은 것'이란 부제가 달려 있다. 이 부제 덕택으로 책을 읽는 내내 내 기억 속의 '서울 1988년 여름'으로 되돌아갔다. 햇수로 자그마치 30년 전에 서울에 흘리고 온 책한 권까지 기억해냈다. 그러다 보니 꺼내고 싶지 않은, 영원히 숨기고 싶은 기억들까지 함께 떠올랐다.

그 여름 내가 잃어버린 책은 사계절출판사에서 1988년 6월 30일 출간한 『카프대표소설선 I·II』 중 두 번째 권이다. 1988년 여름에 인천 도시산업선교회(와 한국기독교교회협의회)에서 미국의 한국계 크리스천 청년을 대상으로 한, 기존의 다른 모국 방문 프로그램과는 무척 다른 한 연수 프로그램에 참여했다. 나는 기독교 신자가 아니었지만, 나와 내 친구들이 만든 역사 공부 모임을 지도해주던, 시카고대학교에서 워싱턴주립대학교로 브루스 커밍스 교수를 따라와서 박사 과정을 하고 있던 한 선배(와 고려대학교 역사학과에 입학했으나 본인 표현에 따르면 반강제적으로 미국으로 유학 보내져 뉴욕의 뉴스쿨 정치학과를 다니다 워싱턴주립대학교로 와서 역시 박사 과정에 있다던 선배)의 추천으로 얻은 기회였다. 그 한 달간의 모국 방문 프로그램을 통해 복음의 은혜를 받는 대신, 짐작만 하고 있던 한국 사회의 부조리한 현실을 내 눈으로 목격할 수 있었다. 어머니 집안에서 '빨갱이'라고 종종 힐난 받던 어머

니부터가 검은 양이었으니, 그런 어머니의 배 속에서 검은 양의 털을 덮어쓰고 태어났을 내가 꼭 그 연수 프로그램이 아니었더라도 속까지 시뻘게지는 것은 시간문제였는지 모르겠다.

　서부 시애틀에서는 나 혼자, 중동부 시카고에서 여학생 한 명 포함 세 명, 그리고 기억나지 않는 동북부의 한 도시에서 온, 고등학교를 일찍 졸업하고 대학 진학을 앞둔 17세밖에 안 된 나이 어린 여학생 한 명, 그렇게 다섯 명이 인천 도시산업선교회 활동가들의 인솔로 보름가량의 일정을 시작했다. 활동가 중 한 명이 내 선배 하나가 다닌 시카고에서 유학한 이였다. 서울에 머물 때는 한 기독교 수련원에서 묵으며 구로공단과 쪽방촌을 찾아갔고, 그해 초가을에 있을 서울 올림픽 때문에 자신들 삶의 터전이었던 상계동에서 쫓겨난 주민들이 부천 고속도로 옆에 땅을 파서 만든 비닐 움막집도 방문했다. 서울을 벗어나서는 미군 기지촌이 있는 동두천에 갔고, 더 멀리는 그때까지만 해도 폐광되지 않았던 사북 탄광까지 들렀다. 그리고 광주로 이동해 광주 전남 도청과 망월동 묘역, 성조기를 대학 정문 앞에 펼쳐놓은 전남대학교를 방문했다. 그야말로 모국 방문 코스로는 전혀 일반적이지 않고 상식적으로 예상할 수 없는 곳만을 골라 방문한 셈이었다. 태백에 있던 사북 탄광을 방문해 탄광 노동자들과 만난 후 허름한 여인숙에서 하룻밤을 지새우고 이튿날 광주로 이동하기 전에는 동해안 바닷가에서 짧은 오후를 보냈다. 장맛비가 내려 썰렁한 해변의 횟집에서 비를 피하느라 바닷물 근처에는 가보지도 못했지만.

　다른 이들은 모르지만 내게 그 연수 프로그램의 하이라이트는 어디까지나 고려대학교 신문방송학과와 정치외교학과 학생들과 함께 전남 해남의 작은 마을 폐가에 머물며 보름가량 한 농활이었다. 삽질, 괭이질, 가래질, 지게질 등 그냥 밭일만이 아니라 농가의 삶에서 필수적인 여타 모든 노동에 더해 마을 개천과 하수구 정화 작업에다 신작로 시멘트 씌우기까지 했다. 연수 프로그램이 끝나고 참가자들이 가깝고 먼 친지와 만나는 등 개인 일정까지 마치고 미국으로 돌아갔지만, 가을 학기가 9월 말에 시작하는 나는 계속 서울에 남아 있었다.

8월 초의 어느 날 같은데, 지금은 생김새와 이름도 기억해낼 수 없는, 농활 기간 중 친해진 또래 하나로부터 농활 때 같은 지역에서 활동한 이들의 뒤풀이 만남이 있으니 꼭 나오라는 연락을 받았다. 종로서적에 들렀다 안암동으로 갔다. 지글지글 끓는 서울의 한여름 늦은 오후 더위를 피해 들어간, 신촌의 다른 카페들과 견주어 순박한 생김새를 한 어느 찻집에서 책을 읽으며 메스꺼워질 정도로 담배를 피웠다. 그러다가 해가 뉘엿뉘엿 기울 무렵 학교 앞의 한 식당에서 곱창과 깻잎이 잔뜩 들어간 찌개를 안주 삼아 소주를 억지로 조금 마셨고, 나중엔 시장 뒷골목의 허름한 술집에서 마치 내일이 오지 않을 것처럼 커다란 양푼으로 동동주란 걸 마셔댔다. 그 자리의 누군가에게서 농활보다 더 의미 있을 국토 순례에 참여해보지 않겠냐는 제안을 받은 것도 같은데, 그게 그날 밤이었는지는 확실치 않다.

며칠 뒤, 다시 만나면 이야기할 게 더 있다기에 약속 장소인 고려대학교 캠퍼스로 갔는데, 학교 앞에는 전경이 이미 쫙 깔려 있었다. 모르면 겁이 없다고, 정문으로 들어가려 하던 어리바리한 나는 정문 근처도 못 가고 그만 불심 검문에 걸리고 말았다. 내 가방 안에는 심이 뾰족하게 깎인 연필이 죽 늘어서 있는 삽화가 그려진, 꽤 멋진 표지를 한 『카프대표소설선 I·II』두 권이 들어 있었고, 그뿐 아니라 칫솔도 하나 들어 있었다. 앳된 얼굴의 전경은 이 칫솔(어쩌면 책날개에 적힌 '월북 문인'이나 '민족 해방 운동' 등의 표현 때문이었는지도 모를 일이지만)을 보자마자 보고해야 한다며 워키토키에 대고 암호 같은 말을 지껄이기 시작했다. 그러고는 내 책을 거머쥔 손으로 자기를 따라오라고 지시했다.

그제야 상황 파악이 된 나는 워키토키를 잡은 그의 다른 팔을 덥석 잡고 약간의 거짓말을 섞어 둘러댔다. 난 미국에서 살고 있고 여름 방학을 맞아 한국에 놀러 나왔는데, 어릴 적 친구가 자기 학교에서 만나자 해 친구 만나러 학교에 놀러 온 것일 뿐이라고. 그래도 아랑곳하지 않자 가방 안에 있던 여권까지 꺼내 보여주며 그냥 보내달라고 애원했다. 한 블록을 읍소하며 가고 있었는데, 다른 전경과 맞닥뜨렸다. 전투 경찰용이라 생김새부터가 험악한 철모 안으로 얼핏 보인 그의 눈빛이 몹시 사나워 보였는데, 나를 검문한 전경이 무어라 구령을 외치며 그에게 거수경례를 했다. 그는 전해 받은 책 하나를 넘겨보더니 "얘 그냥 보내주지" 하고 심드렁하니 말하는 거였다. 그 말이 끝나자마자 꾸벅 인사부터 하고 "고맙습니다"를 외치며 날 보내주라는 말을 한 전경이 들고 있던 책만 건네받고는, 그 둘의 생각이 바뀌거나 그들 상관이라도 나타날까 봐 냅다 뒤도 돌아보지 않고 바로 내뺐다. 나중에 시애틀로 돌아와 서울서 사 온 책을 죄다 몇 번씩이나 뒤적여본 뒤에야 깨달은 사실이지만, 다른 책은 날 잡은 전경에게서 돌려받지 못했다.

학교 정문에서 꽤 멀리 떨어진 곳으로 달아나서, 우선 놀란 가슴을 쓸었다. 이러지도 저러지도 못하고 담배를 꺼내 물고서는 애꿎은 담배만 뻑뻑 빨아댔다. 몇 개비를 연달아 피우고 났을 때 누군가가 내게 말을 걸어왔다. "연행될 뻔한 거 보았어요." 아, 연행이라니. 말을 걸어온 이는 농활 때 같은 폐가에서 지낸 고려대학교 신문방송학과 학생이었다. 난 그냥 다 그만두고 돌아가고 싶었지만, 이 친구는 학교에 들어갈 다른 방법이 있다면서 우선은 시원한 냉커피부터 마시러 가자고 했다. 지하에 있는 찻집인지 술집인지 가늠이 잘 안 되는 곳으로 들어갔는데, 냉커피를 시키더니 공중전화기로 여러 통의 전화를 했다. 그리고 나서도 그냥 한참을 노닥거렸다고 할 수밖에 없는데, 지금 내가 뭘 하고 있는 건가 의문이 들 무렵 시계를 보더니 이제 그만 나가자고 했다.

버스를 잡아타고 학교를 지나쳐 몇 정거장이나 더 가다가 시장이 있는 큰 로터리가 나오자 그는 버스 정류장도 아닌데 갑자기 버스를 세워달라고 했다. 믿기지 않게 버스가 섰고, 문이 열렸다. 버스에서 내리자마자 그는 곧장 한 골목 안으로 내달리기 시작했다. 얼떨결에 나도 무작정 따라서 뛰었다. 어디서 나타난 것인지 전경이 뒤에서 서라고 소리 지르며 쫓아왔다. 전경이 따라오건 말건 골목 안으로 한참을 뛰어들어서자 낮은 담벼락이 있는 오래된 주택가가 나타났다. 골목 안을 이리저리 돌아 한참을 더 걷고 나서야 그동안 몰아쉰 숨을 골랐다. 그때까지만 해도 8월에 피는 줄은, 또 그리 어지럽도록 향이 진한 줄 미처 몰랐던 라일락꽃 내음이 그 골목에 물씬 풍겼다. 그제야 이 집 저 집 담벼락 넘어 꽃이 흐드러지게 핀 등나무 잔 나뭇가지와 덩굴이 시야에 들어왔다.

그가 이끄는 대로 조금 더 골목을 지나 들어가자 어림잡아도 2미터는 넘어 보이는 담이 나타났다. 밟고 올라서면 바로 부서지게 생긴 나무 궤짝을 딛고 올라서서 누군가가 담을 넘고 있었다. 담 너머에서 여럿이, 누군가 담 위로 올라오면 학교 안으로 끌어 내려주는 거였다. 우리도 담을 넘어 학교로 들어갔다. 하룻밤을 신문방송학과 학생회실의 움푹 팬 허접스러운 소파에서 자고 일어났더니 동북부의 한 도시에서 온 어린 여학생은 '스포티'한 짧은 청치마에 스니커즈를 신고 얼굴엔 화장까지 하고 유유히 정문을 통과해서 학생회실에 도착했다. 시카고에서 온 영문학과를 졸업했다는 여학생도 있었던 것 같은데, 기억이 가물가물하다. 그날 아니면 그다음 날 모두 연세대학교로 집결해야 한다는 전언을 받고 이동했다.

세브란스 병원을 지나치자마자 갑자기 선 버스에서 다시 한번 용수철 튕기듯 뛰어내렸고, 학교 교정과 마주한 담장을 향해 달음박질쳐서 이번에는 낮은 철제 담을 넘었다. 그리고 연세대학교에서 나눠준, 나일론이 섞여서 땀에 젖으면 끈끈하고 껄끄러운, '통일선봉대'라고 적힌 연하늘색 티셔츠로 갈아입고 원천 봉쇄된 교정 안에서 며칠인가를 더 농성에 참여했다. 그게 며칠째였는지 이제 전혀 기억에 없지만, 신문지만 덮고 강의실 복도에서 자고 일어난 다음 날 이른 아침에 누군가가 내게 입이 돌아가 있다고 했다. 한여름 햇살로 달구어진 빈 강의실에 들어가 한참을 천장만 보고 누워 있었더니 돌아간 입이 다행히 반나절쯤 지나서 얼추 제 위치로 돌아왔다. 여전히 이때를 떠올리기만 해도 며칠을 씻지 못해 몸에 밴 시큼한 땀내와 함께 그러면 안 된다는 걸 잘 알면서도 미친 듯이 눈을 비비게 하는 매캐한 최루 가스 냄새와 정문을 두고 대치하던 전투 경찰이 던진 돌에 맞아 머리가 깨진 누군가가 흘린 피 냄새가 느껴진다. 남이 흘린 피 냄새를 맡으며 내가 여기서 뭐 하는 건가 하는 생각이 스쳐 지나갔지만, 가두 투쟁까지 따라 나갔다.

연수 프로그램을 마치고 나서부터 쭉 묵고 있던 어머니 여동생의 집으로 돌아가자, 내가 불순한 대학생 무리와 어울려 다니며 외박을 일삼고 있다는 소식을 전해 들은 어머니로부터 마침 국제전화가 왔다. 잘 지내고 있으니 아무 걱정하지 마시라고 했으나, 어머니는 벌써 내가 어쩌고 있는지 다 들었다고 하면서 왜 이리 속을 썩이려 드는 거냐고 했다. 정말 아무 걱정 안 해도 된다고 안심시키려 했지만 소용없었다. 결국은 다시는 대학 근처에 얼씬도 하지 않겠다는 다짐을 해야 했다. 하지만 나와 통화를 마칠 때까지 어머니의 우려는 조금도 가시지 않은 눈치였다. 그리 걱정이 되면 인천의 아버지에게 연락해 거기 가 있으면 어떻겠냐고 물었다. 어머니는 한숨을 푹 내쉬더니 그건 내가 알아서 하라고 했다.

며칠 후, 아버지 집에 가 있겠다고 어머니의 여동생에게 말하자 그녀는 자신이 어머니에게 내 행동거지를 이야기한 건 걱정되어서 그런 것인데 그게 고까워서 그러는 거냐고 했다. 그러면서, 내 어머니야 뭘 모른다고 쳐도 대학생이나 된 내가 철없이 잘 알지도 못하는 이들과 어울려 경거망동하고 다니며 없는 돈으로 몹쓸 책이나 사 모아서야 되겠냐고 했다. 그런 거 아니라고, 한국을 떠나기 전에 다시 인사하러 오겠다고 말하고 짐을 챙겨놓았다. 20년 만에 처음 아버지 집으로 가기 전날 밤 나와 6년 가까이 같은 국민학교와 같은 중학교에 다닌 동갑내기 외사촌과 둘이서 맥주를 마셨다.

학교 다닐 적에 늘 반장을 도맡아 한 외사촌은 아주 똑똑하고 현명한 친구다. 1986년 여름, 서울에서 만났을 때 그는 미생물학을 전공하면서 '알라성'이란 영상 동아리 활동을 할 뿐만 아니라 '메아리'란 노래패에서는 기타도 친다고 했다. 과외를 해서 모은 돈으로는, 국제 여행 자율화가 시작되기 전인 1987년에 이미 여름 방학 동안 혼자서 유럽 배낭여행까지 했다. (4년 전 열여섯 살이던 내게 현실을 직시하란 한) 어머니 막내 여동생의 남편이 정부 기관 고위직에 있어 신원 보증을 해주어 가능했다는 궁금하지 않은 이야기까지 해주었다. 내가 서울에서 체류한 1988년 여름에 그는 방위병이었는데, 알리앙스 프랑세즈인지 프랑스문화원인지를 다니며 열심히 프랑스어를 배우고 있었다. 프랑스에 있는 대학원으로 유학 가려는 준비를 그때부터 벌써 착착 진행하고 있던 거였다.

그날 밤 그는 내가 아직 한국 국적자란 걸 잊지 말라고 했다. 맞는 말이었다. 누구의 말도 곧이곧대로 듣지 말라고도 했다. 대부분 맞는 말이었다. 그러면서 일명 공안 사건이란 것에 대해서도 말해주었다. 나처럼 하룻강아지 범 무서운 줄 모르듯 굴다가는 재수 없으면 재일교포 유학생 간첩 사건이나 구미 유학생 간첩단 사건처럼 안기부가 마음만 먹으면 조작해낼 수 있는 공안 사건에 연루될 수 있고, 그러면 내 인생은 종 치는 거라며 겁을 주었다. 그때 그가 거론한 이름은 서승·서준식 형제와 강용주였다.

대학원생일 때 무려 『자본론』Das Kapital 원서를 번역하고 비밀리에 고액 과외를 했다는, 지금은 지방에 소재한 한 대학교의 교수가 된 '서울 1988년 여름, 말한 것과 말하지 않은 것'이란 부제가 달린 책의 저자가 말(하려)한 것과 말하지 않은 것 모두 지적 유희로 읽혔다. 원서 번역과 관련한 비사를 빼고는 내가 궁금하지도, 굳이 더 알고 싶지도 않은 내용이었달까. 과외를 해서 번 돈으로 유럽 여행을 하고 또 프랑스어를 연마해 프랑스로 유학 간 내 외사촌은 미국에서 더 공부한 뒤 지금은 미국의 한 지방 도시에 있는 대학교의 교수가 되었다. 내가 땅을 파고 있을 때 그 둘은 모두 다른 현실을 살았다. 하지만 이 세상에는 직접 땅을 파야만 볼 수 있는 것들이 존재한다고 믿고 싶다. 나는 그때의 삽질을 통해서 그것들을 볼 수 있게 된 셈이라고. 미래에 대한 아무런 계획도 없이, 내 전공도 아닌 사회과학 책을 사 모으며, 지나버린 시대의 작품들이 실린 카프 소설집을 읽은 시간은 그래도, 그런데도, 내게 더없이 소중한 시간이었다고 주장하는 게 자기합리화일지라도.

R16

그리
사적이지 않은
책의 사생활

『행복한 책읽기』,
김현 지음

　　　　　　　　　책에는 그 책만이 간직하고 있는 일종
의 내밀한 사생활이 있다. 책에 사생활이 있다고 말하는 것은 무리(한 의인
화)일까? 마룻바닥 여기저기에 쌓아둔 책 무덤에 발등이 한 번도 아니고 수
차례나 찍힌 후, 읽(거나 읽지도 않)고 마냥 방치해둔 책들 일부만이라도 꽂
을 만한 공간이 책장에 조금이라도 남아 있나 찾다가 우연히 꺼내든 '김현의
일기 1986~1989'란 부제가 달린 『행복한 책읽기』 때문에 문득 든 생각이다.
　　메모리얼 데이 연휴에는 오랫동안 방치한 집 정리(와 청소)를 해야겠다
고 생각했지만, 책의 사생활에 대한 몽상에 빠져 연휴가 다 지나가도록 하지
못했다. 누구도 궁금해하지 않을 변명을 보태자면, 표지 면과 뒷면이 책등 쪽
으로만 손가락 반 마디만큼 살짝 바랜 걸 처음으로 눈여겨보게 된 탓이었다.
이 위치의 변색이 햇볕의 직사광선으로 인한 것이 아니라는 사실이 분명했기
에 너무 희한했다. 볕이 들어오는 창은 모두 북쪽을 향해 나 있고, 책장은 동
쪽 벽면에서 서쪽으로 향해 있다. 마지막으로 이 책을 꺼내 본 게 도대체 언

제였는지도 도무지 모르겠다. 혹시 발견할 수 있을지 모를 변색의 단서를 찾아, 하기로 했던 일을 또 미뤄둔 채 곰곰이 생각해보았지만 결국은 무용지물이었다.

『행복한 책읽기』 초판본은 김현 평론가가 작고한 지 2년 뒤인 1992년에 나왔는데, 내가 이 책을 처음 접한 것은 1994년 즈음이었던 것 같다. 내 책은 1995년 1월에 출간된 10쇄본이다. 이 책과 함께 이사를 두 번 했는데, 23년째 살고 있는 지금 집에서 모두 92차례나 계절이 바뀌는 동안 여섯 칸짜리 책장의 둘째 칸에서 항상 같은 자리를 지키며 이 책은 아무도 모르게 자신의 책등을 조금씩 변색시킨 거였다. 시애틀 어머니 집에 김현과 김주연이 엮은 『문학이란 무엇인가』 초판이 있다는 걸 제외하면, 나머지 기억은 거의 뒤죽박죽이다.

1992년은 내가 뉴욕의 대학원에 진학한 해고, 1994년은 논문 주제를 정하고 이전에 어울리던 이들과는 전혀 다른 이들을 만나기 시작한 해다. 1995년이면 내가 졸업 논문 원고를 거의 다 쓰고, 이 세상에 단 두 권만 존재할 책을 내 손으로 만들 무렵이다. 내 논문 주제는 부제와 동일하게 '커뮤니케이션 디자인에 관한 맥락 연구'였지만, 논문 제목은 '외양으로 이뤄진 세계에 대한 비평'이었다. 수차례 시행착오를 거쳐 두 권의 책을 '떡제본'으로 완성했다. 한편 이즈음 새로 알게 된 한 친구의 조언으로, 책으로 제작해 제출할 논문과는 전혀 상관없는, 소설이라 부르기에는 모호한 꽤 긴 글을 막 쓰기 시작한 때였다.

그 시절 나는 동생과 함께 맨해튼 서북쪽 웨스트 엔드와 리버사이드 애비뉴 사이 93가의 오래된 아파트에서 자취하며 살고 있었다. 동생이 쓰던 방에는 이른 오전에 두어 시간, 내가 쓰던 거실에는 오후에 간신히 한 시간 남짓 볕이 들던, 1900년부터 1939년 사이에 지어서 전전(프리-워pre-war) 건물이라 불리는 천장이 엄청 높은 아파트였다. 나는 일주일에 두어 차례 브루클린에 있는 대학 캠퍼스 미대 학장 사무실에서 조교로 일하고 주말에는 집 근처의 24시간 여는 마켓에서 캐셔로 야간 알바를 하고 있었다. 그래픽 디자인이 내 전공이었지만, 알음알음으로 안 한국에서 유학 온 미대생들과 어울리던 시기다.

MoMA PS1 교환 작가들의 로어 이스트 사이드 작업실로 오픈 스튜디오 전시를 보러 갔던 때도 메모리얼 데이 연휴를 전후한 이른 여름날이었다. 거기서 내게 유일하게 말을 걸어 온 이가 한 명 있었는데, 어이없게도 첫말이, "서울대 나오셨어요?"였다. 서울에서 중학교를 나왔다고 대답했다. 자신은 서울대에서 회화와 미술 이론을 전공했고, 뉴욕대에서는 미디어 아트를 공부하고 있다고 했다. 나는 시애틀에서 미술사와 회화를 전공했고 뉴욕에는 공부 마치고 직장을 구해야 해서 왔다고 말했다.

그날 저녁 오픈 스튜디오에서 만난 MoMA PS1 교환 작가 중 이름이 기억나는 건 단 둘뿐인데, 한국에서 온 작가와 일본에서 온 무라카미 다카시. 그날 인사를 나눈 한국 작가로부터는 그해 늦은 가을 후쿠오카미술관에서 전시할 때 쓸 작가 노트의 영문 번역을 부탁받아 짧은 글을 번역해준 적이 있다. 그는 답례로 저녁을 한 끼 사주었다.

나의 『행복한 책읽기』는 한국에서 1995년 1월 제본한 책이니 뉴욕 책방에 들어오기까지 족히 수개월은 걸렸을 테고, 그렇다면 아무리 빨라도 내가 이 책을 산 건 4월 이후에서 9월 이전의 어느 날이었을 것이다. 9월 이전일 거라고 생각하는 이유는 그해 여름 서울의 부모님 집에 다녀온 친구가 이른 가을 뉴욕으로 돌아와 나와 나눈 대화(의 불완전한 기억) 때문이다. 그 친구에게 1986년부터 1989년 사이에 내가 직간접적으로 경험한 일(과 읽은 책)이 이 책에(도) 소환되어 있더라고 떠버린 것만은 신기하게도 어제 일처럼 생생하다.

예를 들면, 1987년 외상을 준 사건과 억압에 대한 기억의 소환.

외상을 준 사건의 추억의 흔적이 없다면 상징은 없다. 더 나아가 언어란 언어에 덧붙여진 애매모호함의 전체 이외에 다름아니다.

1987. 2. 16.

-『행복한 책읽기』, 김현 지음, 문학과지성사

그리고 1988년 『남부군』을 읽고 난 뒤의 소회.

언제나 누군가가 기록을 하고 있다.
그 기록은 패한 사람의 기록일수록 희귀하고 호기심을 자아낸다.

1988. 9. 9.

-『행복한 책읽기』, 김현 지음, 문학과지성사

항상 제때제때 기록하지 않고 한참 나중에 어렴풋한 기억만 떠올리는 나는 그때와 달리 이제 다음과 같은 문장들을 천천히 따라 읽고 손에 잡히는 종이에 끄적여놓는다(그런다 해도 이 메모지는 내 단상과 마찬가지로 맥락을 잃어버리고 어딘가에 파묻힌 뒤에 잊히고 말겠지만).

그 가을, 『행복한 책읽기』에 관해 친구와 대화 나눌 때 내가 이 책을 이미 가지고 있었는지, 내가 이미 책을 읽었는지 사실은 기억이 확실치 않다. 어쩌면 내 기억에 관한 주절거림을 듣다가 그 내용이 『행복한 책읽기』에서도 다루어진다며 읽어보라고 권했는지도 모르겠다. 이 모두를 확인해보고 싶긴 하지만, 20여 년 전에 연락이 끊긴 상태라 가능하지 않다. 더구나 그런 오래된 대화의 내용 따위라면, 모두 새까맣게 잊어버렸을 수도 있겠지 싶다.

자기가 쓴 글들을 읽을 때마다, 문장과 문장 사이의 거리가 매우 멀다는 느낌을 받곤 한다. 문장들 사이의 침묵이 점점 무서워진다.

1986. 6. 16.

-『행복한 책읽기』, 김현 지음, 문학과지성사

1998년 가을이 겨울로 접어드는 시기에 꼭 10년 만에 서울로 나간 적이
있다. 그 친구는 아직 뉴욕에 남아 있었지만, 별다른 이유 없이 소원해져 연락
을 주고받지 않을 때였다. 서울서 만날 친구가 있을 리 만무했던 나는 뉴욕
유학 생활을 마치고 서울로 돌아와 있던 그 친구의 언니를 두어 차례 만나 갤
러리와 미술관 안내를 받았다. 그 답례로 아직 뉴욕에 있던 친구에게 그녀의
언니가 보낼 소포에 담긴 (아마도 책이었을) 무언가를 배달해주기로 했는데,
어쩌다 보니 그 약속을 지키지 못했다.

내 존재의 밑바닥을 이루고 있는 것은 잊음oubli이다. 나는 잊기 때문에 사는 것
이 아니라, 내 삶이 잊음이다.

1988. 1. 7.

-『행복한 책읽기』, 김현 지음, 문학과지성사

2011년 가을과 겨울 사이의 어정쩡한 계절에 서울에 나갔을 때 우연히
일민미술관 앞에서, 광화문 일대에 내걸린 그 친구의 이름이 적힌 전시 안내
배너를 보았다. 2008년인가 에르메스 재단 미술상 후보에 올랐다는 기사를
본 적이 있었는데, 이번에는 〈소통의 기술〉이란 제목으로 그 친구와 몇몇 외
국인 작가들의 미디어아트 전시가 덕수궁미술관에서 열리고 있었다. 미적거
리며 미루다 보니 전시를 챙겨보지 못했다. 2013년 엇비슷한 시기에 서울에
다시 갔을 때는 그 친구가 네 명의 선정 작가 중 하나인 〈올해의 작가상
2013〉 전시가 국립현대미술관에서 끝난 직후였다. 그 친구의 작업은 국립현
대미술관 과천 30년 특별전 〈달은, 차고, 이지러진다〉에서 우연히 보았다. 전

시 종료를 열흘 앞둔 2017년 3월의 어느날이었다.

> 사람은 두 번 죽는다. 한 번은 육체적으로, 또 한 번은 타인의 기억 속에서 사라짐
> 으로써 정신적으로 죽는다. 그 죽음관은 프루스트가 정석화했고, 바르트가 그의
> 사진론에서 다시 환기시킨 죽음관인데, 그것을 그르니에의 에세를 읽다가 다시
> 읽게 되었다. 그의 글을 왜 좋아하는 척하는 것일까? 깊이도 고통도 없는 글들을.
>
> 1988. 2. 20.
>
> -『행복한 책읽기』, 김현 지음, 문학과지성사

어찌 보면, 삶은 김현이 말한 '잊음'의 영역보다는 '잊힘'의 영역이 더 넓
지 않나 생각한다. 누구나 잊고, 잊히기에, 아무래도 상관없지만. 내 삶이 잊
음이다, 하고 말할 수 있었던 김현은 차라리 행복했을까. 물론 잊히는 것도 경
우에 따라서는 불행이 아니라는 사실을 나는 알고 있다. 그리 사적이지 않
(고, 시답지도 않)을 뿐인 나나 책의 사생활처럼.

R17

문학은
삶을
구원하는가

『익사 지침서』,
데이비드 실즈 지음

내게는 데이비드 실즈의 책이 모두 세 권이 있다. 둘은 양장본 초판 1쇄고, 하나는 출판사를 옮겨 재출간된 문고판 초판 1쇄다. 첫 책부터 세 번째 책까지, 그의 책을 읽으면서 줄곧 얻고자 한 답은 내가 그의 소설 창작 수업을 듣다가 자퇴한 것이 맞는지 아닌지다.

나의 첫 데이비드 실즈 책은 그의 세 번째 책이자 마지막으로 픽션 형식을 갖추어 쓴 단편집인 『익사 지침서: 이야기들』A Handbook for Drowning: Stories 이다. 1992년 크노프 출판사에서 출간한 초판본 1쇄이지만 1992년에 산 것은 아니다. 내가 아직 영문학을 전공하던 시절에 단 한 번 단편 창작을 시도 했다가 영문학 전공을 아예 포기한 후 수년이 지나고 나서 대학원에서 디자인 공부를 하며 졸업 논문을 쓰던 와중에 느닷없이 긴 연작 소설을 쓰겠다고 달려들었던 무렵이었지 싶다.

1994년 말이었는지, 아니면 1995년 초였는지 연도를 정확히 확정할 수는 없지만 겨울 방학 기간에 시애틀의 어머니 집에 잠깐 다니러 갔을 때 대학

서점에서 산 것만큼은 명확하다. 재고를 방출하는 세일 매대에서 눈에 띈 『익사 지침서』의 표지를 보고 집어 들었다가 저자 이름(과 표지 안쪽 사진)을 보고 내려놓았다가 다시 들기를 반복한 기억이 남아 있다. 새 책임에도 불구하고 당시 담배 한 갑 가격 정도인 단 3달러 99센트(표지 안쪽에는 할인가 스티커가 그대로 붙어 있다)란 파격적인 가격 덕에 결국은 샀고, 찔끔찔끔 읽었다.

이렇게 말하는 건 작가에게는 약간은 미안한 일이고 어쩌면 예의가 아닐지도 모르지만, 솔직히 이 가격이 아니었으면 북 디자이너 칩 키드가 디자인한 멋진 표지를 하고 있어도 사지 않았을 확률이 더 높다고 고백해야 할 것 같다. 그때 매대에 서서 살까 말까 고민하며 책에 실린 스물네 편의 소설 중 짧은 몇 개를 빠르게 읽었는데, 제일 짧은 「동시대 영화 비평」이란 단편은 이렇게 쓰고도 소설이라 명명할 수 있다는 게 정말 획기적이었다. 이번에 세어보니 자간 스페이스까지 포함해 모두 807자에다 불과 157개의 단어로 구성되어 있었다.

굳이 돌려 말하지 않고 실즈(의 글에서)처럼 깔끔히 모든 걸 터놓고 말하자면, 그때 이 책을 사길 망설인 것은 다른 이유가 아니라 1989년 봄 학기에 들은 나의 마지막 영문학과 수업이자 첫 소설 창작 수업 때문이었다. 중간고사 기간에 원고 초고를 제출하려던 내게 수업을 너무 많이 빼먹은 데다(당시까지 대략 3분지 1 내지는 최대치로 치면 반 가까이) 토론 참여도 제대로 하지 않아서, 나머지 수업을 단 하나도 빼먹지 않고 모든 과제물을 제때 제출한다 해도 (전체 수업 가운데 4분의 1 가까이 결석했기 때문에) D 이상의 성적을 줄 수가 없다고 한, 당시 30대 초중반으로 영문학과에서 가장 젊은 강사(혹은 교수)가 실즈인 것 같아서였다.

지금 생각하면 성적과 학점 관리에 연연하던 과거의 내가 낯설기도 하다. 어쨌든 단 한 과목이라도 낙제 학점을 받는 걸 스스로 용납할 수도 (또 자의든 타의든 계획하고 있던 의대 진학에 필요한 내신 성적을 위해) 허용할 수도 없어서 아예 그 학기를 휴학하고 말았다. 내가 미처 생각지 못한, 논리적으로 흠잡을 데 없고 결과적으로도 훌륭한, 휴학계를 내라는 조언을 해준 것도 그 수업의 강사였다. 좀 극단적인 의견이긴 하지만 말이다. 덕분에 이미 영문학과 함께 미술사학을 복수 전공을 하고 있던 나는 영문학 자체를 아주 포기하고 대신 머리·마음·몸 모두 미대로 전과해 미술사와 회화를 복수 전공으로 선택하게 되었다. 영문학 학위를 받는 데 단 5학점이 부족한 상황이었다.

영문학 전공으로 졸업한 후 의과대학 입학 자격시험인 MCAT를 치르고 의대에 진학할 계획인 걸로만 알던 어머니에게도 사실은 의대에 진학하지 않으려 한다고 실토하고 바로 실행에 옮기는 데 직접적이고도 결정적인 계기를 만들어준 당사자인 셈이다. 정말 그게 실즈였다면, 이제라도 진심으로 감사를 표해야 할 듯싶다. 물론 단편 소설 창작 수업을 빼먹다 생긴 문제 때문이었다고는, 그때도, 그 이후에도 어머니에게 차마 밝히지 못했다.

하지만 그 수업의 강사가 실즈라고 100퍼센트 확신할 수는 없다. 그는 1985년부터 1988년까지 뉴욕 세인트로런스대학교 영문학과 조교수였다고 하고, 그 이후부터는 줄곧 워싱턴주립대학교 영문학과의 문예창작과 교수로 재임하고 있다는 정보만을 확인할 수 있기 때문이다. 이 정보에 쓰인 연도가 1월부터 12월까지의 기간을 가리키는 기존 연도를 따라 표기된 것인지, 아니면 재정fiscal 연도와 마찬가지로 새 학기가 시작되는 가을부터 마지막 학기가 끝나는 봄까지를 가리키는 것인지 알 수 없는 데다가, 그가 세인트로런스대를 그만두고 워싱턴주립대로 바로 이직하지 않았을 수도 있기 때문이다. 적어도 1년간 창작에만 전념했을지 그 누가 알 수 있을까. 그가 1989년도 봄 학기에 워싱턴주립대에 이미 부임해 있었다는 기록만 찾을 수 있으면 내 수업의 담당 강사나 교수일 확률은 100퍼센트에 근접해지겠지만, 그 정보를 찾을 길이 없다.

대학 웹 사이트에 있는 실즈의 메일 주소로 정중히 메일을 보내서 직접 문의할 수도 있겠지만, 구차하단 생각이 드는 걸 보면 그렇게까지는 절박하지 않은 듯하다. 작가님께서 워싱턴주립대학교에서 강의를 시작한 게 언제부터였는지 여쭈어도 될까요? 그걸 왜 궁금해하는지 의문 가지실까 봐 미리 말씀을 드리자면, 작가님께서 제게 수업도 많이 빼먹고 토론 참여도 저조해 낙제 점수밖에 줄 수 없으니 차라리 자퇴해서 한 학기를 휴학하라는 조언을 해주신, 제가 들은 수업의 교수님이었는지 확인해보려고요. 그게 언제적이냐면 자그마치 30년 전인데, 그걸 왜 지금에야 확인하려 하는 거냐고요? 그게, 그러니까, 제가 작가님이 쓰시는 픽션 같은 논픽션을 쓰고 있는데, 작가님 책이 글에 등장해서요. 그러나 그걸 밝힌다고 해서 달라질 것은 하나도 없는, 실없기 그지없는 일 아닌가.

어쩌면 대학교에 가서 수강 (신청) 기록을 찾아볼 수 있을지도 모르겠지만, 굳이 그렇게까지 해야 할지는 더더욱 모르겠다. 어쨌거나 스스로 무덤을 팠다는 사실만은 변함이 없다. 고민에 고민만 하던 내 진로를 바꾸는 데에 자존심에 내상을 입히는 방법으로 일익을 담당한 인물이 실즈라 해도, 그의 신간을 볼 때마다 약간 미묘하고 껄끄러운 내 감정을 제외하면 그에게는 아무런 상관도 없지 않을까 싶다. 내가 자꾸 그의 이름을 들먹거려 그의 귀가 좀 간지러울지는 모르겠지만.

이런저런 이유로 그가 아무리 자주 책을 쏟아내더라도 그의 책은 거의 10여 년에 한 번 정도, 한눈에 반할 만큼 멋진 표지를 하고 있고 또한 저렴한 할인가여야만 사서 보게 돼버렸다. 내가 글에 미련이 남아 있던 1990년대 중반에 읽은, 1991년까지의 작품 모음집인 『익사 지침서』를 제외하면, 실즈는 1990년대 중반 들어서 이미 기존의 문학적 내러티브 형식을 폐기하고 범퍼 스티커 메시지(자동차 범퍼에 부착된 스티커에 쓰인 여러 단문)를 나열한 『리모트: 명사들의 그림자 밑의 삶에 대한 고찰』Remote: Reflections on Life in the Shadow of Celebrity을 썼다. 1996년 크노프에서 출간한 이 책은 2003년 위스

173

콘신대학출판부에서 문고판형 페이퍼백으로 재출간했는데, 나는 이 재출간본 초판을 가지고 있다. 2000년대 중반에 뉴욕의 단골 헌책방인 스트랜드에서 구입했다.

실즈의 책이 하나 더 있다. 2013년 크노프에서 출간한『문학은 어떻게 나의 삶을 구원했는가』How Literature Saved My Life이다. 쉴즈의 첫 책을 산 시애틀 대학 서점의 세일 매대에서 책이 나온 이듬해에 샀다. 아직 내게 없는 한국어판 책의 제목은『문학은 어떻게 내 삶을 구했는가』인데, 실즈는 제프 다이어 같은 유명 문사들과 겪은 소소한 에피소드를 재미있고 재치 있게 눙치다가 대뜸 더 대단한 명사들의 글 인용구를 아무 각주도 따옴표도 없이 부기한다. 또 아직 내가 읽지 않은 책을 단 몇 문장이나 몇 단락으로 요약하기도 하는 등의 방식으로 쓴 탓에 읽다 말다 수차례 반복했고, 결국 2년에 걸쳐서야 완독했다.

그의 글쓰기는 어느덧 (자기 주변 일에 관한) 신변잡기식 너스레에는 단연코 일가견을 이루었고, (이 세상의 모든 문학적) 아포리즘을 엮어 서술하는 (신)비소설적 전략까지 자유자재로 구사한다. 예를 들어, 이런 식이다. 「문학은 어떻게 데이비드 포스터 월리스의 삶을 구하지 못했는가」란 소제목의 글에서, 자살한 데이비드 포스터 월리스에 얽힌 일화를 소개하며 그의 대표적인 책인『무한대의 농담』Infinite Jest이 나온 직후 월리스가 한 잡지사와 인터뷰한 이야기를 하다가, 카프카가 오스카 폴락에게 보낸 편지에서 쓴 다음의 유명한 구절을 쓱 이탤릭체로 밀어 넣는 것이다. *책은 우리 안의 얼어붙은 바다를 깨는 도끼여야 한다.*

열아홉 살 젊디젊은 카프카가 이런 뜻으로 말한 것은 아니지만, 이 인상적인 구절을 마주칠 때마다, 위악적인 나는 어처구니없게도 얼어붙은 바다 위에 도끼를 쥐고 서 있는 두 사람을 떠올린다. 그러고는 서로의 내면에 얼어붙어 있을 바다 정도는 깨버려야겠다며 차례로 상대방 머리를 도끼로 내리치는 모습을 상상한다. 내면이고 나발이고 그저 쩍 갈라진 머리 틈새로 피를 뿜어내며 각자만의 심연으로 가라앉아 익사하는 엽기적인 장면이다. 책이란 게 아무리 대단하다 해도, 도끼질 당하며 읽을 수 있는 책 같은 것이 있을 리 없지 않은가.

실즈는 『문학은 어떻게 나의 삶을 구원했는가』에서 이런 에피소드도 소개한다. 자신이 2007년 내셔널 북 어워드의 논픽션 부문 심사위원으로 위촉되기 스무 해 전인 1987년, 그해에도 픽션 부문에서 내셔널 북 어워드 수상에 실패한 토니 모리슨이 실즈의 은사이자 픽션 부문 심사위원장인 힐마 월리처에게 다가가 "내 인생을 망쳐줘서 감사합니다"Thanks for ruining my life라고 말했다는, 아무리 선의로 해석하려 해도 결국은 빈정거림밖에 되지 않는 서술을 왜 굳이 하는 것인지 의문을 가지지 않을 수 없다. 《뉴욕 타임스》 서평가인 미치코 가쿠타니는 이 사건을 명확한 '문학적 오심'miscarriage of literary justice이라 했다.

하지만 실즈는 거기에 그치지 않고 덧붙인다. 만약 당신의 삶이 몇몇 사람이 오찬을 하며 결정하는 상에 영향을 받는다면, 당신 삶에 문제가 있는 거라고 말이다. 내셔널 북 어워드가 몇몇 사람이 점심 식사를 하며 결정하는 상이어서 까짓것 정도로 취급되어야 한다면, 왜 자신의 저자 이력에는 내셔널 북 크리틱스 서클 어워드 '수상'도 아니고 최종심에 든 사실까지 꼭 챙겨 써넣는지도 의문이다.

그러다 보니 이런 생각까지 들고 만다. 실즈와 모리슨은 미 대륙의 서북쪽과 동북쪽 끝에서 각기 글을 쓰며 학생을 가르치는 작가라는 유사성을 빼면, 남성과 여성이라는 차이와 백인과 유색인이라는 차이에 더해 문학 창작에 관한 철학에서도 굴착기나 착암기로도 깰 수 없을 만큼 꽝꽝 얼어붙은 바다가 있는 건 아닐까. (실즈를 염두에 두고 말한 것인지까지는 모르겠지만) 모리슨은 자기 자신을 소재로 삼는 작가들을 대수롭지 않게 생각한다는 발언을 기회가 있을 때마다 했을 뿐 아니라, 《시드니 모닝 헤럴드》The Sydney Morning Herald와 가진 인터뷰에서는 프린스턴대학교에서 자신의 문학 창작 수업을 듣는 학생들에게 매번 이렇게 말한다고 밝혔다. "난 너네의 대단치 않은 삶에 대해서는 듣고 싶지 않아, 알겠니?"I don't want to hear about your little life, OK?

이제 『문학은 어떻게 나의 삶을 구원했는가』 역시, 실즈가 그 수업의 강사였는지 유추해보려고 사서 읽은 책이라는 사실을 다시 한번 밝힌다. 「모든 훌륭한 책은 결국 작가의 이가 깨지는 것으로 끝난다」All Great Books Wind up with the Writer Getting His Teeth Bashed in란 장에서 저자가 나열한 쉰다섯 편의 작품 속에 그 수업 시간에 다룬 작가의 책이 있는지 확인해보려고 말이다. 호르헤 루이스 보르헤스, 에밀 시오랑, 마르그리트 뒤라스, 에두아르도 갈레아노, 조지 오웰, 페르난두 페소아, 마르셀 프루스트, W. G. 제발트, 하다못해 조 브레이너드까지…. 이쯤이면 있을 법도 하다 생각했지만, 이를 비웃듯이 이탈로 칼비노는 리스트에 없었다. 그 수업에서 읽고 나서 거의 사반세기 동안 이탈로 칼비노라면 치를 떨게 한 소설인 『재규어 태양 아래서』Under the Jaguar Sun도.

실즈 자신이 맹세코 손꼽는다는 이 리스트와 책에서 언급된 작가와 작품을 주목해보니, 원래부터 로마자로 쓰이지 않은 텍스트는 단 하나조차도 언급되어 있지 않다는 사실을 발견했다. 그러나 이런 서구 중심의 리스트가 사실은 전혀 새삼스럽지 않다. 그럼에도 불구하고, 아마도 나는 10여 년 안에 다시금 실즈의 책을 사서 읽을 것이다. 그의 글에는 다음과 같은, 두고두고 곱씹어볼 만한 문학과 예술과 삶에 대한 사유가 있기 때문이다.

내가 줄곧 묻고자 한 질문은:
나는 아직도 예술을 사랑하는가, 아니면 오로지 예술적으로 다듬어진 삶을 사랑할 뿐인가?

어떻게 문학은 나를 구원했거나 구원하지 못했는가:

나는 문학이 인간의 고독을 덜어줄 수 있기를 바랐지만, 인간의 고독을 덜어낼 수 있는 것은 사실 하나도 없다. 문학은 이에 대해 거짓말하지 않는다. 그것만이 문학을 필수 불가결하게 만든다.

오해가 있을 리 없겠지만, 이 책에서 일관되게 유지하는 그 어떤 입장이나 태도를 요약한다 할 수 있는 위의 질문을 포함한, 문체로만 따지자면 실로 매력적인 이 문장들은 『문학은 어떻게 나의 삶을 구원했는가』 영문판 책에서 내가 직접 옮겨 번역이 매끄럽지 못함을 유의 사항으로 밝혀둔다.

어떻게 찾지,
좋은 기분을

『삶은 다른 곳에』,
밀란 쿤데라 지음

책 속으로 침잠하려면, 여러 종류와 층위의 조건이 맞아떨어져야 하지 않나 싶다. 책과 책을 읽는 이, 이 둘 사이도 다른 모든 관계와 마찬가지로 계기라 부를 만한 순간이 필요한 것 같다. 그렇지 않으면, 눈으로 읽은 활자가 머릿속에 전혀 남지 않고 시너thinner처럼 공기 중으로 휘발되어버린다. 문장과, 단락과, 장을 넘긴 후에 도대체 무엇을 읽었는지 모른 채 결국은 책장을 덮고 포기하게 하는 책을 달리 어찌 설명할 수 있을까. 물론 이뤄지지 못한 연애처럼 단지 타이밍 탓일 수도 있다.

1980년대 말이나 1990년대 초, 밀란 쿤데라의『참을 수 없는 존재의 가벼움』The Unbearable Lightness of Being을 손에 잠깐 집어 든 적이 있다. 읽으려던 게 아니라 그저 친구가 무슨 책을 보고 있는지 궁금해서였다. 그 책을 읽던 친구는 니체의 철학서나 오웰의 논픽션을 끼고 살았던지라 소설책은 꽤 의외였다. 니체의 '영원회귀' 개념으로 시작하는 도입부부터 얼마간은 흥미로웠지만, 베토벤의 마지막 작품인 현악 4중주 16번 op.135의 4악장에서 몇 소절의 악보가 짤막한 독일어 문장 "Muss es sein? Es muss sein! Es muss sein!"그래야만 하는가? 그래야만 한다! 그래야만 한다!과 함께 나오는 지점에서 그때까지 가지고 있던 관심이 깨끗이 사라져버렸다.

한국의 이름 있는 예술전문대학교 문예창작과를 다닌 후배가 내게 어떻게 책 좀 읽는다면서 『참을 수 없는 존재의 가벼움』을 읽지 않을 수 있느냐고 추궁하듯 물어온 적이 있다. 그 책을 들었다 놓은 지 불과 수년 뒤였는데, 긴 변명 대신 그냥 어깨를 한 번 으쓱거리고 말았다. 책을 안 읽을 요량이면 영화라도 봐야 한다고 해서 그 후배의 남편이 비디오 대여점에서 빌려 온 영화를 함께 보았다. 필립 카우프만 감독이 장 클로드 카리에르와 함께 시나리오 작업을 한, 소설과 동일한 제목의 영화였다. 각본이 만들어질 당시 컨설턴트로 참여한 밀란 쿤데라가 어느 인터뷰에선가 영화화되면서 소설의 정신spirit이 전부 사라져버렸다며, 그래서 다시는 자신의 소설이 영화화되지 않게 할 거라고 다짐했다는 내용을 읽은 적이 있다. 소설이 포르노그래피가 되고 말았다는 발언도 한 것 같은데 그게 언제 어디서였는지는 확인할 길이 없다.

얼마 뒤 진중하게 밀란 쿤데라를 읽어보려 한 적이 있다. 그의 네 번째 장편 소설인 『참을 수 없는 존재의 가벼움』은 1982년에 모어인 체코어로 탈고하고 2년 뒤인 1984년에 프랑스어로 번역해 갈리마르 출판사에서 출간되었고, 같은 해에 하퍼콜린스 출판사 임프린트인 하퍼 앤드 로에서 마이클 헨리하임이 영문으로 번역해 출간되었다. 내가 읽으려던 판본은 하퍼 퍼레니얼 문고판인데 1985년판이었는지 1991년판이었는지 확실치 않다. 표지에는 르네 마그리트가 곧잘 그렸던 펠트 재질의 검은 중산모자 하나가 공중에 떠 있고 그 모자를 누군가 쓰고 있다면 양 뺨이 위치할 곳은 뻥 뚫려 있는데, 이 부위를 맨살을 드러낸 여성이 두 팔로 보듬고 있는 모습이 초현실주의 화풍 삽화로 그려져 있다. 이 책은 다 읽지 못한 상태에서 지인에게 빌려주었다가 돌려받지 못했다.

처음부터 꼭 완독하리라 다짐하고 읽기를 시도한 책은 그의 두 번째 장편 소설인 『삶은 다른 곳에』Life is Elsewhere였다. 『참을 수 없는 존재의 가벼움』과 마찬가지로 밀란 쿤데라가 체코어로 쓴 후 프랑스어로 번역해 1973년 갈리마르 출판사에서 나왔는데, 이듬해인 1974년에 크노프 출판사에서 영문 번역서가 나왔다. 내 책은 영국의 파버 앤드 파버 출판사에서 1987년 출간한 문고판으로 10쇄본이다. 이 판본은 피터 쿠시가 체코어를 영문으로 번역했는데, 저자와 협업해 만든 '결정판'이라고 소개했다. 책을 산 이유는, 물론 그런 것과는 전혀 상관없이, 데이비드 밀러가 펜과 컬러 잉크로 그린 삽화를 담은 표지에 현혹되어서다. 책에 뉴욕의 셰익스피어 앤드 컴퍼니 서점 북마크가 꽂혀 있는 걸 보면, 내가 그 서점이 있던 어퍼 웨스트사이드에 살던 1990년대 중반쯤 책을 산 것 같다. 그렇다면 『참을 수 없는 존재의 가벼움』을 읽다 만 직후가 틀림없다.

내게는 후기가 책의 내러티브보다 훨씬 더 흥미로웠다. 원제는 '서정적 시대'였지만, 그런 심원한 제목의 책을 누가 사 볼지 의심해 불안에 잠긴 편집자의 얼굴을 보고 마지막 순간에 앙드레 브르통이 '초현실주의 선언문' Manifeste du surréalisme에서 랭보를 인용하여 쓴 마지막 문장인 '삶은 다른 곳에' L'existence est ailleurs로 바꾸었음을 소명한 후기였다. 정말이지 제목이 '삶은 다른 곳에'가 아니라 '서정적 시대'였고 그에 걸맞은 표지였다면, 아마도 굳이 사서 읽지 않았을 성싶다. 또다시 중간에 포기할 수는 없다는 일념으로 꾸역꾸역 읽었는데, 다 읽고 난 뒤에, 왠지 모르게, 읽다 만 『참을 수 없는 존재의 가벼운』처럼 찝찝한 앙금이 남았다.

그런데도 10여 년 가까이 지난 2000년대 중반에 밀란 쿤데라 책을 다시 읽었다. 이번에 읽은 책은 1999년 프랑스어로 써서 2000년 갈리마르 출판사에서 출간한 『향수』Ignorance였다. 대중적으로 성공한 소설가의 신작이라 서점에 양장본을 충분히 쌓아두었는데, 예상만큼 판매되지 않았는지 반값 세일

매대에 놓여 있어서 샀다. 린다 애셔가 영문 번역해 하퍼콜린스 출판사에서 2002년 출간한 책으로, 1990년 노벨 문학상을 수상한 멕시코 시인 옥타비오 파스의 프랑스인 아내인 마리 호세 파스가 그린 초현실주의적이면서 '키치' kitsch스러운 표지 삽화가 인상적이어서 집어 들고 보니 초판이었다.

표지에는 연하늘색 바탕 위에 투박한 모양새의 나무 팔레트가 유화풍으로 그려져 있는데, 얼핏 보아도 사람의 얼굴 형상이었다. 얼굴이라면 으레 눈이 있어야 할 위치에 18세기 유럽 풍경화 이미지가 새끼손가락 크기의 직사각형 꼴로 올려져 있다. 그리고 팔레트 아랫부분에 사실적으로 그린 빨간 입술이 있는 걸 보면, 얼굴을 연상시키려 한 게 분명하다. 그 팔레트를, 실제 사람의 손이라면 절대로 가능하지 않은 위치에 놓인 엄지손가락과 나머지 손가락이 부여잡고 있는데, 손톱에 빨간 매니큐어를 칠한 손은 흡사 외계인의 것마냥 푸른색이다.

이번에도 책의 서사보다는 향수의 어원에서 시작해 기억의 불완전함과 망각, 부재와 그리워하는 대상을 향한 환상에 대한 고찰을 서술한 부분이 차라리 더 흥미로웠다. 언어학·심리학·철학적인 서술이 서사와 겉도는 느낌을 이번에도 받았다. 진지하게 진행되는 교양 수업 도중에, 전혀 궁금하지 않은, 강사의 연애사와 자유분방한 성생활에 대해 듣는 것만 같았다. 그래도 얄팍한 분량 덕에 끝까지 읽을 수 있었다. 밀란 쿤데라의 소설은 '스테디셀러'여서 전작이 여러 차례에 걸쳐 유명 디자이너가 작업한 새 표지로 출간되었고, 근년 들어서 재출간되는 책은 모두 밀란 쿤데라가 직접 그린 삽화가 표지를 장식하기 시작했다.

2015년 늦은 봄에 〈책을 만들고 보는 열세 가지 방법: 컬럼비아대학출판사 북 디자인, 1990~2015〉라는 내가 기획한 도서 전시회를 합정동의 한적한 카페 뒤뜰에 있는 '갤러리 사각형'이란 이름의 작은 전시 공간에서 열이틀 동안 진행했다. 전시에 찾아온 상상마당 갤러리의 젊은 학예사는 상상마당의 한국 사진가 지원 프로그램SKOPF에 선정된 사진가들의 전시 도록 두 권을 내게 선물했다. 나는 뉴욕에 돌아와 그 답례로 내가 만든 책 한 권을 감사 인사를 전하는 카드와 함께 보냈다.

　　그해 한여름에 서울도서관에서 갑작스레 이 전시를 다시 진행하(고 전시가 끝난 후에 100여 권의 전시 도서 중 도서관에 이미 소장된 20여 권을 뺀 나머지를 기증하)기로 했다. 나는 부재중이었지만, 서울에서 전시의 설치와 점검과 철수를 도맡아준 여러 지인 덕분에 한 달간의 전시를 무사히 마칠 수 있었다. 도움을 준 지인들에게 감사 인사를 직접 전할 겸 늦은 가을에 다시 한국에 갔다.

　　상상마당에 인사차 들렀을 때, 또 선물을 받았다. 젊은 학예사가 구해준 조조 상영 초대권으로 지하에 있는 텅 빈 상영관에서 홍상수의 〈지금은 맞고 그때는 틀리다〉란 영화를 혼자서 보고 나서 상상마당 라운지에서 학예사와 만나서 차를 한잔했다. 학예사는 '지금여기'(4년이 지난 지금은 존재하지 않는다)란 이름의 신생 대안 공간에 수개월 전 전시를 보러 갔다가 내게 주려고 구입했다며, 연하늘색 바탕 위에 하얀 글자가 손바닥만 한 크기로 스텐실 된 에코백을 건네주었다.

　　'그런데 그걸 어떻게 찾지, 좋은 기분을?' 노래의 후렴구라도 되는 양 입에 달라붙는 문장이 왠지 심오한 것도 같고 어찌 보면 치기 어리기도 했다. 어깨에 메기만 해도 좋은 기분을 찾을 수 있을 것만 같아서, 원래 들고 다니던 가방 안에 든 책 몇 권을 그리로 옮겨 넣은 뒤, 바로 그다음 날부터 둘러멨다. 마침 서울도서관에서 전시할 때 도움을 받은 지인 몇과 만나 서울의 독립서점을 찾아가 보기로 한 날이었다. 서점 산책 코스의 시작은 땡스북스였는데, 지인 하나가 내 에코백을 보더니 떨떠름해 하는 표정을 지으며 "책을 아직 안 읽으셨나 보군요" 하고 드라이하게 말했다. 에코백에 새겨진 문장은 밀란 쿤데라의 『무의미의 축제』La fête de l'insignifiance/The Festival of Insignificance

에 나오는 거라며 이 문장의 맥락을 설명해주었다. 마시고 있던 유자차를 다 쏟을 뻔했다.

　뉴욕으로 돌아온 지 얼마 지나지 않아서, 1년에 한두 차례 만나 식사를 같이하고 내가 주로 책을 빌려 보는 지인을 만났을 때 이 얘기를 들려주었다. 그녀는 자신에게 2014년 출간된 민음사판 책이 있다며 원하면 빌려주겠다고 했다. 밀란 쿤데라의 이전 책들과는 달리 단 하룻밤 만에, 그리고 그 책을 빌려주며 지인이 말한 것처럼 재밌게 다 읽었다. 책의 재킷에는 밀란 쿤데라가 직접 그린 '키치'스러운 표지 삽화가 그려져 있었는데, 코팅이 되지 않은 하얀색 재킷에 때를 묻히지 않으려고 재킷은 벗기고 읽었다. (내가 작년 뉴욕의 스트랜드 서점에서 산 2015년 하퍼콜린스 임프린트인 하퍼에서 린다 애셔 번역으로 출간한 영문판 초판 양장본과는 다르게) 이 민음사판 양장본은 표지 재킷을 벗겨내야 책 앞뒷면에 유광 코팅을 입힌 진짜 디자인이 보인다.

　내가 가벼운 마음으로 흥미진진해 하며 한달음에 읽은 책이지만, 미치코 가쿠타니*는 '장난질과 거짓말과 허영심이 넘쳐나는 『무의미의 축제』'란 도발적 제목의 리뷰를 2015년 6월 14일 자《뉴욕 타임스》에 실었다. 제목뿐 아니라 700여 단어 4,300자 분량의 서평에서 그녀가 사용한 신랄한 어휘들은 다음과 같다. '얄팍한 [분량의] 새 중편 소설'flimsy new novella, '진부한 대화'banal conversation, '염세적 속임수'nihilistic hoaxes, '잠깐이나마 의미를 부여하려는 억지스러운 노력'occasional strained efforts to inject with some significance, '믿기 어려운 서술'unconvincing accounts, '젠체하는 철학적 진술'portentous philosophical remarks, '자체의 깊이 없음에 대한 선제적 농담'pre-emptive joke about its own superficiality 등등. 연하늘색의 에코백은 해가 길어지는 철만 되면 꺼내 둘러메는 통에 꼬질꼬질해졌지만 스텐실 된 하얀 글자가 벗겨질까 봐 단 한 차례도 빨지 못했다. 1984년 4월 2일 자《뉴욕 타임스》서평에서 미치코 가쿠타니는 '여러 단점에도 불구하고'in whatever shortcomings 『참을 수 없는

존재의 가벼움』은 예술 작품으로 평가되어야만 한다고 썼지만, 언제 그 책을
완독하게 될지는 모르겠다.

<hr />

• 1979년 '뉴욕 타임스'에 입사한 미치코 가쿠타니는 1983년부터 2017년 조기 은퇴할 때까지 34년
간 《뉴욕 타임스》 대표 서평가로 활동했고, 1998년에는 비평 부문 퓰리처상을 받았다. 그녀는 고어
비달, 노먼 메일러, 수전 손택, 존 업다이크 같은 거장이나 밀란 쿤데라나 무라카미 하루키처럼 대중
적으로 성공한 작가라고 해서 비평의 날을 거두지 않았다. 또한 조너선 프랜즌과 데이비드 포스터
월리스, 제이디 스미스 등 자신이 데뷔작에 칭송을 아끼지 않았던 신예 작가의 후속작이라고 해서
예외를 두지도 않았다. 그녀의 은퇴 소식을 다룬 한 언론 매체는 "작가들, 이제 편히 잠잘 수 있게 되
었다"라고 썼다.

R19   기억,
                  기록,
                  주석

『글쓰기의 영도』·『밝은 방』,
롤랑 바르트 지음

여기 나만큼이나 오래된 책이 한 권 있
다. 롤랑 바르트의『글쓰기의 영도』Writing Degree Zero다. 바르트가 파리에서
발행되던 신문《콩바》Combat에 1947년부터 실은 문학 평론과 글쓰기에 관한
글을 모아 1953년 쇠이유 출판사에서 출간한 바르트 첫 책의 영문 번역서다.
『글쓰기의 영도』Le degré zéro de l'écriture는 출간되자마자 평론가로서 그의 존
재를 프랑스 식자층에게 일약 각인시킨 책으로 알려져 있다. 1968년 3월, 뉴
욕의 유수한 독립출판사였던 힐 앤드 왕 출판사에서 영문판이 나왔는데, 애
넷 래버스와 콜린 스미스가 번역했고 수전 손택이 서문을 썼다.

고운 감색紺色 리넨을 씌운 양장본으로 고작 112쪽 분량의 얄팍한 책이
다. 앞면에 표제와 저자 이름이 찍혀 있지 않은 것을 보면 원래는 표지 재킷
이 씌워져 있었을 테지만, 내가 갖고 있는 책에는 재킷이 없다. 아무리 머리를
쥐어짜도 이 초판본을 언제부터 가지고 있었는지 모르겠다. 고등학교 졸업반
때부터 시작해 대학 시절 내내 들락거리던 대학가 헌책방 매구스 유즈드 북

스에서 샀을 거라는 짐작만 할 뿐. 바르트란 이름을 어디서 처음 보았는지 잊은 것처럼 이 책을 가지고 있다는 것도 까맣게 잊어버렸다가 책장 칸 뒤편으로 밀려 있던 걸 사반세기나 지나 우연히 찾았다. 책을 찾은 김에 다시 읽기 시작했는데, 본문 첫 장인 '서론'에서부터 선언에 가까운 구절이 제일 먼저 눈에 띄었다.

> 이제 여기에 그 기능이 소통이나 표현이 아닌, 언어를 초월하는 그 무엇을 강제하는 글쓰기 양식의 예가 있다. 그것은 역사[성]이기도 하며, 동시에 우리가 그 안에서 취하는 스탠스[그러니까 입장(이나 태도)]이기도 하다. 자신이 누구인가를 밝히지 않은 채 글을 쓰기란 불가능하다.

책을 더 읽어 내려가자 '글쓰기와 소설'이라는 장에서는 다음과 같은 의미심장한 구절이 눈에 들어왔다. "소설이란 하나의 죽음이다. 그것은 삶을 숙명으로, 기억을 유용한 행위로, 지속 기간을 일정한 방향으로 향하게 하여 의미 있는 시간으로 전환시킨다." 그러나 내가 지금 쓰려는 글은 바르트의 『글쓰기의 영도』보다는 글쓰기에서의 내 스탠스에 관한 것이기도 하고, 사실은 영문판 『밝은 방: 사진에 대한 고찰』Camera Lucida: Reflections on Photography에 관한 것임을 먼저 밝혀두어야 할 것 같다. 바르트가 불의의 사고로 죽은 해인 1980년 쇠이유 출판사에서 출간된 후, 1971년부터는 뉴욕 FSG 출판사의 임프린트가 된 힐 앤드 왕 출판사에서 1981년에 출간된 책 말이다. 이 책은 1969년 펴낸 시집 『제목 없는 주체들』Untitled Subjects로 1970년 퓰리처상을 수상했고 1982년에는 사반세기 가까이 프랑스를 대표하는 문학 작품과 철학서를 번역한 공로를 인정받아 프랑스 정부로부터 기사 작위를 받은, 컬럼비아대학교 교수로 재직한 리처드 하워드가 번역했다. 하지만 책을 사지는 않고 뉴욕 대학원 시절 학교 도서관에서 띄엄띄엄 읽었다. 그러다 처음 『밝은

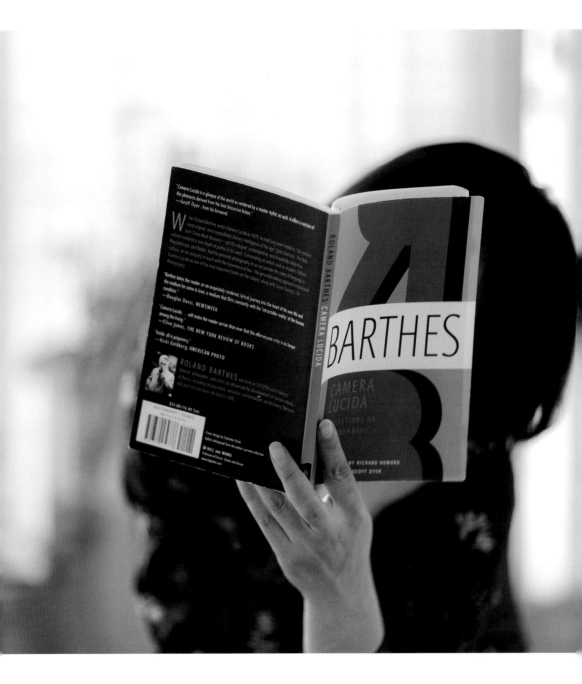

방』을 읽은 지로부터 18년이나 지나서야 샬럿 스트릭이 디자인한 문고판 바르트 시리즈 표지를 보고, (양장본이 나온 이듬해에 양장본과 같은 표지로 첫 문고판이 나온 1982년으로부터는 30년이 지나서) 새로운 표지로 2010년 재발행된 책을 샀다. 이 문고판에는 제프 다이어가 주석을 빼곡히 단 서문도 실려 있다.

아니, 좀 더 정확히 말하자면 지금 쓰려는 글은 『밝은 방』에 대한 것이라고도 할 수 없다. 차라리 오랫동안 『밝은 방』을 내 기억의 한편에 아로새긴 몇몇 문장에서 비롯된 글이라고 해야 하지 않을까. 내가 지금 쓰고 있는 것은 바르트의 다음과 같은 문장을 만나지 않았다면 쓸 생각조차 하지 않았을 글이다. "거기 내가 있었다. 어머니가 돌아가신 아파트의 빈방에 홀로, 전등 아래로 어머니의 사진을 하나씩 하나씩 보면서, 내가 사랑했던 얼굴 속에서 진실을 찾기 위해, 조금씩 그녀와 함께 시간을 거슬러 되돌아가다가, 마침내 나는 찾았다."

바르트는 사진을 찍은 당시까지만 해도 '겨울 정원'이라 불렸다는 온실 앞 사진에서 자신이 재발견한 어머니의 다섯 살 적 모습을 '지고지순한 순진무구함'이나 '일생을 견뎌온 역설을 통한 자상함의 확인'과도 같은 어머니에 대한 애정과 애도의 정서로 교직 되어 있다고밖에 표현할 수 없는 세밀한 묘사를 통해 서술했다. 그리고 그는 괄호 안에 다음과 같이 부연했다.

(나는 '겨울 정원 사진'을 재현해낼 수 없다. 그 사진은 오로지 나만을 위해 존재한다. 당신에게 그 사진은 단지 하나의 대수롭지 않은 사진일 것이고, 그저 수천 가지의 평이한 표현 중의 하나일 테니 말이다. 그 사진은 가장 긍정적으로 분석해보려 할 때마저도 그 어떤 객관성도 담보할 수 없고, 단지 당신의 문화적 [혹은 학구적] 관심studium만을 불러일으킬 테니까 말이다. 예를 들어 시대라든지 의복, 사진기법 따위 말이다. 그 사진 안에 있는 그 어떤 상처도 당신에게는 없기에.)

190

1년에 한 차례 어머니 집에 갈 때마다 어머니가 일을 나간 후 빈 아파트에서 책장과 (아직 그대로 남겨둔) 내가 쓰던 책상 서랍 따위를 새삼스럽게 뒤적거린다. 그러다 뉴욕으로 떠나며 사반세기도 전에 정리해둔 앨범을 펼쳐 들게 되고, 그 안에서 어머니가 반세기 전에 찍은 사진을 보다가 마치 폐부가 찔리는 듯한 순간과 맞닥뜨리고 만다. 내가 쓰고자 하는 것은 (어머니가 그 누군가의 어머니도 아니었을 때의) 사진과 (사진은 보여주지 않는, 혹은 보여줄 수 없는) 지극히 개인적일 뿐인 상흔에 관한, 희미해진 기억만 남아 있고 지금껏 쓰인 적이 없는 기록에 관한 글이다. 어쩌면 내가 쓰는 글은 어머니란 존재의 계보에 달려야 할 주석 같은 것일 수도 있겠다.

　　내 어머니의 이름은, 그러니까, '기록'이다. 외할아버지가 손수 지어준 이름으로, '쓸 기'記 자는 아니지만 돌림자인 '터 기'基 자에 '기록할 록'錄 자의, 기록. 하지만 어머니의 호적상 이름은 '기록'이 아니다. 어머니가 태어나기 이태 전에 죽은 두 살 터울 어머니 오빠의 이름이 어처구니없게도 어머니 호적에 등재되어버렸기 때문이다. 아들의 사망 신고를 미루던 외할아버지는 어머니가 태어나자 면사무소에 나가서 어머니 바로 위 오빠의 사망 신고와 어머니의 출생 신고를 같은 날 같은 시각에 했고, 짐작건대 면서기의 실수로 죽은 남아와 태어난 여아의 두 이름이 뒤바뀌어버렸다. 하지만 그 사실을 모르던 가족 모두 어머니를 그대로 '기록'으로만 알았고, 그렇다 보니 결혼할 때까지도 어머니의 이름은 '기록'이었다. 믿기지 않게도 어머니는 결혼 후 호적 신고를 새로 하면서 그제야 자신이 줄곧 다른 이름으로 살아왔다는 사실을 알게 되었다. 그리고 '터 기' 자에 '주석 석'錫 자였던, 자신이 태어나기 두 해 전에 죽은 오빠의 이름을 어머니는 숙명으로 받아들였다. 자신이 써 내려가야 할 생애를 대신해서 이미 끝맺어진 짧은 생애에 달린 '주석'처럼 그대로 살아가기로 말이다. 주어진 이름에도 나름의 운명이 있는 것인지도 모르겠다.

　　바르트가 재현할 수 없다 했던 1898년의 '겨울 정원 사진' 속 그의 어머

191

니는 다섯 살이었다. 내 어머니에게는 1945년 그녀가 일곱 살이 되던 해에 찍은 사진이 한 장 남아 있다. 이 사진 속에는 당연히 자신의 이름을 그녀에게 남겨준 셋째 오빠는 없다. '기' 자 돌림의 이름을 가진 세 언니와 두 오빠가 있고, 아래로는 돌림자 이름이 아닌 데다가 일제강점기에 '미치코'라는 일본식 이름으로 불린 여동생과 코흘리개 남동생이 하나씩 있다. 그야말로 지금은 상상하기조차 어려운 대가족 사진이다. (게다가 이 사진을 찍고 수년 뒤에 막내 여동생이 하나 더 태어났다.) 가을걷이가 끝난 후 찍은 것으로 짐작되는 이 사진에서 어머니는 맨 앞줄 가운데쯤에 조신하게 무릎을 꿇고 앉아 있다. 곧은 자세에 두 손은 얌전히 무릎 위로 포개어놓았다. 우스꽝스러운 커트 머리를 하고 있음에도 단정한 얼굴에서 바르트가 자신의 어머니의 다섯 살 적 사진에서 발견한 자상함을 나 역시 내 어머니 사진에서 찾을 수 있다. 좀 더 들여다보면 내 어머니 바로 옆에 어깨를 웅크리고 앉아 다문 입을 삐죽 내밀고 있는 짓궂은 표정의 여동생 때문에, 어머니에게서는 그에 대비된 벌써 모든 걸 다 초월한 듯한 표정까지도 읽게 된다.

나이에 비해 훨씬 지친 몰골을 하고 있는 외할아버지와 외할머니의 모습은 자못 유령 같아 보이기까지 한다. 사진 정중앙에는 어머니의 단 하나뿐인 외삼촌도 서 있다. 그가 평양공업전문학교를 졸업하고 북경에 가 있다가 서울에서 교사이던 여성과 결혼한 뒤 함께 고향에 내려온 걸 기념해 찍은 사진이어서다. 그는 매형인 외할아버지와 자신의 큰누이인 외할머니에게 일찍 글을 깨우치고 어떤 책이든 읽어대는 이 영특한 아이는 계속 공부시켜야 한다는 조언을 아끼지 않던, 어머니에게 각별한 존재였다. 해방 직후 미군정에서 통역관으로 2년이 채 못 되게 일하다가 갑작스레 다시 고향으로 돌아온 후 글 모르는 이들에게 한글을 가르치는 야학을 했다고 한다. 그가 끝맺지 않고 입안으로 삼키던 "새 세상이 오면"이란 혼잣말을 어머니는 아직도 기억하지만, 그가 꿈꾼 새 세상이란 도대체 어떤 것이었을까.

전쟁이 나자마자 후퇴하며 군경이 자행한 학살에 어머니의 외삼촌은 희생되었다. 전쟁이 터지기 직전 초여름, 경찰에 이끌려 어디론가 가다 말고 자신의 큰 누이인 외할머니에게 인사를 하겠다며 경찰들을 문밖에 세워두고 외할아버지 댁에 들렀을 때 그 상황이나 앞으로 벌어질 일을 짐작조차 하지 못한 그녀는 자신의 남동생에게 천의(읍)에 나가는 길이면 실을 좀 사다 달라고만 했다. 그녀가 이를 두고두고 가슴 아파했다는 기억은 내 어머니가 자신의 모친을 기억 밖으로 호출하는 레퍼토리 중 하나다. 그가 잠깐 수감되어 있던 서산구치소에서 구금자 수백 명이 인근 야산에서 바로 사살되었고 좌익 사상범들은 더 남쪽으로 끌고 내려갔다는 얘기를 전해 듣고, 시신이라도 수습하고자 외할아버지와 외할머니는 어머니 외삼촌의 아내와 함께 도처로 헤매고 다녔지만 훼손된 수많은 시신 더미 속에서 그를 찾을 수 없었다. 전쟁이 끝났을 때는 그 참혹한 시기를 보낸 여느 가족과 그리 다르지 않게, 어머니의 둘째 오빠는 '핫바지 군대'라 불리던 국민방위군으로 징집되어 생사조차도 알수 없게 되어버렸다.

어머니의 외삼촌에게는 어린 첫째 아들과 갓 태어난 둘째 아들이 있었다. 그들은 내가 책에서만 접한 '연좌제'로 인해 혹독한 삶을 살아내야만 했다. 남겨진 그의 가족에게 주어진 엄혹하기만 했을 생존 조건에 견주면 아무것도 아니지만, 그의 죽음과 함께 내 어머니 역시 자신의 재능을 알아보고 아껴주었던 유일한 지원자를 영영 잃어버렸다. 해방 전부터 기울기 시작한 외갓집은 전쟁이 끝나자 한층 더 궁핍해졌다. 학업을 계속하는 것이 자신의 권리일 거라는 생각을 하지 못한 (혹은 전혀 하지 않은) 어머니는 동생들에게 자신의 권리를 양보하고, 고맙게 생각하기는커녕 미안해하지도 않는 그들을 위해 집안일을 거들었다. 어머니는 짬이 조금이나마 생기면 종종걸음과 뜀박질로 수십 리 길을 가서 책을 빌렸고, 이인직의 『혈의 누』 같은 신소설로부터 시작해 이광수의 『무정』, 『유정』에 심훈의 『상록수』 등의 근대 소설과 찰스 디킨스의 『이도애화』二都哀話같은 번역 소설도 읽었다. 김내성의 제목부터 괴기스러운 『광상시인』狂想詩人 같은 추리소설집도 읽었다니, 책이라면 손에 잡히는 대로 읽은 셈이었다.

　　어머니 가족이 모두 서울로 이주했을 때 어머니는 10대 후반의 나이였지만, 새언니가 연 포목상 일도 몇 년을 도왔다. 어머니가 사진관에 가서 독사진을 찍기 시작한 것은 이 무렵부터다. 식민지 시기에 상업학교만 졸업하고 열아홉의 나이로 조선은행에 취직한 어머니의 큰오빠가 10년 넘게 한국은행에서 일하다 1963년 세운 국민은행으로 이직해 서른 중후반의 나이에 간부급 임원이 된 무렵에서야 어머니는 집안일에서 완전히 해방되었고 학원에 나가 뜨개질과 자수를 배웠다. 10대 후반부터 결혼하던 스물여덟 살 무렵까지 찍은 사진이 여럿 남아 있지만, 그중 한 사진은 어떤 이유에서인지 볼 때마다 유독 내 흉부를 후벼댄다. 언뜻 그 사진 속의 어머니는 내가 전혀 모르는 사람처럼 보인다. 한참을 뚫어지게 들여다보면, 내가 한때 잠깐 알았던 사람처럼 보이기도 한다. 보슬보슬한 검은 양털로 짠 것 같은 재질이라 흰 목이 도드라지게 드러나는 스웨터를 입고, 흑백 영화의 여배우처럼 머리 양옆으로 웨이브를 살짝 넣었다. 아직 젖살이 채 빠지지 않아 기껏해야 20대 초반의, 말 그대로 묘령의 모습이다. 입가에 어색한 미소를 띠려 하고 있지만, 오히려 도도함이 살짝 드러나고, 한편으로는 약간은 완고해 보이기까지 한다.

　　어머니와 선을 보았던 명문가의 멀고 먼 친인척뻘이라는 남자와 대학을 중퇴했다는 남자는 어머니의 이 사진을 보고 맞선을 보았던 것인지도 모르겠다. 무슨 이유에서였는지 모르지만 대학을 다니다 말고 하는 일 없이 살던 구레나룻을 기른 남자와는 맞선을 본 후에도 몇 번 더 만났는데, 그쪽 집에서는 어머니의 새언니에게 약혼시키자며 예물까지 보내왔다. 만날 때마다 쿠바 혁명에 관해 떠들어대던 이 남자는, 하루는 싫다는 어머니를 무작정 자신의 부모 집으로 팔목을 끌어 데려갔다. 어머니를 응접실 의자에 앉히고 자신은 피아노 앞에 앉아 한참을 광광 치고 나서 어머니에게 무슨 곡인지 아느냐고 물었다. 알 리도 없었지만, 대놓고 상대를 무시하는 그에게 화가 난 어머니는 "그런 거, 몰라요"라고 대답했고, 그는 피아노 뚜껑을 신경질적으로 닫으며 "월광"이라고 내뱉었다. 어머니보다 한참 어린, 집안일을 하는 여자아이에게 "얘, 집에 가게 택시 불러줘라"라고 말했다. 어머니의 새언니가 받아둔 예물을 돌려주는 걸로 없던 일이 되었다.

집안의 검은 양이자 이제 20대 후반의 노처녀가 된 어머니가 다시 선을 보아 만난 사람은 훤칠한 키에 말쑥한 얼굴을 한 남자였다. 나의 아버지다. 약혼하고 나서야 그가 인천 시청에서 일하던 자리가 임시 계약직이라는 사실을 알게 된 어머니의 큰오빠는 어머니에게 파혼을 종용하는 대신에 자신이 지켜온 원칙에 어긋나는 행동을 했다. 내무부의 꽤 높은 자리에 있던 지인에게 공무원 임용 시험이 있을 때 내 아버지가 이름만 쓴 백지를 제출하더라도 자리를 꼭 만들어달라고 청탁했다. 하지만 그의 선의는 아이러니하게도 우리 가족의 해체를 좀 더 빨리 진행시키는 촉진제 역할을 하고 말았다. 정직 공무원이 된 아버지는 사진기를 둘러메고 밖으로 나돌다 내가 한 살이 되었을 무렵 어머니보다 훨씬 더 젊은 애인을 사귀었고, 내가 두 살이 되던 해엔 아예 딴 살림을 차려 집에서 나갔다. 어머니가 이혼 서류에 도장을 찍어준 해에 태어난 아버지의 첫딸은 나와는 일곱 살 터울이다. 함께 산 두 해 동안 그는 기껏해야 흑백 필름 한 롤만큼의 내 사진에 더해, 내가 다섯 살이 되던 해 봄에 갑자기 찾아와 식물원 앞에 나와 동생을 함께 세워두고 찍은 단 두 장의 컬러 사진을 남겨주었다.

아버지가 집에 들어오지 않기 시작했을 무렵, 어머니는 동네 사진관에서 나를 부둥켜안은 채 자신(과 나)의 사진도 한 장 남겼다. 내 기억에 없는 어머니(와 나의) 사진을 볼 때면 어떻게도 설명하기 어려운 이유로 그저 아득해진다. 1990년 도서출판 시각에서 펴낸 전몽각의 사진집 『윤미네 집』을 처음 보앉을 때의 몸이 느낀 감각을 아직 기억한다. 어떤 기억은 스스로를 어둠 속에 영원히 유폐시키려는 듯, 기억의 감광지에 자신의 상을 고스란히 드러내길 거부하기도 한다. 그게 언제, 어디서였는지는 온통 혼미한 대신, 사진집 안에 실린 사진을 보다가 갑자기 형용하기 어려운 여러 감정이 한꺼번에 내 안에서 소용돌이치며 역류해 올라오던 순간의 감각만큼은 또렷이 느낄 수 있었다. 사진이 눈에 들어오지 않았고, 갓난쟁이 때부터 다 클 때까지 자신의 딸을 찍어대는 내 아버지로 짐작되는 남자의 모습이 순식간에 주마등처럼 지나갔다. 그 사진집에 실린 애틋한 가족애를 담은 흑백 사진들은 여전히 나를 곤혹스럽게 한다. 2010년 사진 전문 출판사 포토넷에서 이 사진집이 사진 애호가들의 환호 속에 재발간되었을 때도, 복잡한 마음을 애써 다잡으며 매대에 펼쳐진 사진집을 들었다가 결국 내려놓고 말았다.

바르트는 사진이란, 이제는 부재하는, 한때 존재했던 것의 부재 증명이라고 썼다. 그는 사진의 본질이란, 유예되었거나, 이미 맞이한 죽음을 의미한다고도 했다. (사진의 본질에 대해서 내가 무어라 말하기는 어렵지만, 그럼에도 불구하고 한마디 더 조심스럽게 덧붙인다면, 내게 사진이란 이미 절단되어 존재하지 않는 사지가 느끼는 환지통과도 같다.)

남아 있지 않은
것들의 목록

『초록 눈』,
마르그리트 뒤라스 지음

　　　　　　　　마르그리트 뒤라스의『초록 눈: 영화
에 관한 고찰』Green Eyes: Reflections on Film/Les yeux verts*을 펼치면 본문 앞에
한 단락의 제사epigraph가 한 면을 채우고 있다. 같은 해에 출간된『실생활』
Practicalities/La vie matérielle**에서 자기 인용한 구절로, 다음은 그 일부다.

　　사람들은 살아가면서 자신 앞에 있는 것들에 대해서 종종 잊지요. 그것들은 주의
　　를 끌지 못하니까요. 당신은 지난번 내게 삶이 더빙된 것 같다고 말했지요. 내가
　　느끼는바 그대로랍니다. 내 삶은 소리를 덧씌운 한 편의 영화랄까, 조악한 편집
　　에, 조악한 연기에다 조악한 각색까지, 그러니까 한마디로 말해서 오류 그 자체.

　　　　　　　　　　　　　　　　　　　　　　　　　　1986. 10.

　　『초록 눈』은 극작가이며 소설가, 시나리오 작가이자 영화감독이기도 한
뒤라스가 1960년대부터 사반세기 가까이《카이에 뒤 시네마》Cahiers du

197

Cinéma에 쓴 글을 모은 책으로, 1980년 6월 호에 실린 모든 글에 더해 신문에 기고한 글뿐 아니라 미발표 원고까지 묶어 단행본으로 1987년 펴낸 책이다. 영상과 영화, 사회와 삶, 예술과 정치, 그리고 창작에 관한 들쑥날쑥한 길이의 글 총 72편이 60점의 흑백 도판과 함께 실려 있는데, 뒤라스는 이 책을 만들 때 매 페이지의 레이아웃이 어떠해야 할지까지 꼼꼼히 신경 썼다 한다. 스스로 묻고 답하는 자신과의 대화 형식인 글도 있고, 저명한 저자이자 《라 누벨 레뷔 프랑세즈》La Nouvelle Revue Française 디렉터인 장 폴랑, 시인이자 갈리마르 출판사의 『플레이아드 백과사전』L'encyclopédie de la Pléiade 디렉터인 레몽 크노, 영화감독 엘리아 카잔 등과 나눈 대화도 실렸으며, 《카이에 뒤 시네마》가 뒤라스와 진행한 인터뷰도 포함되어 있다.

대학원 진학을 위해 뉴욕으로 떠나던 해 한여름에 『초록 눈』을 처음 보았으니 28년 전이다. 1978년부터 지금까지 시애틀 대학가에서 운영되는, 유서 깊은 헌책방 매구스 유즈드 북 스토어의 창가 진열대에서였다. 헌책임에도 가격이 내가 감당할 수 있는 수준을 넘어 구입하지 못했다. 대신, 한동안 헤어졌다 다시 만나기 시작한 내 첫 애인과 그해 초여름에 함께 본 영화〈연인〉L'Amant의 원작이기도 한 『연인』The Lover을 샀다. 1985년에 판테온 출판사에서 바버라 브레이의 영문 번역으로 출간한 책인데, 『연인』 역시 초판 양장본 1쇄였음에도 『초록 눈』의 8분지 1 가격이었다.

뒤라스가 직접 각본 작업을 하고 장 자크 아노가 제작·감독한 영화〈연인〉은 1992년 시애틀국제영화제 상영작이었을 때 예술 영화 상영관 '이집션'에서 두 살 연상의 애인과 같이 보았다. '경희'라는 자신의 이름이 흔해 빠져 싫다며 역시 그만큼은 흔한 '그레이스'란 영어 이름으로 자신을 부르라 한 그녀와는, 뉴욕으로 내가 떠난 후 1년을 채 넘기지 못하고 대개의 장거리 연애가 그렇듯이 허무하게, 헤어졌다. 내게 긴 편지로 결별을 통보하고 2년인가 지난 뒤 그녀는 늘 소원한 대로 서른 살이 되기 전에 결혼했다. (이제부터 '엑스'Ex라 칭할) 그녀의 결혼 소식은 엑스와 같은 성당을 다녔던 엑스의 친구에게서 전해 들었다. 내가 대학원 과정을 시작하고 첫 겨울 방학을 맞아 시애틀에 잠깐 돌아와 있던 1992년의 마지막 밤 (그때까지는 엑스가 아닌) 애인과 함께 간 카페에서 엑스의 성당 친구와 우연히 만나 단 한 번 인사를 나눈 적이 있다. 대학 캠퍼스 옆, 상가로 번잡한 유니버시티 웨이를 대각선으로 길게 가로지르는 한결 한적한 브루클린가 맨 아래쪽에 있던 '브루클린의 마지막 출구'라는, 1967년에 문을 연 시애틀에서 가장 오래된 커피숍에서였다. 아무리 오래되어봤자 문을 닫으면 그만이지만.

마지막 (비상구가 아니라) 출구란 뜻의 '라스트 엑시트'라고 줄여 불리던 그 카페는 1993년 초에 브루클린가 남쪽 끝에서 유니버시티 웨이 북쪽 끝자락으로 자리를 한 번 옮겼다가, 영원한 것은 아무것도 없다는 것을 증명이라도 하려는 듯이 영구히 문을 닫았다. 1989년 영화로도 만들어진, 1964년 휴버트 셀비 주니어의 문제작 『브루클린으로 가는 마지막 출구』Last Exit to Brooklyn 표제와 비슷한 가게 이름만 빼면 얌전히 바둑과 체스를 두는 이들과 학생들로 북적이던 카페였다. 아직 엑스가 아니던 내 엑스는 자신의 성당 친구를 홍익대학교 조소과를 나왔다고 소개하며 내가 다니는 대학원으로 이듬해 가을 학기에 진학할 거라고 했다. 그 이야기를 듣고 바로 잊었는데, 2년 뒤에 브루클린에 있는 대학 캠퍼스에서 우연히 엑스의 성당 친구를 다시 만났다. 그녀는 내게 엑스의 결혼 소식을 전해주었다. 언니, 네 살 연하랑 결혼했어요. 언니가 능력 있고 예쁜 것도 맞지만, 그런데 말이죠, 더 잘 아시겠지만, 자기밖에 모르는 속물 타입이잖아요. 누구나 결국에는 자기중심적이지 않냐고 반문을 했다가 정말로 그리 생각한다면 구제 불능이라는 힐난을 받았다.

나와 헤어진 뒤, 10여 년 가까이, 그러니까 결혼하고 나서도, 엑스는 내 어머니와 연락을 주고받았다. 수년에 한 번꼴로 만나 공원으로 바람도 쐬러 나가고, 식사도 같이하면서. 어머니가 아무리 적적하더라도 엑스와 만나는 건 아닌 거 같다고, 그러지 않는 게 좋겠다고 어머니에게 누누이 말했지만 어머니는 알았다고 하면서도 내 뜻을 곧이곧대로 따라주지는 않았다. 한번은 느닷없이 몸을 가누기조차 어려워 간신히 수화기를 들고 엑스에게 전화해 집으로 와달라고 도움을 청했다는 사실을 실토했다. 나와 동생한테 말해봤자 급히 비행기 표를 끊어 날아올 수도 없는데 걱정만 할까 봐 그랬다며. 저혈압이라던 어머니에게 고혈압 증세가 있다는 사실을 그제야 처음으로 알았다.

어머니가 엑스와 만난다는 걸 알면서도 체념하고 있던 내가 폭발한 적이 있다. 열세 살 때 어머니가 내게 책을 제외하고는 거의 유일하게 선물해준, 향나무로 만든 화구 상자와 접이식 휴대용 이젤이 안 보이기에 한참을 찾다 어디로 치워두었냐고 물었을 때 어머니는 뉴욕에 가져간 거 아니냐며 자신은 모른다고 시치미를 떼었다. 한참의 유도 신문 끝에 안 사실은, 내가 더는 쓰지 않는 물건이라 생각하고 엑스에게 빌려주었다는 거였다. 전문대만 다니다 말다 하던 그녀가 내가 졸업한 대학 미대에 늦깎이 학생으로 편입해서 그림을 그린다고 하기에 원하면 가져다 쓰라 했다는데, 돌려받지 못했다.

어머니와 엑스가 함께 찍은 사진을 발견하고는, 내가 내지른 소리에 내가 먼저 깜짝 놀란 적도 있었다. 어머니가 책장 구석에 숨겨둔 마닐라 봉투 속에서 8×10 크기로 인화한 어머니 사진 두 장과 어머니와 엑스가 다정한 포즈로 찍은 4×6 사이즈 사진들이 무더기로 쏟아져 나왔을 때였다. 내가 이게 다 뭐냐니까, 어머니는 다른 때와는 달리 작정한 듯, "알았으니 그만해라" 하고 말했다. 어머니는 할 말이 더 있었다. "너와 걔의 관계만 있는 게 아니라 나와 걔 사이의 관계란 것도 있다" 하고 단호한 목소리로 말할 때는 숨까지 턱 막혔다. 그러나 엑스가 자신이 낳을 딸 방에 걸 커튼을 만들어달라고 했으나 어머니는 거절했고, 한동안 발길을 끊은 엑스는 수년이 지난 뒤에 어머니를 몇 번 더 찾아와 내 결혼 소식과 이혼 소식을 차례로 듣고 갔다. 그렇게, 무한한 관계란, 없다. 이건 그저 다 지나가 버린, 아주 오래된 과거의 이야기다.

뒤라스는 부스스 헝클어진 머리에 잠옷 차림으로 퍼콜레이터percolator에서 커피를 내리고 있는 열 살 안팎의 자기 사진과 함께 『초록 눈』에 실은 「당신에게 말해 주고 싶어요」라는 짧은 글에 이렇게 썼다. 만일 자신이 이별의 의미를 모르던 어린 시절로, 열여덟 살로 돌아간다 해도, 자신은 같은 책을 쓰고 같은 영화를 만들었을 거라고, 자신은 언제나 열여덟 살로 남아 있다는 걸 말하고 싶다고. 만약 어제 죽었다면 열여덟 살에 죽은 채 그대로고, 10년 후에 죽더라도 역시 열여덟 살에 죽은 것이라고도 덧붙였다. 여든두 살에 세상을 뜬 뒤라스는 열여덟에 단 한 번 죽었는데, 나는 언제 죽었어야 했는지 모르겠다. 헤어지는 게 너무 익숙한 내가 구제 불능이거나 오류인지도 모르겠다.

구제 불능까진 아니더라도 오류는 맞는 것 같다. 물론 오류라 해서 사는 데 지장이 있는 것은 아니다. 굼뜬 나는 남들은 4년이면 졸업하는 대학을 6년 동안 다닌 것도 모자라, 대개 2년이면 졸업하는 대학원 과정을 4년이나 채웠다. 커뮤니케이션 디자인학과 대학원 과정의 수업은 브루클린 메인 캠퍼스가 아니라 뉴욕 맨해튼 소호 맞은편에 있는 퍽 빌딩에서 했는데, 졸업 전시회도 1층의 갤러리 공간에서 열렸다. 졸업 전시회에서 내 작업을 보고 명함과 이력서를 가져간 네 곳에서 면접 약속을 잡자는 전화 연락이 왔다. 잡지사 콘데 나스트에서 제일 먼저 연락이 왔고, 그다음으로 컬럼비아대학출판사의 아트 디렉터에게서도 직접 전화가 왔다.

콘데 나스트 본사 사옥이 매디슨가에 있을 때였는데, 뉴욕 맨해튼 미드타운 동쪽의 5번가에 위치한 뉴욕 공립 도서관에서 세 블록 위였다. 실내 인공 폭포가 있는 로비에서 임시 출입증을 받고, 보안대를 통과해 안내받은 대로 엘리베이터를 타고 인사과 사무실로 찾아갔다. 면접관은 내 포트폴리오를 형식적으로만 보았고 내가 배치될 잡지도 알려주지 않았지만, 두 번째 면접 일정을 잡자고 했다. 다음 날에는 컬럼비아대학출판사에서 면접을 보았다. 출판사는 맨해튼 서북쪽에 자리한 모닝사이드 하이츠란 지역에 있었는데, 컬럼

비아대학교 캠퍼스에서 두 블록 밑에 위치한 한 기숙사 건물에 있었다. 1층 로비의 프런트 데스크에 도착을 알리자 아트 디렉터가 나를 맞으러 내려왔다.

건물 밖 초여름의 화창함과는 대조적으로, 2층 출판사 사무실로 올라가자 양편으로 갈라진 복도는 마치 수도원에 들어선 것처럼 어두침침했다. 복도의 오래된 카펫 위까지 넘치게 쌓여 있던 원고들에서는 눅진한 냄새가 피어오르는 듯했다. 면접관인 아트 디렉터는 복도 왼편 도서 자료실이자 회의실 한가운데 놓인, 스무 명은 둘러앉을 수 있을 만큼 커다란 테이블로 나를 안내했다. 내가 가져간 포트폴리오를 그녀 앞에 가지런히 펼쳐놓았고, 그녀는 자신이 준비해 온 예닐곱 권의 책을 내 쪽으로 밀어놓고 내 이력서와 자기소개서를 자기 앞에 펴두었다. 자리에 앉고 나서 정식으로 다시 인사를 나누고 날씨가 환상적이라는 등 상투적인 대화를 잠깐 했다. 그녀가 포트폴리오를 세심하게 살펴보고 난 후에는 내 앞에 놓인 책들을 하나하나 함께 보면서 내 작업과 출판사의 책에 관해 한참 대화했다.

제일 위에 놓인 책은 질 들뢰즈와 펠릭스 가타리가 쓴 『철학이란 무엇인가』What Is Philosophy?였다. 논문 쓸 때 전혀 필요하지도 않으면서 책 욕심에 구해놓고 불면증 치료용으로 쓴, 미네소타대학출판부에서 출간한 『천의 고원』A Thousand Plateaus의 들뢰즈와 가타리였다. 또한 MIT출판부에서 출간한 브라이언 마수미 캐나다 맥길대학교 비교문학과 교수가 쓴 『자본주의와 정신분열증에 대한 사용자 가이드: 들뢰즈와 가타리로부터의 변이』A User's Guide to Capitalism and Schizophrenia: Deviations from Deleuze and Guattari의 바로 그 질 들뢰즈와 펠릭스 가타리였다. 하얀 바탕 위에 놓인 검은색과 빨간색의 타이포그래피만으로도 눈에 확 띄었는데, 제임스 빅토레란 꽤 이름난 디자이너가 작업한 표지였다. 그리고 바로 아래에 있던 책이 불과 4년 전 내가 집어들었다 내려놓을 수밖에 없었던 마르그리트 뒤라스의 『초록 눈』이었다.

그 아래로는 컬럼비아대학교 미술사학과 교수인 제임스 벡의 15세기 이탈리아 조각가 연구서로 고혹적인 듀오 톤 도판이 잔뜩 실린『야코보 델라 퀘르차 I·II』Jacopo della Quercia I-II 두 권과, 뉴욕시립대학교 영문학과와 프랑스문학과에 더해 비교문학과 교수인 메리 앤 카우스의『로버트 마더웰: 예술이 담고 있는 것』Robert Motherwell: What Art Holds이 있었다. 그해 가을에 출간할 예정이라 이미 교정·교열에 들어간 원고의 편집본에 표지 시안을 가제본한 책도 두 권 더 있었는데, 나와 같이 대학원 과정을 시작했으나 나보다 먼저 마치고 2년 차 신입 디자이너로 일하고 있던 학과 동기가 디자인한 루이 알튀세르의『정신분석학에 관한 글: 프로이트와 라캉』Writings on Psychoanalysis: Freud and Lacan도 있었다. 또 아트 디렉터 자신이 디자인했다는, UCLA 동아시아학과 교수인 피터 H. 리가 책임편집자 중 하나로 참여한『한국 전통 자료 선집 I』Sources of Korean Traditions Vol. 1도 있었다. 내 이력서뿐 아니라 자기소개서까지 꼼꼼히 살핀 후 선정한 책들이었음을 짐작할 수 있었다.

내가 책에서 손을 못 떼자 아트 디렉터는 컬럼비아대학출판사에서는 이런 대중 인문서와 학술 연구서, 그리고 대학 교재를 동일한 비중으로 출간하고 있다고 말해주었다. 면접이 끝나고 ㅁ 자 모양의 출판사 실내를 한 바퀴 돌며 안내해준 후 1층의 로비까지 따라 나온 아트 디렉터는 내게 곧 다시 연락을 하겠다고 했다. 나는 상기된 마음을 애써 누그러뜨리며 그럼 연락을 기다리겠다고 말하고는 눈부시게 환한 6월의 햇살 속으로 걸어 나왔다.

콘데 나스트와의 2차 면접에서 함께 일해보지 않겠느냐며 초임 연봉을 제안받고 났을 때야 출판사에서도 2차 면접을 보러 올 수 있냐는 내심 기다리고 있던 연락이 왔다. 그런데 컬럼비아대학출판사에서 제시한 연봉은 콘데 나스트보다 적었다. 당시 동생과 함께 자취하던 맨해튼 어퍼 웨스트사이드의, 빛은 안 들어도 월세 인상률이 안정화된, 낡은 아파트의 딱 두 달 치 렌트비만큼이나. 두 차례씩 면접을 본 콘데 나스트, 컬럼비아대학출판사와 마찬가지로 신기하게도 영문 이니셜 'C'로 시작하는 작은 디자인 회사와 그 무렵 뉴욕에 직영 매장을 연 '반세기를 넘긴 장인 정신'을 강조하던 역시 'C'로 시작하는 고급 가죽 제품을 만드는 회사에서도 면접을 보러 오겠냐고 연락이 왔다. 이 두 곳에는 깍듯하게 거절 의사를 전했다. 콘데 나스트나 컬럼비아대학출판사 중에서 선택하기로 마음을 굳힌 후였기 때문이다.

동생과도 상의했지만, 한 곳을 결정하면 다른 곳에 미련이 남았다. 연봉은 고려하지 않더라도 콘데 나스트는 번듯한 사옥에, 직원들이 화려한 모습으로 팔을 내저으며 공중을 부유할 것처럼 활기찬 데 반해, 컬럼비아대학출판사는 (노후한 기숙사 건물 안 사무실은 차치하더라도) 백발이 성성한 편집자들의 모습이 격조 있어 보이기는 했지만 현실 따윈 초월해버린 듯이 보이기도 했다. 아직 20대였던 나마저도 동화되고 말 듯싶었다. 좀처럼 고민을 멈추지 못하자 동생이 심각한 말투로 한마디를 했다. "책 좋아하잖아, 책을 좋아하는데 출판사에서 일하는 게 낫지 않겠어?" 내가 "그건 그런데" 하면서도 결정은 못 내리자 히죽거리며 몇 마디를 더 보탰다. "곰브리치였나 잰슨이었나, 미술사 교과서를 보면 '일루미네이티드 매뉴스크립트'illuminated manuscript/채색 사본라고 중세 시대에 수도사들이 그림이랑 글자를 그려 넣어 기도서 같은 책을 만들었잖아. 책 만들면서 수도사처럼 가만히 사는 건 어때? 그게 더 잘 어울릴 것 같지 않아? 아닌가? 아님, 그러기 싫은 건가?"

20대 끝자락에 시작해서 반백이 되어버릴 때까지 수도사처럼 책을 만들어온 지 어언 24년째에 들어섰다. 앞으로 이변이 없다면 16년 정도 더 책을 만들며 살다가 나도 백발이 되겠지, 하고 남은 생에 대해서 생각하지 않을 수 없게 되었다. 미처 말하지 못했는데, 내가 뒤라스의 글을 처음 읽은 것은 아무 것도 모르던 열다섯 살이나 열여섯 살 때였다.『세계의 문학 대전집』제33권『현대세계희곡선집』에서였다. 조숙하지 못한 나는 막연하게나마 이 세계는 내가 이해할 수 없는 그런 복잡한 관계들로 가득 차 있다는 느낌을 받았다. 이제야 어렴풋이나마 실체를 알 수 있을 것 같은 관계들, 감정들.

뒤라스의 『연인』은 출판사에서 4년 동안 같이 일한 녀석에게 다른 대엿 권의 책과 함께 빌려준 후 돌려받지 못했다. 어시스턴트 디자이너로 일한 그는 어릴 적에 길 잃은 미아가 되었다가 자신의 의지와는 상관없이 미국의 유대계 가족에게 입양되어 자란 한국 태생 친구였다. 벌써 17년 전의 일이지만, 그때 녀석에게 빌려준 책의 목록만큼은 확실히 기억한다. 29년 전에 산 판테온 초판 양장본 1쇄 『연인』, 25년 전에 산 리버헤드 북스 초판 양장본 1쇄 이창래의 『원어민』Native Speaker, 빈티지 인터내셔널 문고판으로 1990년 이전에 출간된 파란 하늘 아래 금빛 모래 언덕만이 환상적으로 그려진 표지를 한 폴 볼스의 『은신처 같은 하늘』The Sheltering Sky, 역시 빈티지 인터내셔널 문고판이며 연보라색 티파니 건물 앞에 연회색 비둘기들이 날개를 펼치고 있는 장면을 담은 (이제까지 나온 이 책의 표지 중 가장 아름답게 디자인된) 트루먼 카포티의 『티파니에서 아침을』Breakfast at Tiffany's, 하퍼 페레니얼 문고판으로 공중에 떠 있는 중산모자가 표지에 그려져 있는 밀란 쿤데라의 『참을 수 없는 존재의 가벼움』, 펭귄 문고판이며 흑백으로 나뉘어 쓰인 두 단어만으로 표지를 채운 돈 드릴로의 『화이트 노이즈』White Noise.

빌려달라는 대로 책을 뭉텅이로 녀석에게 안긴 때는 내 두 번째 '엑스', 그러니까 전 아내가 집을 나간 지 10개월 즈음 지난 무렵이어서 온전한 정신이 아닐 때였다. 좀 정신을 차리고 보니 책을 빌려준 지 1년이 훌쩍 지나 있었다. 전화해 책을 돌려달라고 하자 처음에는 무슨 책 말이냐고 되묻더니, 자신에게 빌려준 책의 저자와 제목을 적어서 이메일로 보내주면 찾아보마 했다. 다른 책은 몰라도 내 생애 처음으로 제 가격을 다 주고 산 초판 양장본 『원어민』과 뉴욕에서 직장을 다니다 샌프란시스코로 떠난 대학 동창의 이삿짐을 날라주고 선물로 받은 『티파니에서 아침을』, 내가 끝까지 다 읽지 못한 『참을 수 없는 존재의 가벼움』, 이렇게 단 세 권만이라도 꼭 돌려달라고 부탁했다. 이메일을 보냈는데도 연락이 없어 다시 전화했더니 실은 출판사에서 이직한 후 한동안 다니던 디자인 스튜디오에서 해직되고 이사까지 하는 통에 내 책을 다 잃어버린 것 같다며 책을 구할 수 있는지 알아보겠다고 했다. 다시 연락은 없었다. 녀석과 함께 내가 빌려준 책도 깨끗이 포기했다.

관계를 정리하는 것에는 나름대로 이력이 있지만, 책과는 그렇지 못하다. 『원어민』은 헌책방을 뒤진 끝에 8년 전 초판 1쇄를 다시 구했다. 『연인』 초판 1쇄도 헌책방에서 발견해서 재작년에 다시 샀다. 20년 전에 출판사가 대학교 캠퍼스 옆 기숙사 건물에서 링컨 센터 맞은편 건물로 이전할 때 누군가가 사무실을 정리하며 남겨둔 책 더미에서 챙긴 『초록 눈』 초판 양장본과 24년 전 시애틀 대학 서점의 헌책 코너에서 단돈 3달러 98센트에 산, 더 뉴 프레스가 1992년에 출간한 『노스 차이나 연인』North China Lover 초판 양장본은 『연인』과 함께 나란히 내 책장에 꽂혀 있다. 하지만 별다른 이유 없이 불면의 늪에 빠지면, 온갖 오류로 점철된 기억의 영상이, 뻔한 B급 영화처럼 자기 멋대로 감은 눈꺼풀 뒤에서 되감기며 재생된다. 그럴 때면 잠이 들 때까지 내게 더는 남아 있지 않은 것들의 목록을 자막처럼 그 위에 덧씌운다.

• 『초록 눈』은 1987년 갈리마르 출판사의 임프린트 중 하나인 카이에 뒤 시네마에서 발행되었다. 영문판은 캐롤 바르코의 번역으로 1990년 컬럼비아대학출판사에서 출간되었으며, 이 번역서의 표지는 트레이시 펠드먼이 디자인했다.

•• '마르그리트 뒤라스가 제롬 보주르에게 들려주다'란 독특한 부제를 단 『실생활』은 1987년 갈리마르의 임프린트 중 하나인 P.O.L.에서 발행되었다. 영문판은 바버라 브레이의 번역으로 1990년 하퍼콜린스 출판사에서 출간되었으며, 문고판은 그로브 출판사에서 출간되었다. 이 문고판의 표지는 초판 양장본 『연인』과 『노스 차이나 연인』을 디자인한 루이즈 필리가 작업했다.

M 1   기억의 영지

『현대 한국문학 단편 선집』,
브루스 풀턴 · 권영민 편저

이것은 시작에 관한 이야기다. 불가피하거나 혹은 전혀 그렇지 않은 선택의 무작위적인 조합이 만들어낸, 아무도 의도하지 않았던 나비 효과가 빚은 아이러니에 대한 이야기이기도 하다. 책에서 시작되어 책으로 이어지는 좌표에 대해 끄적거린 메모란다memoranda.

『기억의 영지』Realms of Memory/Les lieux de mémoire*는 갈리마르 출판사의 편집장으로 격월간지 《르 데바트》Le Débat를 발행하는 저명한 역사학자이자 프랑스 사회과학고등연구원 연구 디렉터인 피에르 노라가 책임편집을 맡고 각 분야 수십여 명의 학자가 참여해서 만든 책이다. 1984년부터 1992년까지 9년에 걸쳐 전 7권으로 펴낸 책인데, 이 책의 영문 번역서는 갈리마르판에서 발췌해 번역한 원고를 컬럼비아대학출판사에서 펴내는 큰 판형 중 하나인 7×10인치 사이즈의 양장본 세 권으로 압축해 만들었다. 컬럼비아대학 출판사판 세 권은 각기 3부로 다음과 같이 구성되었다. 1996년 8월 출간된 제 1권『갈등과 분열』의 '정치적 분류'와 '소수 종교'와 '시공간의 분할', 1997년

9월 출간된 제2권 『전통』의 '모델'과 '도서'와 '특이성', 1998년 9월 출간된 제3권 『상징』의 '문장'emblems과 '주요 유적'과 '동일시'.

컬럼비아대학출판사에 입사해 3개월간의 수습 기간 때 제1권인 『갈등과 분열』을 만들며 북 디자인 제작 업무를 체계적으로 학습했다. 그런데 내가 출판사에 입사한 데에는 나비 효과라 부를 만한 비사가 있다. 내가 대학원 졸업 전시를 준비할 무렵인 1996년 이른 봄, 컬럼비아대학출판사에서 디자인/제작부의 아트 디렉터로 재직해온 30대 중후반의 여성 디자이너가 마흔이 되기 전에 새로운 도전을 해보겠다며 자신의 어머니가 태어난 동유럽의 한 나라에 평화봉사단원으로 떠나기로 결심했다. 그녀가 자신의 결정을 실행에 옮기며 여러 일이 연쇄적으로 벌어지고 나서야 내가 입사할 자리가 생겼다.

그녀가 퇴사하자 출판사에서는 새로운 아트 디렉터를 외부에서 영입하는 대신에 이탈리아 성씨를 가진 선임 디자이너를 아트 디렉터로 승진시켰다. 대학에서 영문학을 공부하고 파슨스에서 디자인을 전공한 뒤 뉴욕의 광고 회사에서 일하다 컬럼비아대학출판사로 이직해 일하고 있던 30대 초반의 여성 디자이너였다. 나와 대학원 동기였지만 나보다 먼저 졸업하고 컬럼비아대학출판사에서 신입 디자이너로 일하고 있던 여성 디자이너가 디자이너로 승진했고, 그 신입 디자이너 자리에 새로 채용된 게 나였다.

이 일련의 내부 승진과 신규 채용 과정에서 이전 아트 디렉터의 어시스턴트였던 FIT를 졸업한 태국계 미국인 여성 디자이너 단 한 명만이 신임 아트 디렉터의 어시스턴트로 계속 남게 되었다. 디자인도 맵시 있게 잘하는 성실한 디자이너였지만 자신 몫의 승진이 없다는 사실을 깨닫고 한 신문사의 디자인/제작부로 이직했다. 내가 컬럼비아대학출판사에서 일한 지 만 2년이 되어 신입 디자이너에서 디자이너로 승진하고, 또 6개월이 지나서였다. 선임 디자이너로 승진하자마자 내 대학원 동기가 한 단과 대학의 전임 교수로 가며 퇴사했고, 그 자리에 맥밀런에서 경력을 쌓은 백인 남성 디자이너가 새로 영입되었다. 그러니까 빈 신입 자리에 어도비에서 매뉴얼을 만들던 백인 여성 디자이너가 신입 디자이너로 채용된 직후였다. 결국 공석이 된 아트 디렉터의 어시스턴트 자리에는 한국에서 태어났지만 어릴 적에 유대계 미국인 가정에 입양되어 미국에서 자란, 로드아일랜드 디자인 학교RISD를 갓 졸업한 디자이너가 입사했다.

『기억의 영지』 제1권 『갈등과 분열』은 내가 입사하기 1년 전인 1995년 한여름에, 신임 아트 디렉터가 아직 선임 디자이너였을 때 디자인한 책이다. 내가 입사하자마자 배워가며 했던 작업은 3차와 4차 편집본을 건네받아 디자이너의 눈으로 검수하는 일이었다. 모든 책의 1차와 2차 편집본은 저자(나 번역자), 메뉴스크립트 에디터 순으로 교정·교열을 거치고 난 후 디자이너가 컴퓨터 조판을 하는 데스크토퍼에게 넘기기 전에 검수하지만, 3차 편집본부터는 저자(나 번역자)는 제외하고 메뉴스크립트 에디터가 텍스트 교열을 보고 나서 디자이너가 검수하는 것이 달랐다.

검수 내용은 우선 달라진 단어의 조합과 배열에 의해 자간이 벌어지거나 혹은 줄어들어 읽기가 수월하지 않게 되었는지 살피는 것이었다. 이 책의 경우, 142점에 달할 뿐 아니라 그 형태와 조합도 각양각색인 도판의 위치가 조금이라도 옮겨졌다면, 그래서 본문의 조판이 조금이라도 바뀌었다면, 그로 인해 각 페이지에 다른 변동이 없는지 (도입부 네 개 챕터와 본문 열세 개 챕터에 더해 종결부에 있는 3종 색인까지 포함해 총 680쪽에 달하는 페이지를) 한 장씩 꼼꼼히 체크해야 했다. 최종 파일을 인쇄소에 넘기고 나서는 예정보다 늦어진 교정·교열 때문에 예정 출간일을 맞추고자 기존의 2개월이 아니라 단 한 달 내에 책의 인쇄·감리·제본을 마쳐야만 했다. (외부에 공개된) 예정 출간일 한 달을 앞두고 어드밴스 카피advance copy가 출판사 사무실에 도착했을 때 아트 디렉터는 내게 두 달여간 맡겨둔 이 책이 잘 나왔다며 만족스러워했다. 그러면서 자신이 만든 가장 복잡한 책을 무난히 소화했으니 다음 책은 처음부터 맡아보라 했다.

　제2권을 맡으면서 제일 먼저 한 일은 갈리마르 판본의 책 네 권에서 선별된 148점의 도판 네거티브 필름이 갈리마르에서 제대로 도착했는지 확인하는 것이었다. 그런데 그 숫자가 만만찮고 여러 권의 책에서 도판이 추려진 탓에, 일련번호가 매겨진 도판 리스트와 제록스 복사된 이미지를 도판으로 사용할 네거티브 필름과 일일이 대조해가며 몇 번을 다시 세어보아도 네 점이 모자랐다. 결국 편집장**의 에디토리얼 어시스턴트가 갈리마르의 해외 저작권 담당자에게 연락해 빠진 네 점의 네거티브 필름을 전달받았다. 다음으로 내가 한 일은 이 네거티브 필름을 인쇄소로 보내 콘텍 프린트처럼 흰 감각지에 검게 인화해, 일명 블랙라인이라 부르는 디아룩스 프루프를 받아 인쇄될 도판의 상태를 미리 점검하는 일이었다. 하지만 인쇄소로부터 내가 보낸 필름을 사용할 수 없다는 연락이 왔다. 갈리마르에서 보내온 도판의 네거티브 필름이 영미권에서 일반적으로 사용하는 에멀션 처리된 면이 아래에 있는 필름(소위 'RRED'라 줄여 부르는 '라이트 리딩 에멀션 사이드 다운'Right Reading Emulsion Side Down)이 아니라, 유럽 대륙권에서 사용하는 에멀션 사이드가 위에 있는 필름이었기 때문이다. 도판 수에 맞게 필름이 도착했는지에만 신경을 쓰다 보니 에멀션 위치를 미처 확인하지 못해 생긴 사고였다.

　이를 아트 디렉터에게 보고하자 그녀는 짜증 섞인 카랑카랑한 목소리를 한 옥타브 더 높여 디자인/제작부 사무실 공간의 모두에게 들리도록 누가 이 따위로 일을 처리한 거냐고 신경질부터 냈다. 필름을 주문한 것은 내가 아니었고, 짐작건대 갈리마르에서 그들이 인쇄할 때 쓴 필름을 그대로 뉴욕으로 보내는 실수를 한 것이지만 그런 사실은 아트 디렉터에게 중요하지 않았다. 아트 디렉터는 그날 퇴근하면서 빈 사무실에 남아 있던 내게 아침에 소리부터 질러 미안하다고 따로 사과했다. 그녀는 디자인/제작 일이란 이렇게 얼토당토않게 생기는 모든 문제를 해결해야만 하는 것이고, (내가 실수를 하지 않았음에도) 이런 실수를 해가면서 일을 하나씩 배우는 거니까 기분 풀고 그만 퇴근하라고 했다.

그 문제가 어떻게 발생했는지, 또 그 문제를 어떻게 해결했는지에 관한 구체적 기록은 남아 있지 않다. 실마리를 찾아 오래전 파일 폴더를 뒤지니 제대로 된 네거티브 필름을 다시 보낸다고 갈리마르에서 전해 온 1997년 6월 23일 자 메모 사본 한 장만 있다. 1997년 6월 말경이면 제2권 최종 파일을 인쇄소에 넘기기 얼마 전이었고, 문제 발견 시점으로부터는 9개월이나 지난 뒤였다. 하지만 그 미스터리를 풀어줄, 이 책과 관련된 다른 메모는 이제 없다. 출판사가 컬럼비아대학교 캠퍼스에서 링컨 센터 앞으로 이전할 때까지만 해도 있었지만, 3년 전에 내 사무실을 옮겼고, 연이어 두 번 더 사무실을 옮기면서 없앴다. 책이 출간되면 6개월 안에 폐기해도 될 종이 파일들을 십수 년간 간직하고 있다가 사무실을 세 번 옮기면서 정리해 거의 다 버렸다. 내가 사용하는 컴퓨터 본체도 1990년대 말 이후 네 번이나 교체되었고, 내가 작성한 전자 메모 파일이 담긴 폴더는 외장 하드로 옮겨 출판사에서 한동안 보관한 것 같은데 이제 관련 기록을 찾을 길은 묘연하다. 중요한 것은 그 문제가 어찌 되었든 간에 무사히 해결되었고, 책이 출간 예정일에 맞춰 제대로 나왔다는 사실이지만.

그 사건이 전개될 즈음 내가 한 작업은 프린트한 제2권 원고 파일을 보며 제1권의 디자인 스펙을 조정하는 일이었다. 아니나 다를까, 제2권은 원고 구조와 형식이 약간씩 달라서, 제1권의 디자인 스펙을 전부 학습해 이해한 후에 이를 제2권에 맞게 수정해야 했다. 그와 함께 제2권의 표지도 내게 맡겨졌는데, 아트 디렉터가 디자인한 제1권의 표제는 『갈등과 분열』이었고 그녀가 선정한 표지화는 루브르미술관에 소장된 외젠 들라크루아의 〈민중을 이끄는 자유의 여신〉La Liberté Guidant le peuple으로 단순·명확했던 반면, 제2권의 표제는 시각화하기에 좀 더 복잡한 『전통』이었다. 내가 선정한 표지화가 몇 번이나 반려된 후에야 결국 오르세미술관에 소장된 클로드 모네의 〈건초 더미, 지베르니의 여름 끝자락〉Les Meules fin de l'été, Giverny으로 통과되었다. 도판 필름과 이미지 사용 허가서를 요청하는 팩스를 미술관에 발송했고, 이 표지화의 이미지 사용 허락서와 '트랜스패런시'transparency라고 부르는 필름을 국제 배송을 통해 받았다.

제2권 역시 1차, 2차, 3차, 그리고 4차까지 진행된 편집 과정을 통해 꼼꼼히 6개월 넘게 들여다보아야만 했다. 1차 편집을 마쳐 제작 과정에 사용될 원고가 내게 주어지고 나서부터 책 제본을 마칠 때까지의 순 제작에만 기존의 6개월이 아니라 12개월 가까이 걸린 책이었음에도 첫 책의 디자인을 따랐기에 당연히 내 이름은 재킷이나 책 어디에도 표기되지 않았다. 그러니까 영예는 전혀 없고 조금이라도 잘못되면 치욕만 있는 그런 종류의 작업이었다.

1997년 9월 제2권이 출간되기 바로 직전, 제3권이 또 내게 맡겨졌다. 이번에는 총 다섯 권의 갈리마르 판본에서 발췌한 211점의 도판이 선별되었는데, 갈리마르는 내 작업을 흥미롭게 만들어주려고 그런 것인지 이번엔 도판 하나하나를 따로 오려 보내지 않고 159점의 필름 조각에 211점이 뒤섞여 있는 네거티브 필름을 보내왔다. 도판 수만 늘어난 게 아니라 페이지도 무려 768쪽으로 불어났다. 제2권과 마찬가지로 『상징』이란 쉽지 않은 제목의 이 책 표지화 선정과 결정 과정은 그나마 순조롭게 진행되었다. 이번엔 삼색기가 널려 있는 그림으로, 보자르미술관에 소장된 클로드 모네의 〈생-드니 거리, 1878년 6월 30일 축제〉La rue Saint-Denis, fête du 30 juin 1878를 썼다.

처음부터 끝까지 최선을 다해 만들었지만, 내가 만든 책이면서도 내 책이 아닌 책 두 권을 입사한 첫해부터 2년 넘게 작업했다. 이후로도 몇 번을 더, 아트 디렉터가 디자인한 책의 제작 공정을 책임지고 관리하는 역할을 했다. 캘리포니아대학교(UCLA)의 한국학과 비교문학과 교수인 피터 H. 리와 컬럼비아대학교 석좌 교수인 윌리엄 시어도어 드 베리가 책임편집을 맡은 6×9인치 판형의 『한국 전통 자료 선집 1·2』Sources of Korean Tradition I·II 제2권이 그렇게 만들어진 책이다. 『중국 전통 자료 선집 1·2』Sources of Chinese Tradition I·II은 1968년 첫 에디션이 나왔고, 30여 년이 지난 2000년 개정판 제1권이 출간되었다. 이 개정판은 6×9인치 판형보다 조금 큰 6.125×9.25인치 사이즈로 두 권을 합치면 무려 1,690쪽이 된다. 이 역시 아트 디렉터가 첫 권의 표지 디자인과 본문 디자인만 한 후 내게 곧바로 넘겼고, 이 시리즈의 디자인을 제외한 개정판의 나머지 편집 과정과 모든 제작 공정은 내 손을 거쳐 만들어졌다. 『일본 전통 자료 선집 1·2』Sources of Japanese Tradition I·II은 1960년 첫 에디션이 나왔고, 40여 년이 지난 2002년에 개정판 제1권이 출간되었는데, 이 책도 앞선 선집들과 마찬가지로 내 손을 거쳐 만들어졌다.

신입 시절에는 매년 스무 권씩, 디자이너가 되어서는 매년 스물네 권에서 서른 권 사이의 책을 만들었지만, 그리 기억에 남는 저자도 책도 없다. 입사 4년 차에 들어서던 해에는 기회만 생기면 당장 이직이라도 할 듯이 내 포트폴리오를 재정비했다. 그런데 뜻밖의 일이 일어났다. 그해 여름 끝자락에 한 원고 초고의 캐스트오프castoff, 그러니까 기존의 6×9인치 판형으로 제작할 때 몇 페이지 분량의 책이 될지를 미리 원고의 페이지당 글자 수를 세어 가늠하는 작업을 하게 되었다. '편저자의 서문'에 따르면, 그 원고 초고가 내 손에 들어오기 7년 전 내가 아직 대학원에 있을 때인 1994년에 벌써 구상된 책이라고 했다. 미국에서 초기 한국문학 교육과 번역에 선구자적 역할을 한 것으로 알려진 당시 하와이대학교 교수인 마셜 필이 서울대학교 국문학과 교수 권영민과 함께 준비했지만, 바로 이듬해인 1995년 마셜 필 교수의 죽음으로 작업이 진척되지 못한 채 묻혀 있다가 하버드대학교 한국문학 코리아 파운데이션 교수인 데이비드 맥캔의 책임편집으로 드디어 세상 밖으로 나와 제작 전 단계의 첫 공정에 들어가고자 내 손으로 들어온 거였다.

스물한 명의 번역자들이 참여해 번역한 근현대 시인 서른네 명의 시 총

228편이 수록된『한국 현대 시 컬럼비아 앤솔로지』The Columbia Anthology of Modern Korean Poetry였다. 2000년 늦여름 내가 첫 캐스트오프를 했을 때는 한 페이지당 몇 자로 계산을 했는지, 이제는 그 기록 역시 전혀 남아 있지 않다. 마음이 떨려 계속 내가 세는 숫자가 엉켜버려서 수차례나 다시 캐스트오프를 해야 했는데, 그런 덕분에 출판사에서 예상한 300쪽 분량보다 길다고 메모를 작성한 기억이 남아 있다. 이 첫 영문 한국 현대 시 선집은 무슨 일이 있더라도 내 손으로 만들고 말겠다고 다짐했는데, 다짐만 한 게 아니라 아트 디렉터에게 캐스트오프 메모를 넘기면서 처음으로 이 책은 내가 작업하고 싶다고, 꼭 하게 해달라고 요청하고 선약까지 받았다.

이듬해인 2001년 여름에는 캐나다 브리티시 컬럼비아대학교의 한국문학 번역학 석좌 교수인 브루스 풀턴과 권영민 교수의 공동 책임편집으로 집필된『현대 한국문학 단편 선집』Modern Korean Fiction: An Anthology의 원고 초고가 내 책상에 캐스트오프를 위해 놓였다.『한국 현대 시 컬럼비아 앤솔로지』보다도 2년이나 앞선 1992년부터 구상되었다는 이 책에는 스무 명의 번역자가 참여했고, 근현대 작가 스물두 명이 1924년부터 1997년 사이에 발표한 스물두 편의 단편 소설이 수록되어 있었다. 월북 작가와 북한 작가의 작품도 하나씩 포함되어 있었다. 아트 디렉터는 내게 "이 책도 네가 하겠다고 할 거지?" 하고 물었다. 나는 "물론" 하고 대답했다. 하지만 이 두 책의 최종 원고가 들어와 디자인 작업을 시작하기까지는, 내가 두 책의 첫 캐스트오프를 한 때로부터 각기 3년씩이나 더 기다려야 했다.

그사이에 내가 보람을 찾을 만한 책을 작업할 기회가, 내가 원하는 만큼은 아니더라도, 차츰 주어지기 시작했다. 소설가이자 문학 평론가로 미국 공영 라디오 방송국 NPR의 〈모든 것에 대한 고려〉All Things Considered란 프로그램에서 도서 평론을 진행하는 앨런 체우스의『페이지에 귀 기울이기: 읽고 쓰는 모험』Listening to Page: Adventures in Reading and Writing이 그 하나였다. 표지화는 로테르담의 보이만스 반 뵈닝겐 미술관에 소장된 르네 마그리트의 〈복제 불가/에드워드 제임스의 초상〉La Reproduction Interdite/Portrait of Edward James을 선정해 썼다. 미국 공영 텔레비전 방송사 PBS의 〈뉴스아워〉NewsHour에 출연한 저자가 이 책을 가슴 앞에 들고 흐뭇해하던 표정과, 대담자였던 여성 앵커가 책을 향해 고개를 15도 정도 각도로 살짝 기울여 (사실은 단 몇 초 동안이었겠지만) 책에서 나는 소리에 귀라도 기울이듯 미소를 머금고 저자의 손에 들린 책을 바라보던 모습을 잊지 못한다.

하지만 뿌듯함은 잠깐뿐이었다. 하루아침에 전혀 예상치 못한 파국이 차례로 닥쳤다. 수백 명의 승객을 실은 채 마천루로 돌진한 비행기의 충격에 불가항력적으로 무너져 내린 건물의 잔해 속에 몇 년째 구조되지 못하고 갇혀 있는 것만 같았지만, 숨이 끊어진 건 아니었으니 어떻게든 하루하루를 버텨내야만 했다. 왜 내가 살고 있는지, 왜 아직 살아 있는지 스스로 답하기 어렵던 그 시절에 이를 악물고 작업한 책 중의 하나가 3년 전 원고 초고의 글자 수를 센 한국 현대 시 선집이었다. 그때 내가 작성한 2차 캐스트오프 메모에 기입된 날짜는 2003년 9월 17일로, 각 페이지당 2,808자, 총 288쪽에 달하는 책이라 적혀 있다. 이 메모는 고이 간직하고 있다.

내게 너무도 각별한 책들이기에, 할 수 있는 한 가장 아름다운 표지를 만들고 싶었다. 2002년 봄에 작업한 책의 번역자인 도널드 킨이 내 작업에 지대한 성원을 보내준 덕분에 아트 디렉터와 출판사 편집장은 내 구상과 표지화 선정에 선뜻 동의해주었다. 그러나 다른 화가의 표지화를 마음에 두고 있던 책임편집자 데이비드 맥캔 교수를 설득해야만 했다. 어렵사리 승인을 받은 후 내가 원했던 대로 임옥상 작가의 〈보리밭〉을 표제화로 쓴 디자인으로 책을 출간한 때는 2004년 3월이었다. 작품 사용 허락을 받고자 임옥상 작가의 스튜디오로 보낸 팩스 원본 문건들도 그대로 간직하고 있다. 내가 선정한 박항률 작가의 〈비어〉를 표제화로 한 『현대 한국문학 단편 선집』을 출간한 것은 이듬해인 2005년 8월이었다.

빛이 보이지 않는, 무너진 마천루의 잔해 속에 갇힌 것만 같던 그 무렵의 나날은 지금 다시 떠올리기만 해도 나를 섬뜩하게 한다. 어쩌면 나는 무슨 일이 있더라도 이 책들을 내 손으로 만들겠다는 일념 하나로 그 끔찍한 시간을 버텨냈는지도 모르겠다. 이 두 권의 책이 아니었다면 나는 컬럼비아대학출판부에서 일하고 있지 않을지도 모른다. 『한국 현대 시 컬럼비아 앤솔로지』의 책임편집자인 데이비드 맥캔과, 『현대 한국문학 단편 선집』의 책임편집자인 브루스 풀턴과 권영민에게 갚을 길 없는 빚을 진 셈이다.

* 프랑스어 원서에는 없는 '프랑스 과거의 구성'이란 부제를 단 이 『기억의 영지』 영문 번역본의 책임편집은 컬럼비아대학출판사를 대표하는 시리즈 중의 하나인 '유러피언 퍼스펙티브: 사회학적 사유와 문화적 비평'European Perspectives: A Series in Social Thought and Cultural Cristicism의 편집장이기도 한 다트머스대학교 로런스 D. 크리츠만 교수가 맡았고, 내용이 발췌되었음에도 무려 마흔네 개의 본문 챕터로 이루어졌다. 프랑스 정부로부터 예술문화 기사 작위를 받은 바 있는 아서 골드해머가 방대한 분량을 혼자 번역했다.

** 저자와 책을 계약하는 편집자는 'AqE'로 줄여 부르는 애콰이어링 에디터Aquiring Editor로 출판사 내에서 특정 분야의 도서 출간을 맡은 편집자인데, 다른 편집 업무를 하는 편집자와 구별하고자 편집장으로 표기했다. 편집장에게는 그들의 업무를 돕는 에디토리얼 어시스턴트가 한 명씩 있다. 저자와 함께 초고를 개고하는 작업을 하는 편집자는 카피 에디터다. 제작 이전 단계에서 최종 원고가 만들어지면 이를 파일화하고, 제작에 들어간 후에는 컴퓨터로 조판된 페이지를 교정·교열하는 업무를 하는 편집자는 메뉴스크립트 에디터나 프로덕션 에디터라 부른다. 마지막으로, 편저자라 불리는 편집자는 책임편집자로 표기했다.

M2   최상의 저자

『옥쇄』,
오다 마코토 지음

                          "죽은 저자야말로 최상의 저자이지."
이 놀라운 말은 아트 디렉터한테서 처음 들었다. 입사 2년 만에 신입 딱지를
뗀 내 승진 기념 술자리나, 그게 아니라면 그즈음엔 딱히 기념할 일이 없어도
30대를 전후한 동료들이 주축이 되어 종종 갖던 퇴근 후 술자리였을 것이다.
언제였는지는 가물가물해도 장소만큼은 확실하다. 컬럼비아대학출판사가 대
학 캠퍼스 인근에 있던 시절이었으니 사무실에서 세 블록 떨어진 암스테르담
가 술집이다. 어린 대학생보다는 대학원생이 주요 고객이라 너무 시끄럽지
않은 선술집으로, 가게 주소인 네 자리 아라비아 숫자가 상호인 '1020바'다.
아트 디렉터는 이날 갑자기 죽은 저자가 최상의 저자란 말을 아무렇지도 않
게 했다. 다들 술기운 탓에 고개를 끄덕거리며 실실 따라 웃었는데, 나는 같이
웃을 수가 없었다. 출판사에서 은퇴한 지 얼마 안 된 백발의 연로한 여성 편
집자 한 분이 돌아가신 지 오래지 않았을 때였고, 내가 그녀의 죽음에 일조한
것 같다는 막연한 죄책감을 떨쳐내기 어려웠기 때문이다.

그녀는 출판사에서 가장 연로한 아이리시계 편집자였는데, 대학을 졸업한 직후인 1950년대 초중반 컬럼비아대학출판사에 편집자로 입사해 반세기 가까이 일한 분이었다. 꽤 오랫동안 편집부장으로 재임했는데, 내가 입사하고 나서 얼마 되지 않았을 무렵에 일흔 즈음의 나이로 은퇴했다. 하지만 은퇴한 뒤 십수 개월이 지나 출판사로 다시 돌아와 일주일에 사흘 정도를 파트타임으로 일했다. 그러던 중, 그녀가 교정·교열을 맡은 책에 그만 사고가 났다. 내가 디자인한 듀얼 에디션 모노그래프dual edition monograph*의 제목 첫 단어 철자에 오타가 난 채로 인쇄·제본까지 마치고, 출판사로 배송된 어드밴스 카피라 부르는 신간 견본을 저자에게 다시 보냈는데 이걸 저자가 받아 보고서야 문제를 발견한 거였다.

그나마 다행히 노스캐롤라이나주 제본소에서 뉴욕시 인근 어빙턴에 있는 출판사 유통 창고로 보낼 책을 트레일러트럭에 싣고 출발하기 직전이었다. 크레이트에 담긴 책을 꺼내 표제가 특수 잉크로 형압 처리된 견장본은 파쇄한 뒤 인쇄와 제본을 완전히 다시 해야 했고, 무선본은 표지를 뜯어내고 책등을 갈아낸 후 재인쇄한 표지로 다시 제본해야 했다. 사고가 발생한 후 얼마 지나지 않아 그녀는 조용히 사직했는데, 수개월가량 지나 출판사에 그녀의 부고 소식이 전해졌다.

아트 디렉터는 내게 이런 종류의 인쇄 사고는 출판사에서 일하다 보면 가끔 일어나게 마련이라고 했다. 이런 일로는 아무도 죽지 않는다면서 우리가 하는 일은 뇌 수술이나 로켓 사이언스가 아니라고도 했다. 이런 사고를 미연에 방지하기 위해서 디자인을 마친 표지 시안을 출판사의 편집장, 마케팅 디렉터, 교정·교열 편집자, 저자까지 일일이 확인한 후에야 승인하는 절차가 마련되어 있고, 또 표지 메커니컬mechanical을 인쇄소로 보내기 직전에 프린트해 최종 교정·교열도 했고 인쇄소에서 보낸 컬러 프루프로 인쇄 감리까지 했으니 나만의 책임이 아니라며, 세상이 꺼진 듯 낙담하던 나를 다독여주었다. 심지어 책을 쓴 저자까지도 신간 견본을 받을 때까지 이 세상에 존재하지 않는 단어가 자신이 쓰고 정한 책의 표지 위에 쓰여 있는 것을 발견하지 못했으니 출판 경험의 하나로 호된 신고식을 한 거로 생각하라고 했다. 그래도 같은 실수를 반복하지는 말라고도 덧붙였다. 하지만 그 책의 교정·교열을 책임진 편집자가 두 번째 은퇴를 한 후에 결국은 고인이 되자 그런 위로는 무용지물이 돼버렸다. 동료들은 한결같이 무슨 사건·사고가 벌어져 뭔가 잘못되는 일이 있으면 그게 꼭 나 때문이라 생각하는 심각한 증상이 있는 것 같다면서, 그녀는 알코올 의존도가 심했고 무엇보다 고령이었다는 걸 잊지 말라 말해주었다. 나 때문이거나 그 사건 때문이라 생각하지 말라고 조언해주었지만, 달라지는 것은 없다.

이 사고 직후 새로운 작업 방식이 디자인/제작부에 권고되었다. 디자이너가 표지를 만들 때 절대로 표제와 저자명을 직접 입력하지 말고 교정·교열을 보는 에디터가 작성한 것을 '카피 앤드 페이스트' 그러니까 복사해 붙여넣도록. 어쨌거나 죽은 저자가 제일이라는 말을 다른 누구에게서도 듣지 못한 걸 보면 출판계에서 그리 널리 쓰이는 말은 아니라고 추정된다. 그런데, 흔치는 않지만, 출판 일을 하다 보면 어느 순간 이 말을 뱉고 싶은 상황이 있는 것 또한 사실이다. 누군가가 이 말을 내뱉는다면, 그건 책이 나올 때까지 디자이너가 저자로부터 상식선을 넘어서는 주문에 계속 시달렸다는 의미일 테다.

예를 들어, 디자인에 고딕체는 절대 쓰지 말아야 한다는 조건을 달거나, 텍스트 서체는 세상 모든 서체 중 가장 기품 있는 가라몬드 서체여야만 한다거나, 원문 활자는 결단코 11포인트 이상의 사이즈여야만 한다는, 계약에는 없는 제약 조건을 다는 저자가 있다. 표지를 디자인할 때도 세상 모든 서체 중 유일무이하게 아름다운 디도 서체여야만 한다거나, 어떤 색상은 절대 쓰면 안 된다고 하거나, 어떤 색상은 꼭 써야만 한다고 하면서, 그래야만 하는 이유를 소논문으로 작성해서 레터 사이즈인 B4 용지 한 장 분량을 채워 편집장을 통해 전달하는 저자도 있다. 출판사 내에서 승인된 표지를 받아서는 가족이나 이웃이나 자신의 수업을 듣는 학생에게 평점을 매기게 한 후 퇴짜 놓는 저자가 있는가 하면, 교정에 들어간 편집 원고를 스케줄에 맞게 제때 돌려보내지 않는 것부터 시작해서 계약상 최대치인 원고 15퍼센트를 넘기는 분량의 텍스트를 조판된 이후에 편집 과정마다 수정한다거나, 마감 기일을 죄다 넘겨 진행해놓고서는 자신의 정교수 임명 심사에 인쇄·제본을 마친 책이 필요하니 제작 기간을 어떻게든 단축해 어느 날까지 책을 자신에게 전달해야만 한다고 뒤늦게 통보하는 저자도 있다. 미 대륙 반대편에 있는 서점에서 열리는 출간 기념회나 학회에 책이 필요하니 자신이 머무는 호텔이나 콘퍼런스 장소로 토요일 오전까지 책을 배송해주어야 한다는 저자 또한 종종 있다. 이미 죽은 저자라면 하지 않을, 하지 못할 막무가내의 요구를 하는 저자들. 그런 저자의 예는 만들어지는 책의 종만큼이나 실로 무궁무진하다.

'죽은 저자야말로 최상의 저자'라는 험악한 말을 토해내게끔 하는 저자가 분명 존재하는 것도 사실이지만, 그렇지 않은 저자가 훨씬 더 많이 존재한다. 제작에 참여한 북 디자이너는 책이 무사히 나온 것만으로도 뿌듯한데, 책을 잘 만들어주어 감사하다는 이메일이나 손 글씨로 직접 쓴 카드를 받기도 하며, 심지어는 포도주를 선물 받은 경우도 있었다. 물론 이제껏 800여 권에 달하는 책을 만들면서 느낀 바로는, 디자이너에게 자주 있는 일이 아닌 건 분명하다. 저자와 함께 편집 과정을 진행하는 에디터가 일상적으로 온갖 선물을 다 받는 것에 비하면.

죽은 저자가 최상의 저자라는 말을 처음 들은 때는 사반세기 정도를 출판사 대표로 재임한 분이 은퇴하고 나서 상업 출판사인 헨리 홀트 앤드 컴퍼니에서 스카우트된 꽤 젊은 편집장이 출판사 대표로 새로 부임한 무렵이었다. 내가 입사한 지 4년이 채 못 되었을 즈음에는 컬럼비아대학출판사가 링컨 센터 앞으로 이전했다. 새로 옮긴 사무실에서 나는 신입 때처럼 다시 다른 디자이너와 함께 한 사무실을 나눠 쓰게 되었다. 나와 같은 사무실을 쓴 디자이너는 내가 디자이너로 승진한 다음 해 겨울에 입사했는데, 그녀는 뉴욕에서 미대를 졸업하고 나서 책방을 잠깐 운영했고, 이후 캘리포니아에 소재한 컴퓨터 소프트웨어 회사 어도비에서 선임 디자이너로 일하며 인디자인이나 포토샵 등 각종 소프트웨어 사용 설명서 책자 만드는 일을 했다.

2000년 3월 출판사가 새 사무실로 이전했는데, 18개월 뒤 9·11 테러 사건이 났다. 테러가 있기 불과 수 주 전에 나한테 벌어진 불가항력적인 사태로 인해 밤을 거의 뜬눈으로 지새우고 간신히 출근하고 있을 때였다. 가을과 겨울을 그렇게 지나며, 내가 어떤 책을 어떻게 만들었는지 거의 잊어버렸다. 하지만 그즈음에 출간된 몇몇 책의 판권 날짜를 확인해보니 2001년 여름부터 내가 작업하고 있던 책은 (컬럼비아대학교 일본문학 및 일본문화학 교수이자 현재는 동아시아학 학과장이기도 한 하루오 시라네가 책임편집을 한) 『일본 근대 문학사 1600~1900』Early Modern Japanese Literature: An Anthology, 1600~1900이었다. B4 용지에 출력한 워드 파일 원고는 2,000쪽이 훌쩍 넘었고, 깨알 같은 글씨로 조판된 책 페이지가 1,056쪽에 달하는 벽돌 책이었다. 그뿐 아니라 일본의 여러 대학 도서관과 자료관에서 일곱 개의 상자에 담아 보내온 60권이 넘는 고서들에 실린 300여 점의 도판을 일일이 확인하고 사이즈를 재서 인벤토리 리스트를 만들어 인쇄소로 넘겨 인쇄용 필름을 제작해야 했다. 그러고는 가을부터 거의 1년 가까이 도판을 이리저리 옮기며 조판된 페이지를 재교정할 때마다 한 장 한 장 반복해 검토했다.

모두 지나고 보니, 그런 묵직한 책에 묵묵히 머리를 처박고 있었던 게 어떤 면에서는 나를 위해 분명히 나았던 것 같다. 그즈음 사무실에서 나의 유일한 대화 상대는 순 은발에 나이가 지긋한 편집자였다. 그녀는 대학을 졸업한 뒤 바로 스크립너스 출판사에 첫 유대계 미국인 마케터로 입사했다가 1년 만에 사직하고 대학원에 진학했는데, 대학원 재학 중에 우연히 교정·교열 아르

223

바이트를 하다가 아예 대학출판사에서 편집 일을 하게 된 이였다. 그녀는 옥스퍼드대학출판부에서 수십 년 동안 일하다가 2000년에 컬럼비아대학출판사로 이직했는데, 꼼꼼하기로 정평 나 있었다. 다른 이들이 모두 퇴근하고 나서도 사무실에 유일하게 늦게까지 남아 있던 그녀에게만 내가 집에 늦게 돌아가는 이유를 터놓고 이야기했다.

2002년 이른 봄, 사무실을 나눠 쓰던 나와 동료 디자이너는 전혀 다른 이유이기는 했으나 둘 다 한숨을 푹푹 내쉬며 일하고 있었다. 어떤 날은 동시에 큰 소리로 한숨을 내쉬다가 그 상황이 너무 어이없어 미친 듯이 격렬한 웃음을 터뜨린 적도 여러 번 있다. 마케팅 부서의 카피라이터가 2002년 가을 시즌 카탈로그에 실릴 카피를 쓰다 말고 옆방에서 우리 상태를 점검하러 건너오기까지 했다. 나와 동료 디자이너가 그 카탈로그에 실릴 표지들 때문에 정신을 내려놓고 있을 때였다. 동료 디자이너는 도널드 킨**의 저서 『5인의 일본 현대 소설가』Five Modern Japanese Novelists를, 나는 도널드 킨의 번역서인 오다 마코토의 중편 소설 『옥쇄: 소설』The Breaking Jewel: A Novel의 표지를 만들고 있었다.

동료 디자이너는 『5인의 일본 현대 소설가』 표지를 서체만 사용해 디자인하라는 아트 디렉터의 권고에 따라 작업했다. 그런데 그녀의 표지 시안은 하나같이 아트 디렉터가 반려하거나, 아트 디렉터가 승인하면 편집장이나 마케팅 디렉터가 계속 퇴짜를 놓고 있었다. 도무지 몇 번째인지도 모를 시안이 출판사 내에서 어렵게 승인되어 도널드 킨에게 보내졌는데, 이번에는 저자가 뭔가가 마음에 들지 않는다고 새로운 표지를 보여달라고 주문해왔다.

아트 디렉터는 내게 『옥쇄』 표지 작업을 맡기며 알아서 재밌게 잘해보라고 했고, 아무런 방향도 제시해주지 않았다. 다행히 원고가 짧아, 대략 일주일간의 출퇴근길과 점심 식사 후의 자투리 시간만을 이용해서도 원고를 다 읽을 수 있었다. 태평양 전쟁 막바지, 남태평양의 전략적으로 의미 없는 한 작은

섬을 방어하다 실패하면서 옥쇄하라는 명령을 어기고 개처럼 죽기보다 숨이 끊어질 때까지 싸우려 드는 일본인 분대장, 조선인 하사, 오키나와인 이등병이 나오는 중편 분량의 소설이었지만 '노벨라'가 아니라 장편을 뜻하는 '노블'이란 부제가 붙어 있었다.

　나는 디자인/제작부의 자료 책장에 있던 일본 전통 문양집을 들춰 거기에 실린 일본 황실을 상징하는 국화 문양을 스캔 떠서 표지 바탕 전체에 도배하고, 그 위에 마른 핏자국 색깔을 입힌 후 펜의 팁이 붓처럼 생겨 일명 브러시 펜이라 불리는 필기구로 표지의 모든 글자를 한자씩 써서 올렸다. 아트 디렉터는 디자인이 밋밋하다거나 국화 문양 위에 쓰인 글자가 잘 안 읽힌다거나 하는 식의 단면적으로 부정적인 코멘트를 했다. 몇 차례 수정을 거친 후 (그게 몇 번째였는지는 이제 기억해낼 수 없지만) 표지 시안이 아트 디렉터를 통과해 출판사 내의 승인 과정을 거치게 되었다. 그런데 이번에는 마케팅 디렉터가 표지만 보고서는 도무지 무슨 책인지 알 수가 없다며 다짜고짜 퇴짜를 놓았다.

　첫 표지 시안을 깨끗이 포기하고, 이번엔 수천 점에 달하는 남태평양 섬과 해안가 사진을 검색해 들여다보았다. 새로 작업한 표지에는 이미지 아카이브의 하나인 포토니카에서 찾은, 전체적으로 검푸른 빛이 도는 한 해안가 사진을 바탕에 깔았다. 그러고는 일본 해군이 청일 전쟁과 러일 전쟁에 이어 태평양 전쟁 시기에도 썼던 욱일기와 빼닮은 해상 자위대의 깃발을 구축함의 마스트mast에 올리고 출항하는 보도 사진이 실린 일본의 재무장 관련 기사를 프린트해서 스캔을 뜬 후 사진 속의 깃발만 도려냈다. 포토샵에서 바람에 좀 더 쏠려가는 형태로 변형하고 색을 보정했다. 엄지손톱만 한 사이즈로 키워 바탕 사진 위에 올렸다. 그리고 나서는 반려된 시안에서처럼 손 글씨로 표지의 모든 글자를 다시 썼다. 그러나 이번에도 마케팅 디렉터만은 표지를 승인하지 않고 문제를 제기했다. 아트 디렉터에게 동의를 구한 후 마케팅 디렉터 사무실로 찾아갔다. 이 시안만은 번역자와 저자에게 보여주고 그들이 무엇을 원하는지 구체적인 피드백이라도 받아보면 어떻겠냐고 물었다. 그렇게 해서 번역자에게 표지를 보냈는데, 번역자와 저자 그 누구도 아무런 이의도 제기하지 않고 그대로 승인해주었다.

승인받지 못한 표지 시안들에 사용한 국화 문양은 늦은 봄 본문 편집 디자인을 할 때 재활용했다. 총 열다섯 장으로 이뤄진 짧은 중편 소설의 각 장이 시작될 때마다 국화 문양 속 꽃 이파리가 몇 점씩 뜯겨 나가도록 디자인하여 각 장을 표기한 아라비아 숫자 앞에 실었다. 이 책의 디자인 과정과, 서로 전혀 다른 이유로 동료 디자이너와 함께 푹푹 내질러대던 한숨을 제외하면, 2002년의 나머지 시간은 무의미한 형상일 뿐이다. 잉크로 쓴 글자에 물이 쏟아져 전혀 알아볼 수 없게 번진 얼룩처럼. 나와 동료 디자이너에게 배정된 책이 뒤바뀌었더라면, 어쩌면 나는 그때 이미 자폭해버렸을지도 모를 일이다.

그해 연말에 책이 무사히 나왔고, 매년 하반기를 도쿄에서 보내던 도널드 킨에게도 번역자 몫의 신간 견본을 발송했다. 2011년 동일본 대지진 사태 이후 일본으로 귀화하기 전까지는, 그러니까 1996년 컬럼비아대학교에서 은퇴하고 난 후에도 킨은 각기 반년씩 뉴욕과 도쿄를 오가며 컬럼비아대학교 명예 교수로 교육과 저술 활동을 이어가고 있었다. 내가 아직도 이메일함에 소중하게 보관하고 있는, 2003년 1월 23일 오후 3시 10분에 도착한 이메일이 있다. 지금은 출판사 대표가 된 당시 편집장이 보내온 이메일이다. 그녀는 뉴욕에 돌아온 킨과 만나 두 시간 넘게 점심 식사를 같이했다고 했다. 그러면서 그가 줄곧 『옥쇄』 표지 칭찬을 하늘에 닿을 정도로 했다는 걸 내게 알려주고 싶어서 이메일을 보낸다고 썼다. 킨의 절찬은 그가 미술과 미학에도 조예가 깊기에 더 의미 있는 일이라고 썼다. 그러면서 이 소설의 저자인 오다 마코토(와 화가인 재일 조선인 2세 아내까지)도 이 표지를 매우 마음에 들어 했다고 전해주었다.

227

그 후로 킨의 책 네 권을 더 내리 작업했다. 표지와 본문 편집 디자인을 모두 한 첫 책은 신임 마케팅 디렉터가 2006년 도쿄 출장 중에 지하철 옆자리에서 누군가 읽던 신문 지면을 우연히 들여다보다가 발견하여 2008년 출간한 회고록이다. 《요미우리 신문》 토요일판에 야마구치 아키라가 그린 컬러 삽화와 함께 2006년 1월 14일부터 같은 해 12월 16일까지 총 49차례에 걸쳐 연재된 글을 모은 『내 삶의 연대기: 일본의 가슴속으로 들어간 한 미국인』 Chronicles of My Life: An American in the Heart of Japan이었다. 2011년 출간한 책은 기요사와 기요시, 나가이 가후, 다니자키 준이치로, 다카미 준, 히라노 겐 등 태평양 전쟁 시기 문인의 일기를 소개한 『절대 사라지지 않을 아름다운 나라: 전시 일본 작가들의 일기』So Lovely a Country will Never Perish: Wartime Diaries of Japanese Writers였다. 2012년에는 일본의 대표적인 고전 시 형태인 하이쿠와 단카를 현대적으로 변용해 일본 시 문화를 국제적으로 알린 시인 마사오카 시키의 전기 『겨울 햇살이 빛나네: 마사오카 시키의 삶』The Winter Sun Shines in: A Life of Masaoka Shiki을 만들었다. 2015년에는 고전적 단카와 자유시를 쓰다 고작 스물여섯의 젊은 나이에 요절한 시인 이시카와 다쿠보쿠의 전기 『첫 현대 일본인: 이시카와 다쿠보쿠의 삶』The First Modern Japanese: The Life of Ishikawa Takuboku을 만들었다.

킨은 과거의 기억을 되찾을 수 있게 도와주는 것이 일기인데, 아주 어릴 적을 제외하고는 평생 일기를 쓰지 않아서 자신의 회고록을 집필하는 동안 내리 후회했다고 회고록 말미에 적었다. 하지만 바로 다음 문장에서는, 그렇지만 일기를 쓰지 않은 것이 차라리 잘된 일인지도 모른다고 썼다. 자신이 일기로 모든 것을 회상할 수 있다면, 분명히 어릴 적 자신이 가진 공포도 기억할 터이고, 자신이 싫어한 스승들이나 자신을 배신했다고 생각한 친구들이나 자신이 사랑했으나 자신을 사랑해주지 않은 이들까지 모조리 기억해야 할 테니까, 하고 말이다.

내가 도널드 킨이 2000년대 이후 번역하거나 저술한 책 열 권 중 여섯 종의 표지와 본문 편집 디자인을 포함한 북 디자인 작업을 할 수 있었던 까닭은 순전히 그가 은퇴한 이후로도 스무 해 남짓한 기간 동안 끊임없이 저술 활동을 지속했기 때문이다. 킨은 학계와 출판계에서 독보적인 존재이기도 하지만, 개인적으로는 내가 책 만드는 일을 자신을 잃지 않고 계속할 수 있게 해준 고마운 저자이기도 하다. 자신에게 남아 있는 기억만으로도 충분히 행복한 삶을 살았노라고 회고한 이 노학자는 2019년 2월 24일 96세를 일기로 작고했다. 그는 살아 있을 때 그랬듯 이미 세상을 떠나버리고 난 지금도 내게 최상의 저자 중 하나다.

• 듀얼 에디션dual edition은 표지 재킷을 씌우지 않은 양장본 형태의 견장본과 페이퍼백 무선본을 동시에 만드는 것을 의미하고, 모노그래프monograph는 특정 단일 분야를 주제로 삼는 연구 논문류의 학술서를 일컫는다. 견장본은 전적으로 도서관용으로 제작하는데, 표지 재킷을 만드는 대신 표제와 저자명을 특수 포일foil을 사용해 책등과 책 겉면에 형압 처리한다.

•• 도널드 킨은 뉴욕에서 1922년 6월 18일 태어났다. 컬럼비아대학교에 만 열여섯이 되던 해 입학해 1942년에 졸업했다. 대학에서 중국문학을 공부하던 중 아서 웨일리가 번역한 『겐지 이야기』The Tale of Genji를 읽고 감명했다. 졸업 직후 일본의 진주만 폭격으로 미국이 제2차 세계 대전에 참전하자 미 해군에 자원입대했다. 평화주의자였지만, 해군에서 운영하는 일본어 학교에 진학해 일본어를 배우기 위해서였다. 1년의 강도 높은 교육 과정을 마치고 미 해군 일본어 학교를 졸업하자마자 그는 태평양 전쟁 발발지인 진주만에 정보 장교로 배치되었다. 전후에는 컬럼비아대학교로 돌아와 대학원을 다녔고 하버드대학교, 케임브리지대학교, 교토대학교에서도 공부했다. 1949년 컬럼비아대학교에서 박사 학위를 받은 뒤 반세기를 훌쩍 넘는 기간 동안 컬럼비아대학교 일본문학과 교수로 재임했다. 미국 대학에서 주요 교재로 쓰는 40여 권의 일본문학·일본문화 학술서를 집필했고, 다자이 오사무·가와바타 야스나리의 소설과 미시마 유키오·아베 고보의 희곡 등 10여 권의 번역서를 출간했다. 그중 뉴 디렉션스에서 1956년 문고판으로 출간한 다자이 오사무의 소설 『석양』The Setting Sun은 도널드 킨이 누구인지 전혀 모르던, 더구나 그의 책을 만들게 될 줄은 상상도 하지 못한 내가 1980년대 중반 대학교 앞 단골 헌책방에서 사서 읽은 뒤 계속 간직하고 있다.

M3

흑백 영화에
빠지다

『우게쓰 이야기』,
우에다 아키나리 지음

　　　　　고전 영화를 분에 넘치게 보던 시절이
있었다. 대학교 신입생이었을 때, 대학 캠퍼스 인근의 스크린이 단 하나뿐인
'넵튠'이란 영화관에서였다. 외양은 특이할 게 하나 없지만 실내가 아르 데코
풍으로 장식된, 1921년 대학가에 세운 오래된 영화관이었다. 첫 상영이 오전
11시쯤이었고 주중 마지막 상영이 밤 10시 즈음이었으니, 단 두세 편의 영화
를 종일 번갈아 가며 영사기로 틀어대는 곳이었다. 편법이라도 쓸라치면, 담
배 한 갑 가격의 티켓 하나를 끊어 영화 두 편을 볼 수도 있었다.

　　그때 본 흑백 영화 중에는 1953년 작품으로 같은 해 베니스영화제에서
은사자상을 수상한 미조구치 겐지의 〈우게쓰 이야기〉Ugetsu/雨月物語도 있었
다. 꼭 이 영화를 보려 한 건 아니었고 함께 상영된 (1956년 출간된 미시마 유
키오의 『금각사』金閣寺를 느슨하게 원작으로 했다는) 이치카와 곤의 1958년
영화 〈불꽃〉Conflagration/炎上을 보려 하다가 그 영화 앞에 상영하는 〈우게쓰
이야기〉를 보았다. 영화 〈우게쓰 이야기〉는 『겐지 이야기』源氏物語나 『헤이케

이야기』平家物語처럼 일본 고전인 『우게쓰 이야기』雨月物語의 아홉 개 괴담 중 두 개를 모태로 하여 만들어진 영화였다. 점심을 거른 채 〈불꽃〉도 이어서 보았다.

무슨 수업을 빼먹었는지는 이제 기억에 없지만, 그날 내가 그리 행동했다는 게 스스로 믿기 어려울 정도로 초현실적이었다. 내가 모르는 내 안의 또 다른 내가 있기라도 하듯이. 1986년 초의 어느 날 아침, 버스에 오를 때 추적추적 내리던 비가 학교 가까이 다다르자 멈추고 희뿌연 하늘 사이로 해가 아니라 달이 보였고, 목적지인 학교 앞 정류장을 한 정거장 남겨두고 '금각사를 원작으로 하는'이라는 글자 한 자 한 자가 영화 제목 〈불꽃〉과 〈우게쓰〉 위에 작게 부착된 영화관의 대형 안내판을 보고 덜컥 내려 조조할인 표를 끊고 무언가에 홀린 듯이 영화관에 들어갔다.

시간을 건너뛴 듯이, 열아홉의 나는 어느 날 서른아홉이 되었다. 그즈음 나는 주말 밤이면 TV를 채널 13에 고정해놓고 미국 공영 방송국 PBS에서 자정을 넘겨 재방송하는, 오래전에 본 적이 있던 1930년대와 1960년대 사이에 만들어진 흑백 영화들을 다시 보다가 잠들고는 했다. 하루하루를 견뎌내기가 무척 어려운 시기여서 해야만 하는 일을 하는 걸 빼고는 '오늘도 무사히'만을 되뇌던 시절이었고, 이따금, 내가 이미 죽었는데 죽은 줄도 모르고 살겠다고 아등바등하는 것은 아닌지 상상하던 때였다. 아이러니하게도 극심한 어깨 결림이나 위액 역류를 동반한 급성 위경련 같은 숨 쉬기도 어려울 정도의 통증이 엄습해 올 때면 그제야 내가 아직 살아 있는 걸 온전히 느낄 수 있었다.

그 무렵 출판사에서는 구조 조정이 해를 건너뛰며 이어지고 있었다. 상업 출판사에서 스카우트된 출판사 대표가 출판사 이사회의 불신임으로 해임된 후, 새로 부임한 대표가 제일 먼저 한 일은 직원 봉급 동결이었다. 출판사 초창기부터 어빙턴에 있던 자체 도서 유통 창고를 닫으면서 웨어하우스에서 일하던 직원들도 모두 직위 해제되었다. 수년간 연초에는 연례행사처럼 관리자급 직원 누군가가 해임되었다. 그런 가운데서도 능력자인 아트 디렉터는 디자인/제작부 디렉터에서 크리에이티브 디렉터로 승진했다. 나를 포함해 네 명의 선임 디자이너 가운데 한 명은 제일 먼저 사직서를 내고 프리랜서로 일하겠다며 나갔고, 다른 한 명은 그 뒤를 이어 랜덤하우스로 이직했다.

아트 디렉터는 디자이너에게 표지를 배정할 때 원래 출간 준비 문건이나 출간 기획 회의 문건에다 중요한 내용을 끄적거려서 건네주었는데, 크리에이티브 디렉터로 승진하고부터는 한동안 이전과 다르게 격식을 차려 출판사의 공식 레터헤드에 출력한 메모를 넘겨주었다. 레터 사이즈인 B4 용지 상단에는 그녀가 새로 디자인한 출판사 CI와 넉넉한 자간을 주어 전부 대문자로 표기한 컬럼비아대학출판사 회사명 아래에 크리에이티브 디렉터라고 쓰여 있었고, 하단에는 출판사 주소와 전화번호, (당시까지만 해도 사용하던) 팩스 번호, 그녀의 이메일 주소가 표기되어 있었다. 오른편 상단에 연월일을 기재했고, 자신의 직함 아래에는 문건을 받는 이, 함께 받는 이, 문건 제목, 첨부한 문서명을 차례로 적었다. 2006년 2월 28일 자 문건을 받는 이는 나였다.

창재, 다른 프런트 리스트 표지 하나가 더 네 몫이야. 우에다 아키나리의 『우게쓰 이야기』Tale of Moonlight and Rain. 번역자가 표지에 사용하길 원하는, 색을 입힌 목판화 도판 파일(첨부한 컬러 프린트 참조)을 보냈는데, 마케팅 부서에서는 표지가 되도록 시대물처럼 보이지 않았으면 한다고 해. 이 목판화 도판은 꼭 사용해야 하니 네가 현대적인 이미지와 함께 작업했으면 해. 출간 기획 회의에서 모두 구름 사이로 희미하게 보이는 달 같은, 좀 으스스한 고딕 장르 문학 이미지였으면 좋겠다는 의견이었거든, 그런데 또 마케팅 디렉터는 뜬금없이 일본 애니메이션 느낌으로 가면 어떻겠냐는 얘기를 꺼냈고. 그건 이상한 교집합이란 생각이 들긴 하는데, 잊지 말아야 할 것은 표지가 시대가 좀 지난 느낌은 아니어야 한다는 점. 고딕 장르 문학 표지를 검색해보긴 했는데, 이 책과 연관이 전혀 없어서 도움은 안 되겠어. 표지 시안 마감은 3월 14일. 책은 5×8인치 판형, 4도 인쇄, 표지 이미지 사용료로 배정된 아트 피fee는 $600, 무광 마감. 앗, 모두가 결재한 최종 표제 승인 메모Final Approved Title Memo는 못 찾겠으니 센트럴 파일 캐비닛의 해당 폴더에 있나 찾아볼 것. 그럼 즐겁게 작업하기를!

사인까지는 하지 않았지만, 그녀는 문건에 자기 이름을 타이핑하고 나서 바로 아래에 크리에이티브 디렉터라고 또 썼다. 번역자가 보냈다는 목판화를 컬러 프린터로 출력한 이미지를 살펴보니, 우타가와 구니요시의 색 판화였다. 와카 형식의 시 하나와 목판화 한 점을 엮은, 일종의 시 선집인 『햐쿠닌 잇슈』One Hundred Leaves/百人一首에 실린 작품으로 '폐위된 쇼토쿠 황제'가 그려진 판화였다. 색 판화의 오른편 상단에는 시가 적혀 있고, 위에서부터 맨 아래까지 선홍색의 번개가 내려치는데, 왼편에 폐위된 황제가 머리를 풀어 헤치고 검은 파도 위를 부유하는 모습이 그려져 있다. 한마디로, 고풍스럽기 그지없는 19세기 일본 정통 판화였다.

메모지에 표지 구상 메모를 적었다. 첫째, 고답적이지 않을 것. 둘째, 번역자가 선정한 목판화를 어떻게든 표지에 포함할 것. 셋째, 구름 사이로 비친 달 이미지를 찾을 것. 넷째, 마케팅 디렉터가 제안한 일본 애니메이션 아이디어를 포기하게 할 수 있는 방안을 찾을 것. 단 두 주 안에 표지 시안을 적어도 서넛 이상 만들어야 했다. 바로 이미지 검색에 들어갔다.

번역자가 보내준 색 판화 이미지를 제외한 표지 이미지들은 모두 당시 내가 애용하던 '비어'라는 사이트에서 찾았는데, 여러 채도의 구름 사이로 모습을 드러낸 달이 찍힌, 출간 기획 회의에서 모두가 원했다는 이미지와 거의 완벽하게 일치하는 사진이었다. 버리는 카드로 선택한 다른 이미지는 검은 머리를 한없이 부풀려 풀어 헤친 헤어스타일의 여자가 게이샤처럼 얼굴에 하

얇게 분칠하고 눈에는 긴 속눈썹을 붙이고 눈두덩이 전체를 검게 칠한 채 검보라색 립스틱을 바른 상반신 클로즈업 사진이었다.

이미지를 찾고 나자 나머지 작업은 오히려 수월했다. 사진의 새끼손톱만 한 달 위에 1.5인치 정도의 원형을 만들고 그 안에 번역자의 색 판화를 집어넣었다. 목판화 내용 중 머리를 풀어 헤친 귀신 같은 쇼토쿠 황제, 번개, 파도가 모두 보이도록 집어넣기만 하면 되었다. 표지 서체로는 윌리엄 페이지가 만든 1874년 목활자에서 유래한 로즈우드와 어도비의 서체 디자이너인 로버트 슬림바흐가 스위스 타이포그래퍼 맥스 캐플리슈의 손 글씨를 기초로 삼아 만든 캐플리슈 스크립트를 사용했다. 상단에다 로즈우드 대문자로 표제 단어를 하나하나 행을 바꿔 쓰고, 판화가 들어간 원형과 아래쪽 달 사이에는 필기체 서체인 캐플리슈 스크립트로 저자 이름을 써넣었다. 그리고 달 하단에 자리한 숲의 나뭇가지와 나뭇잎 위로 다시 로즈우드 서체로 번역자 이름을 써서 올렸다.

버리는 카드로 만든 시안에도 같은 서체를 써서 작업을 마쳤다. 엄지손가락 마디 하나 정도 크기의 눈동자 안에 쇼토쿠 황제 이미지를 눈곱만큼 작게 집어넣었다. 이 두 종의 시안을 변형해 모두 여남은 가지의 시안을 만든 후 크리에이티브 디렉터에게 보여주었다. 그녀는 포스트 펑크 계열 고스 록 뮤지션처럼 보이는 여성의 눈 안에 쇼토쿠 황제 이미지가 들어간 시안들을 보더니 키득 웃었다. 이건 얼마나 얼토당토않은 아이디어인지 보여주려고 억지로 끼워 넣은 거지? 그러고는, 내가 말 한마디 안 했으나, 간절히 채택되길 바라고 있는 시안만 골라냈다. 그리고 그 표지 시안 중 하나가 간략한 수정만 거친 후 눈 깜짝할 사이에 통과되었다.

표지 작업을 마치고 두어 달이 지나자 디자인/제작부로 본문 디자인을 위한 최종 원고 출력물과 파일이 책에 들어갈 도판과 함께 들어왔다. 본문용 도판은 스무 점으로, 일본 오사카와 교토에서 1776년 출간된 판본에 실린 흑백 목판화 복사본이었다. 속표지 맞은편 전면에 권두화frontispiece로 실을 수 있도록, 덴리대학교 중앙 도서관에 소장된 우에다 아키나리의 초상화 컬러 트랜스패런시도 포함되어 있었다. 안견의 1447년 작 〈몽유도원도〉를 대학 내 미술관에 일본 국보의 하나로 소장하고 있는, 나라에 소재한 덴리대학교에서 보내준 도판 필름이었다. 우에다 아키나리의 초상화는『우게쓰 이야기』가 출간된 지로부터 10년 뒤인 1786년에 도사 히데노부란 화가가 비단에 채색해 그린 작품이었다. 그리고 우에다 아키나리가 쓴 서문 전문이 담긴 목판 인쇄본 도판 두 점, 아홉 개의 괴담 중 첫 번째 괴담이 시작되는 장의 목판 인쇄본 도판 두 점도 있었다. 목판 인쇄본 도판은 영문 번역자가 의도한 대로 앞뒤 면지에 인쇄하기로 했다.

책 내지의 첫 페이지인 반표지에는 어두운 밤에 내리는 빗줄기를 검정 잉크의 농도 차이로 표현했다. 80퍼센트 잉크로 바탕을 깔고 10퍼센트 잉크로 아홉 개의 가는 선을 줄 긋듯 그렸다. 각 장의 첫 장에는 새벽녘 빗줄기를 표현하고자 바탕색 없이 10퍼센트 검정 잉크로 아홉 개의 가는 선을 그었다. 책은 적은 분량과 전혀 상관없이 작은 크기에 비해 상당히 복잡한 구조였다.

아홉 개의 이야기는 각각 다섯 장으로 나누어 실었는데, 번역자는 각 장이 시작될 때마다 이야기 제목의 유래와 주요 등장인물, 장소와 시대, 역사적 배경과 유사성이 있는 다른 작품들을 이들 중간 표제 아래에 짤막하게 문단별로 정리해놓았다. 그다음에 영문으로 번역한 원문 내용이 시작되었다. 나는 번역자의 해설을 원문과 시각적으로 구분하고자 했다. 그래서 표지의 사진과 같은 사이즈이지만 농도가 다른, 구름이 드리운 새끼손톱만 한 크기의 만월을 그 사이에 집어넣었다. 원고는 그 밖에도 복잡다단하게 구성되어 있었는데, 본문 중간중간 각주가 달려 있었고, 각 장의 맨 뒤에는 미주도 따로 있었다. 로즈우드는 각 부와 장의 제목과 부제용 서체로 썼고, 캐플리슈 스크립트는 만월 바로 아래에서 시작하는 원문 첫 줄에 사용했다. 나머지 텍스트는 FF

스칼라 서체를 썼다. 완성된 책은 2006년 11월에 나왔다.

　　이 책의 컴퓨터 조판은 40년 가까이 컬럼비아대학출판사 제작부에서 일하며 디자인/제작부 디렉터로 재직하다 1999년 은퇴한 옛 상사가 외주 작업으로 해주었다. 평생을 독신으로 지내며 은퇴한 이후에도 일 중독자로 산 그녀는 3년 전 78세를 일기로 세상을 떠났다. 이 책을 만든 지도 어느덧 13년이나 지났다. 〈우게쓰 이야기〉는 지금까지 적어도 서너 번은 더 본 것 같다. 비닐 포장을 뜯지도 않은 채 가지고 있던, 크라이테리온 에디션에서 만든 〈우게쓰 이야기〉 DVD는 내게 도움을 준 한 젊은 친구에게 선물했다. 가끔 비가 내리다 멈추고 구름 사이로 달이 보이면, 오래전 흑백 스크린 앞에 앉아 있던 내가 아닌 듯싶은 나를 떠올리게 된다. 영화관을 나선 이후의 모든 것이 꿈은 아닐까, 그런 허무맹랑한 생각이 나를 아주 잠깐 사로잡기도 한다.

M4　　　　　　꽃자주빛,
　　　　　　　　잿빛,
　　　　　　　　음지의 빛

『저기 소리 없이 한 점 꽃잎이 지고』, 최윤 지음
『불의 강』, 오정희 지음

　　　　　　　　　　　아트 디렉터가 최윤 작가의『저기 소
리 없이 한 점 꽃잎이 지고: 최윤이 쓴 세 개의 소설』There a Petal Silently Falls:
Three Stories by Ch'oe Yun 출간 준비 문건을 내게 전해준 것은 2007년 여름 절
기에 들어설 무렵이었다. 10년 가까이 '기다리다 보면 언젠가는 만들 기회가
오겠지' 생각하고 있던, 컬럼비아대학출판사에서 첫 번째로 펴내는 한국 현
대 문학 작품 단행본이자 양장본이었다. 더욱이 이 책의 표제작은 푸르죽죽
하고 온통 잿빛이던 20대의 내게 파릇한 불꽃을 들여다보게 하고, 불꽃 속에
는 무시무시하게 여러 빛깔이 존재함을 상기시킨 바로 그 소설이었다.
　　이 책은 컬럼비아대학출판사에서 2005년 출간된 첫 현대 한국문학 단편
선집의 엮은이 중 한 명인 브루스 풀턴 교수와 그의 오랜 번역 파트너이자 아
내인 주찬 풀턴이 번역했다. 출간 준비 문건에 딸려온, 번역자가 작성한 설문
지에는 이 책의 표지에 빨간색 꽃잎 하나가 꼭 들어가기를 희망한다는 내용
과 함께 자신의 이전 책을 아름답게 만든 내가 이 책 역시 작업해준다면 전적

으로 나를 믿겠다고 적혀 있었다. 아트 디렉터는 '이 출간 준비 문건에 따르면 표제 소설이 영화화되었다고 하던데, 만약 영화의 스틸 이미지를 구할 수 있다면 사용을 고려해보라'라고 권고하는 메모를 남겼다. 그러면서도 표지에 실을 이미지에 대한 최종 결정은 내게 일임하겠다고도 적었다. 아트 디렉터에게는 수일 뒤, 검색해서 찾은 〈꽃잎〉 영화 포스터를 보여주었다. 그리고 포스터보다 더 시각적으로 빼어나면서도 이 소설집의 간단치 않은 여러 층위의 맥락까지 담아 전달할 수 있는 그런 표지를 만들어 보여주겠다고 흥분에 들떠 단언했다.

번역자가 내게 이 책을 일임한 줄 전혀 몰랐던 나는 수개월 전 이 책이 나올 거라는 사실을 알자마자 아트 디렉터에게 내가 이 책을 꼭 작업할 수 있게 해달라고 간곡히 요청한 터였다. 그러고 나서 제일 먼저 한 일은 이 책의 번역 초고를 찾아 프린트해서 읽은 후 내가 가지고 있던 문학과지성사에서 출간된 최윤의 소설집들을 다시 읽은 거였다. 나의 『저기 소리 없이 한 점 꽃잎이 지고』는 1992년 11월 5일 처음 발행된 초판본이 아니라 1996년 4월에 나온 10쇄. 초판본을 사려면 살 수도 있었는데 그러지 않았던 것은 솔직히 썩 맘에 들지 않는 표지 때문이었다. 그러다 취직하고 첫 월급을 받았을 때 여러 책을 사들이면서 이 책까지 눈 딱 감고 구입했다. 그래도 내가 가지고 있는 『열세 가지 이름의 꽃향기』는 1999년 12월 14일 출간된 초판본이다.

여름이 거의 끝나갈 무렵까지 편집장, 마케팅 디렉터, 저작권 관리 디렉터, 교정·교열 편집자가 사인한 최종 표제 문건이 오지 않았다. 제목은 이미 확정되었지만, 저자 이름을 따로 표기하지 않고 부제에 함께 표기한 데 대해 이들 사이에 이견이 있어서였다. 그사이 일본 현대 문학 번역서와는 조금 다르게 한국 현대 문학 번역서만의 고유한 판형을 정하고, 그 판형에 맞게 페이지 수를 가늠하는 작업을 했다. 최종 표제 문건이 만들어지기 전부터 문건이 올 때까지 4주 정도, 또 작업을 시작해 첫 시안을 완성하기까지 대략 4주를 더, 자나 깨나 이 표지를 어떻게 만들어야 할지에 대해서 고민했다. 그동안 내가 계속 떠올린 것은 최윤 작가가 그녀의 단편 소설 「회색 눈사람」 도입부에 쓴 다음과 같은 두 문장이었는지도 모르겠다.

아, 그때… 하고 가볍게 일축해버릴 수 없는 과거의 시기가 있다. 짧지만 일생을 두고 영향을 미치는 그러한 시기.

－『회색 눈사람』, 최윤 지음, 문학동네

오랜 세월이 지나고 나서도 자꾸 돌아보게 하는 시기가 누구에게나 그렇듯이 내게도 분명히 있었다. 지구 반대편에서 내 또래들이 이제는 '불의 시대'라 부르는 시절을 살고 있을 때였다. 하지만 나의 세계는 너무 멀리 떨어져 있었기에, 내가 거기서 활활 피어오른 불의 열기를 잠시 느꼈더라도 그건 어디까지나 약분된 경험이었을 뿐이지만 말이다. 열기보다는 흡사 그 불에서 피어오른 연기에 눈이 매캐했던 것만 같다. 그 시절의 나는 불투명하기만 한 미래로 인해 혼란스러웠다. 구축할 수 있을 거라 별다른 의심 없이 믿어온 가까운 미래를, 나 자신만 빼고 아무도 모르게, 스리슬쩍 폐기 처분하고 있을 때였다. 내가 두 발 딛고 있던 곳은 여름 한 철을 빼면 항상 추적추적 내리는 비에 젖은 질퍽한 땅이었고, 그래서 늪에라도 빠진 양 마냥 불안 속에 가라앉아만 가고 있던 때.

나는 대학의 동아시아 도서관 깊숙이 층층으로 숨어 있는 천장이 낮은 서가 어딘가에서 한국에서 출간된 책들을 뒤져 읽고 있었다. 당시 동아시아 도서관장은 한국계 미국인 여성이었는데, 중국학과 일본학 서가에 견주어 빈약하기 그지없던 한국학 서가를 각종 근간과 신간으로 채우는 데 자신의 재량권을 한껏 행사하고 있었다. 서가에서 시간을 보내면 보낼수록 보물 같은 책들을 발견할 수 있었고, 빠져나오기 어려웠다. 열화당에서 펴낸 손바닥만 한 크기의 최민식 사진집과 정범태 사진집을 발견한 것도 그 무렵이었다. 내가 대학에 입학한 후 수년째 챙겨 읽던《문학과 사회》를 위시해《창작과 비평》은 물론, 여러 월간 문예지와《공간》같은 문화예술지 등의 정기 간행물 또한 비치되어 있었다. 정기 간행물의 경우 책이 들어오면 첫 한 달 동안은 대출이 되지 않았기에, 책을 집어 들고 3층 메인 도서관 안의 사서 사무실을 지나서 엘리베이터를 타고 내려가야 들어갈 수 있는 (누군가가 책을 찾기 위해 내려오는 예외적인 경우를 제외하고는 언제나 비어 있던) 서가 한구석으로 자리를 옮겨 내 전공과는 아무런 상관도 없는 책을 막무가내로 읽었다.

계간지《문학과 사회》에서 1988년 5월에 발행한 여름 호에 실린 최윤의 중편 소설「저기 소리 없이 한 점 꽃잎이 지고」를 처음 읽은 것은 같은 해 한국에서 여름 한 철을 보내고 돌아와 초가을을 맞았을 무렵이다. 독일에서 제작했다는 비디오도 이전 해에 이미 보았고『죽음을 넘어 시대의 어둠을 넘어』도 읽은 후였지 싶다. 그뿐 아니라 천주교 광주대교구 정의평화위원회에서 편집해 1988년 5월 빛고을출판사에서 발행한『오월 그날이 다시 오면』사진 자료집도 본 이후였다. 하지만「저기 소리 없이 한 점 꽃잎이 지고」를 읽기 전까지는 단순한 비분을 느꼈을 뿐 비애와 같은 복잡다단한 다른 감정이 내 안에 들어서지는 않았다.

이 소설은 여러 번 다시 읽어도 처음 읽었을 때처럼 숨이 턱턱 막힌다. 가위눌린 듯 아무리 소리 지르려 해도 입 밖으로는 아무 소리도 새어 나오지 못하고, 고통으로 모든 것이 그대로 멎어버린, 공황 상태에 빠져버린 것만 같은 혼미한 감정을 어떻게 시각화할 수 있을까. 정작 표지 작업을 자원해놓고는 깊은 고민에 빠지고 말았다. 초조함 속에 여름이 거의 지나가고 있었다.

불안감이 스멀스멀 피어올라 이 책을 배정받았을 때의 흥분을 완전히 잠식해버릴 무렵, 1년 전에 만든 책의 표지에 사용한 사진을 찾을 때 발견한 사진가의 연작 시리즈가 기억났다. 사무엘 베케트, 토니 모리슨, 월레 소잉카,

그리고 J. M. 쿳시의 문학 작품으로 장애와 재현의 관계를 살피는 비교문학 연구서 『미학적 신경과민: 지체와 재현의 위기』Aesthetic Nervousness: Disability and the Crisis of Representation였다. 저자인 아토 퀘이슨은 10여 년간 케임브리지대학교 영문학과 교수를 지냈고, 책을 만들 당시에는 토론토대학교 영문학과 교수 겸 이산과 탈국가학 연구소의 디렉터였다. 표지 작업을 할 때 '치유'를 주제로 30년 넘게 뉴욕에서 활동해온 사진가 에이브러햄 메나시의 작품을 썼고, 그때 그의 웹 사이트에서 본 다른 연작 시리즈 사진 중에 이 표지에 쓸 만한 사진이 있을 것 같았다.

쓸 만한 사진들이 분명 있었다. 그의 연작 시리즈 '길' 중에서 연도 미상의 흑백 사진인 〈자갈길〉Gravel은 보자마자 그게 내가 머릿속에 막연히 떠올리던 그림이란 걸 알아챌 수 있었다. 바로 그 사진을 표지 배경으로 결정하고 다른 흑백 사진을 하나 더 백업으로 선별했다. 문제는, 1년 전에 사용한 사진과 마찬가지로, 상업 이미지 아카이브의 사진 소장 여부였다. 비어의 세일즈 담당자에게 문의 이메일을 보냈다. 사진가로부터 직접 사진 사용 허락을 받을 수도 있었지만, 그러면 이미지 사용에 여러 가지 제약이 생기므로 비어를 통해 사용 허락을 받아야 안전할 거라고 판단했다. 첫 답신에서 이 연작 시리즈 작품은 아직 비어에 소장되어 있지 않다고 했다. 하지만 다음 날, 내가 이 시리즈의 사진 중 하나를 꼭 사용하고자 한다면 사진가와 이 연작 시리즈의 사진까지도 계약하겠다는 사뭇 천사 같은 세일즈 담당자의 두 번째 이메일을 받았다. 게다가 공식 사용 허가가 나기도 전에 (일반적으로 디자인 구성 작업 composition을 위해 제공하는 저화질 사진 파일 대신) 고화질 사진을 미리 주겠다고 특별한 배려까지 해주었다.

편집장과 마케팅 디렉터에 저작권 관리 디렉터와 편집자까지 출간 관계자들이 서명한 표제 승인 메모가 내 손에 들어오기 전에 작업을 시작했다. 제일 먼저 수직으로 된 사진을 가로로 누운 방향orientation으로 바꿨다. 다음엔

양 날개와 뒤표지를 포함한 재킷 전체를 둘러싸도록 사진을 이어 붙였다. 그리고 색을 입히는 단순하고 반복적인 포토샵 작업을 몇 날 며칠 계속했다. 배경 색을 입히다 지치면 사무실 밖에 나와 담배를 피워 물었다. 밖은 늦여름의 무겁게 가라앉은 공기에 햇살의 열기가 더해져 푹푹 찌고 있었다. 사무실로 돌아와서는 이 표지를 완성하는 데 필수적인, 허공에 부유하는 붉은색 꽃잎 사진을 찾고자 아카이브를 뒤졌다. 그런데 하루는 희한하게도 〈오월의 노래〉의 첫 소절이 갑자기 머릿속에 떠오르더니 사라지지 않았다. 어휘의 조합만으로 보면 그다지 특별하지 않은, 오히려 담담하기만 한 노랫말이다.

봄볕 내리는 날 뜨거운 바람 부는 날 붉은 꽃잎 져 흩어지고 꽃향기 머무는 날

저녁에 퇴근해서 집에 돌아오자마자 듣지 않은 지 오래된 카세트테이프 더미를 뒤졌다. 언제 어디서 어떻게 구했는지 기억에도 전혀 없는 《노래를 찾는 사람들 2집》에 그 노래가 실려 있었다. 그날 밤 테이프가 늘어지도록 듣고 또 되돌려 듣기를 반복했다. 잔잔한 전주가 흘러나오고 첫 소절이 시작되면, 걷잡을 수 없이 울컥해지며 눈물이 멈추지 않고 쏟아졌다. 그때 알았다. 오랫동안 내가 울지 않았다는 것을. 그리고 내가 작업하고 있는 표지에 이 노랫말을 시각적으로 형상화해야 한다는 것을.

며칠을 더 아카이브를 헤집던 중에 다행스럽게도 찾은 한 장의 꽃잎은 내가 그리던 것보다 색감은 발그레하게 너무 화사하고 생김새도 튼실한 형태의 것이었다. 우선 가로와 세로의 수치를 조절해서 가느다란 형체로 다듬고 색 농도를 조절해 자줏빛을 띠게 했다. 이렇게 변형한 꽃잎 하나를 색을 입혀 놓은 배경 사진 위에 합성했다. 서체는 이 표지를 위해서 따로 구입했다. 저자 이름과 표제는 올리카나 러프라는, 깃촉 펜으로 쓴 것 같은 필기체 서체로 구성했다. 표제는 꽃잎과 (비현실적일지라도) 바람에 떠올라 지표면 가까이에

서 부유하는 작은 돌가루 사이의 공간에 집어넣었다. 그리고 부제인 '세 개의 소설들'은 표지 상단의 저자 이름 앞에 고딕체 대문자로 표기했다. 저자 이름 바로 아래에 위치한 번역자들 이름은 부제에 쓴 고딕체 대문자로 적어서 넣었다.

서체에 사용한 색상은 모두 붉은 계통이었지만 명도를 조금씩 다르게 했다. 국가 폭력을 포함한 여러 층위의 비극적 폭력이 담긴 표제 소설의 분위기를 부각하려면 아무래도 무언가 더 필요해 보였다. 마침 이 필기체 서체에는 다른 크기와 형태를 한 잉크 방울 자국이 폰트 서체에 포함되어 있었다. 바람에 날린 꽃잎이 흘린 핏방울처럼 잉크 방울 자국을 멀찍이 떨어진 위치에 촘촘히 떨구었다.

콘셉트를 구상하고 작업에 필요한 주요 이미지를 찾는 데만 몇 주가 걸렸고, 거기에 더해 표지에 색을 입히고 마지막으로 활자를 올리는 작업까지 하느라 두어 주 정도가 더 걸렸다. 표지 시안을 아트 디렉터에게 보여주기 전에 무엇보다 고민한 지점은 표제작 「저기 소리 없이 한 점 꽃잎이 지고」, 「속삭임 속삭임」, 「열세 가지 이름의 꽃향기」 세 편의 소설 사이에 존재하는 각기 상이한 내러티브의 농도랄지 온도였다. 기본 배경은 같고 활자의 색상과 위치가 다른 여러 시안을 아트 디렉터에게 보여주자 그녀는 그중에 (결과적으로 최종 표지로 결정된) 한 시안을 선정한 후 표지 통과 절차를 밟았다.

핏방울처럼 보이는 잉크 방울 자국을 더 넣으면 어떻겠냐는 마케팅 디렉터의 요청에 따라 시안을 수정했더니 원래의 시안이 더 나아 보인다며 자신의 요구를 백지화시켰다. 결과적으로는 수정하지 않은 첫 시안이 출판사 내 승인을 받고, 번역자와 원저자의 승인까지 마쳤다. 부임한 지 얼마 안 된 마케팅 디렉터는 이 표지를 시즌 카탈로그의 표지로 정했다. 2008년 상반기 시즌에 펴낼 80여 권의 도서를 2007년 가을 미리 선보이는, 144쪽에 달하며 북미용과 국제용을 합쳐 1만 부 가까이 발행하는 카탈로그였다. 그리고 책은

이듬해인 2008년 4월 셋째 주에, 정식 출간일보다 두서너 주 빠르게 출간되었다.

책이 나온 직후, 이 책의 출간을 기념해 저자와 번역자들이 만나는 행사가 뉴욕 코리아 소사이어티에서 있었다. 나는 행사가 끝날 때까지 여느 때처럼 맨 뒷줄 가장자리에 앉아 있었다. 공식 행사가 끝나고 내가 가지고 있는 문학과지성사판『저기 소리 없이 한 점 꽃잎이 지고』에 저자 사인을 받으려 했을 때, 번역자인 브루스 풀턴 교수가 일주일 전 시애틀의 대학 서점에서 있었던 행사에 참석한 나를 기억해내고 시애틀 행사에도 오지 않았느냐고 말을 걸었다. 풀턴 교수가 나를 기억한 것은 저자와의 대화에서 저자가 사용한 '망각'이란 단어를 어찌 통역해야 할지 그가 망설이고 있을 때 내가 '포게팅' forgetting이라고 나도 모르게 좀 큰 소리로 중얼거렸기 때문이다. 그때 처음으로 브루스 풀턴 교수와 통성명하고 인사를 주고받았다. 최윤 작가는 내가 자신의 책을 만든 디자이너라는 걸 알고는, 사인을 부탁하려고 내민, 12년 전에 10쇄를 찍은 책의 면지 첫 장에 '아름다운 표지 감사드리며, 2008. 5.'라고 적어주었다.

컬럼비아대학출판사에서 책을 만든 지 햇수로 20년이 된 2015년 봄, 나와 동료 디자이너들이 그동안 만들어온 책으로 홍익대학교 근처의 한 카페 뒤뜰에 있는 작은 갤러리에서 〈책을 만들고 보는 열세 가지 방법: 컬럼비아대학출판사 북 디자인, 1990~2015〉 전시를 할 때 창고 같은 전시장에 찾아온 최윤 작가는 (내가 그녀의 소설집『열세 가지 이름의 꽃향기』초판을 가지고 있다고 7년 전에 말한 것을 기억했는지는 모르겠지만) 2005년 문학과지성사에서 출간한 소설집『첫 만남』을 선물해주었다. 표지에 '첫 만남'이란 제목을 세로로 쓴 책 안쪽에는 '다시 만난 첫 만남을 기억합니다/감사하며, 2015. 5.'라고 적혀 있었다.

이 소설집에는 어찌 된 일인지 '첫 만남'이란 소설은 실려 있지 않다. 어쩌면 작가 자신을 글 속에 투영한 듯싶은 짧은 소설 속의 화자가 학교에 들어가기 전에 글을 깨우치고 난 뒤 처음 읽는다는 의식을 가지고 본 것이 '시집'이란 글자였고 그때부터 '금서'를 탐독하기 시작했으며, '가족'과 함께 살 때 아홉 번, 그리고 태어나서부터 글을 쓰는 작가가 될 때까지 모두 스물아홉 차례나 '이사'했으며, '놀이'와 '종이비행기'란 단어를 기억 속에서 꺼내면서 중학교 학창 시절 극심한 놀림과 따돌림을 당한 후 살아남지 못하고 '영원한 음지 식물'이 되어버린 반의 여자아이에 대해 말하는, 의식의 흐름을 따라 전개되는 「파편자전─익숙한 것과의 첫 만남」이란 소설이 있다. 내가 만약 『첫 만남』 영문 번역서의 표지를 만든다면, 2005년 출간된 문학과지성사판의 표지와는 무척 다를 터다.

관계와
단절의 미학

『어려운 일이다 I · II』,
알프레도 자르 지음

어려운 일이다,
시에서 뉴스를 찾기란.
그러나 그 안에서 발견할 수 있는 것의
부족함으로 인해
인간은 매일 비루하게 죽어간다.

윌리엄 카를로스 윌리엄스는 관념이
아니라 사물로 말하고자 했다 한다. 「아스포델, 그 푸른 꽃」Asphodel, That
Greeny Flower에서 이 시구를 찾는 것도 관념을 대신해 사물로 말하는 것만큼
이나 쉽지 않다. 『브뤼헐의 그림과 그 외의 시』Pictures from Brueghel and Other
Poems는 1962년 뉴 디렉션스에서 펴냈고, 이듬해 그가 세상을 떠나고 두 달
뒤에 퓰리처상을 수상한 시집인데, 멀미 나도록 들여 쓰고 내어 쓴 각 행의
낱말과 단문을 차분히 읽어 내려가야만 한다. 인내심은 필수다. 1 · 2 · 3부에

더해 코다까지 총 4부 1,004행으로 이뤄진 이 장시에서 326행으로 구성된 1부가 끝나기 바로 직전인 316행에 이르러서야 이 시구를 발견할 수 있기 때문이다. 시구가 적시하는 것처럼, 시에서 그 어떤 뉴스거리를 찾을 수 있다면 적어도 오늘만큼은 어이없는 죽음을 모면할 수 있을는지 모르겠다.

대학 때 영문학과 수업 교재로 사용한 『노턴 현대 시 앤솔로지』Norton Anthology of Modern Poetry에서 이 시를 처음 읽은 것 같은데, 확실치는 않다. 시를 읽은 적이 있다는 사실만 잊은 게 아니라 1964년 찍은 6쇄본 시집을 헌책방에서 사서 책장에 꽂아두었다는 사실도 감쪽같이 잊고 있었다. 내가 책 본문과 표지 디자인을 한, 투린대학교의 해석학 교수로 철학자이자 실천파 지식인으로도 알려진 잔니 바티모의 『진실에 대한 예술의 청구권』Art's Claim to Truth 원고에서 이 시구를 발견할 때까지는.

이 책 디자인이 내게 배정된 것은 2007년 8월 끝자락이었지만, 작업을 마친 것은 마감을 목전에 둔 10월에 들어서였다. 본문은 '미학', '해석학', '진실' 세 개의 파트로 나뉘는데, 열한 개 챕터 중 제일 마지막 장인 「아프게 하는 진실」에 이 시구가 인용되어 있다. 행간을 원문처럼 표기하지 않고, 행마다 '/' 같은 사선을 넣어 단 두 줄로 표기했다. 시구가 기술된 지점으로부터 바로 두 단락 앞에 바티모는 이렇게 썼다. "지난 세기 초반의 수십 년으로부터 멀찌감치 분절된 위치에 우리가 서 있다." 이런 근사한 문장을 만나면 대책 없이 원고를 읽어 내려가게 된다.

바티모는 20세기가 시작되고 첫 수십 년이 흐른 뒤 시각예술이나 문학과 시에서 어떤 일이 벌어졌는지 기술했다. 그러면서 알프레도 자르라는 예술가가 자신의 웹 사이트 'www.alfredojaar.net'에 이 시구를 인용해 작가 자신을 소개하고 있다고 썼다. 자르가 1994년부터 2000년까지 작업한 〈르완다 프로젝트〉Rwanda Project에 관해 난해한 개념과 철학적 예시를 들어 설명했는데, 읽다 말고 웹 주소를 검색창에 입력해 작가의 웹 사이트에 접속했다.

짙은 회색 바탕 스크린에 있는 들어가기 버튼을 누르자 정말로 이 시구가 떴다. 화면은 삽화가 그려진 동영상으로 느리게 바뀌었다가 다시 짙은 회색 바탕의 화면을 꽉 채우는 텍스트로 전환되었다. 그 텍스트는 스물세 살의 에밀 시오랑이 루마니아어로 써서 부쿠레슈티에서 1934년 출간했고, 인디애나대학교 비교문학과 교수였던 일링카 재리포폴-존스턴의 영문 번역으로 시카고대학출판부에서 1992년 펴낸 『절망의 절정에서』On the Heights of Despair/ Pe culmile disperaril에 나오는 「노동으로 인한 퇴화」Degradation Through Work란 짤막한 글의 마지막 단락이었다.

휘릭 읽다 말고 스크린 왼편의 작은 버튼을 눌러 그의 작업을 하나씩 들여다보았다. 내 목적은 표지에 쓸 이미지를 찾는 것이었으니까. 다행히 웹 사이트에서 쓸 만한 화질의 이미지를 내려받을 수 있었다. 표지 시안을 여럿 만들었는데, 승인이 난 표지는 〈르완다 프로젝트〉의 1997년 작업인 전시 설치물을 찍은 사진을 배경으로 삼은, 검은 정사각형의 대형 스크린 아웃라인 뒤로 빛이 새어 나오는 이미지였다. 난감한 작업이라 느껴 겁부터 먹었으나 걱정했던 것보다 훨씬 수월하게 표지가 승인되었다. 물론 '수월하게'라고 했지만 그건 어디까지나 상대적일 수밖에 없는 것이, 표지의 표제와 저자명이 아마존 웹 사이트에 엄지손가락 두 개 크기의 작은 섬네일로 올라가도 명확히 읽힐 수 있어야 한다는 마케팅 디렉터의 요구에 따라 서체의 크기를 1포인트씩 수차례 키웠어야 했기 때문이다.

작업이 거기서 끝난 것은 아니었다. 이미지 사용 허락도 받아야 했다. 자르 작가에게 이메일을 보내고 열흘가량 지나 답신을 받았다. 만약 허락해주지 않는다면 어떻게 해야 하나 마음을 바짝 졸이고 있을 무렵이었다. 여행 중이라 답신이 늦어져 미안하다며, 내가 이미지 사용을 요청하며 첨부해 보낸 표지가 멋지다면서 당연히 사용을 허락한다고 했다. 타지에서 답신을 보내준 것에 감사를 전하며 고화질 파일은 해를 넘겨 받아도 된다고 답했다. 너무 감사한 마음에, 사실이더라도 입 밖으로 꺼내기 어려운 말까지 덧붙였다. 그의 어마어마한 작업을 표지에 사용할 수 있어 영광이라고. 메일 보내기 버튼을 누르고 나서 이내 쑥스러워하고 있다는 것을 알아채기라도 한 것처럼, 그는 자신의 작업이 내 표지에 사용될 수 있어서 자신도 영광으로 생각한다고 살가운 답신을 보내주었다. 학술서를 주로 출판하는 비영리 출판사라서 이미지 사용료가 미미하다고 양해를 구했는데, 아예 받지 않겠다면서 대신 책이나 넉넉히 보내주면 감사하겠다고 했다. 열 부 정도를 보내면 되겠냐고 묻자, 그는 흔쾌하게 그래 주면 고맙겠다고 했다.

이 책의 표지가 실린 2008년 봄 시즌 카탈로그가 인쇄를 마쳤을 무렵인 2007년 11월 첫 주말이 끝나가는 밤, 나는 무사히 마감한 것을 기념할 겸 숙면을 취하는 데 도움도 얻으려고 잠자리에 들기 전에 홀짝거리던 위스키를 컵으로 들이켜고 자리에 누웠다. 6년 넘게 불면증이 지속되고 있어서 불면일 때 으레 그러는 것처럼 TV를 켜놓은 채로 불을 끄고 누워 눈을 감았다. 스크린으로 나오는 빛이 허공 속에서 잠깐 번뜩이다 어둠에 융해되기를 반복했고, 이를 감은 눈꺼풀 너머로 감지하고 있었다. 새벽 2시에 꺼지도록 타이머를 맞춘 TV는 여느 때처럼 미국 공영 방송국인 PBS 채널 13에 맞춰져 있었는데 음향을 한껏 줄여놓아도 귀에 익은 음악 소리가 희미하게 들려왔다. 일어나야 하나 망설이다, 몸을 일으켜 TV를 보니 늦은 가을이면 주말 저녁에 하는 〈아트21〉Art21이란 프로그램이 재방송되고 있었다. 리모컨을 찾아 음량을 좀 더 올리고 TV 앞에 가 앉았다.

1997년 〈아트21〉이란 재단이 만들어지고, 그로부터 4년 뒤인 2001년 늦가을에 프로그램이 처음 방영된 이후 격년으로 방송되어 어느새 네 번째 시즌을 맞은 때였다. 2007년 시즌의 두 번째 방송분을 재방한 그날 밤 주제는 '시위'Protest였다. 내가 대학에서 미술사와 회화를 공부하던 시절에 숭앙한 몇 안 되는 동시대 작가는 바버라 크루거와 리언 골럽이었는데, 리언 골럽의 아내인 낸시 스페로가 자신의 작업에 대해 조곤조곤 말하고 있었다. 그뿐 아니라 세 번째로 소개된 작가는, 우연의 일치였지만, 알프레도 자르였다. 건축가이자 사진가면서 보이는 이미지를 의심해 결국은 가장 투명한 부정否定의 언어로 살인적인 세상의 부정의不正義에 대해 적극적으로 발언하는 작가.

내가 언제 어디서 처음 자르의 작업을 보았는지 궁금해졌지만, 기억해내려 하면 할수록 미궁으로 빠져들었다. 나와 동생이 서울에서 2년 조금 넘게 사사한 음악 학원 선생님 가족이 뉴욕으로 이주해 정착했다는 소식에 선생님도 만날 겸, 또 동생이 진학하고 싶어 하는 뉴욕의 음대들도 둘러볼 겸 둘이서 뉴욕에 처음 다녀간 1987년 봄 방학 때가 아니었는지 궁리해보지만 확실치는 않다. 동생이 메네스·맨해튼·줄리아드 음대에 방문하러 갔을 때, 나 역시 지하철 지도를 들고 컬럼비아대학교와 뉴욕대학교 미술사학과 사무실에 방문했다. 두 대학의 학비가 얼마나 하는지 알고 나서 충격에 빠진 채, 브루클린으로 가는 전철을 타려고 뉴욕대학교 앞 스프링 스트리트 지하철 역사로 터덜터덜 들어섰던 적이 있다.

자르가 1986년 스프링 스트리트 역 플랫폼 벽면에 상업 광고 포스터 대신 붙여놓은 〈질주〉Rush란 사진 작업이 1987년 3월까지도 그대로 있었다면, 내가 그의 작업을 처음 본 건 그때가 아닐까 싶다. 아니면 픽셀화된 동영상과 활자로 만든 1987년 작 〈미국을 위한 로고〉A Logo for America가 뉴욕 42번가 타임스퀘어의 상업 광고 영상이 번쩍이는 스크린에 그해 봄부터 일찌감치 설치되어 있었다면, 학원 선생님 부부와 함께 시내 야경을 보려고 나섰던 때 본 것인지도 모르겠다. 그러나 어쩌면 이 기억들은 나중에 만들어진 짜깁기 된 기억일지도 모른다는 의구심이 들기도 한다. 실제로 본 게 아니라, 내가 미대 도서관에서 챙겨 보던《아트포럼》ARTFORUM 같은 미술 잡지에서 그의 작업에 관한 기사를 본 것인지도 모를 일이니.

바티모의 책은 그 뒤로 두 번 더 만들었는데, 그중 하나는 2011년 3월 출간된 『진실에 대한 고별』A Farewell to Truth이다. 이 책의 표지도 자르의 전시 설치 전경을 담은 이미지를 사용했다. 그런데 이후의 기억은 난삽하게 헝클어져 있다. 단서가 될 이메일 중 업무와 관련된 이메일도 일부만 드문드문 남아 있는 탓이다. 이들에서 유추해낼 수 있는 인과관계를 따른다면, 그 순서와 진행은 다음과 같았다. 이 책이 출간된 지 한 달 남짓 지났을 무렵, 펜 아메리카가 주관한 문학 행사에 갔다. 거기서 우연히 인사를 나누고 명함을 교환한 국립현대미술관 학예사를 일주일 뒤 다시 만났다. 내가 만든 책 몇 권과 그녀가 기획한 전시의 도록과 국립현대미술관 소장 작품을 소개하는 작은 책자를 선물로 교환했다. 대화를 나누다가, 사반세기 전에 연락이 끊어진, 희성에 외자 이름인 내 중학교 동창이 그녀가 다닌 대학교의 대학 박물관에서 학예사로 재직했다는 소식을 들었다. 그녀가 대학원생일 때 대학 박물관에서 조교로 함께 일했다면서 내 동창이 혹여 이직했더라도 연락처를 알아봐 주겠다고 했다. 내가 작품의 표지 사용 허락을 요청하기 위해 전전긍긍하며 연락할 길을 찾고 있던 신학철 작가의 연락처도 미술관을 통해 알아보마고 했다.

고마운 마음 씀씀이에 대한 답례로 내가 떠올린 것은 자르였다. 마침 그의 작업을 표지에 실은 책이 출간되어 작업실로 보낸 지 얼마 지나지 않아서이기도 했지만, 왠지 작업실 방문을 허락해줄 것만 같았다. 자르 작가가 작업실로 초대해준다면 찾아가 만날 의향이 있는지 학예사에게 물어보았다. 베니스 비엔날레와 카셀 도큐멘타에 몇 차례씩 그리고 광주 비엔날레에도 초대받은 작가라면서, 뉴욕에서 직접 만날 기회가 주어진다면 당연히 스튜디오를 방문해 만나고 싶다고 했다. 자르에게 한국 국립현대미술관 학예사와 함께 방문하고 싶은데 허락해줄 수 있는지 문의하는 이메일을 보냈다. 이른 저녁 시간에 이메일을 보냈는데, 막 퇴근하려 할 때 답신이 왔다. 때마침 열어본 메일함에서 내가 보낸 반가운 연락을 보았다면서, 우리의 방문은 무척 기쁜 일이라고 했다. 보고타에 체류 중인데 그 주 토요일에나 뉴욕으로 돌아올 예정이니, 돌아오는 월요일에 방문할 수 있는지 물어왔다.

　하루 월차를 내고 학예사와 함께 첼시에 있는 자르의 작업실을 방문했다. 칠레에서 태어나 프랑스령 마르티니크섬에서 자랐고, 다시 칠레로 돌아가 학업을 마친 뒤 1982년부터 뉴욕에서 작업하기 시작했다는 그는 우리를 반갑게 맞아주었다. 인사를 나누면서 내가 그의 작품을 사용해 만든 표지가 미국대학출판협회AAUP/Association of American University Presses*에서 주관하는 〈책과 표지 및 저널 쇼 2008〉Book, Jacket, and Journal Show 2008에서 우수 표지 디자인의 하나로 선정되었다는 소식을 전하자 그는 자신이 수상한 양 기뻐했다. 그런 반응에 되레 무안해져서 그의 작품 덕일 뿐이고 그리 대단한 상이 아니라고 해명했다. 자르는 작업실의 테이블 앞 의자에 우리를 앉히고, 그의 어시스턴트가 미리 준비해둔 노트북 컴퓨터를 켜더니 광주 비엔날레에서 선보였던 작업과 최근 작업을 보여주었다. 우리가 모니터를 들여다보고 있는 사이 한국인 대학원생이라고 우리에게 소개해준 어시스턴트에게 부탁해 녹차를 내왔다. 우리에게 대접하는 차는 도쿄 모리미술관 관장에게서 선물 받은 교토 특산품이라고 자상하게 소개했다. 차를 마시며 그의 작업에 관해 대화하다 마침 한쪽 벽면에 걸린 대형 칠판에 '2013 베니스'라 적혀 있길래 그가 준비하고 있는 베니스 비엔날레 전시에 관해서도 이야기를 나누었다.

　미리 약속한 만남이었고 환대를 받고 있더라도, 너무 시간을 빼앗는 것만 같아 자리에서 일어나려 하자 잠시만 더 있어 보라고 했다. 그러고는 어시스턴트에게 전시 도록을 포함한 책 몇 종을 각기 두 권씩 가져다 달라고 부탁했다. 그가 책 여섯 권을 가지고 오자 자신이 직접 작업실 한쪽의 서가로 가서 다른 두 권의 책을 더 가져왔다. 그렇게 세 종의 도록과 모노그래프를 우리에게 각각 네 권씩, 밀라노 전시 때 쓴 검은 에코백에 담아 선물해주었다. 면지가 짙은 붉은색이고 두 권이 한 세트인 밀라노 전시 도록 『어려운 일이다 I·II』It is Difficult I-II 네 권을 제외하고, 다른 네 권의 책에 일일이 사인까지 해주었다. 내가 선물 받은 『이미지의 정치학』La Politique des Images에는 '감사하는 마음으로 2011'이라 썼고, 『이번에는 불: 공공적 개입 1979~2005』The Fire This Time: Public Interventions 1979~2005에는 '희망과 함께 2011'이라고 썼다. 그는 여름이 되면 자신과 가까운 여러 작가, 지인이 금요일마다 자신의 작업실에 모여 인근 일식당에서 배달시킨 초밥으로 느지막하게 점심을 먹고 직접 샹그리아를 만들어 마시며 저녁까지 대화를 나눈다면서 그 자리에도 초대하고 싶다고 했다. 오후부터 저녁까지 이어진다는 그 조촐한 모임 초대에는 여태껏 응하지 못했다.

학예사에게 자르 작가를 소개한 답례는 의도치 않게 받았다. 그녀가 내게 선물한 전시 도록에서, 그 여름에 작업해야 할 책의 표지를 위해서 그려지기라도 한 것만 같은 작품을 발견했기 때문이다. 작품을 본 순간, 내가 만들 책 표지에 써야겠다는 생각으로 들떠버렸다. 그래서 그녀에게 도록에 나온 작품을 꼭 써야만 할 책이 있다고 말했고, 학예사는 그 작품을 그린 작가가 마침 뉴욕에 체류 중이라서 만나기로 했는데 직접 문의해보겠냐고 했다. 오정희 작가의 『불의 강』River of Fire and Other Stories의 표지에 쓴 〈이곳에서는, 온몸의 분자가 가장 순수하고 황홀하게 들썩거렸다〉Here, all the Molecules in My Body are Buoyed with Purity and Ecstasy라는, 기이하리만치 길고도 감성적인 제목의 그림을 그린 도윤희 작가를 그렇게 만났다. 도윤희 작가가 뉴욕에 체류할 때면 항상 들른다는 모건 도서 박물관 아래쪽 머리 힐이란 동네에 있는 작은 와인 바에서였다. 학예사는 술을 입에 대지 않는다고 해서 도윤희 작가와 와인을 한 병 나눠 마시면서 그날 저녁 구두로 사용 허락을 받아냈다.

여름 장마가 시작될 무렵 학예사는 서울로 돌아갔다. 떠나기 직전 브루클린의 우체국 소인이 찍힌, 보낸 이의 주소가 적혀 있지 않은 카드 한 장을 내게 보냈다. 내 조바심 탓에 중학교 동창의 이메일 주소는 내가 직접 구글링을 해서 찾았고, 학예사로부터 미술관 내부 원칙상 작가의 개인정보를 외부인에게 알려줄 수 없다는 기별을 받고 신학철 작가 작품 사용 허락은 컬럼비아대학교에 연구 교수로 다녀간 한 교수를 통해 알음알음 전해 받았으니, 그녀의 말은 원래 의도와는 다르게 빈말이 되어버렸다. 이메일을 몇 번 교환하다 자연스럽게 연락이 끊어졌는데, 2년쯤 뒤였나, 자신의 아이폰에 저장된 사진을 정리하다 나와 자르 작가가 같이 찍힌 사진을 발견했다며 이메일을 보내왔다. 격년에 한 번꼴로 안부를 전하는 이메일을 주고받았는데, 2년 전에는 책값을 알려주면 보낼 터이니 도윤희 작가의 표지화가 들어간 오정희 작가의 책을 보내줄 수 있겠느냐고 물어왔다. 직접 만나서 줄 기회가 없었던 그 책은, 출판사의 도서를 도맡아 유통하는 업체에서 출판사 직원에게 할인해주는 가격으로 직접 사서 책값보다 비싼 배송비를 들여 서울로 보냈다.

내가 서울에 들어오면 자신이 일하는 미술관 수장고로 안내하고, 미술관에서 발행해 시중에서는 구입하기 어려운 도록도 좀 챙겨주겠다고 말했다. 나는 서울에 갈 때마다 체류 일정을 알리는 이메일을 보냈으나 내가 머무르는 동안에는 답신하지 않았다. 매번 서울을 떠나 뉴욕에 도착한 후에야 연락이 늦었다며 만나는 것은 다음 기회로 미뤄야겠다는 이메일을 보내왔다. 한번은 서울에서 뉴욕으로 돌아온 날, 미안하게도 자신이 결국은 약속을 지키지 못하게 되었다면서 일신상의 이유로 미술관을 그만두었다는 소식을 전해왔다. 무슨 일인지는 모르지만 직장까지 그만두었다니 마음이 편치 않을 텐데 건강부터 챙기라고 예의상의 우려를 담은 답신을 보냈다. 내가 책을 펴내려고 글을 쓰고 있고, 몇 출판사에 원고 일부를 투고했는데 두 곳에서 퇴짜를 맞고 나머지 한 곳으로부터의 연락을 기다리고 있다는 소식도 주책맞게 함께 전했다.

그 답신을 보낸 지 6개월이 지나서 그녀로부터 한 번 더 이메일이 왔다. 자신은 이제 건강을 추스르고 독립적으로 전시 기획과 예술서 번역 출판 일을 하기 시작했다고 했다. 블로그를 만들어 글을 써서 올리고 있다며, 자신의 블로그 링크와 함께 명함도 첨부했다. 그러면서 업무차 수개월간 토론토에 체류할 계획인데 뉴욕에도 잠깐 들를 것 같다며, 이번에는 만나 차를 한잔 같이하자는 거였다. (투고한 내 원고가 어떻게 되었는지 묻는 게 아니라) 요즘은 무슨 책을 읽고 있느냐고 새삼스레 물어왔다. 새로운 도전을 응원한다는 형식적인 답신을 쓰다 말고 가식적이란 생각이 들어 그만두었다. 문득 든 생각이 아니라, 모른 체하며 묵혀두었으나 실은 부질없다고 느끼고 있었다. 내 중학교 동창이 대학 박물관에서 일한다는 사실을 그녀에게 듣지 못했다면 군이 검색해 내 동창을 찾을 생각 같은 것은 하지 않았을 테고(그래도 다시 만날 인연이라면 동창은 어찌어찌 만났을 테고), 그녀로부터 전시 도록을 선물로 받지 않았더라면 오정희 작가의 소설집 영문 번역서는 전혀 다른 표지를 하고 있을 테고(그 책은 어떻게든 나와야 했으니까), 내가 자르의 도록과 모노그래프를 무려 네 권씩이나 가지고 있지도 못했겠지만(그거야말로 아쉬운 일일 테지만), 그런 게 다 상관없어졌다. 기억으로 남아야 나은 관계가 있고, 단절되어도 어쩔 수 없는 관계가 있다는 걸 알게 되었으니까.

• 미국에 컬럼비아대학출판사를 포함해 단 스물네 곳의 대학출판부가 존재하던 1920년대 초부터 비공식적인 만남을 이어오던 대학출판 관계자들은 1937년 2월 뉴욕에 협회 사무실을 개소하며 '미국대학출판협회'를 공식 발족했다. 이후 북미 지역 130여 개 대학출판부뿐 아니라 게티미술관, 뉴욕현대미술관, 워싱턴국립미술관 등의 미술관과 미국현대언어학회, 국제통화기구IMF, 랜드 코포레이션 등 연구 기관까지 참여했다. 미국대학출판협회는 창립된 지 80년이 되던 2018년, 각 대륙 열두 곳의 대학출판부가 참여하여 총 146개 대학출판부가 소속된 '대학출판협회'AUP/Association of University Presses로 개편되었다. 아시아에서는 중문대학출판부와 도쿄대학출판회가 대학출판협회에 소속되어 있다.

M5　세계가 작동하는
신비로운 방식

『이 믿기지 않는 믿음의 필요』,
줄리아 크리스테바 지음

　　　　　　　2008년은 시작부터 위태로웠다. 벌써
몇 해째 나는 단조로운 일상의 반복에 의존해 간신히 하루하루를 버텨내고
있었건만, 언제나 그렇듯이 나의 의지와는 전혀 상관없이 발생한 사건이 생
존을 위협했다. 누군가가 벼랑 위에 서 있던 나를 벼랑 끄트머리로 밀쳐버리
려는 것만 같았다. 그해 이른 봄, 가을 시즌 카탈로그 표지 디자인 작업에 들
어갈 무렵 내가 컬럼비아대학출판사에 입사한 후로 12년 동안 함께 일한 아
트 디렉터가 옥스퍼드대학출판부 크리에이티브 디렉터로 이직할 거라고 했
다. 그것까지만 해도 어쩔 수 없는 일이니 받아들이는 수밖에 없었지만, 그러
면서 나와 같은 사무실을 쓰던, 나보다 나이는 좀 많지만 세 해 늦은 1999년
신입 디자이너로 출판사에 입사해 2003년 나와 동시에 같은 직급의 선임 디
자이너로 승진한 백인 여성 동료에게 임시 아트 디렉터 업무를 맡겼다.
　　이직하기로 한 아트 디렉터는 아트 디렉터 겸 디자인/제작부 디렉터로,
그리고 디자인/제작부 디렉터 겸 크리에이티브 디렉터로 초고속 승진을 했지

만, 워터 쿨러 옆에서 출판사 동료들이 나누던 뒷말에 따르면 (한화로 계산하면 1억 원을 훌쩍 넘기는) 여섯 자리 액수의 연봉 인상과 주 3일 재택근무 요청이 받아들여지지 않아서 떠난다는 거였다. 물론 확인된 사실은 아니어서 어디까지가 신빙성 있는 내용인지는 모른다. 떠나기로 마음먹은 사람은 어떤 이유에서든 떠난다는 사실을 나는 이미 잘 알고 있었다. 출판사에서는 새 아트 디렉터를 찾는다며 공고를 냈지만, 그 결과가 어찌 될지 나로서는 전혀 짐작할 수 없었다. 어쩌면 나도 다른 곳으로 이직해야 하는 것은 아닌지, 8년 전 그만둔 고민을 심각하게 다시 하기 시작했다. 프리랜서 선언을 하고 4년 전 퇴직했다가 도록과 일명 '커피 테이블 북'이라 불리는 화집을 주로 만드는 에이브럼스로 자리를 옮겨 선임 디자이너로 일하고 있던 옛 백인 남성 동료가 아트 디렉터직 인터뷰를 하고 갔다. 그리고 몇몇 타 출판사 아트 디렉터가 지원했고, 그중 일부는 인터뷰까지 했다.

전임 아트 디렉터가 이직한 지 거의 8개월 가까이 될 무렵, 다음 해 봄 시즌 카탈로그 표지 디자인 작업을 한참 하고 있을 때서야 신임 아트 디렉터가 부임했다. 새로 온 아트 디렉터는 파슨스에서 대학을 졸업한 직후부터 20여 년 가까이, 무려 다섯 곳의 출판사에서 일한 경력이 있는 북 디자이너였다. 사이먼 앤드 슈스터에서 일했고, 세인트 마틴에서도 수년간 있었고, 부임하기 바로 전에는 랜덤하우스에서 아트 디렉터로 재직했다고 했다. 그녀는 누구에게 무슨 말을 들었는지 모르겠지만, "네가 여기 컬럼비아의 붙박이별이라며" 하고 농담인지 진담인지 모를 알쏭달쏭한 인사말을 던졌다. 내가 컬럼비아대학출판사에 온 것을 환영한다는 판에 박힌 건조한 인사말을 하자, 그녀는 씩 웃으며 한마디 더 했다. "나와 함께도 계속 반짝일 수 있기를"이라고.

내가 작업하고 있던 표지는 중국 작가 차오나이첸의 『늦은 밤 당신 생각을 하면 내가 할 수 있는 건 아무것도 없네』There's Nothing I Can Do When I Think of You Late at Night라는 제목의 문화혁명기를 다룬 연작 소설과 박완서의 『그

많던 싱아는 누가 다 먹었을까』Who Ate Up All the Shinga?, 아르메니아계 문학
비평가이자 철학자인 마크 니채니언의 기록과 제노사이드의 관계를 여러 층
위에서 다룬『수사(역사 편찬)의 의미 전도』The Historiographic Perversion, 역사
학자이며 정치학자인 스티븐 F. 코헨의『소비에트의 운명과 잃어버린 대안
들』Soviet Fates and the Lost Alternatives이었다.

그러나 박완서 작가의 표지 시안은 두 명의 번역자 중 한 명인 한국인 번
역자가 내가 표지에 선정한 사진이 시대착오적이라며 표지를 바꿔달라고 했
다. 저자의 딸들까지 나서서, 자신들이 소장하고 있는 (싱아를 본 적이 전혀
없는 것이 분명한) 한 중견 화가가 그린 삽화 같은 유화를 표지에 써달라고
주문해왔다. 그에 더해 뉴욕대학교 러시아학과 역사학 교수이자 프린스턴대
학교 정치학 명예 교수인 코헨의 표지 작업에서는 내가 선정해 사용한 셰퍼
드 셔벨의 이미지에 관해 클레임이 있었는데, 1992년 라트비아에서 공터에
방치된 레닌 동상을 찍은 사진의 배경 숲이 신록이니 계절을 늦은 가을로 보
이도록 수정해달라는 요청이었다. 저자는 미국 주요 민영 방송사 CBS 컨설
턴트이자 공영 방송사 PBS〈뉴스아워〉의 단골 패널인 데다가, 미국에서 가장
오래된 주간지이자 진보적 매체로 알려진《네이션》The Nation의 발행인 겸 편
집장의 남편이었는데 그 잡지의 아트부까지 문제를 제기하고 나섰다.

두 표지의 시안이 난관에 부닥치고, 반짝이기는커녕 어둡고 막막하기만
했다. 부임한 지 얼마 안 된 신임 아트 디렉터는 표지를 갈아엎고 새로이 작
업하는 대신에 먼저 마케팅 디렉터나 두 책의 편집장들을 설득해보면 어떻겠
냐고 했다. 그러면서 내 능력을 보여달라고 했다. 솔직히 폭발 직전이었던 내
게, 그녀는 해낼 수 있을 거라며 심호흡을 하면서 센트럴 파크라도 산책하고
오라고 했다. 박완서 작가의 책은 편집장이 직접 중재를 나서준 덕분에 실제
싱아 이미지를 내가 선정한 시대착오적 이미지와 함께 넣는 선에서 그나마
해결되었지만, 코헨의 책에 사용한 표지 사진은 포토샵으로 여름 사진을 가

을에 찍은 것처럼 변형해야 했다. 사진의 배경이 늦은 가을을 지나 이른 겨울에 들어설 때까지, 고치고 또 고쳐야 했다. 포토샵 작업을 마친 사진을 배경에 간 새로운 시안을 보낼 때마다 새로운 요구 사항을 논문 형식으로 작성한 장문의 이메일이 왔다. 산보를 자주하고, 아트 디렉터가 심리적으로 지원해준 덕분에 이 표지는 카탈로그가 인쇄에 들어가기 직전에 마감할 수 있었다.

그나마 다행히 다른 두 책은 내가 만든 표지 시안들이 앞선 표지들 같은 문제가 없이 승인되었다. 차오나이첸의 표지에는, 소설의 지리적 배경은 산시성의 산악 동굴을 주거지로 삼는 이들의 마을이었지만, 인근 마을에서 로이터 기자가 한낮에 찍은 사진을 한밤중에 찍은 것처럼 변형해 썼다. 검은 하늘 아래 짙은 회색으로 형태가 희미하게 보이는, 성곽과 돌로 쌓은 축대 앞을 인민복 차림의 한 남자가 지게에 물을 지고 걷는 이미지의 사진이었다. 표지 반을 차지하도록 만든 검은 바탕의 하늘이 위치한 공간에 세 줄로 뿌연 회색 활자의 대문자로 쓴 표제를 올렸다. 그리고 오른편 중간 지점에 저자 이름을 검붉은 색으로 표기했다. 어두운 곳에 있을 때여서 그랬는지, 내가 만든 표지 중 가장 어두운 편에 속했다.

이듬해 이른 봄이 되어서야 내가 컬럼비아대학출판사를 떠나지 않아도 되겠다는 생각에 안도의 한숨을 내쉴 수 있었다. 신임 아트 디렉터가 부임해 첫 번째로 함께 만드는 가을 시즌 카탈로그에서 그녀는 그 시즌에 번역 출간될 한국 관련 서적의 작업을 모두 내게 배정해주었다. 이태준의 『무서록』 Eastern Sentiment과 황순원의 『잃어버린 사람들』에 리처드 니컬스의 『한국 현대 희곡 선집』Modern Korean Drama: An Anthology까지. 원하는 책이 있냐고 묻길래 벨기에 루베인 가톨릭대학교의 이론물리학 교수인 장 브리크몽과 스위스 제네바대학교 실험심리언어학 연구소의 부교수인 줄리 프랑크가 공동 편집한 『촘스키 노트북』Chomsky Notebook을 작업하고 싶다고 요청해 배정받았다.

크리스토퍼 펠버가 2000년 MIT 강의실에서 찍은, 칠판 앞의 노엄 촘스키 사진 왼편에 와이어로 바인딩한 줄 친 노트 이미지를 오려 넣은『촘스키 노트북』표지가 내 기준에서는 나름 실험적이라 생각했는데, 그녀는 내게 줄리아 크리스테바의『이 믿기지 않는 믿음의 필요』This Incredible Need to Believe 표지를 맡기면서 이 표지는 훨씬 더 모험적이고 실험적으로 작업해보라 했다. 그러니까 하나의 작품처럼 만들어보라고 주문했다. 문학 비평가이며 파리 7대학교 언어학 교수인 줄리아 크리스테바의『이 믿기지 않는 믿음의 필요』는 강연·에세이·인터뷰·대화를 엮은 책으로, 프랑스에서 출간되기 전인 2006년 로마 돈젤리 에디토레에서 이탈리아어로 먼저 출간되었다. 번역가이자 시인이기도 한 베벌리 비에 브라익의 프랑스어판 번역으로 출간될 유러피언 퍼스펙티브 시리즈의 하나였다. 무엇보다도 내게는 첫 번째 크리스테바 책. 서문을 대신하는 '커다란 의문 부호'란 제목의 장을 포함해 모두 일곱 장으로 이뤄진 136페이지의 작은 책이었는데, 책의 절반 이상을 차지하고 있고 제목을 표제로 쓰기도 한 본문 첫 장 '이 믿을 수 없는 믿음의 필요'는 조금 읽다가 마저 읽기를 일찌감치 포기하고 대충 넘겨 보았다. 마감이 코앞이라 마음이 급해서였다. 대신 파리의 노트르담 성당에서 그녀가 가톨릭 신자를 대상으로 사순절 기간에 진행한 '고통'에 관한 강연록을 다른 짧은 글들과 함께 읽었다.

표지를 어떻게 만들어야 할지 고민하고 있을 때, 갑자기 기억 하나가 떠올랐다. 그냥 없었던 일로 하고 싶은, 가능하다면 지워버리고 싶은 기억이었다. 내가 고통의 밑바닥에 납작하게 쪼그라져 있던 시절의 기억. 어머니가 여덟 살 안팎의 내게 선물해준, 사반세기 동안 지니고 있었던 작은 성경책을 어머니와 다투다가 찢어버리려 했던 때의 기억이었다. 어머니가 내게 가진 믿음을 거역하고 싶었고, 그 어떤 믿음도 내게는 전혀 남아 있지 않다는 무언의 의사를 전하고 싶었다. 내 생애 처음으로 찢어서 버리려 한 유일한 책이었다.

하지만 검고 얇은 인조 가죽으로 양장한 그 책은 내가 아무리 한 손에 움켜쥐고 다른 손으로 뜯어내려 해도 책등과 면지가 붙어 있던 부분만 겨우 분리되었다. 얇디얇은 종이 한 장 뜯어내지 못했다. 분을 삭이지 못해 바닥에 패대기치고 말았다. 그런 나를 조롱하듯이 그 책은 내 얼굴 쪽으로 튀어 오르더니 이마를 툭 치고 내 앞에 턱 하니 내려앉는 거였다. 화가 머리끝까지 올라 한 번 더 바닥에 패대기친 후 씩씩거리며 집어다 쓰레기통에 넣었다. 그리고 한동안 까맣게 잊고 있다가 몇 년이 지난 후 그 성경책을 어머니가 책장 한쪽 구석에 슬쩍 끼워둔 것을 보았다. 내버린 게 왜 다시 책장에 꽂혀 있느냐고 따지자 어머니는 애써 모호한 표정을 지었다. "못돼먹은 녀석 같으니라고… 어디, 책을 찢으려고 하고… 나중에라도 후회되지 않게 하려고 그랬다."

믿을 수 없는 믿음의 필요. 그 기억이 떠오른 다음에는 자동으로 오래전 내 주먹만 한 크기의 성경책으로 읽은 창세기 1장의 첫 몇 구절이 떠올랐다. 태초에 하나님이 천지를 창조하시니라. 땅이 혼돈하고 공허하며, 어둠이 깊음 위에 있고, 하나님의 영이 물 위를 운행하셨느니라. 하나님이 가라사대 빛이 있으라 하시니 빛이 있었고. 빛과 믿음의, 신화의 시작.

『이 믿기지 않는 믿음의 필요』의 표지를 어떻게 만들어야 할지 궁리를 하던 즈음의 나는 다시 사소한 일상의 반복으로 무사히 복귀해 내가 해야 하는 일 속에서 나름 단순한 삶의 의미를 찾아가던 무렵이었다. 일을 마치고 나서 집으로 돌아가는 대신 그즈음을 전후해 즐겨찾기 해놓은 글 쓰는 이들의 블로그에 들어가 남의 소소한 일상을 훔쳐보고는 했다. 사진가들의 웹 사이트를 찾아본 것도 그 무렵이었다. 가끔은 나사 웹 사이트까지 들어가 천체 사진까지 죽치고 들여다보았다. 퇴근을 미적거린 이유는 8년 가까이 지났어도 혼자 사는 집이 나를 우울하게 해서였다. 이른 여름이었다면 해 질 녘 전철역으로 가는 길에 센트럴 파크로 들어가 벤치에 앉아 반딧불이를 보고, 늦은 여름이었다면 매미 소리를 들으며 짙은 어둠이 깔릴 때까지 멍하니 있었겠지만, 내가 크리스테바의 책을 만들어야 한 때는 여느 해보다 일찍 시작된 사순절이 끝나가던 4월에 들어설 무렵이었다. 해가 지고 난 공원에 오래 앉아 있기에는 날씨가 구질구질하고 너무 쌀쌀했다.

내가 그 싸늘한 봄날 저녁, 컴컴한 사무실에서 혼자 천체 사진을 넋 빠지게 들여다보고 있던 것은 그래서였다. 아니, 어쩌면 그즈음 화성으로 향하는 탐사선이 지구의 궤도를 벗어나 해를 관통해 지나간다는, 천체에 관한《뉴욕 타임스》과학 기사를 읽었기 때문인지도 모르겠다. 우연히 천체 사진을 찍는 한 아마추어 사진가의 웹 사이트를 발견했다. 사진을 보자마자 크리스테바 책 표지는 베른트 니에스가 1999년 찍은 〈개기 일식〉Solar Eclipse을 사용하기로 마음먹었다.

검디검은 바탕의 하늘에 검은 해가 떠 있다. 해라고 믿기 어려운 그 원형의 형체 언저리에 빨간빛이 얼핏 보이고, 그 검은 해에서 흰빛이 작열하듯이 주위로 뿜어 나오는 일식의 순간이 포착된 사진이다. 이 사진을 무광으로 인쇄해 바탕에 깔고 그 위에 올릴 표제 활자는 무색으로 처리하면 어떨까. 있으면서도 없고, 없으면서도 있게.

문제는 무광 인쇄로 마감한 재킷 위에 표제 활자만을 유광 코팅으로 처리하는 특수 인쇄 비용이 이 책에 배정될 수 있는지였다. 먼저 제작부장에게 제발 특수 제작을 할 수 있게 해달라고 부탁했다. 일식에 가려진 해가 어둠에 갇힌 순간에도 그 자리에 그대로 있다는 사실과 마찬가지로, 믿음이란 그것을 가진 이에게만 보인다는 점에 착안해 빛이 책에 내려앉아 반사되는 각도에 따라 표제가 보이기도 하고 보이지 않기도 하도록 만들려 하는데 그러기 위해선 꼭 특수 제작을 해야만 한다고 말이다. 제작부장은 내가 떠드는 동안 해당 도서의 엑셀 스프레드시트를 열고 들여다보더니 그러면 면지를 컬러로 하는 옵션 대신 특수 인쇄를 하겠냐고 역제안을 해왔다. 당연히 그러마 하고 답했다.

표지 시안을 완성해 컬러 레이저 프린트로 뽑고 아트 디렉터에게 건넷

266

다. 글자가 쓰여 있지만, 빛이 표면에 부딪혀 반사되는 작용을 감지하게 될 때만 읽히도록 한 디자인이라고 설명했다. 그녀는 내 사무실로 건너와서 모니터 스크린으로 직접 보겠다고 했다. 스크린으로 시안을 보더니 "잘하면 작품이 되겠는걸"이라고 말했다. 그러고는 컬러 레이저 프린트로는 이 표지 시안의 콘셉트를 누구도 제대로 이해하지 못할 거라며 바탕 활자에 입힌 회색의 불투명성opacity을 좀 더 조절해보라고 했다. 아트 디렉터에게 보여주기 전까지 모두 서른 점의 시안을 만들어보았고, 아트 디렉터 의견을 들은 후에는 활자의 불투명성을 각각 6도씩 낮춰 조정한 파일로 (인쇄할 때 쓸) 모니터 스크린용과 (시안을 승인받을 때 쓸) 레이저 프린트용으로 각각 아홉 점씩 모두 열여덟의 시안을 만들었다. 불투명성을 조절한 시안 중에서 하나를 골라 표지 승인 절차를 밟았다.

아트 디렉터가 내가 만든 표지 시안이 그대로는 승인되기 어려울 것을 예측하고 검은 표지 사진 위에 쓰인 활자를 한층 옅은 연회색으로 만든 시안을 마케팅 디렉터와 편집장과 출판사 디렉터에게 보여준 덕분에 내가 구상한 아이디어를 그대로 살릴 수 있었다. 물론 표지 재킷이 인쇄되고 제본을 마친 신간 견본이 2009년 10월 초순에 출판사 사무실에 도착하자 마케팅 디렉터는 인쇄 사고가 난 것은 아닌지 의심하며 자신이 승인한 표지가 맞느냐며 책을 들고 건너왔다. 그는 웃음을 띠고는 있었지만, 이게 자신이 승인한 표지는 아니지 않느냐고 내게 말했다. 나는 그렇다고 했지만, 그는 아닌 것 같다고 했다.

그와 내가 옥신각신하고 있을 때 그 소리를 아트 디렉터가 건너편 본인 사무실에서 들은 것인지 그녀도 책을 들고 냉큼 내 사무실로 건너왔다. 그녀는 내게 축하한다는 말부터 했다. 그러면서 "이 표지 너무 멋지지" 하고 마케팅 디렉터에게 물었다. 그가 얼른 대답하지 않자 그녀는 이 표지가 디자인상을 받을 거고, 단언컨대 책 판매에도 도움이 될 거라고 말했다. 마케팅 디렉터가 그래도 물러서지 않고 상은 상이고 자신은 책을 팔아야 한다고 말하던

바로 그때, 이 책의 편집장도 자신 몫의 신간 견본을 들고 내 사무실로 찾아왔다. "벌써 미팅을 하고 있네" 하며 그녀는 자기 손에 든 책을 가리켰다. 이어서 "이거 물건이지"라고 말했다. 정말 다행스럽게도, 이듬해 미국대학출판협회가 주관하는 〈책과 표지 및 저널 쇼 2009〉에서 표지가 우수 디자인의 하나로 선정되었다. 이 표지가 판매에 어떤 영향을 주었는지까지는 솔직히 모르겠다.

내게 북 디자인이란, 북 디자이너가 자신의 예술을 하기 위한 매개체가 아니라, 저자만의 고유한 사유의 세계로 불특정한 독자를 안내하는 전문적인 일이다. 특히 표지 디자인은 책의 콘텐츠를 집약해 가장 중요한 느낌이나 분위기를 본능적으로 전달할 수 있어야만 하고, 이를 위해서 문맥/텍스트와 맥락/컨텍스트를 시각화해야만 하는 일종의 번역과 같은 작업이라고도 생각해왔다. 그러니까 크리스테바의 이 표지는 내가 만든 대략 600여 개의 책 표지 중에서 내가 예술이라도 하듯이 작업한 유일무이한 결과물이다. 내가 이 작업을 제대로 수행할 수 있었던 건 전적으로 나를 믿어준 아트 디렉터와 제작부장 덕분이다. 제작부장은 책의 표지와 본문 파일과 제작 주문서를 인쇄·제본소에 보낼 때 컬러 면지 색을 고르라고 했다. 책의 면지로 〈개기 일식〉 사진에 미미하게 보이는 심홍색과 같은, 카디널이라고 불리는 색상의 면지를 써도 되겠냐고 물었더니 그렇게 하라고 허용해주었다.

가끔, 세상은 불가사의하고 신비로운 방식으로 작동한다. 무려 1년 가까이 지나서야 안 사실은 신임 아트 디렉터가 구소련의 우크라이나에서 태어나 자랐다는 거였다. (3년 전 소설가로 등단한, 출판사에서 함께 일한 여러 동료 중 가장 가깝고, 출판사를 오래전 떠났어도 유일하게 아직도 연락하고 지내는, 자신의 우크라이나 태생 어머니가 러시아어를 모어로 쓴다는 내 옛 동료처럼.) 또, 내가 열다섯 살이 되던 해에 가족과 함께 한국을 떠나 미국으로 이주해온 것처럼, 아트 디렉터는 열다섯 살이 되던 1979년에 그녀의 유대계 가족과 함께 미국으로 이주했다. 그녀는 내게 색을 두려워하지 말라면서, 어두운 색상에 갇힌 내 표지가 밝고 화사해지게 만들고 말겠다고 했지만, 예전처럼은 아니라 해도 아직도 나는 단조롭고 밋밋한 표지를 만드는 데 더 익숙하다.

나만의
『무서록』

『무서록』·『먼지와 그 외의 단편들』,
이태준 지음

　　　　　　　　　이태준의『무서록』은 내가 만든 책으로 읽어본 것이 전부다. 그러니까 한국어로 쓴 원문이 아니라 영문 번역본으로 읽었다. 어머니가 가지고 있는 1970년대에 출간된 20권짜리『한국수필문학대전집』에서 혹여 그의 수필을 몇 편이라도 읽지 않았나 싶어 전집을 한 권씩 낱낱이 확인해보았지만, 이태준의 글은 한 편도 실려 있지 않았다. 이태준의 수필 57편이 실린『무서록』이 1941년 '박문서관'이라는 이름의 출판사에서 출간되었다는 사실과 1944년 나온 3쇄본의 존재에 관한 자료를 본 것은 1999년 열화당에서 펴낸『우리 책의 장정과 장정가들』이란 책에서였다. 귀한 1941년판과 1943년판『무서록』을 직접 본 것은 고작 수년 전의 일이다.

　　이 3쇄본『무서록』의 표지 장정은『근원수필』이란 수필집을 남기기도 한 화가이자 미술 평론가 김용준이 작업했다. 책에 포함된「수선」이란 제목의 수필에서 착안해 수선화 두 뿌리와 거기에서 핀 꽃 여러 송이를 그렸고, 오른쪽에서 왼쪽으로 석 자의 한자 표제 '無序錄'을 쓰고 이를 넉넉히 감싸 안는 주황빛을 띤 연붉은색의 두툼한 선도 그려 넣었다. 하단에는 김용준의 낙관이 선홍색으로 찍혀 있다. 그러니까 표제를 감싼 굵은 선은 낙관을 찍은 인주 색이다. 이 책을 쓴 이태준과 표지를 장정한 김용준은 모두 월북했고, 그들의 작품은 모두 금서 목록에 올랐다. 금서 조치는 다른 월북 작가들처럼 무려 반세기가 지난 1988년에야 해제되었다.

해금된『무서록』은 1993년 범우사에서 양장본으로 다시 출간되었다. 내가 중학생일 때 수집했던 손바닥만 한 크기의 문고판과 슬립 케이스를 씌운 양장본 책을 내던 그 범우사였다. 나중에서야 안 사실이지만 이 책 역시 문고판으로도 책이 나왔고, 두 책이 판형은 다르나 모두 15편의 글을 임의로 누락시킨 채 42편만 수록해 출간했다고 한다. 1994년 깊은샘이 발행한 이태준 전집의 15권도『무서록』이란 표제가 붙어 있기는 하지만, 이 책에는 초판『무서록』에 실린 57편 외에 다른 매체에 그가 기고한 수필들이 거의 같은 분량으로 수록되어 진정한 의미에서『무서록』이라고 할 수는 없어 보인다. 내가 범우사에서 나온『무서록』을 처음 본 것은, 1988년 여름 이후 10년 만에 한국에 가서 2주간 머무른 1998년 11월 마지막 주와 12월 첫 주 사이였다. 종로서적에서였는데, 막상 책을 손에 들자 도무지 갖고 싶다는 생각이 들지 않았다. 서가 귀퉁이에 서서 몇 편의 짧은 글을 읽는 내내 망설이다가 결국은 내려놓았다. 대신 열린책들에서 예쁘게 나온 파트리크 쥐스킨트의『깊이에의 강요』와『비둘기』를 샀다.

『무서록』에는「책」이라는 짧은 수필이 있다. 거기에 이렇게 쓰여 있다.

책은, 읽는 것인가? 보는 것인가? 어루만지는 것인가? 하면 다 되는 것이 책이다.
책은 읽기만 하는 것이라면 그건 책에게 너무 가혹하고 원시적인 평가다.

야박한 평가일지 모르지만, 1990년대에 발행된 그의『무서록』은 표지뿐 아니라 무더기로 누락된 본문까지, 이태준의 말을 빌리자면, 책으로서 가혹하기 그지없는 몰골을 하고 있다고 할 수 있을 것 같다. 내가 과문해서인지 몰라도 『무서록』에 관한 어느 글에서도 이를 안타까워하지 않았다. 본문의 4분지 1이나 되는 분량이 누락된 『무서록』은 진정 『무서록』일까. 책의 정서나 정신과는 전혀 무관한 표지를 한 『무서록』은 진정 『무서록』인 것일까. 이 책이 금서로 지정되어 반세기 동안 읽히지 못한 부당함을 고려한다면 재출간만으로도 감사해야 하고, 도리어 이런 생각을 하는 내가 편협한 것일까.

이런 문제의식을 가진 단 한 명을 만난 적이 있다. 내가 만들어 2009년 컬럼비아대학출판사에서 출간한 『무서록』의 영문 번역서 『이스턴 센티먼츠』 Eastern Sentiments 번역자 재닛 풀 교수다. 그녀는 영국인으로 런던대학교에서 일본어와 한국어를 공부했고, 마셜 필 교수에게 지도받고자 미국으로 건너가 하와이대학교의 석사 과정에 진학해 한국문학을 전공했다. 그러고 나서 컬럼비아대학교에서 동아시아 언어와 문화학 연구로 박사 학위를 받고 뉴욕대학교에서 강의를 하다가, 현재 캐나다 토론토대학교의 동아시아학과 부교수로 재임 중이다.

『이스턴 센티먼츠』는 컬럼비아대학교 웨더헤드 동아시아학 연구소의 웨더헤드 출간 기금과 한국문학번역원의 출간 지원을 받아 출간된 책이다. 한국에서 재발간된 『무서록』과는 달리, 그녀는 자신의 번역서 원고에 단 한 편의 글도 빠트리지 않고 57편을 모두 포함시켰다. 그녀는 이태준을 일제강점기 조선의 대표적인 문필가일 뿐 아니라 한국을 대표하는 골동품 애호가로 지칭했는데, 그래서였는지 표지에 쓸 이미지로 추사 김정희의 〈국향군자〉國香君子를 선정해 간송미술관으로부터 표지 사용 허락서와 도판 파일을 받아 미리 제공해주었다. 〈국향군자〉는 두 면으로 펼쳐진 정사각형에 가까운 장방형 화폭의 정중앙에서 각기 오른편 위쪽과 왼편 아래쪽으로 뻗어 늘어지게 난을 친 수묵화로, 오른편 하단에 '차국향야군자야'此國香也君子也라는 화제畵題가 쓰여 있고 마지막 글자의 옆에는 네모나고 작은 낙관이 찍혀 있다. 또 화폭 왼쪽 가장자리에도 상형문자처럼 생긴 큼지막한 낙관이 하나 더, 같은 붉은 색 인주로 찍혀 있다.

번역자가 원제를 직역한 '두서없이 써 내려간 글'이나 '임의로 쓴 에세이' 대신 책에 실린 수필 가운데 하나인 「동방정취」東方情趣를 『무서록』의 영문 표제로 삼은 이유는 영어권 독자에게 이 책이 담고 있는 내용과 의미를 더욱 정확히 전달하고자 했기 때문이라 했다. 그러나 표지에 조선 시대 문인화 전통의 난초 그림만 놓여서는 일제강점기에 쓰인 이 책이 내포한 시대적 맥락과 배경이 드러나기 어려울 듯했다. 과거의 전근대적 전통이 사라지면서 식민화 형태로 갑작스레 도래한 근대와 마찰하는 전환기적 상징성이 모두 가려진다고 느꼈다. 담백한 언어로 소소한 일상을 기록했으나, 작가가 식민지 지식인으로 살면서 쓴 글이기에 1930년대의 풍광이 조그맣게나마 담겨야 한다고 생각했다.

생각이 거기까지 미치자, 그 시대가 담긴 사진을 찾으려고 여러 이미지 아카이브를 이 잡듯 뒤졌다. 2002년부터 MIT에서 이미지를 위주로 한 학술 아카이브로 운용하는 '문화를 시각화하기'Visualizing Cultures라는 이름의 동아시아 관련 아카이브까지 들춰보았다. 하지만 일본과 중국 두 나라의 시각 자료와 비교해 한국 자료는 빈약하기 그지없었다. 아니, 한국 자료는 거의 전무하다 해도 무방할 지경이었다. 촌각을 다투는 시즌 카탈로그 표지 마감 기간 내에 마땅한 이미지를 찾는 것은 무모하다 싶었다. 그렇다고 포기할 수도 없는 일. 검색에 몰두하던 중 오른쪽 어깨 결림이 심해져 목을 움직이거나 손가락을 움직이기조차 어려워졌다. 두 달 가까이 일주일에 두세 번씩, 일하다 말고 왕복 두 시간이 걸리는 한의원으로 침 치료를 받으러 다녀야 했다.

그러다 보니 왼손으로 마우스를 쥐고 검색하다가, 21세기가 되도록 자료를 제대로 검색할 수 있는 아카이브 하나 없이 겉만 번드르르한 한국의 실상을 원망하다 못해 글로 옮기기 어려운 욕설이 입 밖으로 종종 터져 나왔다. 제대로 된 아카이브라면 고화질 자료 제공까지는 아니더라도 작가명, 작품명, 제작일(또는 제작 시기), 제작 장소, 소장처(에 더해 지정되어 있다면 저작권자) 표기가 되어 있어야만 할 텐데, 그런 아카이브 자체가 존재하지 않는 듯했다.

어디서 어떻게 찾을지, 찾을 수는 있을지 걱정하느라 신경 쇠약에 걸릴 지경이 되었을 때 마침 이 책의 표지가 당시 작업하고 있던 카탈로그에 들어가지 않게 되었다는 소식을 아트 디렉터에게 전해 들었다. 저자와 계약서가 작성되고 출간 기획 회의까지 마치고 출간 일정이 잡힌 책이 어떤 이유에서건 다음 시즌으로 미뤄지는 것은 160여 권의 신간이 출간되는 1년 동안 한 차례 있을까 말까 한 일이었으니 요행이 아닐 수 없었다. 행운에 감사하며 우선은 한숨부터 내쉬었다. 물론 표지가 몇 개월 미뤄졌다고 해서 내 작업에 필요한 시각 자료를 체계적으로 모아놓은 아카이브가 신통하게 만들어져 내 앞에 나타날 리 없지만, 적어도 자료 조사를 할 수 있는 시간은 번 셈이었다. 그런데 기적 같은 일이 벌어졌다.

2005년 신설된 한국문학번역원에서는 한국문학을 해외에 알리고자 2008년 늦여름부터 《리스트》List라는 계간지를 영문으로 제작해 배포했다. 그 첫 호인 2008년 가을 호에 또 다른 월북 작가 박태원과 그가 1934년 《조선중앙일보》에 연재한 중편 소설 「소설가 구보씨의 일일」을 다룬 꼭지가 있었는데, 여기에 이 작품의 배경인 1930년대 경성의 모습이 담긴 자료 사진 몇 장을 배치해놓은 것이다. 『무서록』이 묘사한 시대의 풍경과 그 시대를 살던 이들의 일상 모습이 담긴 사진들이었다. 하나는 좌측 멀리 숭례문이 보이는 사진이었고, 다른 하나는 서울 광교 앞 대로를 찍은 사진이었다. 사진에는 모두 전신주를 세운 대로가 있었고, 그 위를 지나는 달구지와 함께 전철이 있었다. 그리고 걷는 이들과 자전거를 타고 가는 이들의 모습도 같이 담겨 있었

다. 계간지에 실린 사진 캡션에는 사진이 찍힌 장소와 추정 연대만이 표기되어 있었다. 사진을 사용하려면 소장처를 명시해야 할지도 모르고 고화질 파일을 받을 수 있는지도 확인해야 해서,《리스트》에 나와 있는 두 개의 이메일 주소로 문의 메일을 보냈다. 혹시나 했지만, 역시 예상한 대로 아무런 답신도 받지 못했다.

그래도 이 사진을 발견한 것만으로 충분히 감사한 일이었다. 달뜬 마음에 미뤄둔 표지 작업을 바로 시작했다.《리스트》에 실린 사진을 여러 차례 스캔해보았는데, 매번 모아레moire라 부르는 물결무늬가 생겼다. 스캐너 앞에서 며칠을 허송해버리고 나서야《리스트》가 온라인상으로도 존재한다는 사실을 알아냈다. '부디, 부디'라고 되뇌며《리스트》웹 사이트에 접속했더니 두 사진이, 고화질까지는 아니었지만, 숭례문이 보이는 이미지는 표지에 작은 사이즈로 올릴 수 있을 만큼, 그리고 서울 광교 전경을 담은 이미지는 속표지 양면 전면에 옅게 깔아도 될 만큼 깨끗한 사진이 스크린에 떴다.

표지 전면에 번역자가 보내온 간송미술관 소장의 추사 김정희 작품〈국향군자〉를 깔고 박문서관판의『무서록』표제를 둘러싸고 있던 연붉은색 선을 재킷 전면 하단에 약 3밀리 두께로 배치했다. 이 선은 재킷을 인쇄한 후 기계로 잘라낼 때〈국향군자〉작품이 조금이라도 잘려 나가지 않게 하는 일종의 안전장치였다. 하지만 안전장치 기능을 하는 선이더라도 미학적으로 표지 전체와 균형이 맞아야 하기에, 수묵화인〈국향군자〉에서 유일하게 먹이 아닌 색채인 인주 색을 가져와서 썼다. 표지 재킷에, 그러니까 책의 겉표지 앞면에서 책등과 뒤표지까지 이어지도록, 가로로 좀 더 긴 장방형의 화폭 전체를 배치하고 나자 그림의 맨 왼편 모서리가 뒤표지 왼쪽의 가장자리에서 3센티 정도 모자랐다. 그 부족한 면에는 표지 재킷 하단처럼 인주 색을 3센티 너비로 표지 위에서 아래까지 채워 넣었다.

난이 정중앙이 아닌 약간 왼편에 그려져 있어서 표지 앞면의 오른쪽에 여백이 있었다. 거기에 표제를 넣고 표제와 저자명 사이에 숭례문과 그 앞 대로를 주행하는 전철이 보이는 사진을 높이 4센티, 너비 6센티 비율로 배치했다. 번역자 이름은 오른편 위쪽을 향해 그려진 난의 왼편 위쪽에 써넣었다. 표지 작업을 마친 지 얼마 지나지 않아 최종 원고 파일이 들어왔고 본문을 디자인했다. 본문 속표지는 일반적으로 오른쪽 면에만 세팅하는데, 이 책은 왼쪽 면까지 두 면을 활용했다. 서울 광교 앞 대로가 찍힌 사진을 2~3쪽 양면에 본문 인쇄에 사용하는 검은색 잉크의 20퍼센트 농도로 깔았다. 속표지 양면을 채운 이 사진의 왼편을 번역자 서문과 본문 첫 쪽 사이의 왼편 페이지에 다시 20퍼센트 잉크를 사용해 흐릿하게 인쇄했다.

출간 후 번역자는 이태준이 기뻐할 만큼 아름답게 책이 나왔다며, 편집장을 통해 감사 인사를 전해 왔다. 그로부터 6년이 지나 풀 교수가 10여 년에 걸쳐 완성한 첫 저작인『미래가 사라져 갈 때: 후기 식민지 시기 조선의 모더니스트적 상상력』When the Future Disappears: The Modernist Imagination of Late Colonial Korea 출간 계약을 할 때 이 책도 내가 디자인해주기를 바란다고 했다. 이 책은 식민지 시대의 작가들이 일제강점기 후기로 접어들면서 더는 자신의 언어인 조선어로 글을 쓰고 발표할 수 없게 되자 당대 지식인으로서 어떻게 실존하려 했는지 그 시기 그들이 발표한 글을 통해 탐구하는 학술 연구서였고, 내게 맡겨졌다.

워드로 작성한 최종 원고 파일을 살펴보니 책에서 깊이 있게 다루는 작가들의 면면은 김남천, 박태원, 서인식, 이태준, 임화, 최명익, 최재서 등등이었다. 검색해보았으나 그들 가운데 단 몇 명이라도 함께 있는, 표지에 쓸 만한 사진은 없었다. 그래서 여러 번 본 적이 있는 창문사 시절의 이상과 박태원, 김소운이 함께 찍힌 사진을 표지에 사용할 수밖에 없겠다는 확신이 섰다. 이 사진에서 배경을 이루는 벽면의 위쪽 왼편에는 액자에 넣은 사진이, 바로 오른편에는 괘종시계가 걸려 있는데, 사진을 좀 더 유심히 들여다보면 이상과

278

박태원의 머리 뒤쪽 벽면에는 일어로 쓰인 포스터까지 걸려 있다. 인터넷에 많이 돌아다니는 사진이니 고화질 이미지를 구하기가 수월할 거라고 생각했다. 문제는 자신이 한국에서 경복궁과 적산 가옥을 찍은 사진을 표지에 사용할 수 있을지 검토해달라고 한 저자를 설득하는 일이었다. 물론 쉽지는 않았지만, 책에서 심도 있게 다루지 않은 이상과 김소운의 얼굴을 디자인 요소로 가리겠다는 구상을 듣고 풀 교수는 내게 설득당해 주었다.

이 사진의 고화질 파일을 찾는 과정도 만만치 않았다. 검색하다 보니 아르코미술관에서 이상에 관한 일종의 아카이브 전시가 2000년대 초에 있었고, 그때 만들어진 리플릿에 전시 때 사용한 이 사진의 출처가 서울대학교의 권영민 교수라고 나와 있었다. 내가 브루스 풀턴 교수와 권영민 교수가 공동 편집한 책을 만든 건 2004년이어서, 내 메일함의 이메일 주소록을 뒤져보았으나 권 교수의 이메일은 없었다. 출판사의 편집장에게 권영민 교수의 이메일 주소를 문의해 받았고, 서울대학교 이메일 주소로 메일을 보냈다. 하지만 그는 자신이 가지고 있는 사진이 원판이 아니라며 도움이 못 되겠다고 단문의 답신을 보내왔다. 원판이 아니라도 사진을 스캔 뜰 수 있게 잠시 빌려줄 수 있는지 물었지만 답이 없었다. 일언지하의 거절이라고 느꼈다. 바로 단념하고 다른 지인을 통해 알음알음으로 '근대서지학회' 운영진을 소개받아 혹시 이 사진의 고화질 파일이 있는지 문의했다. 내가 필요로 하는 사진에 대해 그 어떤 오해도 없도록 명확히 설명했음에도 문의한 지 3주가량 지나서 신문이나 잡지에 실렸던 저화질 도판을 재스캔 한 것으로 보이는, 물결무늬로 뒤덮인 이미지 파일을 보내왔다. 표지는커녕 본문 도판으로도 사용할 수 없는 파일이었다.

다시 인터넷을 뒤져서 그나마 상태가 나은 사진을 내려받아 써야 했다. 그래서 표지에 쓸 때는 중저화질 사진을 포토샵에서 명도와 채도를 비롯해 조정 기능을 하는 모든 도구를 사용해 보정한 후 표지에 넣었다. 그러고 나서도 사진의 흠결이 덜 보이도록 검은색에 은색을 섞어서 인쇄했다. 책이 나오고 나서 책 페이지를 훌훌 넘기며 보다가 제작과 편집 과정에서 눈여겨보지 않았던 풀 교수의 긴 헌사 마지막 페이지에서 내 이름을 보았다. 아마 최종 원고를 출판사에 넘길 때 작성한 것으로 보이는 헌사의 글이었다. 그녀는 거기에 이렇게 적었다.

> 나는 컬럼비아대학출판사 디자인부의 환상적인 작업을 항상 큰 기대를 품고 기다린다. 표지는 원고를 제출하고 나서 한참 후에 만들어지기 때문에, 지난번에 컬럼비아대학출판사에서 영문으로 번역해 출간한 이태준의 『이스턴 센티먼츠』 표지를 디자인한 이창재에게 공개적으로 감사를 표할 기회가 없었다. 이 자리를 빌려 이태준의 드높은 심미적 기준에 필적하는 책을 만들어준 그에게 감사를 전한다.

2014년에 출간된 『미래가 사라져 갈 때』는 2015년 모더니스트 학회 Modrenist Studies Association 저술상을 수상했다. 내가 그녀의 두 번째 책을 만든 때는 마침 한국을 두 차례나 다녀오며 미국에서 새로운 전시를 기획하고 있을 때였다. 〈문화유산: 한국의 책과 표지 1883~2008〉Artifacts of Culture: Korean Books and Covers 1883~2008이라는 전시명으로, 1944년 박문서관에서 3쇄를 찍은 이태준의 『무서록』이 포함된 전시였다. 두 명의 고서 전문 컬렉터가 소장한 72권의 귀한 책들을 보여주는 전시였다. 서양의 활판 인쇄술이 조선에 들어온 1883년부터 2008년까지, 지난 125년간 한국에서 출간한 주요 문학서로 한국문학과 시각 문화(에 더해 출판 역사)를 보여주는 도서 전시의 도록을 제작할 때 그녀는 영문으로 제작할 도록에 한국문학소사小史 논문을 써주기로도 약속했다.

하지만 내 기획은 한국의 그 어느 기관이나 단체로부터도 미국에서 전시를 진행하기에 충분한 재정 지원을 받지 못해서 전시 제안서만 수도 없이 날

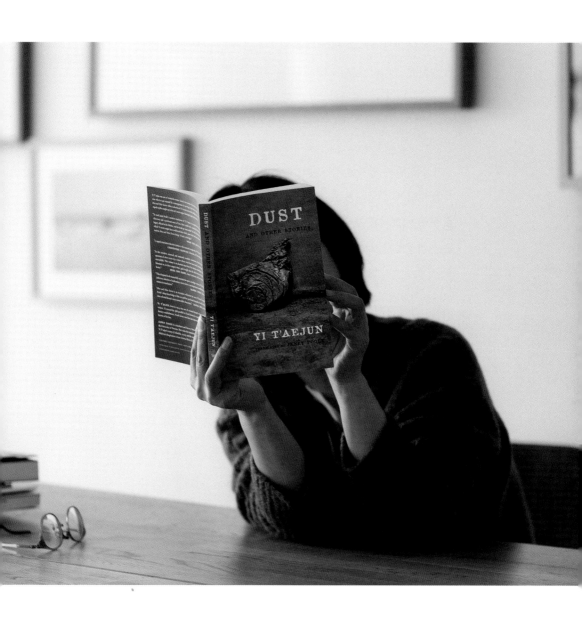

리다 2016년 6월 첫 주의 어느 날 그만 단념하고 말았다. 안타깝지만 더는 어찌해볼 도리가 없다는 소식을 풀 교수에게 전하자, 그녀는 벌써 도록에 실을 글을 쓰기 시작한 상태였음에도 나중에 자신이 돈을 많이 벌면 직접 지원해줄 테니 언젠가는 꼭 이 전시를 열도록 하자는 사려 깊고 상냥한 답신을 보내주었다.

2017년 가을, 그녀의 세 번째 책을 만들었다. 풀 교수가 영문으로 번역한 이 책은 이듬해인 2018년에 출간한 이태준 단편 선집『먼지와 그 외의 단편들』Dust and Other Stories로, 표지에는 상상마당 갤러리에서 주관하는 SKOPF 작가상을 받은 정지현 사진가의 〈공사장 찌꺼기〉Construction Site Dreg란 사진 작업 시리즈 중 하나를 표지에 썼다. 출판사 대표가 된 편집장이 풀 교수에게 내가 만든 표지를 보내주었고, 표지를 본 풀 교수는 "와우"로 시작하는 답신을 편집장에게 보냈다. "완벽하네요! 너무 좋아요! 이건 뭐랄까, 완전히 문학적인, 소설책의 표지군요." 그리고 내게 따로 이메일을 보내서 자신만큼이나 이태준 작가도 기뻐할 거라고 다시 한번 말했다.

M7 별이
늘어서다

『만덕 유령 기담』,
김석범 지음

                        '별이 나란히 늘어서다'라는 표현이 있다. 모든 게 긍정적인 방향으로 착착 맞아 들어갈 때 쓰는 영어 표현이다. 하늘에 흩어져 있는 별들이 나란히 늘어설 리야 없지만, 살다 보면 그렇게 믿기 어려운 일이 일어날 때가 간혹 있다. 재일조선인 작가 김석범의 중편 소설 『만덕 유령 기담』The Curious Tale of Mandogi's Ghost 표지를 만들던 즈음이 그랬다. '만덕이 귀신의 기이한 이야기' 정도로 설명할 수 있는 이 책의 디자인이 내게 맡겨진 것은 2009년 연말, 시애틀로 휴가를 떠나기 직전이었다. 여행 캐리어에 편집되지 않은 초고 원고 뭉치를 출력해 챙겨 넣었다.

    『만덕 유령 기담』은 기이하다기보다 기구하기 그지없는 이야기였다. 이름과 정체성의 관점에서 요약하자면 이런 내용을 담고 있었다. 일제 강점기에 오사카로 이주한 조선인들이 다니는 한 절에서 부엌데기로 일하는 반벙어리 소녀가 절에 온 한 조선인 사내에게 겁탈당해 사생아를 낳는다. 아기는 성도 이름도 없이, 혼자 걸을 수 있을 때까지 '아가'라고만 불리다가 소녀의 고향인 제주도 산자락 절에 맡겨진다. 그 후 '개똥이'라는 이름 아닌 이름으로 불리며 동자승이 되어 절에서 자란다. 좀 더 커서는 절간 부엌에서 공양주로 일하며 '만덕'이라는 이름을 얻지만, 일제 당국의 강요로 하루아침에 '만도쿠 이치로'로 이름을 바꾸게 된다. 호적에 올라 있지 않은 덕분에 만도쿠 이치로는 전쟁터로 강제 징집이 되는 대신 북해도의 생지옥 같은 탄광으로 강제 징용이 되었다가 태평양 전쟁이 끝나자 제주도로 살아 돌아온다. 제주 4·3 사건이 벌어진 지 1년여가 지났을 무렵, 만덕은 자기 의지와 상관없이 민병대원으로 차출되지만 군경이 빨갱이로 지목한 젊은 사내를 사살하기를 거부하다가 사내와 함께 총살형에 처해 구덩이 안에 매장된다. 그 뒤로 뭍의 빨치산 항쟁이 벌어지는 곳마다 신출귀몰한다고 입에서 입으로 구술되기 시작한다.

시애틀에서 새해를 보내고 뉴욕으로 돌아오자마자 표지에 쓸 만한 사진을 인터넷으로 검색했다. 시대는 해방 전후로, 장소는 제주도뿐 아니라 한반도 전체로 상정하고 갖은 보도 사진을 찾았지만 실패에 실패를 거듭했다. 사진 아카이브를 죄다 뒤졌으나 마땅한 이미지가 없었다. 한국의 국립현대미술관과 서울시립미술관에 소장된 자료가 혹여 있을까 해서 찾아보려 했지만 국립현대미술관 웹 사이트는 지나친 모션 그래픽으로 접속과 검색 속도가 느려 두 손 들고 말았고, 서울시립미술관 웹 사이트는 검색을 하려면 내게 있지도 않은 주민등록번호를 입력하라고 해서 포기할 수밖에 없었다. 자포자기해 미술가 오윤의 판화 몇 점을 아트 디렉터에게 보여주었다. 그녀는 고개를 절레절레 흔들며, 이 중편 소설이 마술적 사실주의 유형의 작품으로 소개되었던데 사실적이면서도 초현실적인 분위기를 재현해줄 사진을 찾아보라며 그런 이미지가 없을 리가 없다고 했다. 내가 찾아낼 수 있는 것과 없을 리 없는 것은 차원이 전혀 다른 문제였으나, 그래 보자고 답할 수밖에 없었다.

표지에 맞는 이미지를 찾기란 불가능해 보였다. 그러다가 우연히 한국 신문 인터넷판에 짧게 실린 (이미 지난) 전시 소개 기사를 보게 되었다. 불과 수개월 전인 2009년 10월 둘째 주부터 11월 셋째 주까지 강원도 영월 동강 사진박물관에서 열린 〈구왕삼 탄생 100주년 사진전〉에 관한 기사였다. 구왕 삼이란 사진가는 1909년 대구에서 출생해 1940년에 사진에 입문했다고 적혀 있었다. 내가 작업하는 책 표지에 쓸 만한 사진이 혹시 있지 않을까 싶어 구왕삼을 관련어로 검색해보았다. 이때만 하더라도 내 컴퓨터에서 한글을 입력할 수 없을 때라 신문 기사의 해당 글자만 복사해 검색창에 넣어 찾아야 했다. 동강사진박물관 웹 사이트 주소를 찾았지만, '자료 아카이브'는 박물관이 개관한 지 5년이 지났음에도 여전히 '구축 중'이라는 안내 문자가 떴다.

상황이 그러하다 보니, 언제 어디서 어떻게 구왕삼 사진가의 〈군동〉을 처음 보았는지 이제는 알 길이 없다. 다만 인터넷 여기저기를 들쑤신 덕택에, 1945년 건국사진문화연맹이 주최한 사진전의 특선작이라는 작품을 찾았다. 〈군동〉을 만난 건 별이 나란히 늘어선 것만 같은 일이었다. 동강사진박물관 웹 사이트에 나와 있는 이메일 주소로 〈군동〉을 책 표지에 사용하려고 고화질 이미지 파일과 저작권자를 찾고 있다고 도움을 청하는 이메일을 보냈지만 감감무소식이었다. 영문으로 작성한 이메일을 보내 답신이 없는 것 같다고 하자, 아트 디렉터는 IT 담당자에게 내 컴퓨터에서 한글을 사용할 수 있도록 바로 조치해달라고 요청했고 그제야 내 요청에는 수년 동안 아랑곳하지 않던 IT 담당자가 움직였다.

한국어로 작성한 이메일을 보내자마자 박물관의 학예사로부터 답신이 왔다. 이미지 파일이 박물관에 있지만 사용 허락은 구왕삼 사진가의 유가족이나 유가족을 대리하는 사진 연구자에게 받아야 한다며 사용 허락을 받으면 고화질 파일은 박물관 측에서 보내줄 수 있다고 했다. 전시 소개 기사에는 나와 있지 않으나 유가족을 대리한다는 사진 연구자는 김태욱이란 이름의 대구에서 활동하는 독립전시기획자로, 내가 기사에서 본 사진전을 기획한 이였다. 그에게 이미지 사용 허락을 구하는 이메일을 보냈는데, 그는 기꺼이 표지 사용을 허락한다고 답신을 바로 보내왔다.

　이메일이 대륙과 대양을 가로지르며 무수히 왔다 갔다 하는 사이, 나는 표지 작업을 시작했다. 아트 디렉터에게 첫 번째 시안들을 제출하자 표지 배경으로 쓴 변색된 사진의 일부가 훨씬 더 탈색되어 보이도록 해보라고 종용하면서 반려했다. 사진을 변형해 두 번째로 만든 시안들 역시 좀 더 눈에 띄는 디자인적인 요소를 가미해보면 어떻겠냐고 뜻밖의 주문을 하며 퇴짜 놓았다. 시선을 사로잡을 만한 전통 문양을 넣어보기로 했지만, 아트 디렉터가 내게 빌려준 안그라픽스에서 출간한 『한국 문양 전집』Asian Art Motifs from Korea 에서는 마땅한 문양을 찾을 수 없었다.

　전전긍긍하다가 이 책과 같은 문학 번역서를 포함해 인문서 담당 편집장이기도 한 에디토리얼 디렉터가 건네준 계간지 《코리아나》Koreana가 생각났다. 한국국제교류재단The Korea Foundation에서 그녀에게 《코리아나》를 보내주면 빠짐없이 내게 건네주곤 했(는데, 그녀는 2014년 출판사 대표가 되었)다. 내 사무실 책장 한쪽에서 몇 년 치 잡지를 모두 꺼내 책상 위에 쌓아놓고 하나씩 펼쳐보았다. 마침 사찰을 다룬 기사가 있었다. 직지사에서 찍은 사진이 실린 기사에서 알록달록하게 색칠된 꽃문양 창살을 발견했다. 손바닥만 한 사진을 스캔한 후 꽃문양만 몇 개를 따로 떼어내고 이들을 확대해 표지 위에 올렸다. 새 표지 시안 두엇을 세 번째로 아트 디렉터에게 넘겼다. 아트 디렉터는 그중 하나에 별을 그려 넣어 내게 돌려주었다. 그러면서 별 옆에다 '난 네가 해낼 줄 알았어'라고 썼다.

　가을 시즌 카탈로그에 실릴 표지 작업을 마치자마자 최종 원고가 들어와 바로 본문 디자인에 들어갔다. 『만덕 유령 기담』은 2010년 9월 발간되었다. 11월에는 보름을 훌쩍 넘기는 긴 휴가를 내고 한국에 갔다. 동강사진박물관도 둘러보고 싶었고, 내게 독립기획자 연락처를 알려주고 고화질 파일을 보내준 학예사에게 책을 전하며 덕분에 무사히 나오게 되었다고 직접 감사 인

사도 하고 싶었다. 거기에 더해 내 머릿속 꿍꿍이가 가능한 일일지, 의문 부호였던 질문 하나를 던져보고 싶었다. 뉴욕을 떠나기 전에 미리 약속을 잡아놓은 동강사진박물관에 찾아가기로 한 날 아침, 출발하기 직전에 열어본 이메일함에는 이 책이 〈2011년 뉴욕 북 쇼〉The New York Book Show 2011*의 우수 디자인 표지로 선정되었다는 소식이 도착해 있었다.

　　동강사진박물관의 젊은 학예사는 책에 대한 답례라며 동강사진박물관 소장 작품을 담은 소장품집과 전시 도록을 몇 권 선물해주었다. 그가 내온 인스턴트 차를 마시며 대화를 나누다가, 망설이던 말을 꺼냈다. 박물관에 소장된 사진 작품 중 일부를 뉴욕에서 전시로 선보이고 싶은데 그게 가능한 일인지 물었다. 작은 갤러리 공간이 있는, 한국과 미국 상호 간 이해와 협력 증진을 목적으로 1957년 설립된 비영리 단체 코리아 소사이어티에 관해서도 소개했다. 내 제안이 뜬구름 잡는 빈말처럼 들려서 그랬는지 모르겠지만, 학예사는 자신이 일하는 박물관이 공공기관이기에 뉴욕 코리아 소사이어티에서 전시 진행에 드는 모든 비용을 지원하기만 한다면 박물관의 작품 대여가 가능하다고 너무도 쉬이 대답했다. 나는 코리아 소사이어티의 지원을 받아 전시를 진행하려면 대여 기간이 최소 1년은 되어야 한다고, 그래야 뉴욕 전시와 함께 미국 각지의 대학 미술관으로 순회전을 할 수 있다고 설명하며 그렇게도 대여가 가능할지 질문했다. 그는 장기간 대여는 어렵지만 1년 정도라면 충분히 가능할 거라고 했다.

　　오랫동안 잊었던 꿈을 이룬다는 설렘으로, 그날 밤부터 소장품집을 닳도록 들여다보면서 상상의 나래를 펼쳤다. 뉴욕에 돌아와서는 한국의 사진 관련 잡지를 인터넷으로 검색해, 그 소장품집에 있는 작가들에 관한 기사를 하나둘 모았다. 이를 출력해서 출퇴근길에, 점심을 먹으며, 퇴근해 잠들기 직전까지, 읽고 또 읽었다. 짤막한 기획 글도 영문으로 쓰기 시작했다. 글은 썼다가 뜯어고치기를 반복했다. 물론 매년 두 차례씩 돌아오는 마감 지옥이 중간에 한 차례 있었던 데다가, 지구 반대쪽에서 벌어진 대재난의 여파로 공황 상태에 빠져 한동안 이 프로젝트에 대한 의욕을 잃기도 했다. 하루는 아예 정신까지 살짝 놓고, 퇴근길에 교통사고를 당했다. 응급차에 실려 병원에 다녀오고 나서야, 어쩌면 내게 다시는 주어지지 않을 일생일대의 기회일지도 모른다는 생각이 들었다.

전시명은 〈삶의 궤적: 한국의 시선으로 바라보다, 1945~1992〉로 정했다. 기획 글을 마무리한 것은 6월의 세 번째 일요일이었다. 전시를 위해 선정한 쉰네 점의 사진 중 절반 정도를 따로 골라 복사한 후 기획 글과 함께 전시 제안서 프레젠테이션 폴더를 만들었다. 전시 작품 다수를 동강사진박물관 소장품에서 선정했지만, 몇몇은 한국전쟁이 벌어지기 전에 태어난 열세 명의 사진가를 조사하는 과정에서 발견한 사진이었다. 전시 작품 선정까지 마친 뒤, 몇 번 인사를 나눈 적이 있는 코리아 소사이어티 문화 프로그램 담당자에게 내가 준비하는 전시를 소개하며 누구에게 이 제안서를 제출하고 논의해야 할지 문의하는 이메일을 보냈다. 한국계 입양아인 문화 프로그램 담당자는 구겐하임에서 열리는 이우환 작가의 회고전과 맞물리도록 그의 작품 외 자료를 코리아 소사이어티 갤러리에서 마침 그다음 주부터 선보이는데, 이우환 작가의 토크 시간도 준비되어 있다고 알려주었다. 만약 그날 올 수 있으면 전시를 담당하는 갤러리 디렉터를 내게 소개해주겠다는 내용의 상냥한 답신이었다. 6월 마지막 주의 마지막 화요일, 코리아 소사이어티에 자료를 챙겨서 갔다.

그날은 일도 손에 잡히지 않아 온종일 구글링을 해서 찾아낸 '도큐포토'란 아이디를 쓰는 내 중학교 동창에게 이메일을 보낸 날이기도 하다. 코리아 소사이어티로 가기 직전에, 지난 25년의 근황과 처음 시도해보는 사진 전시에 관한 내용을 적은 장황한 이메일을 보냈다. 이우환 작가의 행위 예술 비슷한 퍼포먼스로 시작한 토크가 빨리 끝나기를 기다린 것은 갤러리 관장에게 전시 이야기를 꺼내고 싶어서만은 아니었다. 공식 행사가 끝나고 리셉션이

289

시작되고 나서도 한참 후에야 갤러리 디렉터를 소개받을 수 있었다. 그녀는 전시와 관련한 이야기를 전해 들었다면서, 자료를 두고 가면 나중에 검토하고 연락해주겠다고 했다. 경황없는 상황일 거라고 예상하지 못하고 찾아와 미안하게 되었다고 사과하고 그녀에게 자료를 맡기고 자리를 떠났다.

정신없이 걷다 보니 나도 모르게 집으로 가는 지하철역과는 정반대 방향으로 가고 있었다. 출판사 사무실에 다다를 무렵이 되자 협곡처럼 늘어선 빌딩들 사이로 석양이 걸쳐 있었다. 모두 퇴근해 텅 빈 사무실에서 내 컴퓨터를 켰다. 자리를 비운 사이 이메일이 하나 도착해 있었다. 중학교 동창이 보낸 답신이었다. '와, 너구나! 딱 25년 만이잖아'로 시작하는 살가운 내용이었다. 출근해서 켠 컴퓨터의 메일함에 도착한 이메일을 보고 긴가민가하면서 내 이름부터 인터넷으로 검색해보았다는 거였다. 내가 준비하는 전시에 자신이 도움을 줄 수 있을지도 모르겠다고 했다. 그는 직장과 집 전화번호, 그리고 휴대전화 번호까지 모두 이메일에 적어주었다. 이메일을 읽고 나서 허겁지겁 집으로 돌아왔다. 저녁도 거른 채 그에게 국제 전화를 걸었고 한참을 반갑게 통화했다.

내가 갤러리 디렉터에게 건네주고 온 기획 글은 수전 손택의 『사진에 관하여』에 나오는 두 문장과 김수영의 시 「거대한 뿌리」에서 발췌한 '전통은 아무리 더러운 전통이라도 좋다'로 시작해 '나에게 놋주발보다 더 쩽쩽 울리는 추억이 있는 한 인간은 영원하고 사랑도 그렇다'로 맺어지는 행까지를 인용한 두 제사로 시작했다. 영어로 쓰고 한국어로 직접 번역한 기획 글의 첫 단락 일부는 다음과 같다.

오래되었을, 나무 위의 아이들 사진. 둘은 나뭇가지 위에 걸터앉아 있고, 또 몇은 아직까지 애를 쓰며 오르려 하고 있다. 메마른 들판 위에 서 있는 헐벗은 한 그루 나무와 멀리 뒤로는 낮게 깔린 구릉들. 왠지 친숙하게 느껴지면서도 이상하게도 낯선, 멈춰버린 시간 속의 풍경. 그렇게 나는 〈군동〉을, 사진 속에 억류되어 있던 순간을 마주치게 되었다.

일주일 뒤, 갤러리 디렉터에게 팔로우업 이메일을 보냈다. 그녀는 내 기획 글과 사진을 검토했는데 전시 실행에 관한 최종 결정권은 자신에게 있지 않다며, 우선 기관 부회장과 만나 프레젠테이션을 해야 한다는 답신을 보내왔다. 프레젠테이션 미팅과 관련해 이메일을 여섯 차례 더 교환한 후 7월 마지막 주 금요일에 만나기로 했다. 내가 첫 문의 이메일을 보낸 문화 프로그램 담당자를 포함해 갤러리 디렉터와 두 명의 부회장이 프레젠테이션에 배석했다. 길고 긴 주말이 지나고, 월요일 오후에 기관의 프로그램을 총괄한다는 부회장이 보낸 이메일을 받았다. 내 기획에 포함된 사진들은 자신이 처음 보는 걸작이었다면서 2012년 회계연도의 전망서와 예산안 등을 고려해야겠지만 기관에서 전시를 진행하고 싶다는 내용이었다.

2011년 늦가을에는 동강사진박물관을 방문해 준비 경과를 알리고 대여에 관한 확답을 받고자 한국에 나갔다. 눈빛 출판사 창립 초창기에 공동 설립자 중 한 명인 대학 선배를 만나러 들락거린 적이 있다는 내 중학교 동창의 안내를 받아 출판사도 찾아갔다. 전시 도록을 꼭 눈빛 출판사에서 펴내고 싶다고 피력했다. 눈빛에서 제시한 도록 제작 비용 전액을 코리아 소사이어티에서 지원해준 덕분에, 2012년 9월 전시 오픈을 앞두고 아슬아슬하게 제본을 마친 도록을 뉴욕에서 받을 수 있었다. 물론 그사이 아쉬운 일도 적지 않았고, 또 어이없는 위기가 전개되지 않았던 것은 아니다. 물론 내가 느낀 모든 부조리와 불합리는 한국을 떠난 지 너무 오래되어 한국적인 기준과 관행에 익숙지 않아서였겠지만.

코리아 소사이어티에서 전시를 마치면, 코네티컷주 웨슬리안대학교 내 맨스필드 프리먼 아시아 센터와 (내가 만든 책의 저자인) 일본 역사학 교수 알렉시스 더든의 주선으로 코네티컷대학교의 요르겐손 아트 갤러리도 순회할 예정이었다. 그런데 갤러리 디렉터는 캘리포니아주 풀러턴시에 소재한 풀러턴미술관 센터와 뉴햄프셔주 다트머스대학교 내 후드미술관에서도 2013년 가을 전시를 요청해왔다며, 약정된 1년의 작품 대여 기간이 좀 더 연장될 수 있도록 노력해달라고 요청했다. 다트머스대학교에서는 전시 유치와 함께 미술사학과에 한국 사진사 수업을 개설하겠다는 의지까지 표명해왔다기에 어떻게든 대여 기간을 연장해보려 했다. 박물관의 실무를 담당하는 학예사는 요지부동이어서, 자신이 박물관 관리와 운영에 얼마나 깊이 관여하고 있는지 언론과의 인터뷰에서 소상히 밝힌 운영위원장 연락처를 수소문해 그에게 도움을 구했다. 그는 자신의 소관이 아니니 박물관 측과 알아서 하라는 한 줄짜리 답신을 보내왔다. 얼마 지나지 않아서, 이 전시의 진행을 돕던 갤러리 디렉터는 박물관 학예사가 자신에게 보낸 이메일을 내게 공유해주면서 전시 연장 논의를 이쯤에서 그만두자고 했다.

경험은 일천하고 열의만 충만했던 나는 뉴욕에 소재한 한국문화원의 후원을 받을 수 있을까 해서, 내가 컬럼비아대학출판사에서 만든 한국문학 영문 번역서 예닐곱 권을 문화원 도서관에 기증하겠다며 싸 들고 가서 한국문화원의 원장과 만났다. 내가 준비하고 있는 사진전을 원장에게 소개하자 그는 코리아 소사이어티에 제출했던 전시 제안서 폴더의 사진을 휙휙 넘겨보며 왜 이렇게 가난하고 형편없던 시절을 찍은 사진으로 굳이 뉴욕에서 전시를 하려는 거냐고 물었다. 그러면서 한국의 발전상을 보여주는 전시라면 모르겠지만 이런 전시를 문화원이 후원하기 어렵다면서 코리아 소사이어티에서 지원하기로 했다니 잘해보라 했다. 그러니 전시를 무사히 마친 것만으로도 대단히 운이 좋았다고 생각하지 않을 수 없다. 밤하늘의 별들이 다시 한번 나란히 늘어서서 전시를 무사히 치르도록 기원해주기라도 한 듯이.

2015년 제1회 제주4·3평화상 수상자로 김석범 작가가 선정되었다는 기사를 보았다. 이어서 그가 일본어로 써서 1957년 출간한 첫 작품집 『까마귀의 죽음』은 1988년에야 한국어로 번역되어 출판사 소나무에서 발간했으나 절판된 지 오래였다가 출판사 각에서 그해에 새로운 번역으로 재발간했다는 기사도 보았다. 또 실천문학사에서 1988년 4권까지 출간했으나 완간하지 못한 대하소설 『화산도』 역시 같은 해에 동국대학교출판부에서 총 12권의 새로운 완역본으로 출간했다는 기사가 이어졌다. 『화산도』 출간을 기념하여 심포지엄도 준비되었는데, 정작 김석범 작가는 당시 한국 정부가 입국 비자를 발급 거부하여 참석할 수 없게 되었다는 어이없는 내용도 있었다. 내가 읽은 김석범 작가의 책은, 아직 내가 만든 『만덕 유령 기담』 영역본 단 하나다.

• '뉴욕 북 쇼'는 뉴욕출판협회The Book Industry Guild of New York가 전해에 출간된 책을 대상으로 매해 여는 행사로 도록 발행과 함께 수상 도서 전시회를 한다. 1986년 시작해 2019년 34회 차를 맞았다.

나는
왜
읽는가

『위건 부두로 가는 길』,
조지 오웰 지음

조지 오웰, 본명은 에릭 아서 블레어. 마흔여섯의 젊은 나이에 생을 마감한 20세기를 대표하는 작가. 그가 남긴 글 중 가장 널리 읽히는 것은 1945년과 1949년에 출간된 두 편의 소설이지만, 그의 문학적·정치적 정수가 담긴 글은 정작 르포르타주와 여러 지면을 통해 발표한 에세이다. 내게 그 사실을 일찌감치 알려주려 한 대학 동기가 있었지만, 나는 그의 말에 아랑곳하지 않았고 내 멋대로 두 소설이면 충분하다고 생각했다.

대학 동기는 오웰을 제대로 읽었다고 말하려면 고등학교 영어 수업에서 읽는 『동물농장』Animal Farm이나 『1984』 같은 소설이 아니라 『위건 부두로 가는 길』The Road to Wigan Pier이나 『카탈루냐 찬가』Homage to Catalonia를 읽어야 한다고 말했다. 그즈음 그가 읽던 책은 『파리와 런던의 밑바닥 생활』Down and Out in Paris and London이나 책상 앞에 앉아 글을 쓰는 오웰의 사진이 표지에 실린 『조지 오웰 에세이 컬렉션』A Collection of Essays by George Orwell이었지 싶

다. 오웰의 논픽션이 얼마나 가치 있는지 내게 말해준 이들이 대학 동기 말고
도 더 있다. 미국으로 이주하기 전 한국에서 '오거서'란 이름의 출판사를 차린
적이 있다는 내가 소속된 지역 청년 조직 YKU의 선배와, 내가 그 조직 소속
으로 대외 연대 활동을 하다가 만난 AFL-CIO 소속 노조 활동가였다.

시애틀의 한국 관련 행사에도 가끔 얼굴을 보이던, 성과 이름은 전부 잊
어버렸으나 지금 내 나이 정도였을 한 백인 남성 노조 활동가로부터 멕시코
역사와 문화를 기리기 위해 멕시코 출신 이주 농업 노동자들이 마련한 조촐
한 싱코 드 마요 축제에 함께 가자는 초대를 받았다. 시애틀에서 차로 세 시
간 가까이 걸리는 거리에 있는 농업 도시 애키모에서 열리는 행사였는데,
1992년 메이데이 집회가 열리고 바로 며칠 뒤였다. 그는 화물 트럭 운전사
로, 가장 강력히 조직화한 미국 노동조합의 하나인 팀스터 운송 노조 IBT 소
속이었다. 동행한 여성 노조 활동가도 있었는데, 40대 후반이었고 간호사를
포함해 100여 종이 넘는 서비스직 노동자가 가입된 서비스 노동조합 SEIU
소속이었다는 것만 기억난다. 뉴욕에 본사를 둔 다국적 기업 피코는 한국 공
장에 노조가 만들어지자 1989년 공장 폐쇄를 단행하고 미국으로 떠났는데,
사측의 부당함을 미국 현지에 직접 알리고 체불 임금을 받아내고자 피코 여
성 노동자들이 1990년 미국에 왔다. 이 여성 노조 활동가는 그들과 연대하는
모임이 시애틀에서 만들어졌을 때 활동에 성심껏 참여한 이였다.

남성 노조 활동가의 4륜구동 차를 타고 애키모로 갈 때, 그 둘은 노조 내
조직에서 공들이던 전국 단위의 새 노조 연맹에 관해 이야기했는데, 내게 틈틈
이 미국 노조 운동사에 대해서도 말해주었다. 또 중미 이주 농업 노동자와 세
사르 차베스의 주도로 1960년대 중반 만들어진 미국 농업 노동자 연맹 NFWA
가 어떤 부침 속에서 미국 농업 노동자 연합 UFWA로 발전했고, 1972년 농
업 노동자 노조 UFWU가 어떻게 결성되었는지도 알려주었다. 새로 결성하
려는 노조 연합 단체에 IBT나 SEIU처럼 이주 농업 노동자 조합도 합류시키

려 풀뿌리 연대 활동을 하고 있다고 짐작했다. 노동자들이 AFL-CIO를 개혁하고자 다섯 개의 산별 노조를 중심으로 신 화합 동맹 NUP를 만든 것은 12년 뒤인 2003년, 그리고 여기에 두 개의 다른 산별 노조가 합류해 '승리를 위한 변화' CtW를 조직한 것은 2005년이었다. 그 뒤로는 잘 모른다.

그날 내가 만난 이주 농업 노동자들의 얼굴은 햇볕에 그을려 하나같이 검불그스름했으나 모두 인심 좋아 보이는 웃음을 짓고 있었고, 그들의 아이들은 해맑기만 했다. 부모 곁에서 일을 돕는 10대 초중반 아이들은 나이에 비해 어른스러웠으나 나와 눈이라도 마주치면 쑥스러워할 정도로 순수했다. 몇 안 되는 나무 테이블에 펼쳐놓은 상차림은 구운 옥수수와 채소 샐러드, 옥수수 반죽을 불판에 구워 만든 토르티야와 펄펄 끓는 칠리뿐이었다. 여기에 곁들여, 드럼통에 얼음 조각을 넣고 값싼 와인을 쏟아부은 뒤 항시 흔한 사과와 초록 껍질의 배와 철 이른 복숭아를 썩둑 썩둑 썰어 그 위에 띄운 샹그리아를 마셨다. 많은 이와 그날 이후로는 분명 서로 기억하지 못할 이름을 통성명하며 일일이 인사를 나누었다. 겨울부터 봄까지, 그리고 여름부터 가을까지 서북미 대륙을 횡단해 이주하며 노동하는 이들의 자녀가 받는 공교육과 그들의 가까운 미래가 제일 궁금했지만 묻지 못했다.

당일치기 여행에서 돌아와 해 질 녘 헤어질 때, 여성 노조 활동가가 자신은 아메리카 원주민계라며 책 한 권을 내게 선물해주었다. '운디드 니 학살' 혹은 '운디드 니 항쟁'으로도 불리는 역사적 사건이 발발하기 10년 전에 몬태나 테리토리에서 일어난, 피쿠니 부족의 학살을 다룬 아메리카 원주민 작가 제임스 웰치의 장편 소설 『풀스 크로』Fools Crow였다. 펭귄 출판사의 임프린트였던 바이킹에서 출간된 소설로, 그녀가 내게 선물한 책은 1986년 10월에 출간한 양장본 초판의 재쇄본이었다. 남성 노조 활동가는 내가 뉴욕으로 떠나기 전에 다시 만나게 되면 자신도 오웰의 논픽션 한 권을 꼭 선물해주겠다고 했다.

그해 늦은 여름 뉴욕으로 떠날 때까지 그를 다시 만나지 못했지만, 대학 동기나 선배와 마찬가지로 그가 추천한 책 중 하나인『카탈루냐 찬가』를 내가 다니던 단골 헌책방에서 사서 뉴욕으로 부칠 짐에 넣었다. 미국의 저명한 문학 평론가 중 하나인 라이어널 트릴링이 쓴 서문이 실린 1952년판을 하코트 브레이스 조바노비치에서 1980년 문고판으로 재발행한 책으로, 제1차 세계 대전에나 쓰였을 총검이 노란 바탕 표지에 검은 실루엣으로 그려져 있었다. 대학원에 다니며 그 책을 띄엄띄엄 읽었다. 어떤 이유에서인지 모르게, 일부 구절만이 기억에 오래 남았다. 혹독한 추위와 혐오스러운 악취와 징글맞은 이에 관한 묘사, 전선의 파시스트 한 명은 죽이겠다는 오웰의 다짐, 그리고 특히 인상적인 내용은 무정부주의자들이 이 세상에서 가장 흉물스러운 가우디 성당을 폭파하지 않은 것은 그들의 저열한 취향 때문이라는, 피식 웃음이 터져 나오면서도 선뜻 동의하기 어려운 부분이었다.

시카고대학교에서 경영학 석사를 마치고 그즈음 뉴욕의 리먼 브러더스 본사에서 선임 애널리스트로 일하던 대학 동기 하나는 내 자취방에 와서 책장의 책들을 보고 트로츠키주의자 같은 녀석이라고 빈정거리며 내가 갈구하는 세계는 끝내 오지 않을 거라 단언했다. 분명한 것은『카탈루냐 찬가』의 중요한 내용은 정작 하나도 내 안에 담지 못한 채 책 읽기를 마쳤다는 사실과, 내가 지닌 오웰에 대한 선입관과 편견이 제대로 된 읽기를 방해했을 거라는 심증뿐. 어떤 책이 의미 있게 다가오는 순간은 저마다 다르다는 사실을, 한참 후에야 알았다. 오웰 사후 50년이 되던 즈음에 세커 앤드 와버그 출판사에서 오웰 전집이 나오고, 2002년 1월 펭귄의 에브리맨스 라이브러리 제242권으로 무려 1,446쪽에 달하는 오웰의『에세이집』Essays*이 출간되었다. 2010년 1월에는 이한중이 번역한『위건 부두로 가는 길』과『나는 왜 쓰는가』**가 한겨레출판에서 나왔고, 이 두 책을 처음부터 끝까지 읽고 나서야 오랫동안 오웰을 오해해왔다는 사실을 깨달았다. 세상이 어디로 향하는지와 상관없이, 나는 내가 할 수 있는 일을 내가 서 있는 자리에서 해야만 한다는 사실과 함께.

집에 있던 『세계의 문학 대전집』에 포함된 『1984』로 오웰의 글을 처음 읽었다. 열일곱이 되던 해였는데, 한껏 부풀려가던 냉소의 몇 할이 어쩌면 이 책 때문이었는지도 모르겠다. 1949년 출간된 이후 2017년까지 영미권에서 3천만 부를 발행한 책이라는 것은 얼마 전까지만 해도 몰랐다. 내가 가지고 있는 펭귄 출판사의 포켓북 판형 임프린트인 시그넷 클래식 『1984』는 에리히 프롬이 발문을 쓴 41쇄다. 『1984』를 읽고 얼마 지나지 않아서 고등학교 11학년 영어 수업에서 『동물농장』을 읽고 페이퍼를 써야 했다. 파버 앤드 파버 편집장이던 T. S. 엘리엇을 포함, 십수 곳의 출판사가 출간을 거부한 『동물농장』 역시 1945년 출간된 이후 2011년까지 영미권에서 2천만 부를 발행했다. 『동물농장』도 시그넷 클래식에서 나온 책으로 C. M. 우드하우스가 1954년 《타임스 리터러리 서플리먼트》Times Literary Supplement에 실은 서평이 서문으로 실린 48쇄다. 서문에서 우드하우스는 오웰의 「나는 왜 쓰는가」Why I Write 란 에세이의 한 부분을 말줄임표를 써서 인용했는데, 그게 왜 문제적인지 당시에는 전혀 몰랐다. 오웰이 '내가 아는 민주적 사회주의를 위해서'였다고 명토 박은 사실만 굳이 결락한 이런 인용문이었다.

> 1936년 이후 내가 쓴 모든 중요한 글의 한 줄 한 줄은 직접적으로든 간접적으로든 전체주의에 반대하기 위해서였다. (…) 『동물농장』은 내가 의식적으로 무엇을 하고 있는지 고려하며 정치적 목적과 예술적 목적을 하나로 만들려 한 첫 책이었다.

이제 내가 사랑하는 작가라고 말하길 주저하지 않는 에릭 아서 블레어는 그가 서른 살이 되던 해인 1933년에 조지 오웰이란 필명으로 생애 첫 번째 책인 『파리와 런던의 밑바닥 생활』을 펴냈다. 빅터 골란츠가 1927년 설립한 골란츠 출판사에서였다. 빅터 골란츠는 출판물로 영국 대중을 교육하고 진보 진영에 지적 생동감을 불어넣으려는 목적으로 스태퍼드 크립스와 존 스트레이치와 함께 영국의 첫 번째 북 클럽이자 출판 그룹인 레프트 북 클럽Left Book Club을 1936년 5월 창립했다. 레프트 북 클럽 창립 직전인 1936년 1월 초, 오웰이 세 번째 소설 『엽란을 날려라』Keep the Aspidistra Flying를 탈고해 골란츠 출판사에 넘길 때 골란츠는 오웰에게 영국 노동자의 생활상을 기록한 책을 써서 펴내자고 새로운 프로젝트를 제안했다. 오웰은 파트타임으로 근무하던 런던의 헌책방 북러버스 코너를 당장 그만두고 1월 마지막 날에 공업 지대가 몰려 있는 영국 북부로 향했다. 2개월간의 조사와 취재를 마친 오웰은 4월 초부터 런던 외곽의 작은 집에 세 들어 살며 텃밭을 일구고 구멍가게를 운영하며 『위건 부두로 가는 길』을 썼다.

1936년 6월, 오웰은 헌책방에서 일하던 무렵 알게 된 아일린 오쇼네시와 결혼도 했다. 아일린은 20대에 사무직 비서, 기숙여학교 부사감, 신문사 프리랜서 기자 등 여러 직장을 전전하다 스물아홉에 런던대학교 교육심리학과에 들어간 늦깎이 대학원생이었다. 1936년 12월 중순 『위건 부두로 가는 길』을 탈고한 오웰은 골란츠 출판사에 원고를 넘긴 직후, 아직 신혼이었음에도, 스페인 내전이 발발한 카탈루냐로 향했다. 파리를 거쳐 공화국 정부가 소재한 바르셀로나에 도착한 오웰은 파시즘에 맞선 투쟁에 보탬이 되고자 카탈루냐에 왔다며, 영국 독립노동자당 관계자에게 도움을 청했다. 영국에서 군화까지 미리 준비해 온 그는 물론 후방에 남아 있기보다 전선에 나가길 원했다. 스페인 마르크스주의통일노동자당 POUM 소속의 민병대원이 된 그는 군사 훈련이라 할 수조차 없는 단기간의 입영 절차를 마치자마자 프랑코 파시스트 군대와 참호 진지를 마주한 아라곤 전선에 투입되었다.

오웰이 최전선에서 복무하던 1937년 3월 그의 두 번째 논픽션이자 다섯 번째 책인 『위건 부두로 가는 길』이 골란츠 출판사에서 출간되었다. 오웰이 원고를 넘기고 단 12주가 지난 뒤였고, 오웰이나 오웰을 따라 바르셀로나로 온 그의 아내 모두 교정지를 단 한 번도 보지 못한 채로 나온 것이었다. 더구나 골란츠는 2부로 나누어 구성된『위건 부두로 가는 길』의 제1부만을 따로 출간하려다가 오웰의 출판 대리인literary agent 레너드 무어의 완강한 반대에 부딪히자 원고 전체를 출간하며 제2부 내용을 에둘러 비판하는 서문을 써서 책에 실었다. 초판 1쇄는 양장본 2,150부와 레프트 북 클럽 문고판 44,039부를 동시에 찍었다. 5월에는『위건 부두로 가는 길』제1부만을 따로 떼어내 32점의 런던 빈민가 사진과 함께 실은 레프트 북 클럽 부록 900부를 따로 발행하기까지 했다.

넉 달 동안 전방에서 복무한 뒤, 바르셀로나로 잠시 휴가 나온 오웰은 골란츠에게 쓴 1937년 5월 9일 자 편지에서 책 출간에 대한 감사를 전하며 발행인이자 편집자인 골란츠가 직접 쓴 서문이 맘에 든다고 했다. 물론 글에서 제기한 비판에 관해서는 자신이 전선에 나와 있지 않고 런던에 머물렀다면 토론으로 충분히 해명할 수 있었을 거라고 뼈 있는 말을 덧붙였다. 1937년 초에 작성했다고 짐작되는, 서명되지 않은 출판 가계약서에 따르면 골란츠 출판사는『위건 부두로 가는 길』출간 이후 오웰이 집필할 세 편의 '소설'을 출간하기로 했다. 오웰은 자취 생활을 함께했던 작가 레이너 헤펜스톨에게 보낸 1937년 7월 31일 자 편지에서, 골란츠가 자신이 POUM 민병대원으로 복무한다는 사실을 알고는 앞으로 쓸 르포르타주를 내고 싶지 않아서 소설만 출간 계약을 한 것 같다고 투덜댔다. 그러면서 다른 출판사에서 새로 쓰기 시작한 원고를 출간할 거라고 전했다. 그 원고는『카탈루냐 찬가』로, 1938년 4월 세커 앤드 와버그 출판사에서 출간되었다.

세커 앤드 와버그 출판사 대표인 프레더릭 와버그는 루트리지 출판사의 전신인 루트리지 앤드 선스에서 1922년부터 출판 일을 했는데, 1935년 로저 센하우스와 마틴 세커 출판사를 인수해서 세커 앤드 와버그를 설립했다. 오웰이 1944년 2월 탈고한 소설 『동물농장』은 제2차 세계 대전 동맹국인 소련을 비판한 내용 때문에 여러 출판사가 부담스러움을 느껴 출간을 거부했고, 제2차 세계 대전이 끝난 1945년 8월에야 출간되었다. 모두가 손사래를 친 책을 출간한 것은 이번에도 세커 앤드 와버그였다. 한편 오웰은 『동물농장』 출간 4개월 전, 아내를 잃었다. 아내 아일린은 원고를 타이핑하고 직접 교정·교열까지 봐주던 동지이자 조력자였다.

　전후에 미국과 소련 간 냉전이 시작되면서 『동물농장』은 전 세계적으로 큰 반향을 일으켰고, 오웰을 일약 국제적인 명사로 만들었다. 출간 1년 뒤 8월에는 미국의 '이달의 책 클럽'Book of the Month Club 도서로 선정되면서, 미국에서만 50만 부가 판매되었다. 세커 앤드 와버그는 1946년 2월 오웰의 두 번째 에세이집인 『주요 에세이들』Critical Essays을 출간했다. 오웰의 마지막 작품이 되고만 『1984』 역시 1949년 6월 세커 앤드 와버그에서 출간되었다. 오웰은 『카탈루냐 찬가』가 출간된 1938년부터 1950년 1월 그가 짧은 생을 마칠 때까지 세커 앤드 와버그의 대표이자 편집장인 프레더릭 와버그와 변치 않는 우정을 나누었다.

　세커 앤드 와버그는 경영 악화로 1952년 하이네만 출판 그룹에 합병되어, 출판사 이름은 그대로 유지한 채 하이네만의 자회사가 되었다. 1950년대와 1960년대 걸쳐 세커 앤드 와버그는 시몬 드 보부아르와, 콜레트, 알베르토 모라비아, 귄터 그라스 등의 작품을 번역 출판했다. 프레더릭 와버그는 1961년 하이네만 출판 그룹의 대표로 부임해 은퇴하는 1971년까지 자리를 지켰다. 세커 앤드 와버그는 오웰이 생전에 단행본으로 출간한 열 권의 저서와, 여러 지면에 발표한 모든 글과 기록물을 시대별로 담은 열 권의 단행본을 합해 총 스무 권으로 이뤄진 오웰 전집을 1998년 발행했다.

　한편 1946년 창립된 영국의 하빌 프레스는 1989년 미국계 출판사인 하퍼 앤드 로에 인수되어 하퍼콜린스가 되었다. 1996년에는 하빌 프레스로 독립했지만 2002년에는 랜덤하우스에 인수되었고, 2005년에 들어서 세커 앤드 와버그와 합병되어 하빌 세커 출판사가 되었다. 프랑스에서 출간한 움베르토 에코와 장 클로드 카리에르의 대담집 『책의 우주』N'esperez pas vous debarrasser des livres를 2011년 영문으로 번역해 출판한, 그 하빌 세커다.

그럼 오웰이 스탈린주의자 출판사라고까지 언명했던 골란츠 출판사는 어떻게 되었나. 빅터 골란츠는 1936년부터 1948년까지 성공적으로 레프트 북 클럽을 운영했다. 골란츠의 저자로는 아서 쾨슬러와 앙드레 말로, 에드가 스노우와 레옹 블룸, 그리고 파울 프뢸리히 등을 꼽을 수 있는데, 모두 레프트 북 클럽 호시절의 대표적 저자다. 하지만 1940년 이후에는 결국 골란츠도 영국 공산당과 소비에트 체제를 맹목적으로 옹호하던 저자들과 결별한 후 전통적인 좌익 서적보다는 좀 더 다양한 저자의 책을 발행했다. 골란츠는 오웰이 생전에 발표한 단행본 열 권 중에서 여섯 권이나 출간했지만, 『위건 부두로 가는 길』은 자신이 글을 의뢰했음에도 불구하고 정치적 견해 차이를 이유로 원고의 반을 들어내려다 실패하자 이 저작물이 담고 있는 내용을 깎아내리는 서문까지 쓴 개입주의자 편집인으로 회자된다.

골란츠 출판사는 1967년 빅터 골란츠가 죽은 뒤, 그의 딸 리비아 골란츠가 20여 년 동안 운영하다 1989년 호턴 미플린에게 운영권을 넘겼다. 3년 뒤인 1992년 호턴 미플린은 골란츠 출판사를 카셀 앤드 컴퍼니에 매각했고, 골란츠를 인수한 카셀은 4년 뒤인 1996년 프랑스계 거대 출판사인 아셰트에 인수되었다. 1998년 골란츠 출판사는 아셰트의 임프린트가 되어 공상 과학 소설과 환상 소설을 주로 냈고, 2005년부터는 일본 '망가'까지 펴내기 시작했다. 2014년 이후로는 만화책을 출간하지 않지만, 대표적 인문 출판사라는 명맥을 더는 유지하지 못하게 되었다.

나를 일찌감치 오웰의 논픽션으로 인도하려 한 대학 동기는 17년 가까이 국선 변호인으로 일하다 6년 전 합동 법률 사무소를 개업했다. 신군부가 출판사 등록을 강제로 취소시킨 동녘 출판사에 자신이 만든 출판사 오거서의 등록 번호를 넘겨주고 미국으로 떠나왔다는 선배는 가족과 함께 오리건주 깊은 산골짝에 들어가 작은 텃밭을 일구며 생태와 환경에 관한 책을 번역하며 살고 있다. 두 노조 활동가들에 대해서는 전혀 모른다. 혁명의 시대가 오면 내가 아끼는 저자들의 책이 불태워지고 나 같은 부류가 제일 먼저 숙청될 거라고 짓궂은 농담을 건네던 대학 동기는 투자 은행에서 일하는 걸 그만둔 뒤, 아프리카에 의약품을 지원하는 비영리 재단에서 12년 전부터 일하고 있다.

나는 왜 읽는가. 오웰은 '나는 왜 쓰는가'에서 이런 말을 했다. "나는 어린 시절 갖게 된 세계관을 버릴 수도 없고, 굳이 그러고 싶지도 않다." 그러면서 덧붙이기를 자신이 살아서 정신이 멀쩡한 한, 계속해서 산문 형식에 애착을 가질 것이고, 이 지상을 사랑할 것이며, 구체적인 대상과 쓸모없을지 모를 정보 조각에서 즐거움을 찾을 것이라고도 했다. 그 모두가 내가 '읽는' 이유다. 세커 앤드 와버그가 1998년 펴낸 조지 오웰 전집 제11권은 1937년부터 1939년까지 오웰이 문자로 남긴 총 228점의 기록물을 담은 『불편한 진실과 마주하다: 1937~1939』Facing Unpleasnt Facts: 1937~1939인데, 나는 2000년 재판 수정본을 가지고 있고, 때때로 꺼내 읽는다. 내가 읽고 또 읽는 이유는 내 안에서 끊임없이 솟구쳐 오르는 냉소와 회의에서 조금이라도 벗어나기 위해서다.

• 펭귄 에브리맨스 라이브러리 제242권 『에세이집』의 디자인은 바버라 드 와일드와 캐럴 더바인 카슨의 공동 작업이고 표지화는 덩컨 해나가 그렸다.

•• 『위건 부두로 가는 길』과 『나는 왜 쓰는가』의 디자인은 모두 오필민의 작업이다.

R23

책의 유산,
책의 운명

『순교자』,
김은국 지음

　　　　　　　　　　자신이 읽은 책에 관한 기억이 사라져
버릴 수 있다니, 아니 그 책에 관해 말하고도 그랬다는 사실조차 잊을 수가
있다니. 하지만 그럴 수 있다는 것을 이제 나는 안다. 얼추 20년 전, 대학에서
사진을 부전공한 출판사 동료 디자이너에게 존 버거의 『복사본: 만남들』
Photocopies: Encounters을 빌려 읽은 적이 있는데, 그 사실을 까마득히 잊고 있
었다. 2005년 열화당이 『존 버거의 글로 쓴 사진』이라는 이름으로 펴낸 책을
2년 전 한국에 있는 지인에게 부탁하여 구해 읽으면서도 내용이 왠지 모르게
익숙하다고만 생각했다. 다 읽고 나서도 내가 읽은 책이라는 것은 알아채지
못했다. 심지어 번역서 표지에 실린 마리사 카미노의 사진이 내가 빌려 읽은
빈티지 인터내셔널 에디션 표지 사진과 똑같았음에도. 이미 읽은 책이라는
사실을 깨달은 것은 어처구니없게도 지난여름 시애틀의 단골 헌책방에서
1996년 11월 판테온에서 펴낸 양장본 초판을 발견하고 나서였다. 『복사본』
양장본의 표지를 보다가 (내게 그 책의 빈티지 문고판을 빌려준) 동료 디자이

녀와 나눴던 대화가 문득 의식의 표면 위로 떠올랐다. 그때 우리는 존 버거의 딸이 그린 삽화가 표지에 실린『복사본: 이야기들』Photocopies: Stories 양장본이 얼마나 해괴망측한지 한껏 흉을 보았다.

어머니에게는 최인훈의『광장』이 기억에서 잊힌 책이다. 1960년 11월 《새벽》에 발표한 이 소설은 이듬해인 1961년 정향사란 출판사에서 단행본으로 출간되었다. 내가 세상에 존재하기도 전이고, 지금으로부터 반세기도 더 전이다. 어머니가 내게『광장』이란 소설의 존재에 관해 처음 말해준 때는『화두』가 출간되기 네댓 해 전이었다. 그즈음 내가 읽은 책을 어머니가 바로 뒤이어 읽었는데, 어머니는 김산의『아리랑』이나 이태의『남부군』이나 잭 런던의 『강철군화』까지 죄다 기억하면서도 내게『광장』에 관해 이야기한 것만은 기억하지 못한다. 그래서 한동안 읽지 않고 읽은 척한 게 아닌지 의심하기도 했지만, 내가 그랬듯 어머니도 누군가에게 빌려 읽고 그 사실을 까맣게 잊은 것일 뿐이라고 생각하기로 했다. 어머니가 치매란 단어를 입에 올릴까 봐, 내게 읽었다고 이야기해준 책을 어떻게 잊을 수 있냐고 더는 캐묻지 않는다.

어머니가 이 책을 내게 언급한 때는 내가 전공을 바꿀 수밖에 없게 되었다 실토하고, 결국은 대학을 2년이나 더 다니기로 했을 무렵이었다. 당시 어머니는 그런 내가 사뭇 마뜩잖아 일거수일투족을 눈여겨보고 있었던 것 같다. 그런 줄도 모르고 나는 미술사를 공부하겠다며 전공서는 쌓아만 두고 한국 소설책을 도서관에서 빌려다 시시때때로 읽고 있었으니. 마침 내가 읽고 있던 월북한 아버지를 둔 한 소설가의 책을 어쩌다 들춰본 어머니는 어느 날 내게 와락 짜증을 냈다. 의미라고는 찾으려야 찾을 수 없는 데다, 젠체하려고 시답잖은 내용을 현학적으로 얼버무린, 이런 쓸모없는 책이나 붙들고 시간을 허비하고 있으니, 넌 도대체 어쩌려는 거니.

어머니가 '현학적'이란 단어를 쓴 것도, '쓸모없는 책'이라는 말을 한 것도 처음이었다. 어머니가 저자와 책에 그토록 적개심을 보인 것도 그때가 처음이었다. 그 저자가 가부장제와 보수를 상징하는 작가로 자신을 자리매김하기 훨씬 이전의 일이었다. 그렇다고 해서 내가 읽던 책을 내려놓을 생각은 없었다. 내가 책을 읽고 나서도 알아차리지 못한 그 무엇을 어머니는 그때 이미 체감했는지까지는 모르겠다. 하지만 『광장』을 읽은 기억도, 내게 그때 그 책의 존재에 관해 들려준 기억조차도 남아 있지 않은 걸 보면, 월북한 아버지를 둔 소설가가 쓴 작품들이라며 책을 읽고 있던 나를 보고 월북한 아버지를 둔 한 청년의 짧은 생애를 다룬 『광장』이 갑작스레 연상되어서라고 짐작할 뿐.

아홉 살 무렵 만화책에 잠깐 빠져 있던 때를 제외하면, 내가 책을 본다고 어머니가 노여워한 것은 그때가 처음이었다. 단 한 번 만화방에서 시간 가는 줄 모르고 있다가 저녁 늦게 집에 돌아간 적이 있었다. 어머니는 내가 집에 돌아오지 않아 파출소에 실종 신고를 하려는 참이었다며, 회초리를 찾다가 손에 잡히는 대로 빗자루를 집어 들었다. 다음 날부터 어머니는 절룩거리는 나를 앞세우고 저녁마다 동네의 만화방이란 만화방에는 죄다 들어가 점주에게 내 얼굴을 또렷이 기억했다가 가게에 절대 들이지 말아달라고 요청했다. 그들이 얼마나 황당했을지는 짐작조차 되지 않는다. 만약 복사기가 대중화되었다면, 어쩌면 어머니는 내 얼굴이 들어간 '출입 불가' 전단을 만들어 내가 찾아갈 수 있는 반경 내의 모든 만화방에 부착했을지 모른다. 이런 생각을 하면 아찔해진다. 아홉 살 이후로 만화책을 다시 본 것은 스무 살이 되는 해 여름이었다.

그런 책 같지도 않은 걸 보려면 차라리 고전을 읽지. 넌 『광장』은 읽었니? 나는 다 읽은 책들을 도서관에 반납하고 나서, 동아시아 도서관이나 내가 소속된 조직에서 운영하는 서가에서 최인훈 전집의 책을 여럿 빌려 왔다. 하지만 어머니를 심란하게 할 심사로 빌려 왔기에, 전집에 실린 소설과 희곡을 다 읽지는 못했다. 내가 읽은 건 『광장/구운몽』, 『소설가 구보 씨의 일일』, 『옛날 옛적에 훠어이 훠이』 정도였다.

어머니의 의식 위로 잠깐 부상했다가 사라진 『광장』은, 최인훈 작가가 작고한 2018년 7월 23일 한겨레의 부고 기사에 따르면, 정향사판 출간 이후 신구사와 민음사를 거쳐 문학과지성사에서 '최인훈 전집'판이 나왔으며 205쇄를 찍었다. 이들 출판사의 다른 판본을 포함하면, 무려 100만 부의 책이 이 세상에 존재한다고 한다. 그러니까 누군가의 기억에서 사라져버렸다 해도 책은 인쇄·제본되어 이 세상에 나온 뒤로 어느 한순간에도 존재하기를 멈추지 않는 셈이다. 그렇게, 출간된 책은 어딘가에 존재한다. 그것이 누군가의 기억이나, 대학 도서관 서가나, 아니면 헌책으로 가득한 중고 서점에 겹겹이 포개져 잊힌 채로라도. 내가 가지고 있는 『광장/구운몽』은 두 권 모두 헌책방에서 샀다. 문학과지성사에서 1979년 7월 25일 발행한 초판과 1989년 8월 25일 발행한 재판 2쇄다.

그러나 말하고 싶은 것은 내가 가진 100만 분의 둘 정도인 책에 관해서가 아니라, 책의 운명과 유산에 관해서다. 이에 대해 말하려면, 30여 년 전 얼핏 들었던 한 책을 언급해야만 한다. 헌책방에 갈 때면 항상 저자 이름과 제목을 복기하며 살펴보았지만, 10년이 지나도록 손에 넣지 못한 책이다. 이미 오래전 절판된, 1967년에 한국계 작가의 작품으로서는 최초로 노벨문학상 후보에 오른 김은국의 『순교자』The Martyred *다.

1970년 출간한 자전적 소설 『잃어버린 이름』Lost Names이 1998년 캘리포니아대학출판부에서 재출간된다는 소식을 접하고 나서부터 『순교자』를 찾기 시작했다. 『잃어버린 이름』은 30여 년 전 한국계 대학 동기들과 만든 학습 동아리에서 읽으려 한, 세 권의 책 중의 하나였다. 세 권 모두 한국계 미국인 작가가 영문으로 출간한 책이었다. 다른 두 책은 강용흘이 1931년 스크립너스 출판사 전신인 찰스 스크립너스 앤드 선스에서 출간한 『초당』Grass Roof과 김난영이 1987년 세컨드 찬스 프레스에서 출간한 『토담』Clay Wall이었다. 아쉽게도 그 학습 동아리는 두 번의 준비 모임을 포함해 단 세 번 모임을 하고,

결국 저조한 참여로 자진 해산했다. 미리 준비한, 책 양면을 타블로이드지 한 장에 복사한 1,000쪽에 달하는 종이 꾸러미를 나누어 가진 채로 말이다. 그때 그 뭉치에서 내가 읽은 것은 『잃어버린 이름』뿐이었다.

『순교자』는 1964년, 창립된 지 10년이 채 안 된 조지 브러질러라는 뉴욕의 신생 독립 출판사에서 출간되었던 책이다. 뉴욕의 여러 유수 상업 출판사에서 출간을 마다했으나 브러질러에서 1964년 1월 초판을 출간한 뒤 대중적인 지지를 바탕으로 《뉴욕 타임스》 베스트셀러로 4개월 가까이 자리를 지켰고, 출간 이듬해인 1965년에는 '내셔널 북 어워드' 최종심에까지 올랐다. 《뉴욕 타임스》, 소설가 필립 로스, 저명한 일본문학 번역가 에드워드 사이덴스티커에게도 격찬을 받았는데, 《뉴욕 타임스》는 "『순교자』는 도스토옙스키, 알베르 카뮈의 문학 세계가 보여준 위대한 윤리적·심리적 전통을 이어받은 훌륭한 작품으로 영원히 남을 것이다"라고 평했다. 또 필립 로스는 이렇게 호평했다. "이 작품의 분위기는 아주 엄숙하다. 그러나 이 책의 열정은 그 엄숙함의 거칠고 메마른 표면을 사정없이 두드린다. (…) 난 깊이 감동했다."

절판되기 전까지 몇 쇄를 인쇄했는지 모르겠지만, 내가 가지고 있는 『순교자』는 초판이 출간된 1월에 바로 재쇄에 들어가 찍은 2쇄본이다. 꼬박 10년이나 이 책을 찾아 헌책방을 순례하다가, 결국은 아마존에서 헌책을 유통하는 중고 서점을 통해 구했다. 그때만 해도 절판된 지 오래인 이 책이 불과 몇년 뒤에 재발간되리라고는 상상조차 하지 못했다. 그러나 상상조차 할 수 없던 일이 현실이 되었다. 『순교자』는 2009년 6월 23일 김은국 작가가 작고하고 얼마 지나지 않아, 2011년 5월 31일 한국(계) 작가의 책으로서는 처음으로 펭귄 출판사의 펭귄 클래식 시리즈로 재발간되었다.

이것이 얼마나 기념비적인 사건인지는 펭귄 클래식의 출간 도서 목록을 살펴보면 알 수 있다. 펭귄 클래식은, 서구 중심이라는 비판을 피하기는 어렵다 해도, 1946년 호메로스의 『오디세이』를 펴내는 것을 시작으로 4,000년간

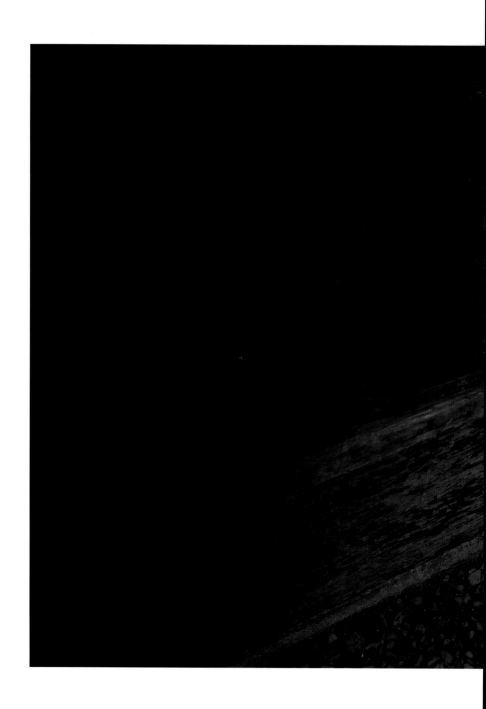

이어진 세계 문학(과 철학) 작품 중 엄선한 1,200여 종의 책을 펴냈다. 더구나 1946년부터 2010년까지 65년 동안 출간된 펭귄 클래식에는 무라사키 시키부의『겐지 이야기』와『무라사키 일기』紫式部日記, 세이 쇼나곤의『베갯머리서책』枕草子, 바쇼 시집과 아쿠타가와 류노스케 단편집, 나쓰메 소세키의『코코로』心와『산시로』三四郎를 포함해 일본문학 작품이 열두 권 정도 있지만, 2011년『순교자』가 나오기 전까지 한국(계) 저자의 책은 단 한 권도 없었다. 불과 수년 전에 산『순교자』가 내게 있었지만, 펭귄에서 재출간하자마자 펭귄 클래식 초판 1쇄를 또 샀다.

펭귄 클래식 재출간본에는『순교자』의 문학사적 의미와 역사적인 맥락, 정치적 배경을 통찰력 있게 다룬 하인츠 인수 펜클 교수의 서문이 실려 있다. 서문에 1964년 3월 20일《라이프》Life에 실린 김은국 작가의 인터뷰 기사도 소개되었는데, 인터뷰를 진행할 당시 이미 4쇄를 찍었으며 하루에 1,000부가 판매되고 있다는 내용이었다. 그렇다면 내가 가진 조지 브러질러 출판사 판본은 이 세계에 499,999부는 너끈히 존재할지도 모를 일이다.

2011년 6월 23일 코리아 소사이어티가 펭귄 출판사와 공동으로 주관한,『순교자』재출간을 기념하는 행사에 참석했다. 서언foreword을 쓴 수전 최 작가와 김은국 작가의 아내 페넬로피 김, 펭귄 출판사 편집부와 홍보부의 관계자가 배석한 행사였다. 수전 최 작가는 짧지만 감성적인 서언을 직접 읽고, 서언에서 밝히지 않은 가족사도 소개했다. 하지만 공립 도서관 서가에서도 사라진 책이 어떻게 펭귄 클래식으로 재출간되었는지는 언급하지 않았다. 공개 질의응답 시간에 누가 묻나 싶었지만 아무도 묻지 않았다.

서언에서 수전 최는 하퍼 퍼레니얼에서 1998년 출간한 자신의 첫 장편소설『외국인 학생』Foreign Student 출간 기념회에서 만난, 조지 브러질러 출판사에서 30여 년 전 판매 담당자로 일했다고 말한 노신사로부터『순교자』초판을 선물 받은 일화를 소개했다. 선물 받은 지 10년이 지난 2008년에서야 책을 처음으로 읽었다고 고백했다. 하지만 책을 읽기 시작해서는 단숨에 읽어 내려갔다고 했다. 그리고 끝부분 어느 지점에서 갑자기 목구멍 위로 복받쳐 오른 감정과 쏟아진 눈물에 관해서도 썼다. 그녀가 멈춘 구절은 "어두워진 바다에서 뭍으로 불어오는 차가운 바람"으로 시작해 "풀은 내 손바닥에서 차갑게 느껴졌다"로 끝나는 부분이었다. 그 겨울은 너무나 길고 힘겨웠고, 너무도 많은 육신과 영혼의 죽음으로 가득 찼고, 그래서 "화자가 자신의 살갗에 가녀린 생명의 손길을 느끼는 행위가 가지는 의미를 알면서 감정을 억제하기란 힘든 노릇"이었다고 덧붙였다.

2008년은 내가 『순교자』 초판 2쇄를 구해 처음 읽은 해이기도 하다. 나는 일주일가량에 걸쳐 띄엄띄엄 읽었다. 종결부에 가까워졌을 때야 다음 날 출근하려면 이미 잠자리에 들었어야 할 시간을 훨씬 지나쳐 새벽녘까지도 책을 내려놓지 못하고 끝까지 읽었다. 책장을 덮고 나자, 언제부터인지 모르게 흥분에서 끓어오른 감정에 복받쳐서 꺽꺽 숨넘어가는 짐승 같은 소리가 나도 모르게 터져 나왔다. 주체할 수 없는 눈물까지 콸콸 쏟아졌다. 그럼에도 불구하고 나를 자극한 구절이 무엇이었는지 꼭 집어낼 수도, 왜 그렇게 울 수밖에 없었는지 그녀처럼 감명 깊게 묘사할 재간도 없다.

컬럼비아대학출판사가 컬럼비아대학출판부**로 바뀐 해였던 2017년 9월, 내가 만든 『낙조: 채만식 독본』Sunset: A Ch'ae Manshik Reader 출간 기념회에서 수전 최를 직접 만났다. 코리아 소사이어티에서 진행된 행사였는데 리셉션을 포함한 공식 행사가 끝나고 『낙조』를 번역한 브루스 풀턴·주찬 풀턴 부부와 함께 아이리시 펍으로 자리를 옮겼다. 수전 최 작가도 동행했기에 어떻게 『순교자』가 펭귄 클래식으로 재출간되었는지 물어보고 싶었지만 그러지 못했다. 어쩌다 보니 대화가 미당문학상을 거부한 한 시인과, 미당문학상을 위시해 식민지 시기에 친일을 한 작가를 기리는 문학상들이 모두 폐지될지도 모른다는 풍문과, 아마존의 일반 생필품 유통에 관한 화제로 빠져버렸

313

다. 그 자리에서 묻는 것을 포기하고 나중에 따로 물어보려고 그녀에게 연락처를 물었더니, 명함을 가지고 있지 않다면서 작은 냅킨에 이메일 주소를 적어주었다. 셔츠 주머니에 이메일 주소가 적힌 냅킨 조각을 넣고, 잊은 채로 세탁을 맡겼다. 한동안 발견할 수 없던 그 쪽지는 세탁된 셔츠 주머니에서 얇고 작은 섬유질 뭉치가 되어 나왔다. 나는『순교자』가 어떻게 부활할 수 있었는지 아직 모른다.

* 조지 브러질러판『순교자』표지는 프랭크 말파가 작업했다. 펭귄 클래식판 표지는 로버트 카파가 찍은 사진을 이용한 콜라주로 에릭 화이트가 작업했다.『순교자』의 뒤를 이어『홍길동전』이 강민수 번역으로 펭귄 클래식에서 나온 것은 2016년 3월 15일이다. 펭귄 클래식판『홍길동전』표지가 만화책처럼 보여 잠깐 망설였지만, 뉴욕대학교의 서점에서 초판 1쇄를 샀다. 1970년대에 내가 시간 개념을 상실한 채 만화방에 머무르게 한 만화책 그림 같은 표지 삽화는 사친 텡이란 이름의 중국계 미국인 여성 삽화가가 그렸다. 하인츠 인수 펜클이 번역한 김만중의『구운몽』이 2019년 2월 12일 출간되었고, 코리아 소사이어티에서 있었던 출간 기념회에서 초판 1쇄를 구입했다. 펭귄 클래식판『구운몽』표지에도 페이페이 루안이란 중국계 미국인 여성 삽화가가 그린 중국화풍의 삽화가 실렸다. 1937년 찰스 스크립너스 앤드 선스에서 출간한 강용흘의『동양인이 본 서양』East Goes West은 2019년 5월 21일 펭귄 클래식의 네 번째 한국(계) 문학서로 출간되었다. 머리를 지구본으로 대체한, 표지의 기발한 삽화를 누가 그렸는지는 알 수 없다.

** 1893년 6월 13일, 컬럼비아대학교 이사진은 대학에 소속되지 않고 대학으로부터 재정적으로 독립해 자체적으로 운영하는 컬럼비아대학출판사를 설립했다. 대학에 소속된 미국의 모든 '대학출판부'와는 다르게 '대학출판사'로 124년간 운영된 컬럼비아대학출판사는 2017년 처음으로 컬럼비아대학교 소속 컬럼비아대학출판부가 되었다. 대학으로부터 긴급 지원을 받으며 구조 조정과 임금 동결 등의 긴축 경영을 수차례 단행했음에도 대학 도서관의 전반적인 도서 구매 하락 등 바뀌는 출판 환경 속에서 자체적으로 운영하기가 어려워서였다. 컬럼비아대학에 소속된 지 1년 뒤인 2018년 창립 125주년을 맞았다.

M 8   비켜서서 볼 때
                                          보이는 것

『역사와 반복』,
가라타니 고진 지음

> 역사는 우리가 그것을 바라볼 때만 구성되며, 역사를 주시하기 위해서 우리는 예
> 외 없이 역사에서 제외되어야만 한다.
>
> —『밝은 방』, 롤랑 바르트 지음

2011년에 들어서자마자부터 나는 그
해 5월에 제작될 2011년 가을 카탈로그에 실릴 아홉 개의 표지 작업을 시작
했는데, 그중 넷은 마치 바닥이 전혀 보이지 않는 어두운 우물을 들여다보는
것만 같은 작업이었다. 인문학자로 웨슬리언대학교 총장이기도 한 마이클 S.
로스가 30여 년간 여러 학술지에 기고한 원고를 모은 『기억, 트라우마, 역사:
과거와 함께하는 삶에 관한 에세이』Memory, Trauma, and History: Essays on Living
with the Past, 줄리아 크리스테바의『잘린 머리: 주요한 비전들』The Severed Head:
Capital Visions, 조슈아 L. 밀러의『재난에 대비한 심리적 수용력 기르기』
Psychosocial Capacity Building in Response to Disasters 같은 책들. 나머지 하나는 가

라타니 고진의 『역사와 반복』History and Repetition 표지였다.

　내게 배정된 『역사와 반복』은 가라타니 고진의 첫 영문 번역서인 『일본 근대 문학의 기원』Origins of Modern Japanese Literature이 1993년 듀크대학출판부에서 나오고 다른 두 권의 책이 MIT대학출판부에서 나온 뒤, 컬럼비아대학출판사에서는 처음으로 출간되는 그의 네 번째 영문 번역서였다. 「루이 보나파르트 브뤼메르 18일」, 「근대 일본에서의 역사와 반복」, 「근대 일본의 담론 공간」, 「오에 겐자부로의 알레고리」, 「무라카미 하루키의 풍경」, 「근대 문학의 종언」 등등의 역사 비평과 일본 현대 문학 평론이 실린 책이었다.

　내가 이들 책의 원고를 훑어 읽으면서 표지 작업을 하던 때는 2월이었다. 마침 3월에 가까워지던 때여서, 여느 해와 다르지 않게 한국 언론에서 일본 각료와 정치인의 선동적 역사 왜곡 발언을 부각해 보도하는 횟수가 늘어가던 시기였다. 가라타니 표지 작업을 하는 동안 어쩌면 무의식적으로라도 이에 대해 내 나름의 어떤 화학 반응이 있지 않았나 싶다. 어찌 됐건, 나는 한국계 미국인이라는 정체성을 가진 존재니까.

　이 표지의 시각적 모티프로 역사성과 함께 반복성을 나타내는 이미지를 구현하고자 했다. 바탕에는 전체적으로 황색을 깔고, 오른쪽 모서리 면 아랫부분에 있는 손톱 크기의 붉은 원 일부에서 붉은 (햇살 무늬를 연상시키는) 열세 개의 사선이 왼편으로 뻗어 나가는 형상이었다. 맨 밑에는 저자의 영문판 서문 텍스트를 바탕색보다 연하게 깔았는데, 서문의 열네 단락 중 다음 문장으로 시작하는 첫 번째 단락부터 열두 번째 단락까지를 깨알보다 작은 7포인트 크기로 행간을 두지 않고 올렸다. "예로부터 역사는 반복된다고 한다. 우리가 역사를 공부하는 이유는 역사가 단 한 번 벌어진 현상이 아니라 다시 반복될 가능성이 있기 때문이다. 이를 증명하듯, 역사가들은 역사에 무지한 사람들에게 역사가 반복될 것이라고 말한다."

　작업한 열여덟 개의 표지 시안 중 여섯 개를 아트 디렉터에게 보여주었고, 그녀가 고른 두 시안이 출판사 디렉터, 편집장, 마케팅 디렉터, 편집자에게 전해져 내부 승인 과정을 거쳤다. 표지 승인에 3월 1일에서 2일까지 단 이틀이 걸렸는데, 통상보다 무척 빠른 속도였다. 사내에서 선정된 시안은 저자인 가라타니 고진과 이 에디션의 번역자 겸 엮은이인 UCLA 일문학과 세이지 리핏 교수에게 이메일로 3월 2일 늦은 오후에 보내졌다. 바로 다음 날 아침 출근해 메일함을 여니, 번역자에게서 "우와, 반복과 주기, 순환을 이렇게 추상적으로 표현할 수도 있군요. 시각적으로 강렬하고 멋진 표지입니다"라고 매우 긍정적이며 빠른 승인 메일이 도착해 있었다. 하지만 불과 두어 시간의 시차를 두고 저자에게서 "미안합니다만, 저는 이 표지에 반대합니다"라는 부정적인 답신이 왔다.

저자가 표지를 거부한 이유는, 한마디로 말하자면, 이 표지에 사용된 그래픽 모티프가 전시 제국주의 일본의 욱일(승천)기의 문양을 연상시키기 때문이라고 했다. 또한 이 책을 일본학에 경도된 이뿐 아니라 일본학 밖의 독자도 상당수 읽을 것이므로 이름을 성, 이름 순서가 아니라 이름, 성 순서로 바꿔달라고도 했다(바탕에 깐 서문 텍스트를 제외하고 표지의 모든 글자가 한 자 한 자 다른 크기로 조합되었고 자간 역시 조금씩 다르게 세팅이 되었기 때문에 표기 순서를 바꾸려면 모조리 새로 작업해야 하는 상황이었다). 저자가 편집장에게 보낸 이메일 말미에는 MIT대학출판부에서 2003년 펴낸『트랜스크리티크: 칸트와 마르크스에 대하여』Transcritique: On Kant and Marx의 표지가 디자인상을 받았다고 들었으나 글자가 제대로 보이지 않아서 마음에 들지 않았는데, 이 표지는 표제와 저자명의 가독성이 뛰어나다는 점이 만족스럽다고도 했다.

저자가 아무리 정중하게 말해도, 작업에 대해 반대 의사를 밝히면 사반세기 가까이 일한 지금까지도 열부터 받고 김이 끓어오른다. 그때도 끓는 물이 담긴 주전자처럼 잠깐 씩씩거렸던 것 같다. 아트 디렉터는 이 시안을 완전히 뒤집어엎기보다는 저자를 먼저 한번 설득해보고 그래도 안 되면 저자가 납득할 수 있을 만큼 디자인을 변형해보자고 제안했다. 나는 이 햇살 모티프는 열여섯 개의 햇살을 형상화한 욱일기가 아니라 일본 에도 시대부터 사용된 전통 문양에 바탕을 둔 것으로 아사히 신문사의 문장과 닮은꼴이기도 하며, 디자이너 요코오 다다노리가 〈나는 죽었다〉I Was Dead와 〈미시마 유키오, 종말의 미학〉Yukio Mishima, An Aesthetics of the End 같은 포스터에서도 여러 차례 차용했다며, 이 표지를 적극적으로 해명하는 메일을 편집장을 통해 저자와 번역자에게 보냈다. 그러나 저자는 완고했다. 내게 공유된 답신은 요약하면 다음과 같은 내용이었다.

　　표지가 시각적으로 강렬하고 눈길을 사로잡기는 하지만, 문양이 극우적이거나 지나치게 오리엔탈리스트적으로 보인다. 일본인에게 이 문양이 군국주의적이고 우익의 상징으로 보일 거라는 데에는 논란의 여지가 없다. 디자이너가 예로 든 아사히 신문의 경우, 지금이야 리버럴 신문으로 여겨지나 창간될 당시에는 일본 제국의 제국주의(와 전쟁)를 선동한 신문이기도 하고, 이 문장을 아직도 쓰는 데에 대한 항의도 중국과 한국에서 있는 걸로 안다. 디자이너가 언급한 요코오 다다노리가 이 문양을 자신의 작업에 사용해온 것 역시 사실이나, 그는 반어법적ironically이고 도발적provocatively으로 사용한 것으로 안다. 요코오 작가와는 마침 만나기로 약속이 되어 있으니, 그의 견해를 들어보겠다. 거듭 이해를 구하며 이견이 가져올 불편함에도 양해를 구한다. 새 표지를 요청하며, 디자이너에게는 미리 사과한다.

　　저자를 설득하는 데 실패했으니, 기존 콘셉트를 싹 쓸어버리지는 않더라도 아트 디렉터가 제안한 몇몇 시각적 장치의 변형을 충족시킬 요량으로 문양과 색상을 변주해볼 수밖에 없었다. 재작업에서는 바탕색을 포함해 기존 시안에서 사용한 색깔을 모두 바꾸었다. 햇살 문양의 의미(와 재발할지도 모를 오해)를 미리 희석하고자, 오른편 아래에 있던 작은 원의 일부조차 완전히 표지에서 제거했다. 새빨간 바탕에 검은 사선을 세 개 남긴 시안과 여섯 개 남긴 시안을 여러 종류로 만들었다. 무광으로 인쇄할 표지에서 검정 사선만은 유광 스폿spot UV 처리를 하기로 했다. 수정한 표지 시안 아홉 개 중에서 둘을 아트 디렉터와 함께 골랐다. 출판사 내부 승인 과정을 거친 뒤, 가라타니와 리핏 교수에게 보내질 수정 시안들을 이메일에 첨부해 편집장에게 보냈다.

내가 두 번째로 출판사 내부 승인을 마친 수정된 표지 시안 둘이 첨부된 이메일을 보낸 때는 (현대적 측정을 시작한 1900년 이래) 일본에서 발생한 지진 중 가장 강력했으며, 쓰나미와 후쿠시마 다이이치 원자력 발전소 핵용해라는 불가역적인 일련의 재난이 이어졌던 동일본 대지진이 일어나기 대략 열두 시간 전인 목요일 오후였다. 편집장이 이 시안들을 저자와 번역자에게 보낸 시점은 그날 밤 10시경으로, 지구 반대편에서 불가항력적 재난이 발생하기 불과 세 시간 전이었다.

다음 날인 금요일 오전, 출근해 동일본 대지진 뉴스 속보를 정신없이 따라가고 있을 때 저자로부터 메일이 왔다. 피해의 규모를 전혀 예측할 수 없는 재해가 일어났다는 소식을 먼저 전하며, 수정된 표지가 다 마음에 드는데 검은 사선 무늬가 세 개뿐인 시안보다는 여섯 개인 시안이 더 낫다며 새 표지를 만들어주어 감사하다고 했다. 번역자의 이메일은 나흘이 지나서야 도착했다. 답신이 늦어져 미안하다며, 일본에서 벌어지는 일들이 심상치 않아 우려스럽고 뉴스 채널에서 눈을 떼기 어렵다고 했다. 그러면서 자신은 검은 대각선 무늬가 여섯 개인 시안을 선호하는데, 저자는 어떤 시안을 선택했느냐는 질문을 했다. 굴곡이 없었다고는 말할 수 없지만, 그렇게 모두가 동의한 수정 시안이 최종 표지로 결정되었다.

표지가 골치 아픈 수정 과정을 거치기는 했으나 무사히 통과되고, 책이 출간되고 나서는 뉴욕출판협회 디자인상도 받고, 그리고 나서도 어느새 수년이 훌쩍 더 지났기에 가능해진 일이겠지만, 첫 표지 시안과 최종 결정된 수정

KŌJIN KARATANI

HISTORY AND REPETITION

EDITED BY SEIJI M. LIPPIT

표지를 좀 더 객관적으로 바라볼 수 있는 여유가 생기고 나니 저자가 일본 제국주의 군대를 상징하는 황색 바탕에 선연히 뻗어 나가는 빨간 햇살 무늬가 들어간 표지를 보고 화들짝 놀라는 모습을 얼핏 상상할 수 있게 되었다. 어쩌면 새 표지를 전해 받은 저자가 세기의 참사 속에서 너그러워졌거나, 그게 아니라면 체념했던 것은 아닐까 하고 가끔 의심해보기도 한다. 그런 생각이 들 때면 나 역시 한결 말랑말랑해져서, 나름 진보적이고 점잖은 노학자의 책에 내가 두고두고 후회할 수도 있는 그 무슨 짓궂은 짓을 할 뻔했는지 생각하게 되고. 그러면 약간은 쑥스러워지기도 한다.

R24   낡은 인공위성에서
                         보낸 교신

『비상국가』,
노순택 지음

　　　　　　　　　　모든 사진은 '메멘토 모리'memento mori
다(죽음을 환기시킨다). 사진을 찍는 행위는 피사체가 사람이든 사물이든 그
대상의 필멸성과 취약성, 그리고 이변성에 가담하는 것이다. 사진 매체에 남
다른 애착이 있던 수전 손택이 1973년부터 1977년까지 《뉴욕 리뷰 오브 북
스》The New York Review of Books에 실은 글 가운데 사진에 관한 글만을 모아
FSG에서 1977년 11월 펴낸 『사진에 대하여』On Photography에는 나오는 문장
들이다.
　　내가 처음 본 노순택 사진가의 사진은 프레임에 두 소녀의 영정이 담긴
작업이나, 40여 년 전부터 지금까지 계속 소년의 모습으로 남게 된 이의 영정
을 찍은 작업이었다. 분명한 것은 그의 사진을 처음 보았을 때 수전 손택의
문장들을 떠올렸다는 사실이다. 처음 본 사진은 두 소녀의 영정 사진을 들고
길 위에 서 있는, 의도적으로 얼굴이 나오지 않게 찍은 것처럼 보이는 교복
차림의 여학생 사진이었던 것 같은데, 인터넷에서 본 터라 그게 언제였는지

모르겠다. 어쩌면 역시 인터넷에서 본 광주 망월동 구묘역의 무덤 앞에서 찍은, 시간과 자연이 훼손해버린 교복 차림의 한 남학생의 영정 사진을 먼저 보았는지도 모르겠다. 첫 번째 사진이라면 2002년 10월 이후의 어느 날이었을 테지만, 두 번째 영정 사진이었다면 2006년 5월 이후의 어느 날이었을 테다.

내게 그즈음의 나날이란 모든 관계나 존재가 덧없으며 결국에는 어찌 변할지 모르는 상태 속에서 끝장나고 만다는 염세적 냉소를 되새김질하는 시간이었다. 그러다 보니 자발적인 고립 상태였고, 집에서 자고 회사에서 일하는 단조로운 일과면 족했다. 바깥세상에 대한 호기심은 인터넷판 신문이나 헌책방에서 고른 책, 거기에 더해 개인적으로는 전혀 모르는 이들이 주로 자신들이 읽은 책에 관해서 글을 올리는 블로그를 보는 것으로도 충족되었다. 노순택 사진가가 글과 사진을 함께 올리던 블로그는 물론 예외였다. 그의 사진을 처음 본 것은 블로그를 발견하기 전이었던 것만은 분명한데, 노순택 작가의 블로그를 찾아간 게 글을 읽기 위해서였는지 사진을 보기 위해서였는지는 잊어버렸다.

대학원 다닐 때 과제물을 만들려면 브루클린 캠퍼스의 학과 작업실이나 컴퓨터실에서 밤을 꼬박 새워야 했는데, 졸업 논문을 마무리하던 무렵에야 내 컴퓨터를 장만했다. 애플에서 타워형으로는 처음 출시한 1세대 파워 매킨토시였다. 출판사에 취직한 뒤로는 주로 글을 쓰거나 작업을 구상할 때만 사용했다. 만 8년째 되던 해부터 컴퓨터를 켜면 그렁대는 소리를 내며 작동하지 않는 데다 끌 수조차 없어서 플러그를 뽑아야 했다. 컴퓨터가 무용지물이 되고 나서 2년 뒤인 2004년, 새로 부임한 출판사 대표가 다수 직원의 연봉을 동결해버린 터라 집에 있는 컴퓨터를 교체하는 것은 어림도 없었다. 주 35시간의 업무 시간 내에는 디자인을 내가 원하는 상태로 마치기 어려웠기에 일상적으로 야근을 하거나, 아예 주말에 출판사에 나가 사무실 컴퓨터로 작업했다.

내가 출판사에 입사한 지 만으로 열두 해가 되던 2008년 이른 봄, 크리에이티브 디렉터가 옥스포드대학출판부로 이직한다면서 자신이 사용하던 컴퓨터를 내가 이어받아 쓰게 해주었다. 출시되자마자 출판사에서 구입해 그녀에게 개인용으로 대여해준 지 만 4년이 된 4세대 노트북 컴퓨터인 파워북이었다. 그녀가 내게 준 첫 번째 선물이 나를 고용한 것이었다면 두 번째 선물은 내가 한국문학 번역서 디자인 작업을 할 수 있도록 배정해준 것이었고, 회사에서 자신에게 개인용으로 쓰게 한 노트북을 내게 물려준 것은 세 번째 선물이었다. 그녀가 내게 준 선물이 하나 더 있긴 하다. 송별회가 끝나고 헤어지면서 마지막까지 남은 다른 동료들과 그런 것처럼 나와도 유럽식으로 양쪽 볼에 입 맞추는 시늉의 인사를 하며 포옹했는데, 술기운이었겠지만 전혀 상상하지 못한 귀엣말을 다른 이들에게도 들리도록 건넸다. 계속 멋진 디자인을 하길 바라고, 무엇보다도 내가 빛을 발하길 바란다는 작별 인사였다.

이 노트북 컴퓨터에 내가 즐겨찾기를 한 블로그 중 하나가 노순택 사진가의 '싫어증'이라는 블로그였다. 첫 게시물이 2007년 11월 17일에 올라왔으니까, 내가 이 블로그에 종종 들르기 시작한 시점은 그가 블로그를 오픈한 지 대략 4개월이 지났을 무렵이다. 내가 회사에서 대여해서 쓴 벽돌 몇 장 무게의 강철판 같은 노트북 컴퓨터는 사무실의 컴퓨터가 최신 기종으로 업데이트되면서 호환성이 줄어 예전의 내 컴퓨터처럼 블로그 글을 읽고 아이디어를 구할 때나 사용하게 되었다. 학자금 융자를 다 갚고 나서 4년이 지난 2015년에야 '공기'처럼 가벼운 개인용 노트북 컴퓨터를 장만했다.

내가 노순택 사진집을 처음 본 것은 그의 블로그를 발견하고 두어 해가 지난 뒤였다. 세일하는 탁자용 신년 달력을 구하러 문구점과 서점을 순례하던 때였으니 1월 마지막 주나 2월 첫 주 즈음이었을 텐데 연도는 영 모르겠다. 2009년이나 2010년 같은데, 둘 다 아니라면 2011년일 것이다. 뉴욕에 연거푸 폭설이 내린 해였다. 도시도 하늘도 온통 잿빛인 한겨울, 녹지 않은 채

먼지와 매연을 흠뻑 둘러쓴 눈 더미가 차도 한구석에 허리 높이로 쌓여 있을 때였다.

뉴욕 도서관 뒤편의 브라이언트 파크 맞은편에 위치한 기노쿠니야 서점에 들렀다가, 한 블록 위에 있는 국제사진센터ICP 서점에도 들렀다. 달력을 사러 갔지만, 진열된 책을 둘러보던 중에 사진집 하나가 눈에 띄었다. 『비상국가』State of Emergency였다. 예술서와 전시 도록 전문출판사인 하체 칸츠에서 2008년 펴낸 이 사진집은 독일 슈투트가르트의 뷔르템베르기셔 쿤스트페어아인에서 2008년 3월 1일부터 5월 18일까지 열린 동명 전시의 도록이기도 했다. 아름답게 만든 이 사진집을 보면서 망설임이 전혀 없었던 것은 아니다. 들여다보다 다시 진열장에 넣기를 몇 번인가 반복하고 있을 때, 점원이 다가왔다. 진열장에 있는 사진집에도 손때가 전혀 묻지 않았던 것 같은데, 서고에 비닐 포장이 된 새 책이 있다며 꺼내주길 원하냐고 물었다. 책에 붙은 '$78' 가격표는 감쪽같이 잊어버리고 가져다 달라고 했다.

2010년 봄이었나, 인터넷에서 부유하던 한 한국 사진가의 사진을 보고 그의 블로그를 찾아내 거기 나온 메일 주소로 연락해서 사진을 표지에 사용한 적이 있다. 책이 나온 2011년에 그 사진가로부터 페이스북 친구를 맺자는 초대 이메일이 왔다. 그뿐만 아니라 이메일을 주고받던 다른 몇몇 지인에게서도 그런 이메일이 왕왕 오곤 했다. 페이스북 계정이 없던 내가 계정을 만들어야 하나 고민하면서 든 생각은 터무니없고 황당한 것이었다. 이를테면, 오래전에 쏘아 올려 지구의 궤도를 돌고 있는 낡은 인공위성 안에 내가 있다. 세상이 지구 밖에 있는 나와는 아무런 상관없이 돌아가더라도, 내가 살아 있다고 타전해보고 싶다. 그러다가 '그래서 뭘 어쩌겠다는 거지' 하는 회의가 들었다. 1년을 미루고 미루다 2012년 봄, 페이스북에 계정을 등록했다. 그러나 프로필 사진을 올리다 실패하고는 다 덧없다는 생각이 들어 그만두었다. 계정은 없애는 방법을 몰라서 그대로 놔둔 채였다.

그 후 9개월 정도가 지난 2013년 1월 넷째 주 화요일, 회사 일을 마치고 출판사의 동료 디자이너들과 함께 맨해튼 플랫 아이언 빌딩 맞은편에 있는 미국그래픽디자인협회AIGA에서 열린 북 디자이너 앨빈 러스티그 전시를 보러 갔다. 그는 20세기 초중반 선구적인 표지 작업을 한 디자이너다. 조지아주의 디자인 학교를 갓 졸업하고, 출판사에 들어온 지는 4개월 된 디자인 어시스턴트가 페이스북 친구를 맺자길래 나는 SNS를 하지 않는다고 말하며 페이스북 계정을 만들려다 그만둔 일화를 우스개처럼 해주었다. 그녀는 핵 발전소 안전 관리를 점검하는 자기 아버지 개인 계정도 만들어주었다면서, 매일같이 퇴근 전에 내 사무실에 찾아와 오늘은 계정을 만들 거냐고 물었다. 결국 그녀 도움을 받아서 계정 등록을 끝까지 마치고 전시장에서 찍은 사진과 짧은 글을 올리는 법을 배웠다. 내가 페이스북에 첫 글과 사진을 올린 것은 그해 1월 마지막 날이었다.

우여곡절 끝에 페이스북 계정을 만들고 나서, 내게 계정이 없었을 때 친구 맺기 신청을 해왔던 이들에게 이번에는 내가 신청을 했다. 사진을 표지에 사용한 사진가에게도 신청하려 했으나 그는 이미 계정을 닫고 페이스북을 떠난 후였다. 내가 단 서른 명의 페이스북 친구로 SNS라는 신세계에 조심스럽게 첫발을 내디뎠을 때, 그저 작업을 눈여겨보았을 뿐인 한국 사진가 몇 명에게도 친구 맺기를 신청했다. 그중 한 명이 노순택 사진가였고, 그와 페이스북 친구가 되었다. 당시까지만 해도 그 역시 나만큼이나 페이스북 친구가 없었다. 나보다 단 두어 달 전에 페이스북을 시작했다는 그에게는 당시 40여 명의 친구가 있었다.

그는 파피에 마셰Papier-mâché 작업으로 《조선일보》와 《한겨레》 신문에 풀을 먹여 둥그런 두 개의 공을 만들었고, 그걸 사진 찍어 페이스북에 올리고 있었다. 내게 작업 제목을 영어로 어떻게 쓰면 될지 질문을 해서 어쩌다 보니 쪽지로 대화까지 나누게 되었다. 한번은 노순택 사진가가 잘 안 팔린 사진집

재고에 관해 글과 사진을 올려서, 나는『비상국가』초판 1쇄를 가지고 있다고 책 자랑을 했다. (내가 워낙 까칠하다 보니 6년이 지난 지금까지도 페이스북 친구 수는 처음의 여섯 배에도 못 미쳐 180명도 되지 않는다.)

노순택 사진가와 쪽지로 대화를 나누고 서너 달이 지나 초여름에 들어설 무렵, 일요일 아침에 전혀 예기치 못한 쪽지를 받았다. 그가 자신이 에르메스 재단 미술상 후보로 선정되어 7월 말에 전시를 하게 되었는데, 이 전시를 위해『잃어버린 보온병을 찾아서』란 책을 만들려 한다고 했다. 이 책에는 2010년 11월 23일 발생한 '연평도 포격 사건'을 기록한 사진과 함께 2010년 11월 23일부터 2012년 12월 24일까지 이 작업을 하며 쓴 일기가 실린다며 영문 번역을 마치면 번역 원고를 감수해줄 수 있을지 물었다. 일기 형식의 글이므로 엄격한 감수가 필요한 건 아니고, 어색한 부분이 없는지 한번 읽어봐줄 수 있냐고 했다. 전시가 7월 말에 시작되니까 책이 나오기까지는 한 달도 되지 않는 빠듯한 일정이었는데 계산을 잘못해 두 달이라 생각한 데다 그의 원고를 먼저 읽을 수 있다는 욕심이 들어 얼결에 그렇게 하겠다고 말했다.

내가 잠깐 아침 커피를 사러 나간 사이 그가 보낸 한국어 원고 파일이 이미 도착해 있었다. 첫 페이지에 쓰인 세 개의 제사를 읽다가 그만 회사에서 빌려 쓰던 노트북 컴퓨터에 마시던 커피를 뿜어내고 말았다. 애비게일 솔로몬 고도와 마르셀 프루스트의 예술적이면서 철학적인 인용문에 이어 국회의원 안상수의 엉뚱한 인사말이 갑자기 튀어나와서였다. "안녕하세요. 보온병 안상수입니다."

한국어로 작성된 원고가 46,422자였으니 200자 원고지로는 230여 매 분량이었다. 일요일이었지만 사무실에 나가 원고를 출력했고, 전철을 타고 집으로 돌아오면서 읽기 시작했다. 이틀 뒤, 그에게 영문 번역 원고는 언제쯤 받게 될지, 번역 원고의 감수는 언제까지 마쳐야 하는지 문의하는 쪽지를 보냈다. 그는 큐레이터인 한 젊은 지인이 자신을 도와주기 위해 자원해서 영문 번역을 하고 있는데, 조만간 마칠 거라며 여러 사람에게 민폐를 끼치게 되어 너무 민망하다고 했다. 그러면서 이 책이 오브제이자 일종의 아트 북이어서, 전문적인 교정·교열을 부탁하는 건 아니고 읽다가 이상한 표현이나 전혀 말이 되지 않는 문장이 있는지만 점검해주면 될 거라고 덧붙였다.

그로부터 열흘이 지난 화요일 아침, 사무실에 출근해 업무 관련 이메일을 처리하고 페이스북을 열자 그에게서 쪽지가 와 있었다. 디자이너가 영문 번역 텍스트를 레이아웃에 올려 조판까지 마친 '보온병 본문 초교' PDF 파일이 첨부되어 있었다. 서울은 자정을 넘긴 시간이었지만, 그에게 감수 마감 일정을 물었다. 그는 아주 다급하다며 그저 독자의 눈으로 이해가 되지 않는 문장은 없는지, 오탈자는 없는지, 가능한 한 빨리 봐달라고 부탁했다. 하지만 PDF 파일을 출력해 읽기 시작한 지 얼마 되지 않아 아연실색하고 말았다. 리플릿이라면 또 모르지만 아무리 오브제 역할을 하게 될 아트 북이라고 하더라도 책은 책인데, 그가 말했던 대로 대충 점검해서 해결될 문제가 아니었다. 결국 '짧은 기일 내에 급박하게 긴 글을 번역하느라 수고하신 번역자께는 죄송하지만'으로 시작하는 쪽지를 보낼 수밖에 없었다.

내 판단이 잘못된 것이 아니라면, 나 혼자서 감당할 수 있는 상태가 아니었다. 그래도 내가 잘못 판단한 것은 아닌지 확인하려고 출판사의 동료 편집자에게 이 원고와 프로젝트의 배경을 설명하며 만들 책이 정식 출간물이 아니라고까지 언급한 후 편집자가 아니라 독자의 입장에서 가볍게 읽어봐 달라며 출력한 원고를 넘겨주었다. 30분도 지나지 않아 그녀가 교정을 본 첫 번째 글diary entry을 가지고 내 사무실로 왔다. 이해되지 않는 문장이 첫 꼭지에만 여덟 개였고, 교정·교열 사항이 빼곡히 적힌 '보온병 본문 초교'를 내게 내밀었다.

바로 교정지를 스캔했다. 노순택 사진가에게 번역 원고의 상태를 보여주고, 어찌해야 할지 상의해야 하니 이메일 주소를 보내달라는 쪽지를 보냈다.

교정·교열 작업을 하려면 영문 번역 원고의 워드 파일이 필요하다고도 전했다. 그가 보내온 번역 원고 파일을 B4 용지에 출력하니 45매 분량이었고, 워드의 계산에 따르면 총 100,560자로, 18,000여 단어가 쓰인 것으로 나왔다. 내가 스캔해 보낸 교정지를 보고 그도 놀라길래 열흘 정도의 말미를 주면 아쉬운 대로 급히 교정을 마쳐보겠다고 했다. 그는 책이 갖춰야 할 수준이 있다는 것을 알고 또 책에 대한 최소한의 예의는 지켜야 한다는 생각이지만, 그 주 금요일에 인쇄에 들어가기로 계획되어 있다고 했다. 서울은 뉴욕보다 열세 시간 차이로 앞서 있으니, 이틀 뒤인 목요일 저녁까지 마쳐야만 하는 촉박하기 그지없는 (나중에야 알게 되었지만 한국에선 일상다반사인) 일정이었다.

그날 다른 일은 다 제쳐두고 번역 원고 교정을 보기 시작했다. 우선 영문으로 표기한 성과 이름 순서가 뒤죽박죽이었다. 또 한국은 미국처럼 양원제로 국회가 운영되지 않음에도, '국회의원'을 '어셈블리맨'assemblyman이나 '로메이커'lawmaker 대신 '하원 의원'을 뜻하는 '리프레즌테이티브'representative로 번역했다. 상임 위원과 당 대표까지 아무런 구분 없이 '리프레즌테이티브'의 줄임말인 'Rep.'로 표기해놓은 곳도 있었다. 가장 심각한 오류는 박종철 열사가 고문치사를 당한 '옛 치안본부 대공수사단 남영동 분실'을 '남영동 옛 국립경찰청 본부'로 번역해놓은 거였다. 5시면 칼퇴근하는 동료 편집자에게 달려가 비싼 점심을 살 테니 그날 저녁 무슨 일이 있더라도 문법과 비문 위주로 교정을 보아서 다음 날 아침까지 마쳐달라고 부탁했다. 하지만 점심을 사겠다는 약속만으로는 교정을 끝내주지 않을 것 같아서, 마감이 급박한 외주 일처럼 처리해주면 그런 조건으로 일을 수주할 때 받는 외주비를 따로 챙겨주겠다고 약속했다.

새벽 4시까지 한국어 본문과 대조해가며 번역 원고 교정을 보고 잠깐 눈을 붙였다 출근했더니, 동료 편집자가 파일을 건네주었다. 아니나 다를까, 번역 원고의 3분지 1 정도의 교정만 마친 상태였다. 원래 그리 일찍 잠자리에

드는 건지, 파일의 마지막 수정 시간은 밤 10시 9분이었다. 그런데 하필 다음 날이 7월 4일 미국 독립 기념일 휴일이라 그날은 오후 2시까지만 근무하라는 공지가 내려왔다. 오후 2시 퇴근 전까지 어떻게든 교정을 마쳐야 한다고 동료 편집자를 닦달했다. 그녀는 자신이 이해할 수 없는 비문 옆에 의문 부호를 '[[[?]]]' 식으로 노란색으로 표기해가며 엉겁결에 마무리한 번역 원고 파일을 2시 19분에 퇴근하면서 전해주었다. 수습 중이던 막내 신입 편집자에게는 처음부터 아예 외주비를 줄 테니 교정 작업을 도와달라고 사정했다. 2시부터 6시까지 한국어 원문에 대한 설명을 나한테 들으면서 다른 편집자가 이해 불가라고 표시한 비문을 함께 고치기로 약속했다. 결국 오후 2시 반부터 6시 반까지 네 시간 동안 그 작업을 황급히 마쳤다.

수요일 저녁부터 목요일 새벽까지 내가 교정 본 원고와 동료 편집자가 수정한 원고를 대조해가며 하나의 수정본을 만들었다. 두어 시간 잠깐 졸다가 화들짝 놀라 일어나 24시간 여는 편의점에서 고카페인 에너지 드링크를 사다 마시고 정신을 차려 작업을 계속했다. 오전까지 집에서 작업하다 간단히 점심을 먹었고, 오후에는 아예 독립 기념일 휴일이라 텅 비어 있는 사무실로 가서 나머지 작업을 했다. 번역 원고 파일을 처음 받은 화요일 오전 11시 6분으로부터 57시간 30분이 경과한 목요일 밤 8시 36분에, 너무 급박하게 작업해야 해서 걱정 반 아쉬움 반이었지만, 교정을 마친 워드 파일을 노순택 사진가에게 이메일로 보냈다. 수면 부족으로 정신없이 서둘러 보낸 첫 이메일에는 교정을 마친 워드 파일을 첨부한다고 하고 첨부하지 않아 같은 이메일을 다시 보내야 했다.

디자이너가 내 교정 파일을 기다리고 있던 때 서울은 금요일 오전 9시 41분. 교정지를 붙들고 있던 이틀 동안 내가 잔 시간은 모두 합해 400분 정도였다. 집에 돌아오자마자 저녁도 거르고 내리 잤다. 다음 날 아침에 출근하자마자 책 표지 뒷면에 넣을 거라고 보내온 두 문장을 교정보아 보냈다. 화요일 오전부터 금요일 오전까지 노순택 사진가와 쪽지로 주고받은 문자 교신은 읽어서 워드 프로세서 문서로 만들어 글자 수를 세어보니 12,000자에 달했다.

주말 동안 조판 작업을 마친 그의 책은 월요일이 되어서야 인쇄에 들어 갔고, 책으로 무사히 제작되었다. 그렇게 만든 1,000여 권의 책은 에르메스 재단 미술상 후보자 작품 전시장에 오브제처럼 설치되었다. 안타깝게도 노순택 사진가가 수상하지는 못했다. 그해 늦가을 서울에 머물 때 노순택 사진가를 만나서 그가 사준 저녁을 먹고 『잃어버린 보온병을 찾아서』 두 권을 선물로 받았다. 에르메스 재단 미술상 후보자 전시 도록과 『망각기계』 사진집과 2009년 1월부터 2013년 3월까지 《씨네21》에 연재한 칼럼을 모아 출판한 『사진의 털』 에세이집도 받았다. 그는 에세이집의 연붉은 색 면지에 은색 형광펜으로 이렇게 써놓았다. "세상에 이렇게도 인연이 싹을 트는군요… 2013. 10. 28."

• 에르메스 재단 미술상 후보 전시에 오브제로 사용한 한정판 아트 북 『잃어버린 보온병을 찾아서』는 오마이북에서 『잃어버린 보온병을 찾아서: 분단인의 거울일기』로 2013년 12월 3일 정식 발행되었다.

M9 언어의 가을과
추락 사이

『영어 시대, 언어의 추락』,
미즈무라 미나에 지음

　　　　　　　　　　　마리 요시무라와 줄리엣 윈터스 카펜
터가 번역해 컬럼비아대학출판사에서 2015년 1월 출간한『영어 시대, 언어
의 추락』The Fall of Language in the Age of English은 소설가 미즈무라 미나에가
2008년 지쿠마쇼보에서 출간한 논픽션으로, 일본어 원제는『일본어가 추락
할 때: 영어의 시대에』増補日本語が亡びるとき: 英語の世紀の中で였다. 출간되자
마자 일본 사회에 커다란 파장을 일으킨 이 인문서는 고바야시 히데오상을
수상했고, 영문 번역서가 나올 무렵에는 일본에서 6만 부가 훌쩍 넘게 판매
된 베스트셀러다.

　　미즈무라 미나에는 도쿄에서 태어났지만, 가족과 함께 미국으로 이주해
열두 살 때부터 뉴욕주 롱아일랜드에서 자랐다. 일찍부터 부모의 세계 문학
전집을 통해 유럽문학 작품을 주로 읽으며 전후 일본에서 어린 시절을 보냈
고, 미국으로 이주한 뒤에는 부모의 일본 근대 문학 전집을 읽고 또 읽으며
사춘기를 보냈다 한다. 고등학교를 졸업한 뒤 매사추세츠주 보스턴에 소재한

뮤지엄미술대학교(현 터프트대학교 내의 SMFA)에서 조형 미술을 공부하다가 그만두고 예일대학교에 편입해 프랑스문학을 전공했고, 동 대학원에서 문학 비평가 폴 드 만 연구로 박사 과정을 수료했다. 미국 몇몇 대학에서 강의하다 일본으로 돌아갔고, 마흔을 목전에 둔 서른아홉에 자신이 오랫동안 꿈꿔온 소설가로 데뷔했다.

1990년 출간된 미즈무라 미나에 데뷔작은 나쓰메 소세키의 『명암』明暗 속편 형식을 취한 『속명암』續明暗이었다. 그녀는 이 소설로 등단만 한 것이 아니라 일본 문부성 내 문화청에서 주는 '새로운 작가상'을 받았다. 그다음으로 집필한 자전적 연작 소설 『왼편에서 오른편으로 쓴 사소설』私小説 from left to right은 가라타니 고진이 편집장으로 있는 계간지 《비평공간》批評空間에 발표했다. 단행본으로는 1995년 신초사에서 나왔고, 노마문예신인상을 수상했다. 이어서 에밀리 브론테의 『폭풍의 언덕』Wuthering Heights을 전후 일본으로 배경을 옮긴 『본격소설』本格小說을 월간 문예지 《신초》新潮에 발표했고, 역시 신초사에서 2002년 단행본으로 출간했다. 이 작품은 요미우리 문학상을 받았다. 2013년 줄리엣 윈터스 카펜터가 영문으로 번역해 출간한 『본격소설』 A True Novel은 뉴욕의 아더 프레스에서 펴냈는데, 내가 미즈무라 미나에 책에 관해 글을 쓰게 될 줄은 상상조차 하지 못했던 2016년 여름, 두 권 한 세트가 슬립 케이스에 담긴 초판을 시애틀 단골 헌책방에서 사놓고 여태껏 읽지 못했다.

『본격소설』은 문학동네에서 2008년 한국어로도 번역되어 출간된 책이다. 미즈무라 미나에는 출간에 도움을 준 이가 김영하 작가였다고 『영어 시대, 언어의 추락』에서 감사를 표했다. 2003년 미국 중서부의 아이오와대학교에서 매년 가을마다 세계 여러 나라의 소설가와 시인을 초청해 대학 캠퍼스에서 진행하는 국제작가프로그램IWP에 참여했는데, 이때의 경험을 '아이오와의 파란 하늘 아래서'라는 제목의 첫 장에서 자세히 소개했다. 그중에는 김영하를 포함한 몇몇 한국(계) 작가들과의 만남에 관한 에피소드도 있는데, 여타 외국 참여 작가들을 구별한 것처럼 한국(계) 작가들도 다음과 같은 방식으로 분류했다. 영어를 원어민처럼 쓰는 작가, 의사소통이 가능한 작가, 그리고 영어로 대화하기 어려운 작가. 그녀는 김영하 작가를 의사소통이 가능한 작가로 소개했다. 그러면서 젊고, 잘 웃고, 사진 찍기를 좋아하던 그가 한국에서는 매우 유명한 인기 작가라는 사실에 깜짝 놀랐다고도 썼다. 김영하 작가가 온천욕을 애호해서 자신의 과도하게 길기만 한 소설이 한국에서 번역되어 나올 수 있도록 도와준 것인지 모르겠다고도 농하듯 덧붙였다.

내가 뉴욕에서 김영하 작가를 직접 만난 것은 『영어 시대, 언어의 추락』 원고를 읽으며 책 본문 디자인을 하기 수년 전인 2010년 초가을이었다. 그는 미즈무라가 놀란 것만큼은 젊지 않았고, 잘 웃지도 않았고, 사진 따윈 전혀 찍지 않았지만, 나 역시 그의 책을 여섯 권이나 가지고 있을 만큼 유명한 작가였다는 점만은 다르지 않았다. 2010년 9월, 하와이대학출판부에서 번역되어 나온 임철우 작가의 중편 소설이 실린 신간 『붉은 방』Red Room의 홍보를 위해 뉴욕 코리아 소사이어티에서 주관한 번역자와의 만남 행사에 온 브루스 풀턴과 주찬 풀턴을 만나러 갔다가, 참석자 중에서 김영하 작가를 보았다. 그것도 바로 내 앞의 앞자리에 앉아 있었다.

아쉽게도 홍보가 제대로 되지 않아 썰렁했던 행사가 끝나고 나서 풀턴 교수의 소개로 김영하 작가와 처음 인사를 나눴다. 그는 풀턴 교수가 재직하는 캐나다 밴쿠버의 브리티시컬럼비아대학교에 교환 작가로 왔다가 뉴욕의 컬럼비아대학교로 옮겨 와 있다고 했다. 리셉션이 따로 준비되지 않은 터라, 모처럼 만난 김에 가볍게 술을 한잔하자는 풀턴 교수 부부를 따라 이스트 사이드의 블록마다 있는 한적한 아이리시 펍에 들어갔다.

바로 그해 여름 호턴 미플린 하코트의 문고판 임프린트인 매리너 북스에서 김지영의 영문 번역으로 출간한 『빛의 제국』Your Republic is Calling You을 가방에 넣고 다니며 출퇴근길에 읽고 있던 터였다. 그날 저녁 김영하 작가에게 제목이 르네 마그리트의 작품 제목이기도 한 '빛의 제국'에서 '당신의 공화국이 당신을 부른다'로 바뀐 것과, 마크 R. 로빈슨이 작업한 책 표지가 마음에 드는지 따위의 몇몇 질문을 했는데, 디자이너라면 환호할 만한 '쿨'한 답변을 들었다.

해가 바뀌고, 4월에 교통사고를 당했다. 내가 잠깐 의식을 잃은 사이 누군가가 부른 구급차가 와서 응급실에 실려 갔다 왔지만, 그 사고로 의식을 잃은 것은 단 몇 분뿐이었고 달리 잃어버린 기억은 없었다. 4월의 마지막 날에는 아시아 소사이어티와 펜 아메리카가 공동으로 주관한 번역 문학 행사에 갔다. 그 행사의 한국문학 관련 대담회에 참여하는 풀턴 교수에게 꼭 참석하겠다고 수개월 전부터 약속해둔 터였다. 풀턴 교수와 김영하 작가 그리고 한국계 미국인 작가 수전 최가 단상에 앉아 있었고, 이미 청중이 가득 들어찬 대형 강당에는 단상 앞쪽에만 빈 좌석이 듬성듬성 있었다. 나는 강연장 맨 뒷줄 가장자리에 앉았다.

대담 중 유독 기억에 남은 질문은 두 소설가에게 소설가가 된 계기를 물은 것이었다. 김영하 작가는 자신이 어린 시절 잠자다가 연탄가스에 중독되어 의식을 잃은 적이 있는데 그 후로 그 이전의 기억을 모두 잊어버려서 소설가가 되었을지도 모른다는, 듣고 나서 잊기 어려운 매우 인상적인 답변을 했다. 하지만 동치미 김칫국을 마시고도 깨어나지 못해 구급차에 실려 병원에 가야 했다는 극적인 사연을 말할 때, 그 내용과 맥락을 온전히 이해한 청중 일부는 웃음을 터뜨렸지만 일부는 다른 이들이 왜 웃는지 몰라 서로에게 쑥덕거리며 묻는 통에 잠시 장내가 술렁거렸다. 고유한 문화적 배경 설명이 부족했던 것은 차치하더라도, 전문 통역사의 매끄러운 동시통역 없이 일종의 유사 영어로 말했기 때문이었다. 김영하 작가가 위트 있게 전달하고자 한 내용을 듣고 바로 이해하지 못한 것은 김영하 작가 옆에 앉아 있던, 미국에서 태어나고 자라 한국어를 전혀 못 하는 수전 최 작가도 마찬가지였다.

수전 최 작가는 자신의 답변을 하기 전에, 브루스 풀턴 교수와 함께 김영하 작가가 말한 내용을 좀 더 정확한 '도착어'로 정리에 나섰다. 예상치 못한 장내의 웅성거림에 약간 당황한듯, 김영하 작가는 '일산화탄소 중독'의 동시통역을 풀턴 교수에게 요청했다. "CO, 화학 표기가 CO인데요"라고 풀턴 교수 쪽으로 몸을 숙이고 한국말로 덧붙였다. 누군가가 '카본 모노옥사이드 포이스닝'carbon monoxide poisoning이라고 말하고 나서야 술렁임이 멈췄다. 물론 의식을 찾으려 동치미 김칫국을 마셨다는 건 미신과 다름없는 주술 의식처럼 청중 일부에게는 여전히 미스터리였을 테지만. 수전 최 작가는 '그는 어릴 적 한국 가정에서 일반적으로 쓰는 난방 연료인 연탄에서 나온 일산화탄소 중독으로 의식을 잃고 전통 요법 처방을 받았지만 의식을 찾지 못해 병원에 실려 갔다가 깨어난 후 어린 시절의 기억을 상실했고, 그 후유증으로 작가가 되었다' 하고 마무리했다. 그제야 감탄사가 터져 나왔다.

『영어 시대, 언어의 추락』은 문자 언어와 문학과 번역에 대한 이론적이고도 역사적인 분석을 하는데, 문자 언어의 흥망에 대한 단순한 고찰의 의미를 뛰어넘는 책이라고 할 수 있다. 미즈무라 미나에는 언어 안에 존재하는 위계에 관해서도 냉정히 말했다. 소수 종족이 사용하고 그들 사이에서만 통용되는 언어가 가장 밑바닥에 있고, 그 위에 인종 내에서 사용되는 언어가 있으며, 그다음으로 국가 단위로 사용되는 언어가 존재한다. 인종이나 국가를 넘어 통용되는 언어는 맨 꼭대기에 있다. 그러면서 지구상에 존재하는 6,000여 가지 언어 가운데 8할이 이 세기가 끝날 무렵이면 사라질 거라는, 언어학계의 일반적인 예견을 제시했다. 언어의 이러한 소멸은 환경 변화로 인한 지구상의 여러 동식물종의 절멸에 비견할 만한 것이고, 언어의 소멸 한편에는 전 지구적 언어로서 영어의 부상이 있다고 진단했다. 영어가 '유일한 보편적 언어'로서 부상하는 까닭은 다른 언어보다 배우기 쉽거나 내재적으로 뛰어나서가 아니라, 전적으로 역사적 우연의 축적에 의한 것이라고도 평가했다. 그녀는 이 세상에 단 한 번도 이런 형태의 지형학적 경계를 초월하는 보편적 또는 세계적 언어가 존재한 적이 없었다며, 그렇기에 이 변화가 다른 언어에 영향을 미치지 않을 수 없다고 단언했다.

일본 사회에서 이 책이 파장을 일으킨 이유는 '국가 언어로서 일본어의 탄생'이란 장에 실린 다음과 같은 내용 때문이 아니었을까 짐작한다. 그녀는 '유신' 전까지, 그러니까 '메이지 유신' 이전까지만 해도 일본어는 지역 언어의 하나였을 뿐이라고 잘라 말했다. 일본어가 메이지 유신 이전에 이미 고도의 원숙함에 도달했다 하더라도, 일본어는 일본인이 자기 언어로 글을 쓰기 시작했을 때부터 그저 지역 언어의 하나였고, 이는 아무리 강조해도 충분하지 않다고 말이다. 그뿐 아니라 전근대의 일본이 중화 언어권에 속해 있었다는 사실은 일본인만을 제외하고 모두에게 너무 자명한 사실이라고도 썼다. 일본 학생들은 학교에서 한반도로부터 전해진 중국 문자로부터 일본 문자 시스템이 만들어졌다고 배우는데, 이 역사적 사실이 올바르게 평가받지는 못하고 있다고도 주장했다. 많은 일본인이 한자가 일본에 전해지지 않았다면 능력 있는 선인들이 일본만의 문자 시스템을 창제했을 거로 생각하지만, 결단코 그랬을 리가 없다고 말했다. 일본은 5세기나 그 이전에 한반도가 가까이 있었기 때문에 문자 시스템을 전해 받았고 그 덕분에 구술 문화에서 기록 문화로 바뀔 수 있었는데, 그건 오로지 위치에 따른 일본의 지정학적 행운이라고 첨언했다.

물론 미즈무라 미나에는 「일본 근대 문학의 기적」이란 장을 할애해 나쓰메 소세키를 필두로 24인의 일본 근대 문학 작가들을 새삼스레 소개하는 것을 잊지 않았다. 마지막 장인 「국가 언어의 미래」의 마지막 단락에서는 이런 사례를 들었다. 만약 영어를 원어민으로 구사하는 이가 다른 언어의 세계 안으로 걸어 들어간다면, 그들은 미처 꿈조차 꾸지 못한 환경을 발견할 것이라

고. 그들 중 누군가는 진정 축복받은 이가 보편적 언어의 세계에 사는 자신들이 아니라 언어의 문제를 영원히 숙고해야 하는 형벌에 처한 이들이나 언제나 이 세상의 다양성에 경이감을 느낄 수밖에 없는 형벌에 처한 이들이란 생각을 하게 될지도 모른다고. 그러나 내가 격하게 공감하는 것은 이런 단락이다.

> 언어학자들에게 언어는 추락할 수 있는 것이 아니라 다만 변화할 뿐인 것이다. 그들에게 언어란 마지막 화자(아니, 좀 더 정확히 말하자면 마지막으로 듣고 이해할 수 있는 청자)가 사라질 때만 소멸하게 된다. 하지만 내가 언어의 '추락'이나 '소멸'을 말할 때, 나는 오로지 문자 언어written language에 일어날 수 있는 그 어떤 운명을 말한다. 특히나, 글로 삶을 표현하고 찬미하여 위대한 문학을 일궈낸 모든 문자 언어를 지칭한다. 그런 문자 언어가 이전의 영예를 잃고 단지 그림자로만 남는다면 그것은 [우리 모두에게] 얼마나 커다란 손실인가.

『영어 시대, 언어의 추락』은 프리랜서 디자이너로 그로브 프레스나 펭귄 등의 쟁쟁한 대형 상업 출판사의 표지를 주로 작업해온 에반 개프니가 표지 디자인을 먼저 마치고, 내가 이어서 본문 디자인을 한 책이다. 표지에는 영문 제목뿐 아니라 러시아어, 스페인어, 일본어, 중국어, 프랑스어, 거기에 더해 한국어로도 책 제목이 일부 보이도록 디자인되었는데, 인쇄용 재킷 파일 작업을 하려고 그에게서 전송받은 표지 파일을 열어보니 이상한 부분이 있었다. 표지 정중앙의 백색 바탕 위에 진한 색으로 쓴 영어 제목을 제외하고, 다른 언어로 표기한 제목은 대부분 일부만 보이는데 왼편 하단에 위치한 한국어 제목이 다른 언어로 표기한 제목과는 내용이 좀 달랐다. 어떻게 된 건지 이메일을 보내 물었더니, 그는 영어와 일본어 이외의 타 언어로 된 책 제목은 표지에 뒷배경으로 도배해 쓰려고 구글 번역기를 돌렸다고 했다.

동음이의어가 존재하는 영문 제목의 '몰락' 또는 '추락'이란 뜻의 단어

(fall)를 구글 번역기가 임의로 한국어 '가을'로 번역한 거였다. 잠깐 고민했지만, 대략 6개월 전에 이미 저자와 번역자들, 그리고 마케팅 디렉터와 편집장의 승인을 받아 시즌 카탈로그에 실은 표지 그대로 인쇄에 들어가기로 아트 디렉터가 최종 결정을 내렸다. 2014년 가을에 이 책의 제목을 '영어 시대, 언어의 추락'이 아니라 '영어 시대에 있어서의 언어의 가을'로 자동 번역한 구글 번역기는 같은 제목을 이제 '영어 시대의 언어 쇠퇴'로 번역한다.

R25

커넌드럼,
코끼리 사라지다

『코끼리의 소멸』,
무라카미 하루키 지음

　　　　　　　　　　내가 최초로 무라카미 하루키의 소설을 읽은 것은 언제였을까? 무라카미 하루키의 단편 소설 「중국행 슬로 보트」 中國行きのスロウ·ボート처럼 글을 시작한다면 이렇게 되지 않을까. 하지만 「중국행 슬로 보트」 식의 서술은 첫 문장까지다. 왜냐면 내 의문은 고증학적 증명 따위와는 아무런 상관이 없는, 편집증적일 뿐인 궁금증에서 시작하기 때문이다. 1990년 11월 넷째 주에 알프레드 번바움이 번역한 무라카미 하루키의 단편 소설 「태엽 감는 새와 화요일의 여자들」ねじまき鳥と火曜日の女たち이, 1991년 11월 셋째 주에 제이 루빈이 번역한 단편 소설 「코끼리의 소멸」象の消滅이 《뉴요커》The New Yorker에서 발표되었으니, 책꽂이를 뒤적이는 것만으로는 충분치 않다고 생각하면서도 무라카미 하루키의 책을 꺼내 본다.

　　나의 첫 무라카미 하루키 책은 모음사에서 일곱 편의 단편을 모아 출간한 소설집인 것 같다. 1991년 11월 출간한 『오후의 마지막 잔디밭』午後の最後の芝生인데, 초판 1쇄다. 일본어판 「중국행 슬로 보트」에 가타카나로 적혀 있

을 단어를 그대로 한글로 옮겨 '아돌레상스'라고 쓰고, 굳이 괄호 안에 'adolescence: 청춘 시절=역주'라는 주석이 달려 있다. '아돌레상스'의 의미가 사춘기가 아니라 청춘 시절이었나? 물론 '이팔청춘'이란 말도 있고, '언젠간 가겠지, 푸르른 이 청춘'으로 시작하는 노래를 따라 부를 때 내가 '이칠 사춘기'였으니 그런 것인지도 모르겠다.

책 표지 맨 위에는 저자명이 영문 대문자로 적혀 있다. 표제가 위치한 박스 안에는 제목 바로 아래 "내 몸속의 파워를 어딘가에 가두어놓고 그걸 보면서 문장을 쓰고 싶다!! 투명한 상실감, 리리시즘, 판타지 그 다양한 무라카미가 공존하는 소설"이란 좀 과해 보이는 카피가 두 줄로 쓰여 있다. 저자 이름이 박스 바로 아래쪽에 한글로, 또 괄호 안 한자로도 쓰여 있어서, 앞표지에만 세 번이나 적혀 있다. 그 밑에 번역자 이름이 있고, 다시 한 줄 아래에 괄호를 치고 '고려대학교 일문과 교수'라고 표기되어 있다. 표지는 흰색 바탕에 연하늘색과 초록색의 (꽃가루를 확대한 것처럼 보이는) 문양이 부유하는데, 얼핏 보면 벽지나 포장지 같아 보이기도 한다. '박래후편집공방'에서 표지 작업을 했다고 앞날개에 적혀 있다. 이 표지를 볼 때마다, 표지 문안을 받고 디자이너가 느꼈을 난감함이 내 일처럼 다가온다.

1980년부터 1991년 사이 발표한 단편 중 열일곱 편을 선별해 알프레드 번바움과 제이 루빈의 번역으로 크노프에서 1993년 3월 출간한 소설집 『코끼리의 소멸』The Elephant Vanishes 초판 1쇄가 내가 처음 읽은 무라카미 하루키 책일 가능성도 물론 있다. 양장본은 미국 출판계에서 이미 두각을 나타내던 디자이너 칩 키드가 작업한 첫 무라카미 하루키 표지인데, 표지의 빨간 테두리 안에 있는 이미지는 키드가 1931년 독일에서 구리로 제작된 맥주 주조통 카탈로그 도판을 분합해서 직접 만든 흑백의 코끼리 형상이다.

물론 이 두 소설집 모두 출간된 해에 사지 않았다는 사실만큼은 확실하다. 『오후의 마지막 잔디밭』은 정가가 3,800원인데, 뉴욕 맨해튼 한인타운 서

점에서 책 뒷면에 붙인 손가락 마디 하나만 한 스티커에는 '고려서적 $10.13 Koryo Books'라고 적혀 있다. 모음사에서 같은 번역자가 번역하고 역시 꼼꼼한 편집을 거치지 않은 채 급히 출간한 것으로 보이는 책이 하나 더 있다. 무라카미 하루키의 데뷔작이자 1979년 군조 신인 문학상을 받은 『바람의 노래를 들어라』風の歌を聽け인데, 다른 중편 소설 『1973년의 핀볼』1973年のピンボール과 함께 실려 있다. 1991년 8월 초판 1쇄가 나온 후 1993년 2월에 찍은 초판 5쇄다. 모음사의 이 두 책 이후, 거의 사반세기 동안 무라카미 하루키 한국어 번역서를 사지 않았다.

이래저래 계산해보면, 무라카미 하루키 책을 처음으로 읽은 해는 1992년이나 1993년인 듯하다. 당시에는 내게 원칙이 하나 있었는데, 양장본에 초판이라면 정가인 새 책을 구매하지 않는 것이었다. 이 원칙을 길고 긴 학창 시절 내내 지켰다. 『코끼리의 소멸』도 책이 나온 해나 이듬해 겨울 방학 때 시애틀에 있는 대학 서점의 구간 신년 세일 매대에서 헐값에 샀다. 그런 궁여지책의 원칙이라도 지키지 않았다면, 산술적으로 늘어나는 책보다 기하급수적으로 불어나는 카드빚에 먼저 깔려버렸을 테니까.

읽다 말아서, 아무에게도 읽은 척하지 않는 무라카미 하루키 책도 있다. 번바움이 번역했고 일어판처럼 두 권으로 분책하여 고단샤에서 1989년 출간한 영문판 『노르웨이의 숲』Norweigian Wood이다. 18년 전까지만 해도 뉴 스쿨과 파슨스 미대 인근의 5번가와 18가 코너에 있던, 지금은 폐점한 반스 앤드 노블 서점에서 읽었다. 9개월 남짓 장거리 연애를 하던 첫 애인한테서 갑작스러운 이별 통보를 받고, 동생 이름으로 발권된 마일리지 항공 티켓을 빌려 그녀를 무작정 만나러 가려다 탑승 직전 적발되어 티켓만 날려버린 일이 있던 해였으니 1993년 4월 전후였다.

내가 읽다 만 책은 번바움 번역서 팬들과 북 컬렉터 사이에서 일종의 전설 같은 판본이 되어, 분책되어 있는 헌책 한 권 가격이 998달러를 호가한다.

게다가 상·하권 한 세트를 구하기는 남의 이름으로 발권된 티켓으로 비행기에 탑승하는 것만큼이나 어려운 일이 되었다. 나는 왜 서점에서 아르바이트라도 해서 점원 할인가에 책을 살 생각은 하지 않았을까? 크리스마스 선물 포장지를 연상시키는 표지 때문이었을까? 서점 한구석에 쭈그리고 앉아 책을 읽던 나를 멈추게 한, 지금은 기억조차 나지 않는 불편한 문장이라도 있었던 걸까? 그 이유를 떠올리려 하면 생각나는 생뚱맞은 영어 단어가 하나 있다. 커넌드럼이다.

conundrum[kə'nʌndrəm] n. 수수께끼; 어려운 문제; 수수께끼 같은 인물[물건]

번바움이 번역하고 1991년 9월 출간된『세계의 끝과 하드보일드 원더랜드』Hard-Boiled Wonderland and the End of the World도『코끼리의 소멸』에 실린 일부 단편처럼 셀 수 없이 여러 번 읽었다. 이 장편 소설은 1985년 다니자키상 수상작이다. 가라타니 고진은『역사와 반복』에 실린「무라카미 하루키의 랜드스케이프」라는 글에서『세계의 끝과 하드보일드 원더랜드』를 언급하며 이렇게 말했다. "현실이란 그렇지 않을 수 있는 가능성이 존재함에도 불구하고, 여전히 그렇게 실재하는 것이다." 이 문장을 읽을 때마다 현실에 관한 이보다 더 명징한 정의는 없을 거라는 생각이 든다.

가라타니 고진은 무라카미 하루키의『1973년의 핀볼』은 오에 겐자부로의『만엔 원년의 풋볼』에 대한 패러디라며 프레더릭 제임슨이 포스트모던 문학의 성격을 규정하는 '혼성모방'pastiche에 관해 쓴 글을 길게 인용한 뒤『바람의 노래를 들어라』에 나오는 다음 문장을 옮겨 적으며 좀 더 적나라하게 비평의 날을 세웠다. "내가 여기에 글로 적을 수 있는 것은 단지 리스트일 뿐이다. 소설도 아니고, 문학도 아니고, 예술도 아니다." 이어서 가라타니 고진은 말한다. "달리 말하자면, 이건 페스티시다." 종이에 혀를 베었을 때처럼 찜찜

하기 짝이 없는 비평이라서 평단으로부터 냉대당했다는 무라카미 하루키의 상실감을 조금은 상상할 수 있었다. 종이에 베인 생채기도 상처는 상처니까.

알라딘 유에스 플러싱점이었다가, 반디 앤 루디스 뉴욕점으로 상호가 바뀌었다가, 한동안 문을 닫았다가, 규모가 이전 서점의 4분지 1 사이즈인 옆 점포로 옮겨 이번에는 반디북스란 이름으로 재개점한 서점에서 산 에세이집도 하나 있다. 양장본인데 할인가는커녕 책에 표시된 정가의 2.5배로 돈을 냈다. 2015년 일본에서 출간되고 2016년 4월에 한국어로 번역되어 나온 '자전적 에세이'란 부제를 단『직업으로서의 소설가』職業としての小說家 초판 1쇄로, 2년 전 내가 나에게 선물한 책이다. 가라타니 고진이 제기한 비평에 관해 직접적인 거론은 피하면서도 자기 입장에서 하나하나 해명한 것을 보니, 대수롭지 않게 넘길 일만은 아니라는 사실이 분명했다. 내상이란 그런 것이라는 씁쓸함과 함께.

고단샤 인터내셔널에서 펴낸 1991년판『세계의 끝과 하드보일드 원더랜드』양장본 표지에 갸우뚱했던 나는 빈티지 인터내셔널에서 1993년 문고판으로 출간한 책을 샀다. 내 책은 초판 9쇄인데, 이 책을 읽던 시절을 지금도 생생히 기억한다. 나와 함께 대학원 과정을 시작한 동생이 뉴욕에서 대학원 석사 과정 후에 연주자 과정까지 마치고 박사 과정에 진학하려고 뉴욕을 떠나 시애틀로 돌아간 직후였다. 나는 그해 여름 컬럼비아대학출판사에 취직했다. 직장까지 정확히 스무 블록이니 대략 30여 분이면 걸어서도 출근할 수 있던, 집세 인상률이 안정화된 맨해튼 아파트에서 동생을 대신할 새 룸메이트를 구하지 않고 다른 곳으로 이사했다. 뉴욕시 동쪽 끝머리 퀸스 플러싱의 방세 개짜리 아파트에 사는 지인 부부의 끈질긴 꼬드김을 못 이겼기 때문이다 (그때만 해도 몰랐지만, 예닐곱 번의 거절 끝에 내린 한심하기 짝이 없는 결정이었다). 거기서 하숙을 시작했을 때,『세계의 끝과 하드보일드 원더랜드』문고판을 읽기 시작했다.

출퇴근에 각기 한 시간 반씩이나 걸리다 보니, 매일같이 세계의 끝에서 다른 세계의 끝으로 이동하는 것만 같았다. 다행히 출발지가 종착역이어서, 항시 만원인 전철에서 운 좋게 자리에 앉으면 이 책을 펼치고 책장이 너덜너덜해지도록 읽고 또 읽었다. 하지만 1년도 채 안 되어 방을 비워야 하는 상황이 되었다. 원하면 계속 머물러도 된다길래 더 살겠다고 말했는데, 실은 그게 아니었다. 눈치 없게 내가 방을 빼지 않아 난감해 죽겠다고 말했다는 걸 다른 후배한테 전해 들었다. 불과 11개월 전만 해도 내가 동생과 함께 살던 맨해튼 아파트에 가보았는데, 빈집도 없을뿐더러 임대료가 배 가까이 뛰어 있었다. 매일 퇴근 후와 주말 내내, 그러다가 아예 월차까지 내고 이사할 만한 곳을 찾아 헤맸다. 볕이 드는지는 고려 사항이 아니었다. 집세가 저렴하고 인상률도 안정화된 아파트여야 해서, 집을 찾는 데 예상보다 오래 걸렸다. 40여 일 뒤, 브로커에게 중개료를 더 얹어주고 맨해튼 동쪽으로 흐르는 강 건너 있는 아스토리아란 지역을 샅샅이 뒤져서야 그런 조건의 아파트를 찾을 수 있었다. 살다 보면 상황이란 시시각각 바뀌기 마련이니, 이건 그다지 대수롭지 않은 이야기다.

　　무라카미 하루키 책으로는 처음으로 정가에 산 양장본 초판이 있다. 컬럼비아대학가에 있는 한국 분식집에서 런치 스페셜을 다섯 번 먹을 수 있는 가격에 샀다. 1997년 10월 크노프에서 루빈이 번역해 출간한 『태엽 감는 새 연대기』The Wind-up Bird Chronicles인데, 판형도 크고 612쪽에 달하는 책이다. 네 권의 일본 역사서와 스탠퍼드대학출판부와 프린스턴대학출판부에서 출간한 두 권의 학술서를 참고했다는 일러두기까지 표시한 이 장편 소설은 1995년 요미우리 문학상을 받았다. 내가 책을 산 이유는 북 디자인 때문이었다. 표지는 『코끼리의 소멸』과 마찬가지로 칩 키드가 디자인했는데, 키드는 미샤 벨레츠키란 편집 디자이너와 함께 본문까지 디자인했다. 삽화가이자 그래픽 노블의 저자이기도 한 크리스 웨어가 그린 〈태엽 감는 새〉가 표지를 장식하고 있는데, 웨어는 새의 내부 메커니즘을 구체화한 가상 도안도 함께 그려 CMYK 4도로 인쇄한 〈태엽 감는 새〉 위에 무색 코팅으로 입혔다. 이 도안은 표지뿐 아니라 책 내부의 본문 각 장이 시작하는 부분에도 사용되었다. 웨어의 표지 삽화는 사진가 제프 스피어가 촬영했다. 한마디로 어마어마한 제작비를 들여 만든 책이다.

내 책장에는 『바람의 노래를 들어라』, 『1973년의 핀볼』과 함께 초기 '청춘 3부작'의 마지막 편으로도 일컬어지는 1982년 노마 문예상 신인상을 받은 『양을 쫓는 모험』Wild Sheep Chase도 있다. 번바움이 번역하고 펭귄 출판사 임프린트 중 하나인 플룸에서 나온 문고판인데 1990년에 초판이 나온 이후 찍은 3쇄다. 시애틀 어머니 집의 책장에는 『양을 쫓는 모험』의 후속편이랄 수 있는 『댄스 댄스 댄스』Dance Dance Dance도 있다. 고단샤 인터내셔널에서 1994년 1월에 출간한 양장본 초판 1쇄인데, 이 책 역시 번바움이 번역했다. 시애틀 대학 서점의 구간 신년 세일 매대에서 파격적인 할인가에 샀다.

돌이켜보니 지난 사반세기의 적지 않은 시간을 무라카미 하루키와 함께 보냈다. 그의 책을 통해서 '그렇지 않을 가능성이 존재함에도 불구하고 여전히 그렇게 실재하는 현실'로부터 도피하려 한 것은 아닌지 의심스럽다. 유사 '청춘 시절'과 그 이후로도 오래 지속된 미래 같지 않은 미래. 근거 없는 긍정만으로 하루하루를 버티던 시절부터 무라카미 하루키를 읽었다. 출판사에서 일하면서 내가 정말 수사처럼 살게 되는 건 아닌지 걱정한 동생이 자신의 대학원 후배를 소개해주었다. 속성 연애를 하고, 결혼했다가 이혼하고 나서도 읽다 보니 영문으로 나온 무라카미 하루키 책만 열아홉 권 중 열세 권을 읽었다. 팬은 아니지만 한국어 번역서를 포함해 책도 열세 권이나 가지고 있다.

무라카미 하루키 책은 내게 술·담배처럼 죄의식을 느끼면서도 즐기는 그런 종류의 것, 영어로 표현하자면 '길티 플레저'guilty pleasure였다는 걸 부정하기 어렵다. 어떤 이유로 어떻게 시작했든 이미 중독되어버린 그런 것. 시간을 죽였으니까, 아무튼 되었다, 하고 이제는 심각하지 않게 생각한다. 어쩌다 보니 불 꺼진 방 안의 코끼리에 관한 이야기까지 다다르게 되었다. 이왕 나온 김에 끝내기로 하자. 무라카미 하루키가 『바람의 노래를 들어라』에 쓴 것처럼, 결국 문장을 쓴다는 것은 자기 치료를 위한 수단이라기보다, 자기 치유를 위한 조촐한 시도에 지나지 않는 것이라니까. 나 역시, 여기에 글로 적을 수 있는 것은 단지 리스트일 뿐이다. 서평도 아니고, 문학도 아니고, 예술은 더더욱 아닌. 이런 혼성모방 식 글에 교훈 같은 것은 단연코 없다는 것을 자신할 수 있지만, 쓰는 행위로 치유가 가능할지까지는, 글쎄 모르겠다. 답 같은 것은 원래부터 없는, 수수께끼에 관한 이야기여서다.

내가 동생의 후배를 소개받아 만났을 때, '경아'란 흔한 이름을 가진 그녀는 석사 후 연주자 과정까지 마친 뒤 뉴욕의 음대 박사 과정에 지원했으나 입학 허락을 받지 못해 수년간 음악 학원 강사로 일하고 있었다. 만나서 처음 함께한 저녁 식사 때, 자신은 얼굴이 있는 것은 아무것도 먹지 않는다고 말해서 나를 놀라게 했다. 그런 그녀에게 반한 이유는 한국에서 대학을 마치고 1992년 뉴욕에 온 후 『이상문학상 작품집』만은 꼬박꼬박 사 읽고 있고, 또 표지가 아름다워서 파트리크 쥐스킨트의 『향수』를 샀다고 말했기 때문이다.

두 번째 만난 날은 그녀가 플로리다주에 있는 음대에서 인터뷰를 마치고 돌아온 직후였는데, 세 번째 만났을 때 그녀는 내게 우리가 만나는 이유가 뭐라고 생각하느냐고 물어왔다. 입학하기로 하면, 학비 전액을 장학금으로 지원해준다고 했다며 어찌해야 할지 모르겠다고 했다. 어찌해야 할지는 모르겠지만, 앞으로 못 만나게 되면 아쉬울 것 같다는 어정쩡한 대답을 했다. 네 번째 만났을 때는 나와 내 동생이 우려를 가장한 냉소와 비아냥거림을 받으며 얼마나 어렵사리 학업을 해야 했는지 털어놓았다. 가만히 다 듣고 나서 그녀는 "내가 듣고 싶은 건 그런 게 아니고요"라고 말했다. 내가 말귀를 영 못 알아듣자, 구애를 하려면 제대로 해보라고 했다. 구애를 제대로 해보라 했는데, 나는 대학원에 다닐 때 대출받은 융자금 총액과 (원금은 전혀 건드리지도 못하고 매달 갚아나가던) 이자와 얄팍한 연봉 액수를 말했다. "그런 건 중요하지 않아요." 사람들은 왜 사실과는 전혀 다른 말을 하는 것일까. 커넌드럼.

그날 이후로, 일을 마치면 그녀가 일하는 음악 학원에 가서 끝나기를 기다렸다가 늦은 저녁을 사 먹고는, 인근에 커피숍도 하나 없고 가로등도 뜨문뜨문 있어 컴컴하기 짝이 없는 서니사이드 밤거리를 늦게까지 걷다 헤어지곤 했다. 4월의 어느 날 밤, 그녀는 내게 웨딩드레스 화보만을 실은 잡지를 보여주며 어떤 드레스가 가장 예쁜지 물었다. 만난 지 6개월도 채 되지 않아 결혼했다. 결혼 후 행복한 때도 있었고, 그렇지 않은 때도 물론 있었다. 그녀는 맨해튼에 소재한 음대 대학원에 등록해 이번에는 연주학이 아니라 반주학 연주자 과정을 다시 마쳤다. 두 번째 결혼기념일이 얼마 지나지 않아 그녀의 반주학 박사 과정 진학 문제를 두고 다투고서, 그녀는 두 번째로 집을 나갔다.

2년 남짓 함께 사는 동안 학원 강사에서 반주자로 바뀐 것처럼, 그녀는 겉은 그대로이더라도 속은 도무지 알 수 없는 완전한 타인이 되어버렸다. 집을 나간 지 한 달가량 지난 노동절 휴일 다음 날, 일을 마치고 집에 돌아오니 함께 살던 스튜디오 아파트에 붙박이처럼 있던 업라이트 피아노 자리가 비어 있었다. 그녀의 다른 물건도 죄다 사라지고 없었다. '내가 없더라도 끼니 거르지 말고 식사는 꼭 챙기세요'라고 깨알 같은 글씨로 쓴 메모를 남겨두었는데, 읽자마자 구겨서 버렸다. 소꿉장난 같던 결혼 생활은 그렇게 끝났다. '파국이란 게 이런 거구나'라는 속말이 나도 모르게 입 밖으로 튀어나왔다. 일주일 뒤 출근길에는 쌍둥이 빌딩이 무너져내리고, 도시 전체가 애도에 잠겼다. 나는 그대로였지만, 갑자기 다른 세계로 순간 이동을 한 듯싶었다. 세계의 끝에라도 다다른 것 같았고, 뉴욕주 법에 따라 2년간의 별거 기간을 거쳐 합의 이혼을 하기까지 나 말고도 셀 수 없이 많은 이의 삶이 초토화되는 참극이 이어 벌어졌지만, 그런 개별적 파탄 말고는 세계의 종말 따윈 오지 않았다. 현실이란 그런 것이니까.

시간은 돌이켜보면 언제나 생각보다 훨씬 빠르게 지나 있다. 16년이 훌쩍 지난 어느 날, 늦은 퇴근길에 아파트 계단을 터벅터벅 오를 때였다. 3층 복도 형광등이 어슴푸레하게 파르르 떨고 있었다. 어둑한 '3D' 호실 앞에는 경찰이 쳐놓은 듯한, 출입을 금지하는 노란 테이프가 붙어 있었다. 몇 주가 더 지나자 노란 테이프가 없어지고 형광등도 교체되었다. 그 대신에 내 삶에서 완전히 사라졌다고 생각해온 것과 똑같은 모양의 피아노 한 대가 '3D' 호실 문 옆의 벽에 떡하니 버티고 있었다. 물론 세상의 업라이트 피아노가 대개 엇비슷한 외형을 하고 있으니 다른 것일 가능성이 전혀 없지는 않겠지만, 피아노 본체를 마감한 바니시까지 똑같아서 옆을 지나갈 때마다 심장 박동이 몇 박자를 걸러뛰었다. 피아노는 두 달이나 그 자리를 지키다가 1층 아파트 로비의 출입문 옆 구석으로 자리를 옮겼다. 그리고 6개월 더 방치되었다.

16년 동안 단 한 순간의 의심도 하지 않았으나 전 아내는 다른 자신의 소유물과 함께 피아노까지 챙겨 떠난 것이 아니라 엘리베이터가 없는 아파트 3층 복도에 피아노를 떨구고 떠난 것 아닐까? 사실은 전 아내가 버린 피아노를 '3D'에 혼자 살던 루마니아계 할머니가 자신의 아파트 안으로 들여다 놓았던 것일까? 연고자 하나 없던 그녀가 고독사한 후 피아노는 처분 곤란한 유품이 되어 복도에 한동안 세워져 있다가, 페인트공들이 씌운 캔버스를 둘러쓰고 아파트 출입문 옆 구석에 놓인 것일까? 그게 아니라면, '3D'의 그녀에게도 원래부터 이렇게 평균적으로 생긴 업라이트 피아노가 있었던 것일까? 오랫동안 나를 지긋이 찍어 누르던 불 꺼진 방 안의 코끼리 같은 이 피아노는 도대체 어쩌자고 내 앞에 나타난 것일까? 다시 커넌드럼.

16년 만에 재등장한 피아노는 그로부터 꼬박 8개월이 지난 노동절 휴일 아침에 커피를 사러 나가면서 보니, 이 코끼리, 아니 피아노는 감쪽같이 흔적을 감추었다. 여러 의문 중 단 하나도 풀지 못한 채 말이다. 이제 나는 거의 불가지론자가 되어버려서, 이 세계는 내가 알 수 없는 것투성이라는 생각이 들 때마다 나도 모르게 커넌드럼이라는 단어를 입 밖으로 되뇐다. 「중국행 슬로 보트」의 화자처럼 여기는 내가 있을 곳이 아니라는 생각이 들 때가 있지만, 내가 있어야 하는 곳이 어딘지 아직도 모른다. 어디든 갈 수 있을 것 같지만, 나는 아무 데도 가지 않고, 오래전에 읽은 책을 꺼내 펼쳐 들고는 한다.

R26 디아스포라의
디아스포라

『시의 힘』,
서경식 지음

　　　　　　　　　이이 어머니 마음은 얼마나 미어졌을
까. 어머니는 서경식 작가의 『시의 힘』*을 다 읽을 때까지 몇 번이나 혀를 차
며 혼잣말을 했다. 남의 집 귀한 아들을 둘씩이나 잡아다 고문하고 젊은 시절
이 다 가도록 가둬두기까지 했으니 두고두고 천벌을 받아도 모자랄 일인데,
그 (일을 저지른 자의) 딸을 대통령으로 뽑다니, 그 나라나 그 국민이나… 기
억하니? 이이 형들처럼 억울하게 재판받던 학생들 얘기, 엄마가 해줬잖니. 한
지인의 아들이 민청학련 사건에 연루되어 그 재판에 다녀온 얘기를 해주었
지만, 그건 내가 국민학교 저학년이었을 때 일이다. 대학 다니며 공부보다 다
른 데에 열심히 딴눈 팔 때 그 얘길 다시 해주었다는데, 내 기억은 흐릿하다.

　　서승·서준식 형제의 이름이 머릿속에 새겨진 것은 1988년 여름 내가 한
국에 두 번째로 방문했을 때 동갑내기 외사촌한테서 듣고 나서부터다. 그들
의 동생인 서경식의 이름을 들은 것은 그해 가을 시애틀 YKU에 가입하고 나
서 몇 년 뒤에 참석했던 LA에서 열린 YKU 연합회의에서였는데, 그의 셋째

형이 석방된 후에도 계속 수감돼 있던 둘째 형의 구명 운동을 위해 미국을 방문한다는 소식이었다. 그 회의에서 논의된 내용은 단체가 나서면 그가 불편해할 수도 있으니 지부가 있는 미국 각지의 도시에 그가 체류할 때 회원 개인의 차원에서 안내하거나 차편 등 편의를 제공하기로 한 것이었다. 시애틀 방문도 예정되어 있었는데, 그런 일은 주로 나이가 제일 어린 내 몫이었지만 그의 방문 기간에 아르바이트를 해야 해서 내가 안내나 차편을 제공하지 못했다. 그때 그를 만났더라면 서경식이 펴낸 책을 일찌감치 찾아 읽었을까.

그가 한국에서 출간한 첫 저서 『나의 서양미술 순례』私の西洋美術巡禮는 창작과비평사에서 1992년 나왔는데, 그해 가을 나는 뉴욕의 대학원에 진학하면서 자연스럽게 뉴욕 YKU 소속이 되었다. 1980년대에는 퀸스 잭슨하이츠 전철역 옆의 상가 빌딩에 세 들어 있던, 뉴욕 YKU에서 열린 공간으로 운영하던 '뉴욕청년봉사교육원'은 1990년 들어서 '청년학교'로 이름을 바꾸고 플러싱의 2층짜리 개인 주택으로 이전했다. 청년학교의 도서 자료 서가에서 이 책을 처음 본 것 같은데 확실하지는 않다. 뉴욕 YKU에서 나는 그저 공개 행사 때 쓸 대형 걸개그림에 붓질이나 하고, 선배 연배가 되었으니 역할을 제대로 하라기에 교육부에서 예비 회원을 상대로 진행하는 학습 프로그램에 어정쩡하게 참관했다. 그런데 북미주 아홉 개 도시의 YKU를 대표하는 전국 연합체의 중앙위원인 조직부장과 사무국장이 동시에 징계받는 이해하기 어려운 일이 벌어졌다. 내가 뉴욕 YKU 소속이 되고 18개월쯤 지나서였다.

전해에 12년간의 오랜 미국 망명 생활을 끝내고 한국으로 귀국한 지도위원과의 불화가 표면적 이유였(지만 실은 운동·조직 노선에 대한 문제 제기 때문이었)다. 월례 회의에 참석한 자리에서 중앙위원회가 '조직 내 분규 사태'의 책임을 물어 두 중앙위원에게 징계 결정을 내렸다고 들었다. 얼마 후, 그들에 대한 징계의 부당함을 주장하다가 중앙위원회로부터 문책을 받게 된 (역시 중앙위원이던) 교육부장이 만든 문건과 '양심선언'이란 제목으로 교육부차

장이 만든 문건을 보게 되었다. 문건 중에는 조직부장이 중앙위원회 앞으로 보냈다는, 대외비라고 표시된 편지도 첨부되어 있었다. 사태는 기폭제에 붙은 타이머처럼 파국을 향해 이미 오래전부터 째깍거리고 있었는데, 잔해 위에 서 있게 될 때까지 나는 아무것도 몰랐다. 그 문건으로 우상도, 환상도 깨져버렸다. 문건을 본 이들 중 일부는 자진 탈퇴했다(물론 조직의 관점에서는 제명이었다). 나 역시 탈퇴서를 제출했고, 제명 처리되었다.

내가 대학원에 진학하며 학자금 대출을 받을 때 신용 보증을 서주었던 선배를 포함해 시애틀의 여러 선배가 전화를 걸어왔지만 격앙되어 있던 나는 탈퇴할 거라는 말밖에 할 수 없었다. 내가 시애틀 YKU에 가입시킨 한 후배가 뉴욕에 갈 거라는 전언을 받았다. 중앙위원회가 사태를 수습하기 위해 각 지부의 회원들을 긴급히 소집한 임시 연합 회의에 참석하기 위해서였을 테지만 선배들은 하나같이 그 후배만은 꼭 만나야 한다 했다. 나 역시 그에 대한 예의를 지키기 위해서는 그래야만 한다는 생각에 그러마 하고 약속했다. 후배는 뉴욕 도착 다음 날 아침, 내가 동생과 자취하던 아파트로 찾아왔다. 마냥 공전하는 대화를 반나절가량 나눈 뒤에도 탈퇴하겠다는 내 의지가 확고하다는 것을 느낀 그는 눈물을 흘리면서, 내가 조직을 떠나더라도 자신에게 나는 영원히 선배라는 작별 인사를 하고 떠났다. 내가 할 수 있는 일은 그의 등을 두드리며 이렇게 되어 나 역시 안타깝다는 말을 하는 것뿐이었다. 하지만 회의에 가서는 나와 만난 결과를 보고하며, 내게 가망이 없다는 소견을 피력했다는 이야기를 (그 회의에 참석했으나 얼마 지나지 않아 탈퇴한) 다른 후배에게 전해 들었다.

사태의 발단은 다른 여러 선배와 규합해 YKU를 결성한 지도위원 역시 오류를 범할 수 있다는 사실을 전혀 인정하지 않으려 했기 때문이었다(는 생각에 변함없다). YKU에 소속되어 있던 6년 가까이 지도위원이던 선배는 다른 회원들에게 그랬듯 내게도 경애의 대상이었지만, 그 뒤로는 복잡한 감정이 뒤섞인 혼란 속에서 그의 인간적인 모습만을 기억해야 했다. 서경식 관련 안건이 있던 연합 회의에 참석했을 때, 내가 개인적으로 볼 책 몇 권과 함께 시애틀 지부의 도서 자료 서가에 비치해두기 위해 LA의 서점에서 산 서른여 권의 책을 그가 살펴보더니 허허 웃으며 자신이 읽고 싶은 책만 산 모양이라며 내 부족한 안목을 힐난하던 모습 같은 것 말이다.

지도위원이 2007년 세상을 갑작스럽게 떠났다는 기사를 보고 뉴욕 추도식에 가야 하지 않나 고민했으나 참석하지 못했다. 그의 이름을 다시 본 것은 부고 기사를 본 시기로부터 또 10년이 지난 뒤였다. 이번에는 북미 각지에 사는 이들 100여 명의 인터뷰를 바탕으로 쓴 평전이 창비에서 출간되었다는 기사에서였다. 지도위원의 평전을 쓴 '안재성'이란 저자의 이름이 낯익다 싶어 책장을 보니, 그가 수년 전에 엮은 책이 내게 한 권 있었다. 2012년 9월 돌베개에서 출간한 『잡지, 시대를 철하다』 초판으로 2013년 서울에 갔을 때 산 책이다. 마음 한구석에 가라앉아 있던 감정들이 다시 뒤엉키던 순간, 그 평전에는 분명 누락되었을 많은 이름과 얼굴이 떠올랐다.

『나의 서양미술 순례』를 뉴욕 맨해튼 한인 타운의 고려서적에서 본 것은 YKU에서 자진 탈퇴(와 동시에 영구 제명당)한 직후인 1994년 이른 봄이었다. 그때 내가 산 것은 창작과비평사에서 1993년 5월 20일 초판을 출간한 유홍준의 『나의 문화유산 답사기』였다. 내가 가지고 있는 책은 같은 해 5월 31일 찍은 2쇄다. 솔직히 고백하자면, 아직 나는 『나의 서양미술 순례』를 단 한 장도 읽지 못했다. 아니, 일부러 읽지 않았다고 하는 것이 진실에 가까울 듯싶다. 동경하면서도 일찌감치 자발적으로 포기한 유럽 여행과, 내 눈으로 직접 느껴보고 싶은 예술 작품들에 관한 기록이기 때문이다. 물론 그때나 지금이나 내게 유럽으로 훌쩍 떠날 경제적 여유도, 심리적 절박감도 없다는 점에는 변함이 없다 보니, 지금까지 그 책을 읽지 않은 이유는 변명의 여지가 없이 그저 뒤틀린 심사 때문일 것이다.

서경식 작가의 글을 처음 읽은 것은 그가 신문에 기고하던 칼럼을 통해서였으니 2000년대 중반이었지 싶다. 내가 산 그의 첫 책은 돌베개에서 2004년 출간한『소년의 눈물』로 책이 나온 해 찍은 초판 3쇄다. 퀸스 플러싱 공영 주차장 앞에 있던 한양서적이 문을 닫기 두어 해 전에 샀다. 저자가 어린 시절부터 소장해온 책을 찍은 사진을 섬네일 크기만 한 도판으로 실은 것이 영 마뜩잖았으나, 재고 세일을 하길래 마음을 바꿨다. 책을 읽다 말다가 하다 침대 옆 탁자에 두었는데 어쩌다 보니 그 위로 서른 권 가까이 다른 책들이 쌓여버렸다. 그 책들이 무너져 내린 후 밑에 깔려 있던『소년의 눈물』을 다시 발견한 것은 4년 전이다. 처음부터 끝까지 다 읽은 순서로 치면, 2015년에 8월 나무연필에서 출간한『내 서재 속의 고전』이 첫 책이다. 그해 11월에 서울에 방문했을 때 초판을 발견하자마자 책을 사서 읽고, 내가 도움을 받은 서울의 여러 지인에게 선물까지 했다. 이 책이 '책에 대한 책'이라서 내가 가진 편애가 작용한 셈이다. 더구나 북 디자인이 마음에 들지 않는다고 미루다가 3쇄를 산 전적이 있었던 터라 이 책의 표지에 관한 나의 이견을 속으로 삼켰기에 가능한 일이었다.

2015년에는 한국을 두 차례나 다녀오느라 시애틀에 가지 못했다. 어머니가 2015년 봄에 허리를 다치고 1년 가까이 내게 그 사실을 숨겨왔다는 것을 알게 되었다. 2016년 3월, 일주일 휴가를 내고 시애틀에 다녀왔다. 마침 노순택 사진가가 포함된 한국 작가들의 전시가 시애틀에서 열리고 있어서, 어머니 기분도 전환시킬 겸 시애틀 다운타운과 퓨짓 사운드가 내려다보이는 캐피톨 힐의 시립 공원 안에 있는 시애틀아시아미술관에 갔다. 한층 핼쑥해진 데다가 등까지 눈에 띄게 굽은 어머니는 임민욱 작가의 영상 작품이 설치된 어두운 전시장에서 뜬금없이 내 등을 툭툭 쳤다. 왜, 하고 묻자 낮은 목소리로 내게 미안하다고 말했다. 더 공부할 수 있도록 뒷바라지해주지 못해서 원하는 걸 하고 살 수 있는 미래를 포기하게 만든 듯해 미안하다는 거였다.

수시로 속을 썩이며 남의 책을 만드는 밥벌이를 하는 대신에 작가가 되어 전시를 하거나 어쩌면 미술관에서 이런 근사한 전시를 만드는 일을 했을지도 모를 일이었다며, 하는 일이 대체로 만족스럽고, 더 공부했더라도 어머니가 기대하는 작가가 되거나 전시를 만드는 일은 하지 못했을 거라고 대답했다. 속을 썩이지 않고 할 수 있는 일은 없는 것 같다고도 덧붙였다.

뉴욕으로 돌아온 지 열흘이 지났을 때, 월차를 내고 컬럼비아대학교 캠퍼스에서 온종일 시간을 보냈다. 오전에 컬럼비아대학교 동아시아 도서관의 관장과 한국학 도서 담당 사서, 한국학 연구소장과 연구소 선임 프로그램 코디네이터와 미팅이 잡혀 있었다. 수년째 준비해온 전시를 위해 한국학 연구소와 동아시아 도서관으로부터 얼마만큼 지원을 받을 수 있을지 상의하려고 만났다. 서양의 활판 인쇄술이 들어온 1883년부터 2008년까지의 125년간 한국에서 출간된 주요 문학서를 통해 한국문학과 시각 문화에 더해 출판 역사까지 보여주는 기획 전시였다. 오후에는 마침 뉴욕을 방문 중인 서경식 작가 내외분을 컬럼비아대학교 버틀러 도서관의 에드워드 사이드 리딩 룸에 안내하기로 약속되어 있었다.

서경식 작가와는 오후 늦게까지 대화를 나누었는데, 내가 자신의 어떤 책을 읽었는지 궁금해했다. '심야통신'이란 제목으로 연재한 때부터 '디아스포라의 눈'이란 제목으로 발표한 글까지, 칼럼을 종종 읽긴 했으나 책으로는 『내 서재 속의 고전』만을 읽었다고 솔직히 대답했다. 『소년의 눈물』은 제대로 다 읽지 않은 상태여서 차마 읽었다고 말하지 못했다. 읽고 싶은 책이 있는지 묻기에, 『시의 힘』을 꼭 읽고 싶은데 4개월 전에 서울에서 체류할 때 그 책을 구해 오지 못했다고 털어놓았다. 그를 만난 지 일주일도 채 되지 않아, 반표지에 증정본 도장이 찍힌 현암사 편집자가 보낸 초판본 책이 도착했다. 창작과비평사에서 펴낸 책도 두 권이나 도착했다. 『시의 힘』은 몇 번을 다시 읽다가 그만 나도 글을 쓰고 싶다는 생각까지 하게 만들었다. 2016년 6월 어느 날,

그 생각이 씨앗이 되어서 수년간 준비해온 한국 고서 중심의 전시 기획을 접고('접었다'라고 썼지만, 그때의 심정은 '때려치웠다'에 가까웠다) 대신 내 글을 써보기로 했다.

2016년 연말, 한국에서 사회학 박사 과정을 밟고 있는 젊은 지인이 뉴욕에 불쑥 다녀갔다. 이듬해 2월 말에 오사카에 보름 정도 체류할 예정이라며, 며칠은 동행하며 안내해줄 수 있으니 내 생애 첫 해외여행을 일본에서 시작해보면 어떻겠냐고 바람을 잔뜩 불어넣었다. 미술 전문 서적을 펴내는 파이돈 출판사와 여행 소책자를 주로 만드는 빅셔너리란 출판사에서 나온 예쁘지만 실용성은 그리 없는 도쿄와 교토 여행 책을 생애 처음으로 샀다. 연초가 되자마자 출판사에 보름간의 휴가 계획을 알리고, 항공권 발권을 마치고 숙소도 예약했다. 모든 준비를 마친 것은 1월 마지막 주였는데, 내게 해외여행 바람을 넣었던 지인은 자신은 피치 못할 사정으로 여행 계획을 취소했다고 알려왔다. 나는 도쿄와 교토에서 각각 3박 4일씩 보내고 나서 일주일은 서울에 체류하기로 한 예약을 죄다 취소할 수 없어서 예정대로 떠나기로 했다.

도쿄로 여행하게 되면 연락하라 한 서경식 작가에게 이메일을 보냈지만, 그는 건강이 악화되어 만날 수 있을지 모르겠다는 답신을 보내왔다. 그러나 여행을 떠나기 전에, 점심이라도 같이하자며 내가 머물기로 한 숙소에서 멀지 않은 백화점의 식당에서 만나자는 메일을 다시 보내주었다. 도쿄에 도착한 첫날 밤은 시차뿐 아니라 첫 해외여행에 대한 두려움과 생소함 때문에 거의 뜬눈으로 밤을 새웠다. 새벽 4시부터 오전 9시까지 하라주쿠 일대를 헤집듯이 걸었다. 서경식 작가 내외분과 만나 점심 식사를 마치고 나서는 신주쿠역 앞의 동일본철도 매표소에서 두 분의 도움을 받아 교통카드를 만들고 교토행 신칸센 티켓을 끊었다. 그는 식사 중에 (내 일정에 없던) 진보초의 헌책방 거리를 자신이 안내해줄 테니 거길 먼저 둘러보면 어떻겠냐고 갑작스러운 제안을 했다. 1년 전에 처음 만났을 때와 비교해 확연히 건강이 나빠 보였으나 호의를 거절하기 어려웠다.

그와 함께 전철을 타고 진보초로 이동했다. 역에서 내려 걷다 보니 와세다대학교를 지나고 있었다. "여기가 와세다군요"라면서 잠깐 멈춰 서자 그는 자신의 모교라 말하는 대신 빙긋이 웃으며 "지방에서 올라온 학생들이 가는 학교지요"라고 말했다. 사진을 찍을까 하다 그만두고 그와 보조를 맞춰 다시 걸었다. 그의 안내로 쿠온 서점을 방문했다. 그와 나는 각각 책을 한 권씩 구입했는데, 그가 산 책은 기억에 없으나 나는 휴머니스트에서 2007년 펴낸 한창기의 『샘이 깊은 물의 생각』 2쇄를 샀다. 그는 신미술관으로 가는 전철역까지 나를 데려다주도록 서점 대표에게 부탁하고 선약 때문에 먼저 일어났다. 서점 대표의 안내를 받아 전철역까지 걷는 동안 진보초에 문을 연 지 114년째라는 이세이도 고서점을 둘러보았고, 이미 문을 닫아 폐점 안내문이 붙은 이와나미 서점도 지났다. 그리고 문을 연 지 115년이 된 기타자와 고서점을 3대째 운영한다는 주인과 짧은 인사를 나누었다. 스륵 둘러보았을 뿐인데도 컬럼비아대학출판사에서 반세기도 더 전에 펴낸 책 여럿이 눈에 띄었다.

쪽지에 적어준 역에서 내렸지만, 플랫폼 안에서 길을 잃고 말았다. 에스컬레이터를 타고 밖으로 나오니 롯폰기 힐 중턱이었다. 한참을 헤매다 신미술관에 가는 것은 포기하고, 택시까지 잡아타고 모리미술관으로 갔다. 다음 날은 이른 아침 숙소를 나서서 도쿄대학교 교정에 들렀다가 일본 민속관과 일본 근대 문학관에서 반나절을 보냈다. 음식 주문하는 게 번거로워 점심을 거른 채 하라미술관으로 이동해 오후를 보냈다. 떠나는 날 아침에는 일찌감치 도쿄역으로 나갔다. 도쿄역 신칸센 역사 안에서 일본에서 기차를 타면 꼭 먹어야 한다는 도시락을 고르다가 손에 쥐고 있던 승차표를 어이없게 잃어버렸다. 탑승장에서 마침 내가 타야 하는 열차의 도착을 기다리던 젊은 승무원에게 영어로 내 사정을 설명하자 염려 말라며 좌석을 배정해주었다. 열차가 도쿄역을 출발한 지 한 시간가량 지난 후, 그 친절한 승무원은 누군가가 도쿄역 신칸센 역사에서 내가 분실한 표를 발견해 신고했고 열차로 연락이 왔다면서, 내가 교토역에 도착해 표를 다시 사지 않아도 된다며 열차표 분실 경위서를 끊어주었다. 차표를 잃어버리면서 산 도시락 맛은 그냥 도시락 맛이었다.

서경식 작가가 태어나 자란 교토는 내 어린 시절의 서울을 떠올리게 했다. 내가 오래전 떠난 후, 남은 것보다 변해버린 것이 훨씬 많아 대부분 기억 속에서만 어렴풋한 흔적으로 남아 있기 때문이다. 도쿄와 달리 처음인데도 낯설지 않은 골목길을 걷고 또 걸었다. 주로 작은 사찰을 찾아다니며 시간을 보냈는데, 물론 마루젠처럼 오래된 서점도 찾아가 보았다.

내가 짧은 첫 해외여행을 마치고 서울에 도착한 날은 3월 첫 주의 토요일 저녁이었다. 겨울을 지나 이른 봄까지 이어진, 대통령 퇴진과 탄핵을 요구하는 집회가 광화문과 헌법재판소 앞에서 열리고 있었다. 짧은 여정 중 가장 기억에 남는 날은 도착한 지 일주일 뒤의 토요일이다. 그날 오전 나는 서울에 여러 차례 다녀가면서도 찾아가 볼 생각을 단 한 번도 하지 않았던 D 뮤지엄에서 〈청춘〉이란 전시를 보았다. 젊은 지인이 초대장이 있다고 함께 가자고 했기 때문이다. 미술관 카페에서 커피를 마시려다가 헌법재판소의 대통령 탄핵 인용 소식을 접했다. 그건 사전적 의미에서의 '시적 정의'라 부를 만한 순간이었다.

여행에서 돌아오자마자 글에서 다룰 책과 자료 조사를 핑계로 9개월 가까이 미뤄둔 글쓰기를 시작했다. 그 후로 9개월 동안 목표로 잡은 전체 원고의 3분의 1을 쓰고, 세 군데 출판사에 투고했다. 해를 넘겨 한 곳으로부터 출간 제안을 받았다. 책에 들어갈 사진 작업을 의뢰한 사진가들에게 내 책을 직접 전해주고, 또 펴낼 책의 출간과 관련해 출판사 측과 직접 만나 얼굴을 맞대고 논의를 해야 할 것 같아서 표지 마감 기간이었지만 일주일 휴가를 내고 한국에 나갔다. 서울에 도착하는 날 저녁에 『나의 이탈리아 인문 기행』 출간 기념 강연이 예정되어 있다는 것을 알고는 있었지만, 호텔에 들어서다가 강연 장소로 나서는 서경식 작가 내외분과 로비에서 마주쳤다. 도쿄에서 만나고 정확히 1년 만이었다. 그는 반갑게, 자신의 강연에 참석하려고 서울에 들어온 거냐고 농담을 던졌는데, 순발력도 유머 감각도 없는 나는 "그럴 리가요"라고 대답하고 말았다. 그 한마디가 내 입을 떠나는 순간 후회했다. 실수를 만회하려고 체크인한 후 방에 짐만 들여놓은 채 택시를 잡아타고 강연장으로 갔다. 이튿날 밤에는 그와 술을 한잔 같이할 기회가 있어서, 그에게 30여 년 전 시애틀에 방문했을 때 누가 그를 안내해주었는지 혹시라도 기억이 남아 있는지 물어보았다. 그는 너무도 당연하게 기억해내지 못했다.

다음 날 파주 출판 도시에 있는 '행간과여백'이란 이름의 북 카페에서 만난 돌베개 편집주간은 미팅을 마치고 돌베개에서 펴낸 『고뇌의 원근법』과 『디아스포라 기행』 두 권을 내게 선물해주었다. 내가 '산' 서경식 작가의 책은 단 여섯 권뿐이지만, 그가 펴낸 책이 모두 열두 권이나 있다. 서경식 작가는 뉴욕에서 처음 만났을 때 자신에게 욕심이라 부를 만한 것이 하나 있다며, 대학에서 은퇴하기 전에 영문으로 번역된 자신의 책을 하나쯤 갖고 싶다고 했다. 나는 바로 몇몇 저자와 번역자에게 내가 깊이 감명한 책을 일어 원서에서 영문으로 번역해낼 만한 번역자를 찾는다며 도움을 구해보았지만, 그의 바람을 들은 지 4년이 지난 지금까지 아무런 결실도 보지 못했다. 다른 책은 몰라도 『시의 힘』만큼은 영문으로 번역되어 나올 수 있기를 내가 바라마지 않는 까닭은, 이 책을 직접 만들어보고픈 욕심 때문이기도 하다. 분명 의미 있는 작업이 될, 이 책 만드는 일을 종종 상상한다.

• 판권 페이지에 표지와 본문 구분 없이 표기되어 있는 디자이너는 나윤영이다. 띠지를 변형한 형식으로 책의 4분의 3을 둘러싸고 있는 겉표지에는 강렬한 이미지가 있는데, 이 표지 미술과 관련해 따로 언급이 없는 것으로 보아서 디자이너의 작업으로 유추된다.

R27

읽지 않은 책에 대해 말하기

『읽지 않은 책에 대해 말하는 법』,
피에르 바야르 지음

이것은 『읽지 않은 책에 대해 말하는 법』이란 책에 대한 글이 아니다. 2007년 미뉴이 출판사에서 나오고, 같은 해 블룸즈버리 출판사에서 제프리 멜맨이 영문으로 번역해 출간한 피에르 바야르의 『읽지 않은 책에 대해 말하는 법』How to Talk About Books You Haven't Read/Comment parler des livres que l'on n'a pas lus?•에 대한 글이 아니라는 말이다. 그 책에 대해 제대로 쓰려면 읽지 않아야 했는데, 책을 읽고 말았다. 영문판이 출간된 2007년 연말이나 2008년 연초, 시애틀의 어머니 집에 갔을 때 대학 서점에서 세일하길래 사놓고 시애틀에 갈 때마다 조금씩 읽다 말다 하다가, 2016년 마지막 날에야 드디어 끝까지 읽은 책이다.

그래도 책의 제목을 빌려 왔으니, 이 책에서 주요하게 정리한 세 가지 부류의 약호는 적시해야만 할 것 같다. 첫 번째는 읽은 책에 관해 기술할 때 쓰는 기존의 약호다. '앞에서 인용한 책'이란 뜻의 라틴어 '오페레 시타토'Opere Citato의 줄임말인 '옵 시트'Op. cit.와, '같은 책'이란 뜻의 라틴어 '이비뎀'ibidem

의 줄임말인 '이비드'ibid.가 있다. 두 번째는 바야르가 고안해 네 장의 챕터에서 중점적으로 서술한 약호로, 이들은 전혀 알지 못하는 책UB/books unknown to me, 대충이나마 뒤적거려본 책SB/books I have skimmed, 남한테 들어본 책HB/books I have heard of, 읽은 내용을 죄다 잊어버린 책FB/books I have forgotten이다. 세 번째는 역시 저자가 고안해 그가 읽은 책이든 아니든 영화 평점을 매기듯 평가하는 플러스와 마이너스로 표시한 네 개의 부호인데, 매우 긍정적인 평가부터 매우 부정적인 평가까지 네 단계로 나뉜다. 만약 세상에 존재하는 모든 책이 이 열 가지 약호만으로도 충분히 기술될 수 있다면 당연히 저자는 이 책을 쓸 수도 없었겠거니와, 어쩌면 쓰려고 시도하지도 않았을지 모른다.

어쩌면 이것은 '읽지 않은 책에 대해 말하는 법'에 대한 글일 수는 있을 듯싶다. 여기에 쓰려고 하는 내용은 어쩌면 이미 쓰였는지도 모를, 내가 읽지 않은 한 권의 책에 관해서니까. 그 쓰였는지조차 알 수 없는 책 이야기를 하려면, 1984년 부활절 전후 일주일로 되돌아가야 한다. 워싱턴주 올림픽 반도 위쪽의 포트 타운센드 인근에 소재한 포트 월든 주립 공원 내 기숙 시설에 일주일 머물며, '센트럼'이란 비영리 예술 교육 재단이 주관하여 고등학교 학생들을 대상으로 연 워크숍에 참여한 때다.

토요일 오전 내가 다니던 고등학교 앞에서 출발한 노란 통학버스가 시애틀 서북쪽으로 올라가며 다른 고등학교에 정차할 때마다 학생들을 더 태우고 센트럼 워크숍이 진행될 포트 월든에 도착한 건 늦은 오후였다. 강당에서 합동 오리엔테이션을 마치고 배정받은 기숙사에서 내 이름이 적힌 방을 찾아가니 함께 방을 쓸 세 명이 이미 도착해 있었다. 벙크 베드 하나와 싱글 사이즈 침대 두 개가 있었는데, 방 안쪽의 벙크 베드에는 위아래로 두 명이 벌써 짐을 풀어놓은 상태였다. 제일 늦게 방에 도착한 나는 서늘한 기운이 느껴지는 창문 바로 옆의 침대에 짐을 풀었다.

각자 자리를 정하고 나서, 어느 학군의 어느 고등학교에서 왔는지 밝히며 통성명을 했다. 오렌지색이 도는 빨강 머리에 피부색은 새하얀 데다가 주근깨투성이인 친구는 이넘클로라는, 시 인구가 고작 수천 명뿐인 소도시에서 고등학교를 다니는 나와 같은 11학년생이었다. 벙크 베드의 위 칸을 차지한 학생은 짙은 갈색 머리였는데, 무뚝뚝하고 비사교적이었다. 그는 이름부터 고급스러운 벨뷰라는, 시애틀 옆 학군의 고등학교를 다니는 졸업반 학생이었다. 아래 칸은 내가 아주 잠깐 한국인일지 모른다고 오해한 검은 머리에 이목구비가 뚜렷하고 똑똑하게 생긴 베트남계 학생이 썼는데, 그 친구도 나처럼 11학년생이었고 나와 같은 시애틀 학군의 고등학교에서 온 학생이었다. 이름에 '현'이라는 글자가 들어 있는 친구로, 세 명의 룸메이트 중 유일하게 그의 이름만 일부 기억하는데, 사실 그게 이름인지 성인지는 아무리 머리를 쥐어짜도 생각나지 않는다.

짐을 풀고 나서는 오리엔테이션에서 받아 온 일정표를 들여다보면서 수다를 떨었다. 이때 짙은 갈색 머리 친구만 제외하고 다들 나처럼 시를 쓴다는 걸 알았다. 구내 카페테리아에서 저녁 식사를 하고 늦은 시간까지 기념 파티가 열렸다. 빨강 머리와 숫기 없던 나는 남들이 보기에 좀 이상해 보이는 조합이었겠지만, 파티가 끝날 때까지 테이블에 나란히 마냥 앉아 있다가 방으로 돌아왔다. 빨강 머리는 공상 과학 소설광이었다. 레이 브래드버리를 빼고는 그때까지 내가 전혀 모르던 작가들의 공상 과학 소설 얘기를 쉬지 않고 나한테 떠들어댔다. 맞은편의 짙은 갈색 머리는 이런 대화엔 관심이 전혀 없고 끼어들고 싶지도 않다는 투로 제임스 조이스의 두꺼운 책에 머리를 파묻고 있었다. 조이스의 『젊은 예술가의 초상』은 나도 읽었다고 말을 붙여볼까 몇 번을 망설이다가 그만두었다. 내가 갈색 머리에 대해 지금까지 기억하는 것은 그때 그가 『피네간의 경야』Finnegan's Wake를 읽고 있었으며, 좋아하는 미국 작가는 소설가 레이먼드 카버라는 사실뿐이다.

갈색 머리가 레이먼드 카버 이야기를 꺼냈을 때 현이 새끼손가락 하나를 세워 보이며 테스 갤러거라는 이름을 언급한 기억이 생뚱맞게 남아 있다. 미국 서북부 지역의 시인들이 펴낸 시집을 찾아 읽고 있다던 현을 통해서 시어도어 로스케 같은 시인의 이름도 그때 처음 들었다. 시어도어 로스케 시집뿐 아니라 그때 머릿속에 메모해둔 작가들의 책을 헌책방에서 사 모은 적이 있다. 레이먼드 카버 책도 샀는데, 카버가 갑작스레 사망한 이듬해인 1989년 6월 랜덤하우스 임프린트인 빈티지 컨템퍼러리스에서 앞서 출간된 적 없는 일곱 편의 단편을 포함해 그의 대표작들을 책으로 엮어 문고판으로 출간한 『내가 전화 거는 곳은』Where I'm Calling From이란 단편 선집 초판도 그 하나다. 그 책은 카버의 두 번째 부인인 시인 테스 갤러거에게 헌정되어 있는데, 페이지를 한 장 넘기면 밀란 쿤데라의 『참을 수 없는 존재의 가벼움』에서 따온 다음과 같은 문장이 시처럼 행갈이 해 쓰여 있다.

우리는 무엇을 희구해야 할지 절대로 알 수 없는데,
그 이유는, 우리가 단 한 번의 삶을 살기 때문이다.
우리는 이 삶을 이전의 생애와 비교할 수 없고,
이어지는 생애에서 바로잡을 수도 없기 때문이다.

도착 다음 날인 일요일에는 포트 타운센드와 우리가 머물던 포트 월든 주립 공원을 관광했다. 200여 명 가까이 되는 고등학생이 시 인구가 고작 수천 명 남짓한 포트 타운센드로 우르르 쏟아져 나가자, 길에서 만나는 이마다 너무나도 자랑스럽게 우리가 묵고 있는 기숙 시설이 바로 몇 해 전에 개봉한 영화를 찍은 장소라고 말해주었다. 월요일부터 목요일까지 4일 동안 오전 9시부터 오후 4시까지 수업이 있었는데, 그 내용이 어떤 것이었는지 전혀 생각나지 않는다. 다만 마지막 금요일에는 워크숍에서 생산된 창작물을 서로에게 선보이는 자리가 있었다. 프로그램에 참가한 학생들이 여러 공방에 들러 급조된 전시를 보고, 널따란 비행기 격납고 같은 곳에 모여 앉아서는 몇 편의 조악한 단막극과 무용 공연도 보았다. 문예 창작 강사들이 추천한 학생들은 그곳에서 자신이 쓴 글과 시를 발표했다. 문법을 무시하고 긁적거린 것을 부들부들 떨리는 손에 들고 분명 엉망이었을 발음으로 많은 학생 앞에서 낭송했다는 사실을 잊고 있었는데, 안타깝게도 빨강 머리가 그날 찍은 사진이 몇 장 남아 있어 상기되었다.

늦은 오후부터 마지막 저녁 만찬 전까지는 자유 시간이었다. 친해진 그룹이 여럿으로 나뉘어 넓디넓은 공원 여기저기로 흩어졌다. 우리가 포트 월든에 머무는 동안 질척질척 내리다 말다 하던 봄비가 그날은 내리지 않았다. 다른 그룹으로 빠져나간 갈색 머리를 빼고 나머지 두 룸메이트와 함께, 무용하는 학생들과 연극을 하는 학생들을 따라나섰다. 미술을 하는 것으로 보이는 학생도 몇 동행했는데, 그중 한 명은 자신의 방에서 가져온 커다란 카세트 테이프 플레이어를 들고 내 옆에서 걸었다. 테이프에 노래 하나만을 반복해 녹음해놓은 건지, 들으면 들을수록 빠져드는 저음의 노래가 목적지에 다다를 때까지 계속 들렸다. 그 친구에게 이게 무슨 노래냐고 물었더니 자못 엄숙한 어조로 "이 노래 죽이지" 하고 말했다. 그러고는 무슨 대단한 비밀이라도 알려주듯이 조이 디비전이란 밴드의 〈세리머니〉라고 했다.

목적지에 도착했을 때 백팩을 멘 몇이 손바닥만 한 크기의 싸구려 양주를 두어 병 꺼냈다. 과일 향과 페퍼민트 향이 나는 슈납스였는데, 돌려가며 한 모금씩 병나발을 불었다. 여학생들이 테이프를 바꾸라고 성화를 하더니 새 카세트테이프를 넣고 볼륨을 키웠다. 촌스러운 가사의 노래가 터져 나오자 모두 '떼창'을 하면서 분위기가 어수선하고 이상해졌다. 우리가 모여 있던 곳은 배터리 킨제이라는 낙후된 군 기지의 콘크리트 구조물이었다. 누군가가 "나는 아무 데도 갈 데가 없어"라고 허공에 소리를 질렀다. 여학생들이 깔깔거리며 웃었고, 몇몇은 후렴이라도 부르듯 "갈 데가 없어"라고 따라서 고함쳤다.

그들이 왜 그랬는지는 그로부터 십수 년은 지난 후에서야 내가 머무른 곳에서 찍었다는 영화를 보고 나서 알았다. 그 불량스러운 자리를 피한다는 게 어쩌다 보니 빨강 머리랑 현이랑 그 자리서 처음 본 모범생 타입 남학생 몇과 함께 앞서거니 뒤서거니 하면서 걷게 되었다. 우리는 구조물 여기저기를 쏘다녔다. 말없이 걷다가 또 무언가를 열심히 얘기했는데, 어떤 대화를 나눴는지 전혀 기억나지 않는다. 일대를 싸돌아다니다 보니 갑자기 주위가 어둑해졌다. 노랫소리도 여러 명이 웃고 떠드는 소리도 전혀 들리지 않길래 황급히 모여 있던 곳으로 돌아왔더니, 모두 저녁 만찬 장소로 떠난 후였다. 소풍 같았던, 파티는 그렇게 끝났다.

센트럼 워크숍에서 가장 친하게 지낸 빨강 머리와 다시 만나지 못했다. 그래도 그와는 최소한 한 차례씩 서로 편지를 교환했고, 그가 보내준 내 사진도 받았다. 물론 워크숍에 참여한 다른 학생들 역시 단 한 명만을 제외하고는 아무도 다시 만나지 못했다. 혹시라도 다른 단서가 남아 있을지 몰라 고등학교 졸업 앨범과 당시 그러모은 각종 전단이나 노트를 담아놓은 상자들까지 꺼내 들춰보았다. 센트럼에서 보낸 일주일에 관한 단서 대신 내가 고등학교를 졸업하기 전까지 학교 도서관에서 방과 후 활동을 했다는 까마득히 잊고 있던 사실을 발견했다.

'한 해 동안 도서관에서 너와 함께 지낼 수 있어서 기뻤단다, 행운이 언제나 함께하기를'이라는 학교 도서관 사서 선생님이 남긴 짧은 졸업 축하 메시지가 졸업 앨범에 적혀 있었다. 어떻게 어머니 집 책장 한편에 있는지 의문이던 '밸러드(고등학교) 도서관'Ballard Library 도장이 책등 반대편 면에 찍힌 라틴어 사전과 더불어 여러 프랑스어 원서의 정체가 밝혀진 순간이었다. 도서관에서 방출된 1950년대와 1960년대 초 출간 서적인 가르니에 프레르 셀렉타판 디드로의 『소설』Romans과 라퐁텐의 『우화』Fables, 스탕달의 『적과 흑』Le Rouge et le Noir과 플로베르의 『감정 교육』L'Education sentimentale, 거기에 더해 갈리마르판『플레이아드 문학 백과사전 1·2·3』Histoire des littératures Encyclopédie de la Pléiade 1·2·3과 카스텍스 앤드 쉬레르판『프랑스 문예 사조 1·2·3』Manuel des Etudes Litteraires Francaises 1·2·3까지. 그러고 보니 프랑스어로 쓰여 있어 단 몇 줄밖에 읽지 못한 디드로의『소설』에는「이것은 소설이 아니다」Ceci n'est pas un conte란 짧은 소설이 실려 있다.

센트럼의 룸메이트 중 단 한 명을 다시 만났지만, 그게 정확히 언제였는지는 가물가물하다. 만난 장소는 전혀 예상치 못한 곳이어서 기억하고 있지만 말이다. 내가 고등학생이었을 때 학교 도서관만큼이나 자주 들락거린 시애틀 다운타운에 있는 시애틀 중앙 도서관 앞이었다. 열다섯 살 무렵에 그 도서관을 보고, 앞으로 아무리 열심히 책을 읽는다고 해도 이 세상에는 내가 읽지 못한 책이 더 많을 수밖에 없다는 사실을 깨달았다. 그를 다시 만난 때는 내가 대학원에 진학하려고 시애틀을 떠난 해 여름이었던 것 같은데, 물론 정확하지는 않다.

그날따라 저녁 늦게까지 서가에서 시간을 보냈다. 도서관 문을 닫는다는 방송을 수차례 해도 나처럼 남아서 미적거리는 이들에게 곧 문을 닫는다는 최후 경고의 의미로 조명을 껐다 켰다 할 때에야 밖으로 나왔다. 누구를 기다리는 것도 아니면서 바로 자리를 뜨지 않고 담배를 몇 대째인가 피우고 있을 때 누군가가 도서관 건물 한쪽 어둠 속에서 외등이 켜져 있는 내 쪽으로 다가왔다. 건물 옆문으로 나온 퇴근하는 사서라고 짐작하며 담배나 담뱃불을 빌려달라고 할 줄 알았는데, 그게 아니었다.

외등 아래에 모습을 드러낸 내 또래의 아시아계 남자는 나에게 우리가 전에 만난 적이 없느냐고 물어왔다. 그런 것 같지 않다고 대답했더니, 이번엔 나더러 어느 고등학교에 다녔느냐고 물어봐도 되냐는 거였다. 까짓, 오래전에 다닌 고등학교 이름을 알려준다 해서 무슨 상관이 있겠냐는 생각으로 학교 이름을 말했다. 그랬더니 자신은 어느 고등학교를 나왔다는 거였다. 그래서 사람을 잘못 본 것 같다고, 나는 그 고등학교에 다닌 친구가 없다 했는데도, 더 할 말이 있어 보였다. 자기가 정말 기억나지 않느냐고 하기에 약간 이상한 생각이 들어 다 태우지도 않은 담배를 밟아 끄고 자리를 뜨려 하는데, 이번엔 피식 웃으며 "나는 너 아는데" 하고 말했다. 내가 썩은 웃음을 좀 지었던 것 같다. "처음엔 긴가민가했는데, 이제 널 확실히 알아보겠어"라고 이어서 말했다. 그러고는 막 걸음을 내딛는 나한테 한마디 더 던졌다. "이봐, 센트럼에서 우리 룸메이트였잖아." 그 말을 듣고 나서야 나도 어렴풋이나마 오래된 기억의 타래가 슬슬 풀리기 시작한 것 같다. "어어, 정말 오랜만이네." 이렇게 우연히 만나 더없이 반갑다는 기세로 악수하고 나서 서로의 근황을 물었다.

내가 그에게 뭐라 말했는지는 기억에 없지만, 그가 내게 들려준 내용은 생생하다. 놀랍게도 그는 내가 의대에 진학할 거라고 떠벌렸던 것을 기억하고 있었다. 그는 대학에서 영문학, 그리고 생화학 같은 내게 생소한 이과 계통의 학과를 복수 전공하고 로드아일랜드주 프로비던스에 있는 브라운대학교 의대에 다니고 있다고 했다. 그가 다닌 대학교도 브라운이었는지는 이제 잊어버렸지만, 그해 여름 시애틀의 부모님 집에 와 있다고 했다. 센트럼의 다른 룸메이트와 연락하고 지내는지 서로에게 물었고, 그렇지 않다는 뻔한 사실만 확인했다. 시를 계속 쓰는지도 서로에게 형식적으로 물었다. 그가 버릇처럼 끄적거리기만 한다기에, 나는 아예 그만두었다고 말했다.

나는 버스를 타고 대학가 쪽으로 간다고 말하며 그에게 어느 쪽으로 가느냐 물었더니, 자신은 아버지를 좀 더 기다려야 한다고 했다. '도서관 문은 이미 닫았는데 무슨 소리지' 하는, 무슨 말인지 못 알아듣겠다는 표정을 나도 모르게 지었던 것 같다. 그가 묻지도 않은 질문에 대답했다. "아, 아버지가 여기 도서관 청소하셔." 그러면서 자신은 아버지가 일을 마칠 때까지 기다릴 거라고 했다. 작별 인사를 나누며 뉴욕이든 프로비던스든 다시 만나면 반갑겠다는 이야기도 했지만, 그러지 않을 거라는 사실을 서로가 어렴풋이 알았던 것 같다. 연락처를 어두운 불빛 아래서 교환했는지 모르겠지만, 단 한 번이라도 서로 연락을 주고받은 기억이 없다.

내가 그를 우연히 만났던 시애틀 중앙 도서관 건물도 이제 없다. 그 건물은 워싱턴주립대학교가 1906년 시애틀 다운타운에서 현 위치로 캠퍼스를 옮기고 나서 다운타운의 대학 캠퍼스 자리에 앤드루 카네기의 지원으로 지어 '카네기 도서관'으로도 불린 첫 시애틀 도서관이 있던 자리에 세워졌다. 시애틀 시 정부에서 1956년 미국에서 처음으로 도서관 채권을 발행해 유리와 철근으로 지은 빌딩이었는데, 내가 그를 만난 지 대략 6년 뒤에 전부 헐리고 6년간의 재건축 공사에 들어갔다. 이번에는 전대미문의 규모로 도서관 채권이 시 정부에서 발행되었다. 2004년 새로 개관한 시애틀 중앙 도서관은 렘 쿨하우스와 OMA 건축사무소의 디자인으로 이전 인터내셔널 스타일의 건축물과 같이 유리와 철근을 재질로 썼지만 한층 근사하게 지어졌다. 하지만 새 도서관에 들어가 잠깐이라도 머문 것은 단 두 차례뿐이다. 모든 게 낯설 뿐만 아니라 도무지 적응되지 않아서다.

그가 시를 계속 썼는지, 그가 쓴 시가 시집으로 묶여 출판되었는지 나는 알지 못한다. 성과 이름을 정확히 기억하지 못하니 찾아볼 수도 없다. 하지만 윌리엄 카를로스 윌리엄스의 시를 좋아한 그만은 왠지 꾸준히 시를 써서 적어도 한 권 정도는 시집을 펴냈을 것만 같다. 그렇게, 이것은 쓰였을 것만 같은, 내가 읽지 않은 책에 관한 글이다. 어쩌면 이것은 아직 발을 들여놓지 않은 숲의 무성한 수풀만큼이나 내가 읽지 않은 책들이 수북이 쌓여 있는 도서관에 대한 글인지도 모르겠다.

* 표지 디자인은 패티 래치퍼드의 작업이다.

추천의 글

마구 끌려드는 책이다. 책에 관한 책이
자 한 시대의 책이 자신을 어떻게 키웠나를 보여주는 정신의 자서전이다. 은
밀한 개인 서고에서 역사의 광장에 이르기까지 장대한 드라마를 보는 듯 박
진감 있게 읽힌다. 지은이는 미국 컬럼비아대학출판부 북 디자이너이지만 시
인이자 소설가의 한국어 문장으로 쓰고 있다.

사람이 책을 만들지만 책은 사람을 만든다. 이 말이 지은이에게는 썩 잘
어울린다. 어린 시절 서울에서 읽은 책부터 미국 고등학교와 대학교 시절 읽
은 영어 책과 한국 책, 자신의 좌절과 고통의 시간들을 함께한 책에 관해 그
는 기억하고 기록한다. 그 기록은 풍성하고 기억은 마음 깊이 각인된다.

책으로 큰 사람, 책으로 시대 문화의 정수에 다가간 사람의 책을 읽는 일
은 행복하다. 컬럼비아대학출판부에서 북 디자이너로 일하는 장면들은 그의
문화적 감각이 어떤 경지에 이른 것인가를 잘 보여준다. 책을 좋아하는 사람
들이라면 다시없는 호사다.

이영준 문학 평론가, 경희대학교 후마니타스칼리지 학장

감사의 말

컬럼비아대학출판부에서 북 디자이너
로 일한 지 만으로 20년이 되는 해였던 2016년 6월의 어느 날, 수년을 준비
한 전시 프로젝트를 단념하면서 대신 글을 써보겠다고 다짐했다. 책이 없는
삶은 상상할 수도 없을뿐더러 상상하기조차 싫다는 태도로 오랫동안 책과
함께 살아왔기에, 글을 쓴다면 나와 책과의 관계에 대해, 내가 읽은 책과 만
든 책에 관해 쓸 수밖에 없을 터였다. 굳이 글로 기록해 남기고자 하는 책은
어떤 책이어야 할까. 기억을 더듬고 목록을 만들고 자료를 찾으며 그 고민은
9개월가량 이어졌다.

글을 쓰기 시작한 지 9개월쯤 지났을 무렵에 책의 성격과 형태가 더 또
렷해졌지만, 이번에는 책의 가치와 의미를 내 글만으로는 제대로 표현해내지
못할 거라는 불안감이 들었다. 소개하는 책을 글만이 아니라 사진으로 재현
한다면 어떨까. (내가 완독을 실패한) 한 소설 속의 명제인 '감정적 인간'으로
자신의 작업과 전시를 명명한 애독가이자 대상의 색채와 정서를 농염하게 구
현해온 안옥현 사진가와, 책에 각별한 애정을 가졌을뿐더러 다수의 책을 펴
내기까지 한 저자이자 현장의 맥락과 서사를 능숙하게 기록해온 노순택 사진
가에게 글에서 다루는 책을 사진으로 찍어달라는 기이한 프로젝트를 의뢰했
다. 책을 출간할 출판사가 정해지기도 전이었고, 더구나 기존의 작업 방식을

견지한 채로 책이 담고 있는 정서와 서사까지 함께 조명해달라는 쉽지 않은 요청을 했다. 이 프로젝트에 참여해준 두 사진가에게 마음 깊은 곳에서 우러난 감사를 드린다. 책에 내재된 가치와 의미가 심미적으로 전해질 수 있다면 그건 분명 이들의 사진 덕분일 것이다.

초고를 읽고 응원해준 이들에게도 감사를 전해야 한다. 전현주 한겨레 객원 기자는 내가 투고를 염두에 둔 출판사 이름을 듣고는 바로 출판사 링크를 보내주며 독려했다. 임윤희 나무연필 출판사 대표는 자신이 출간할 책이 아님에도 원고의 구성과 맥락에 관해, 그 밖에 출간에 대해서도 전문 편집자로서 조언을 아끼지 않았다. 예술과 정치학이란 각기 상이한 분야에서 내가 흠모하는 글을 써온 매사추세츠주립대학교의 문영민 교수와 대전대학교의 권혁범 교수가 보내준 지속적인 격려에도 감사드린다. 첫 문장을 쓴 것만으로도 반을 마친 셈이라며 격려해준 보스턴칼리지의 전승희 번역가에게도 감사드린다.

주말 아침 갑작스레 보낸 원고를 한달음에 읽고 전폭적인 지지를 보내준, 민음사에서 12년간 편집주간을 지냈고 현재 경희대학교 후마니타스칼리지의 학장인 이영준 교수에게는 어찌 감사를 드려야 온당할지 모르겠다. "이 원고는 한국문학과 문화에 나름의 깊이 있는 경험을 가진 사람들은 반드시 읽어보고 싶어지는 걸작이 될 것 같다"라는 과분한 찬사는 원고를 탈고하고 개고를 마치고 제작에 들어가기까지, 기나긴 기간 동안 큰 힘이 되었다. 몇 번의 고비마다 사려 깊은 조언을 해주었고, 그뿐 아니라 개고를 마친 전체 원고를 처음부터 끝까지 다시 읽고 나서 추천의 글까지 써주었다. 머리 숙여 감사드린다.

돌베개 출판사와 김수한 편집주간에게도 감사드린다. 투고 원고를 읽고 매우 인상적인 감상을 출간 제안과 함께 전해주었다. 꼬박 1년이 걸린 편집 작업을 인내심 있게 진행해준 김서연 편집자에게는 깊은 감사를 드려야만 한

378

다. 영어로 쓰고 나서 한국어로 번역했나 의심이 들 만큼 곧잘 번역투에다 비문까지 적지 않아 편집이 쉽지 않았을 터이고, 거기에 더해 각종 외래어까지 남발된 원고를 차분히 표기법에 맞추어가며, 또 한국에서 용례가 있는 단어나 인명·지명이 아닌 경우에는 표기 원칙까지 일일이 찾아가며, 꼼꼼히 작업해주었다. 인용문의 경우에는 매끈한 한국어 번역서의 내용을 가져오지 않고 원서로 읽은 책을 내가 이해한 대로 직접 번역하길 고집한 탓에, 한국어로 번역된 각 인용문을 찾아내어 내 투박한 번역과 대조해가며 재차 다듬을 수 있도록 도와주었다. 김서연 편집자가 애써주지 않았다면 난삽한 글은 한 권의 책이 되기 어려웠을 것이다. 그리고 『기억과 기록 사이』를 겉부터 안까지 맵시 있게 만들어준 민진기 디자이너에게도 감사 인사를 드린다.

변함없는 관심과 함께, 최열의 『이중섭 평전』과 호암갤러리의 『〈30주기 특별 기획 이중섭전〉 도록』을 찍은 안옥현 사진가의 작품을 친히 소장해준 한국도서관협회 사무총장인 서울도서관 이용훈 전 관장에게도 감사드린다. 또 변치 않는 우정이란 어떤 것인지 보여준 JNL 파트너스의 정지윤 실장도 큰 감사를 받아야 한다. 아름다운 작업을 하면 꼭 소장자가 나타나리라는 내 말이 허언에 그치지 않게끔, 존 버거의 『다른 방식으로 보기』 영문 원서를 찍은 노순택 사진가의 작품을 소장해주었다.

책에 실릴 사진 작품으로 전시를 열기 위해 전시장을 물색하던 과정에서 조언해준 이들에게도 감사드리고 싶다. 교보문고의 류영호 차장과 더레퍼런스의 김정은 대표와 보안여관의 박수지 큐레이터에게 감사드린다. 당시 재직하고 있던 서울문화비축기지로 초대해 전시 공간을 친절히 안내하며 여러 가능성을 고민해준 채영 현 서울공예박물관 학예연구관에게 감사드린다. 또 전시 공간을 찾아 나를 대신해 관계자와 전시 지원에 관한 논의까지 해준 상상마당 갤러리의 문정원 큐레이터에게도 감사 인사를 드린다. 혼자라면 절대 가보지 못했을 멋진 곳에서 저녁 식사도 수차례 함께했다. 고양문화재단의

'2018 책의 해 특별전' 〈예술가의 책장〉 본 전시장으로 안옥현·노순택 사진가의 작품과 내 소장 도서로 구성된 전시 〈책의 초상〉을 초대해준 고양아람누리 아람미술관의 김언정 책임 큐레이터에게도 각별히 감사를 드려야만 한다.

출간 소식에 함께 기뻐하고, 개고 과정의 고민을 경청해준 이들도 있다. 기억발전소의 전미정 공동대표, 디자인스튜디오203의 장성환 대표, 국립해양박물관의 김희경 선임 학예사, 또 보스토크 프레스의 김현호 대표와 박지수 편집장과 서정임 기자에게도 감사드린다. 바쁜 박사 과정 연구자의 시간을 나눠준 소준철 군에게도 특별한 감사를 전하고 싶다. 그 밖에도 고마운 이들은 다음과 같다. (직함이나 존칭을 생략하고) 여기 미국에는 김공미, 켄 장민석, 크레이그 나카가와, 이종록, 김형중, 고 함수철, 함숙, 홍찬, 김갑동, 노선길, 박성학, 이영은, 브루스 풀턴, 주찬 풀턴, 알렉시스 더튼, 지나 김, 재닛 풀, 테드 휴스, 장보영, 이주연이, 한국에는 김기호, 홍수명, 김은숙, 김충호, 이미경, 이종민, 김요한, 장혜숙, 난다, 서성숙, 박지수, 손주영, 한희덕, 류승민, 황정하, 신민경이, 영국에는 티머시 홈이, 프랑스에는 이대성이 있다. 모두에게 감사하다.

컬럼비아대학출판부의 전·현직 상사와 동료, 특히 디자인·제작·편집부 동료에게 감사한다. 제니퍼 크루, 고 오드리 스미스, 린다 세컨다리, 마리아 줄리아니, 브래디 맥나마라, 리즈 코스그로브, 앤절라 아자이, 줄리아 쿠시너스키, 제니퍼 제롬, 제시카 슈워츠, 리사 햄, 밀렌다 리, 노아 알로, 조던 워너메이커, 고 조앤 맥퀘리, 아이린 파빗, 수전 펜삭, 레슬리 크리젤, 마이클 해스컬, 켓 호르헤에게 감사의 마음을 전한다. 원고를 붙들고 있던 42개월 동안 제니퍼 제롬 제작부장과 줄리아 쿠시너스키 아트 디렉터가 여러모로 배려해주었다. 감사할 따름이다.

내가 소개한 책을 쓰고 만든 모든 이 또한 감사받아 마땅하지만, 따로 언급하지 않는다. 단 하나뿐인 내 동생과 제수와 조카에게 감사한다. 내게 첫 책을 읽어주었던 어머니는 초고부터 개고를 마친 원고까지 찬찬히 읽어준 첫 독자로, 그녀의 애정과 심리적인 지원이 없었다면 이 책은 애초에 가능하지 않았을 것이다. 나의 어머니에게 이 책을 바친다.

R1 ⓒ 안옥현, 2018

R2 ⓒ 노순택, 2018

R3 ⓒ 노순택, 2018

R4 ⓒ 안옥현, 2018

R5 ⓒ 안옥현, 2018

R6 ⓒ 안옥현, 2018

R7 ⓒ 안옥현, 2018

R8 ⓒ 노순택, 2018

R9 ⓒ 안옥현, 2018

R10 ⓒ 노순택, 2018

R11 ⓒ 노순택, 2019

R12 ⓒ 안옥현, 2018

R13 ⓒ 노순택, 2018

R14 ⓒ 노순택, 2018

R15 ⓒ 노순택, 2018

R16 ⓒ 노순택, 2018

R17 ⓒ 노순택, 2018

R18 ⓒ 안옥현, 2019

R19 ⓒ 안옥현, 2018

R19 ⓒ 안옥현, 2018

R20 © 안옥현, 2018

M1 © 노순택, 2018

M2 © 노순택, 2018

M3 © 안옥현, 2018

M4 © 안옥현
(사진 촬영 구성연), 2018

R21 © 노순택, 2018

M5 © 안옥현, 2018

M6 © 안옥현, 2018

M6 © 안옥현, 2018

M7 © 노순택, 2018

R22 © 노순택, 2018

R23 © 노순택, 2018

M8 © 노순택, 2018

R24 © 노순택, 2018

M9 © 안옥현, 2018

R25 © 안옥현, 2018

R26 © 안옥현, 2018

R27 © 안옥현
(사진 촬영 구성연), 2018